黑死馆杀人事件

〔日〕小栗虫太郎 著
罗松涛 译

陕西师范大学出版总社

图书代号：WX21N0936

图书在版编目（CIP）数据

黑死馆杀人事件 /（日）小栗虫太郎著；罗松涛译．— 西安：陕西师范大学出版总社有限公司，2021.7

ISBN 978-7-5695-2169-6

Ⅰ.①黑…　Ⅱ.①小…　②罗…　Ⅲ.①推理小说—日本—现代　Ⅳ.①I313.45

中国版本图书馆 CIP 数据核字（2021）第 067304 号

黑死馆杀人事件

HEISIGUAN SHAREN SHIJIAN

［日］小栗虫太郎　著　罗松涛　译

出 版 人　刘东风
责任编辑　陈君明
特邀编辑　王　霄　杨安婷
责任校对　马凤霞
封面设计　吴黛君
出版发行　陕西师范大学出版总社
（西安市长安南路 199 号　邮编 710062）
网　　址　http://www.snupg.com
印　　刷　大厂回族自治县德诚印务有限公司
开　　本　620mm×889mm　1/16
印　　张　22
字　　数　296 千
版　　次　2021 年 7 月第 1 版
印　　次　2021 年 7 月第 1 次印刷
书　　号　ISBN 978-7-5695-2169-6
定　　价　59.00 元

·序　言

推理小说界的“怪物”江户川乱步出道整整十年后，同为“怪物”的小栗虫太郎出现了。我总觉得，两人之间恰巧十年的时间差并非偶然。我本想趁着江户川出道满十年，再加上有小栗这么优秀的新人出现，推理小说界也算是后继有人，邀请江户川庆祝一下。但这个想法最终也没有实现，现在想来还是觉得很遗憾。

江户川和小栗都可称为“怪物”，两人在一些方面也有相似之处。比如说出道前的经历都有些暧昧模糊，登上文坛之前都度过了十分艰苦的岁月，在文学上也都投入了很长的时间。这与我和大下宇陀儿是全然不同的，这一点很有趣。

被人称作“怪物”绝不是一件愉快的事情，而且随便叫别人“怪物”也是非常不礼貌的行为。即便如此，我还是觉得江户川和小栗是“怪物”。虽被同称为“怪物”，但两人的妖异有全然不同之处。江户川通过一流的、引人入胜的故事，将读者引入妖异的世界；与此相对，小栗则是通过让人觉得晦涩难懂的、出色且充满力度的文章，展现出一个妖异的世界。如果将江户川的作品比作日本江户时代的通俗绘图小说的话，那么小栗的作品则是中欧中世纪的通俗绘图小说。

总之，小栗虫太郎是一位很不可思议的作家。他写的故事中，有种异样的阴影，其中包含着深不见底的、渊博的知识。在这一点上无人能望其项背，有传言称，江户川乱步即便是在白天，也会拉上窗帘，在屋里点上蜡烛写小说。如果这个传言属实，那么小栗虫太郎一定是将羊皮纸放在摆满曲颈瓶和坩埚的桌子上，用鹅毛笔进行创作。

我有种预感，在不远的将来，小栗虫太郎将不再会被归为推理小说家。即便是这本《黑死馆杀人事件》，他最初的立意可能也并不是想写一本推理小说。我认为，他不会也不想尝试去创作大众小说和推理小说，而是期待写出一些不同的东西。

小栗虫太郎带着他的长篇小说处女作《黑死馆杀人事件》登上文坛，他今后将会有怎样的发展？又将如何发挥他“怪物”的一面呢？我和读者们拭目以待。

甲贺三郎
昭和十年三月晦日
于堂岛河畔旅社

· 自　序

《黑死馆杀人事件》已经完成，相比之下，之前发表的几个短篇作品显得有些渺小而悲哀。不仅如此，本作品在《新青年》杂志连载期间所受到的评价都是重量级的，无论褒贬。事实上，在这样的旋涡中煎熬，我已经身心疲惫。自从推理小说出现在日本以来，像我这样被仇视的作家，大概是前所未有的吧！然而，得到的狂热喜爱也不少，尤其是平常对推理小说毫不在意的纯文学界，也发出了无数鼓励的声音。

我从没想抛弃这个战场，更不会退却。在遭遇这种反复的同时，我也意外地知道，挑剔的推理迷人数众多，其中支持自己的读者也不少，心情也就安定下来。不管怎样，这部作品意义非凡，它是我所谓贫瘠理想的累积。

之前经常被问到“这部长篇的构思如何得来”，在此，我想说的是，主要是源于歌德的《浮士德》。不过只要我头脑中浮现一个鲜活的场景，就能很轻松地一气呵成，这是我独特的写作习惯，比如本作品第三章中，有关在暴风雪的夜晚造访墓室的场景描写。因此，说《黑死馆杀人事件》的构想源于“莫扎特的葬礼”似乎也不过分。

十二月的那天，狂风暴雪，“乐圣”莫扎特的葬礼正在举行，来送葬的只有宫廷合唱团团长安东尼奥赛耶利，莫扎特的挚友休斯麦耶尔，以及另外四个人。莫扎特的灵柩到达坟场门前时，这些人相继离去，只剩下灵柩车的车夫和迎接灵柩的挖墓人哈休卡。这种悲哀在艺术史上是绝无仅有的。所以，可以说是莫扎特之死给我带来了《黑死馆杀人事件》。

小栗虫太郎
昭和十年四月
于世田谷的草屋

目录

·序 章·
降矢木家族释义

法水已解决圣阿雷基赛修道院的命案[1]，却未公开宣布此事，致使谣言四起，称事件已陷入迷局。就在谣言传出的第十天，主持调查工作的主管不得不放弃对拉札列夫遇害事件凶手的追查。原因是从臼杵市耶稣会神学院时代以来就被称为神圣家族——有着四百年历史的降矢木——的宅邸中，突然出现犹如黑色疾风般、毒煞的恐怖气息。这座降矢木宅邸一直被人称为“黑死馆”，谣传终有一天这里必定会发生不可思议的恐怖事件。当然，这种臆测的出现，与降矢木宅邸的建筑特点不无关系。据说它是伊斯坦布尔海峡以东绝无仅有的建筑物，即便是现在，见惯了凯尔特文艺复兴式城堡的极度华丽，这座建筑物尖塔与瞭望台的线条也同样让人心生奇异——仿佛古老地理书上的插画。在它落成之初，也就是明治十八年，河锅晓斋[2]与落合芳几[3]为宅邸锦上添花地绘上了龙宫公主像，画像的绚烂色彩随着斗转星移渐渐暗淡。时至今日，不论是建筑物还是人都不再保留丁点儿幼稚的幻想，自然变色让斑驳的痕迹看起来甚是荒凉，被侵蚀的石面也仿佛在不知不觉间化为笼罩宅邸的薄雾。

正因为如此，整座宅邸看起来充满了神秘感。但是，被说成“妖氛之地”，并非因为宅邸模仿了普罗旺斯的城墙，而是因为它内部

[1] 小栗虫太郎的短篇侦探小说中的案件。
[2] 河锅晓斋（1831—1889）：日本幕末至明治初年的天才浮世绘画家。
[3] 落合方几（1833—1904）：日本幕末至明治初年的浮世绘画家。

存在着无数错综复杂的谜团。事实上，这座宅邸自落成至今，先后发生过三次离奇事件，均动机不明且有人死亡。此外，宅邸里除了现在的主人旗太郎之外，还生活着四位外国人，组成了弦乐四重奏乐团。据说他们从婴儿时期到现在为止四十年的漫长时间里一直足不出户……存在这样诡异的传说，黑死馆外也就仿佛形成了一层灰蒙蒙的雾气墙壁。

图画中的人物与建筑一道朽败了，就像癌细胞在扩散。若从遗传学角度来看，这种家族所具有的一定历史价值，更像是奇形怪状的真菌；若从已故的降矢木算哲博士的神秘个性推测，再看看现在奇异的家族关系，又会觉得这里像是阴森森的荒废寺庙。

当然，任何一种可能都只是因为臆测而导致的幻觉，唯一可以确定的是这座城堡里存在着会破坏神秘和谐感的奇妙气氛。这种瘟疫般的气氛产生于明治三十五年，也就是第二桩离奇的死亡事件发生的时候。在此次丹尼伯格夫人死亡之前约十个月时发生了诡异的算哲博士自杀事件，留下旗太郎这个年仅十七岁的少年继承者。失去家族中心支柱所造成的影响，包括更为严重的家族裂缝，使众人开始深切地感受到，若人类心中产生了恶念，那么裂缝必将扩大，直至将余下的人们全部拖入犯罪深渊，并随之引出让人意想不到的恐惧。

然而，从表面上看，降矢木家族却出人意料地未出现任何异常，哪怕是细小的气泡也没有。可能是那像毒气一样的空气还未达到饱和状态吧！不，与水面的平静相反，暗黑的水底已经暗流汹涌，逐渐集聚的水流化为狂暴的骤雨，意图使神圣家族的每个人血液停止循环。事件深藏了惊人的深奥和诡秘，法水麟太郎不仅要找出狡猾诡诈的凶手，还必须与死去的人们博弈。

在此事件开幕之前，笔者首先得整理清楚，法水搜集到的惊人的与黑死馆相关的资料。这些资料得益于他本人对中世纪乐器、福音书手抄本和古代时钟的奇特爱好。这些收藏不仅外人看了会惊叹于其偏奇和毫无遗漏，就连检察官看了都惊叹得无言以对。见到法水这种如减肥一般的努力，应该会明白他确实倾听过水底洪流的声音。

这天，一月二十八日的大清早，在经历了风雪天发生的事件后，天生羸弱的法水身心的疲惫还未完全消除，前来拜访的支仓检察官说起杀人事件，法水脸上立刻浮现出厌烦之色。

“法水，这次可是降矢木家的事呢！被杀的是第一小提琴手葛蕾蒂·丹尼伯格夫人，是毒杀。”检察官赶紧说完。听闻此话，法水的面孔变得神采奕奕，他猛地站起身，很快从书房抱着一沓资料回来，然后坐下。

“支仓，轻松点！这可是发生在全日本最令人不可思议的家族的杀人事件，花费一两个小时准备相关知识是必须的。之前那个狗房杀人事件[1]中，中国古代陶器只能算单纯的装饰品。可是，算哲博士的收藏品则不同，都是自加洛林王朝[2]以来的工艺品，很难说其中有没有混杂波西亚之壶。像福音书手抄本那种东西，也不是一看就能了解的，所以……”

说着，他拿开放在上面的《一四一四年圣加仑修道院发掘记》和另两册书，把一本贴着华丽绫布外皮、装帧精美的书递过来。

“纹章学？”检察官惊愕地叫出声。

“嗯，是寺门义道的《纹章学秘录》，稀有珍品哦！这种奇妙的纹章，你以前见过吗？”

法水指着由二十八片橄榄叶组成的桂冠包围着“DFCO”四个字

---

[1]《狗园杀人事件》（*The Kennel Murder Case*）：美国推理作家范·达因的作品之一。

[2] 加洛林王朝：公元七五一年，加洛林家族的成员统治了法兰克王国而建立。

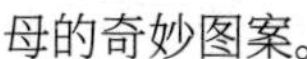

母的奇妙图案。

“这就是降矢木家的徽纹，从他们家做天正遣欧使的千千石清左卫门直员时起就存在。为何它以丰后王普兰师司怙（大友宗麟）的花押为中心，又围着一部分佛罗伦萨的市徽旗呢？请看下面的注释。”

——居·麦克（即千千石）送给杰纳罗·科巴达（威尼斯的玻璃工人）的一篇文章，出自《克拉西奥·阿克瓦毕回忆录》。

（前略）这天，神父贝雷里奥邀请我参加巴达利雅修道院的圣餐仪式，抵达修道院门口时，诡异的一幕发生了。大门打开后出现一位高大的骑士，定睛一看，他佩戴着巴洛萨寺领地的骑士勋章。他睁圆双眼，对我高声说道：“法兰切斯科大公妃比安卡·卡贝萝殿下在皮萨·美第奇家隐秘生下你的女儿，已命黑奴奶妈带着女婴等待在篱墙外，请你立刻前去接她。”我一阵骇然，答复他后，骑士转身离去。我即刻在修道院领了赎罪符后动身去往篱墙。然而在归途的船上，黑奴死在印度果阿，于是我将婴儿取名直世，并创立降矢木家。回到国内，我依旧有很多纷乱的妄想，并觉得天主并未帮助我消除那些诱惑的障碍。（以下略）

“也就是说，降矢木家族源自传说中凯瑟琳·德·美第奇的私生女比安卡·卡贝萝。这母女二人都是残酷的罪犯：凯瑟琳以杀害自己的近亲而闻名，并领导了圣贝西尔穆斋日残杀行动；她的女儿出生在毒妇卢克雷齐娅·波吉亚死去的一百年之后，并且是与之不相上下的恐怖人物，有‘长剑的暗杀者’之称。传到第十三代，算哲又是一位神秘人物。”说着，法水把夹在书尾的英文剪报和一张照片取了出来。

检察官已经掏出手表看了好几次，说道："天正遣欧使一案的始末我已大致了解，不过，这与祖先的血缘又有什么关系呢？毕竟已经是四百年后的事情了。虽然，从不爱其亲而爱他人这点来说，史学、法医学与遗传学有所相通……"

"没错，一般来讲法学家还会附诗一首，"法水忍不住对检察官的讽刺报以苦笑，"不过也并非没有例证。夏尔科的随笔中有记载，科隆有个男子对弟弟开玩笑，说祖先是除掉恶龙的那位圣徒圣乔治，结果这位弟弟杀死了背地里侮辱修女的女仆。另外，关于菲利浦三世烧死全巴黎的麻风病患者的传说，在传到第六代时，落魄的贝特兰也想如法炮制，焚杀所有花柳病患者。夏尔科于是得出结论，这是由血统意识引发的王族性妄想。"

说完，法水催促检察官接着看面前的照片。

照片来自报纸上的自杀报道。照片中正是算哲博士，一个白胡须已经长得快到夹克最底下的纽扣的老人，他神情忧郁，仿佛心底熊熊燃烧着灵魂的苦闷。但是，检察官的视线却被另一张英文剪报所吸引。它出自《曼彻斯特邮报》，发行于一八七二年六月四日，剪报上是一篇注明"约克特派员报道"的小新闻，标题为《日本医学生被逐出圣鲁克疗养院》，内容令人咂舌。

——由布朗史瓦克普通医学学校推荐而来的日本医学生降矢木鲤吉（算哲以前的名字），因与理查·巴顿等人的交往令人瞩目，又与诽谤耶克斯塔教区主教、目前因是否疯狂而颇受争议的术士罗纳德·坤西交往过密，于本日被遣回原籍学校。坤西持有巨额来历不明的金币，经严密追查，他已承认是将秘藏的布雷手写本《维基格斯咒语法典》《瓦第冯一世触疗咒语集》、希伯来文手写本《犹太秘释义法》（神秘数理术，包括诺塔利亚、狄姆等人提出的各种术法）、亨利·克拉穆梅尔的《神灵书写法》、编者不明的拉丁语手写本《迦勒底五芒星召唤术》，以及“荣光之手”（腌渍绞刑犯手掌的风干之物）等出让给降矢木所得。

法水用兴奋的语气对检察官说：“因为得到了这些东西，算哲博士与古代咒法的因缘也就明晰了。这实在太可怕了！如果黑死馆的某处真的存在《维基格斯咒语法典》，我们面对的就不仅仅是凶手，还有另外一个敌人。”

“怎么讲？咒法书和降矢木家又有什么关系？”

“据说《维基格斯咒语法典》是所谓的技巧性咒术，它把现代科学包裹上诅咒与邪恶的外衣。维基格斯本是拥护阿拉伯和希腊科学的西尔维斯特二世的十三位使徒之一，可惜他们有勇无谋，在罗马教会发起大启蒙运动，其结果是十二人被作为异端焚杀，只有维基格斯秘密逃脱，才有咒语法典的诞生。后来的那些咒语法术，像波卡尼格洛的筑城术、瓦邦的攻城法、杜霍克罗萨的魔镜术、卡里奥斯特罗的炼金术，甚至波基杰尔的瓷器制造法、荷亨海姆与格拉哈姆的治疗医学，都深受其影响，所以它的法术非常惊人。另外，犹太的秘释义法号称能创造四百二十种暗号，其他东西则被称为纯正咒术，都是些荒唐无用的东西。所以，支仓，真正让我们害怕的只有《维基格斯咒语法典》这本书。”

后来事情果然如法水所预测的那样发展，但此时他的话并未引起检察官的重视。趁法水在隔壁房间换衣服，检察官拿起另一本书，翻到折起书角的部分。那是一篇杂文，名为《当世的零保久礼博士》，作者是田岛象二（号醉多道士，写过《花柳事情》等），刊登在明治十九年二月九日的《东京新志》第四百一十三号。

——此次流浪的旅程发生了不少有意思的事情。（此处省去若干闲谈）近来大山街道游人如织。此处之所以如此吸引观光客，是因为神奈川县高座郡葭钊出现了一座宫殿般的西洋城堡，该建筑是由长崎的大分限[1]降矢木鲤吉所建，以下是详细介绍。

鲤吉起先是在小岛乡的疗养院学习，师从荷兰军医梅迪尔霍德，明治三年全家搬至东京。后来他去往德国，就读于布朗史瓦克普通医学学校，又转到柏林大学深造，八年后获得两个学位，预计今年年初回到日本。据说为博取他的法国妻子——德蕾丝·西诺莉的欢心，他早就于两年前先派遣英国工程师克劳特·戴克斯比来到前面提到的地方，开始封闭修建号称国内前所未见的大型西洋城堡。周围景观仿照萨佛斯谷，城堡则仿照德蕾丝家在托勒威纽庄的城堡的造型而建，以免其法国妻子过于思念家乡。遗憾的是，可怜的德蕾丝因为高烧死在了回日本的轮船上。后来，讽刺文学家大鸟博士指出，这座城堡实际并没有采用中世纪城堡常见的屋顶形式，而是将屋顶统统削掉，并模仿了普罗旺斯城堡的城墙。据传前者曾是收容黑死病死者的地方，所以嘲讽它为黑死馆。

检察官读完这篇文章，换上外出服的法水也恰好出现，只是法水又深深地让自己陷在椅子中，他皱着眉头，因为执拗的电话铃声正在响着。

“估计是熊城打来电话催我了。尸体又不会自己消失，我们晚一点再过去也没事。我还是先给你讲完黑死馆落成以后发生的三桩离奇的死亡事件吧，还有算哲博士那些令人费解的怪异行径。算哲

[1] 大分限：地方官员的名称。

博士回国后，日本大学也授予他神经病学与药理学两个学位，然而他并未担任教授职位，只是默默过着隐居的单身生活。最特别的一点是，算哲博士一天都未曾住过黑死馆，还在明治二十三年对刚刚建成五年的黑死馆的内部进行大面积翻修，修改了戴克斯比的设计。尔后他在宽永寺后面为自己另建住宅，黑死馆成了他弟弟传次郎夫妇居住的地方。

“算哲博士自杀前的四十多年岁月里，在学术界，可以说相当寂寂无闻，仅有一篇《关于杜德尔家梅毒与犯罪的考察》的著作，和八木泽医学博士有过辩论。据说那场辩论是这样的，明治二十一年，八木泽博士提出一种犯罪本质遗传论，主要针对颅骨鳞部[1]和颞窝[2]畸形者。算哲博士则提出反驳意见。随后一年的时间双方都在进行辩论，最后达成一致——以人类进行遗传实验。然而，就在人们翘首期盼事件的后续发展时，两方的对立突然不自然地消失。不可思议吧，大概是两人形成了某种默契。

“然而，怪异离奇的死亡事件，接连不断地发生在算哲博士不在的黑死馆里，虽然这与之前的辩论毫无关系。首先是明治二十九年，算哲博士的弟弟传次郎在妻子住院期间，带情人神鸟节到黑死馆，并于当晚因颈动脉断裂死于神鸟节的裁纸刀下，随后神鸟节也自杀于其身旁。接下来是六年后，也就是明治三十五年，算哲博士已是鳏夫，他的堂妹笔子夫人与京都演员岚鲷十郎住在黑死馆，笔子夫人被她所爱的岚鲷十郎勒杀，随后岚鲷十郎也自缢于现场。这两桩杀人事件都没有明确的动机，可以说是不该发生的事，所以最后不得不以冲动性犯罪结案。

“黑死馆失去了主人，当时年仅三岁的津多子——算哲的异母

[1] 麟部：头盖骨上方鳞片状的部位。
[2] 颞窝：位于头骨两侧、眼眶后部的孔洞。

侄女，暂为主人。她后来成为大正时代后期颇有名气的新剧演员。再后来嘛，你应该也知道，她成了东京神惠医院的院长夫人，院长是押钟博士。大正四年，算哲博士的爱妾岩间富枝怀孕生子，产下了现在的黑死馆主人旗太郎。此后三十多年算是平安无事，直到去年三月，第三次离奇的死亡事件发生了，同样动机不明，那就是算哲博士的自杀。”

法水顿了顿，从一旁的资料里找出记录册。

“你看这里的描述……”

——伤口是从左侧第五和第六肋骨之间贯穿，深入左心室，伤口边缘齐整，是一般短剑刺入造成。算哲在房间中央呈仰卧状，脚朝房门，头朝着内侧帷幔，双手紧紧抓握剑柄。面部表情松弛，略显痴呆，又仿佛有些许悲痛的感觉。案发现场门窗紧闭，光线昏暗，在家的人也称未听到任何异常声响，房间内也没有凌乱的迹象。此外，据说事件就发生在死者抱着西洋玩偶进入室内后不到十分钟。说到那玩偶，和真人大小一样，身穿波旁王朝末年斜纹丝织服饰，平时都放在帷幔后面的床铺上。那把用来自杀的短剑，推断是玩偶的护身符。另外，调查算哲的日常生活状况，他完全没有自杀动机可言。一位颐养天年的学者为何会有这样愚蠢的行为？着实令人费解——

“支仓，你有什么想法？此事虽然和第二桩离奇的死亡事件相隔三十多年，死因也调查得很清楚，可是仍然有共同点，那就是动机不明。你难道不认为丹尼伯格夫人身上隐藏着什么不可告人的内情吗？”

“这种逻辑推理只是泛泛而谈吧！”检察官似乎有异议，“第二桩事件后，事件之间的关联性就已经完全中断。那位京都演员并

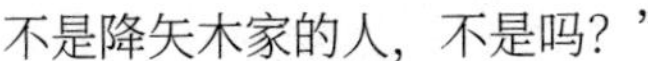
不是降矢木家的人，不是吗？”

“是的！看来你也下功夫调查过了。”法水的表情有些浮夸。

“但是，最近的推理小说作家中，出现了一位叫小城鱼太郎的异军人物，其作品《近世迷宫考察》中谈到了著名的裘达毕家族崩溃录。

“裘达毕家族在汉诺威王朝末期最为煊赫，最终以和降矢木家族同样的方式覆灭了。初始的事件发生在家主裘达毕准备入宫的一个早晨，他当时身为宫廷诗文朗诵师，妻子安送他出门。关于安红杏出墙的谣传闹得满城风雨，裘达毕一只手环抱安的肩膀，假意与她吻别，另一只手猛然抽出短剑刺向背后的帷幔。血染红了帷幔，然而痛苦死去的却是他的大儿子瓦尔达。裘达毕惊惶之下，回手一剑刺入了自己的心脏。七年后，裘达毕的小儿子肯特自杀身亡。据说起因是朋友把酒杯掷向他的脸颊，要求与他一决胜负，而他却置若罔闻，以至于被他们挖苦、嘲笑，最终因羞愧而自杀。又过了两年，裘达毕唯一还在世的女儿乔吉雅也遭遇了同样的命运。结婚当晚，她与新婚丈夫发生争执，结果被对方冲动之下勒死在床上。这就是裘达毕家族的末日。

“这三桩事件的发生只能用命运论才能解释，然而小城鱼太郎却发现了其中具有科学性的原因，得出的论断为‘瞬间产生的右侧脸颊格布勒麻痹遗传症’。这样就可以解释，裘达毕之所以杀死大儿子，是因为他的右脸毫无知觉，当妻子用手碰触他的右脸时，他却误以为妻子的手是伸向后面帷幔里躲藏的情人，从而造成这样的结果。小儿子的自杀当然显而易见，右脸对掷过来的酒杯毫无意识……女儿应该也是因为格布勒麻痹导致她不满意丈夫的爱抚，结果惨遭勒死。

“当然，推理作家们对故事情节总是擅长幻想，对降矢木家的三桩事件来说，其关联性多少也有所暗示，并能开阔眼界。但是，发生如此重大的事件，所涉及的领域应该不仅仅是遗传学，其背后隐藏的可怕内幕绝对是深不可测的。”

“嗯，被杀害的如果是家族继承者倒还可以理解，但是，丹尼伯格夫人就有点……”检察官晃了晃头，“对了，刚才的调查报告中提到的那个玩偶是什么？”

“那个呀，据说是算哲博士特地向波希米亚著名的玩偶工匠——柯贝兹基定制的等身大小的自动玩偶，是对德蕾丝夫人的回忆。但是，弦乐四重奏乐团的那四个人，被博士从国外带回日本的时候还是婴儿，后来的四十多年都未离开过黑死馆，这是最令人不可思议的。”

“不，他们曾出现在一年一度的演奏会上，有少数乐评家见过。”

“这样啊，那他们一定有可怕的白蜡烛般的皮肤吧？”法水的表情变得严肃，“博士是如何让那四个人过着如此奇怪的生活的？并且，这四个人为什么会选择默默顺从？在日本，人们对这些现象往往只是感叹其不可思议，却并不会深究。幸好有一位好事之人被我在美国无意发现，他对这四个人进行了细致的调查，包括他们各自的出生地和身份。我估计这是与这四个人相关的唯一的资料吧！”

法水拿起桌上最后的文件，那是一本发行于一九〇一年二月的《哈德佛福音传教士》杂志，他继续说：“你读读那篇作者名叫华洛的文章，重点是记叙教会音乐的那部分。”

……听说具有纯粹中世纪风格的神秘音乐人存在于日本某处，这不得不让人称奇！在音乐史上，也就只在斯图盾根城堡曾经出现过六位蒙面乐师，是由曼海姆侯爵卡尔·狄奥托培养的。于是，在这个有趣传说的吸引下，我竭尽全力深入调查，终于得到这些乐师身份的信息。

第一小提琴手葛蕾蒂·丹尼伯格，出生于奥地利基罗尔县冯利安柏村狩猎区，是当地监察长维里克的三女儿；第二小提

琴手嘉莉包妲·赛雷那是意大利人，父亲是布林迪西市的铸金师加利卡里尼，她排行第六；中提琴手欧莉卡·克利瓦夫是俄罗斯科卡萨斯州塔根兹西斯克村人，是地主穆格基的第四个女儿；大提琴手奥托卡尔·雷维斯是匈牙利人，父亲是康达图镇的医师巴德纳克，他是二儿子。可以说，四人都出身名门。但是拥有这支弦乐四重奏乐团的降矢木博士，是否真的同卡尔·狄奥托一样热衷洛可可艺术风格，则无从考证。

有关降矢木家族的资料，法水能搜集到的全都在这里了，检察官的头脑已经被其错综复杂的内容搞得混乱不堪。“维基格斯咒语法典”这几个字，仿佛梦中惊现的白花般深深印在他的眼底，挥之不去。他的脸上浮现骇然的神色，喃喃地沉吟着。而法水，此时的他又如何能想到，即将展现在他面前的是杀人史上前所未有的怪异尸体呢？

·第一章·

尸体和两扇门

一、奇迹的荣光

私铁T线路的终点站位于神奈川县内，沿途都是防风用的橡树林和竹林，一派司空见惯的相模北部景观。可是一旦上了能够远眺黑死馆的丘陵，风景却大相径庭，仿佛来到了麦克白的领地考特所在的北苏格兰。没有树木，没有花草，也没有水分，这些都消失在海风吹至此地之前。土壤更不带一丝湿气，风化成酷似岩盐的灰色，底部呈现乌黑色，坑坑洼洼，顺着平缓的坡度倾斜下去。这种荒凉随着景物一直延伸到钵状的底部墙壁。据说形成赭褐色土砂的原因是，当时因建设需要，移植过来许多生长于高纬度地带的植物，因为不适应环境，在短时间内死亡。不过在大门前面，有一条车道整修良好。主楼被削去了一片，破损的墙壁下方露出一扇铁门，装饰着蓟草与葡萄叶的纹路。

因为前一晚的一场冬雨，此时，天空中厚实的云层低垂着，再加上气压的变化，产生了一种奇妙的温暖的感觉。时不时有闪电掠过，随后响起几声牢骚般的闷雷。阴郁的天空下，眼前黑死馆那巨大的两层建筑像被涂抹上一笔笔的淡黑色，中央教堂的尖塔和两侧的瞭望台尤其显眼，整体看来就像是一幅反光的黑白画。

在大门前停好车，法水立即走向前院。城墙背后是低矮的红色网格围栏，缠绕着蔷薇丛，再往后则是勒诺特尔[1]风格的花园，呈几

---

[1] 勒诺特尔（André Le Nôtre，1613—1700）：法国著名园艺家。

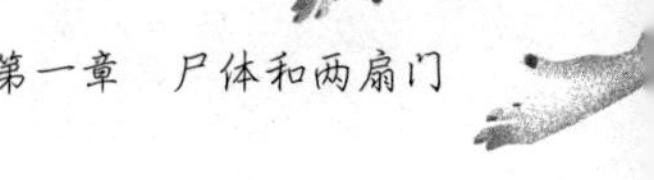

何图案样式。几条步道贯穿花园，处处都有装饰，如列柱式小亭子、水神雕塑、裸女或动物的雕像。中央大路中间是用红砖斜列拼铺而成，两侧边缘用的是翠绿色釉瓦，所谓的点缀式铺设大概就是如此吧。主建筑物四周环绕着整齐的水松树篱，看得出是精心修剪过的，而城墙四周的树篱则是用柏木修剪成的形态各异的动物造型或字母的缩写。另外，在主建筑水松树篱前方有一个喷泉，上方是帕纳塞斯[1]群像。法水刚一走近，喷泉立即发出奇妙的声音，同时有水烟喷了出来。

“支仓，这就是声控喷泉，这声音和喷出的水，全都是利用水压控制的。”法水一边随口说着，一边注意躲开水烟。

检察官预感到自己会因为这种巴洛克风的刻意炫技而产生厌恶之情。

树篱前的法水静静注视着主建筑物。它呈长方形，中央有一部分是半圆形的突出，左右两侧各有一列突出的房间，并且房间的外部灰泥墙壁上贴上了蔷薇色的小石片，是典型的古罗马风格。这是礼拜堂无疑。然而，这些房间窗户的样式却是另一种风格，蔷薇形状的玻璃嵌入拱形格子中，中央是由彩色玻璃制成的圆花窗，上面绘有十二星座的图案，或许是风格的冲突引起了法水的兴趣。除此之外，其他部分则是层层堆积的玄武岩，高达十尺的窗户把整个黑死馆严密地封闭在其中。礼拜堂左侧的玄关，带着门环的大门旁站着便衣刑警。看到这种情景，法水的考证之梦也该清醒过来了。

只是在这期间，检察官仍不时察觉到法水绷紧着神经的状态。从看起来像钟楼的中央高塔开始，法水沿着外形古怪的房屋窗户和烟囱密集的瞭望台，还有陡斜的屋顶观察了一遍后，转而将视线移向墙壁，微微颔首。这样的状况反复出现多次，很明显法水是在比较、

[1] 帕纳塞斯：希腊神话中的圣山，阿波罗与缪斯的住所。

验证着什么。果不其然，法水开始在这座城堡摸索，尽管还未见到尸体，却丝毫不影响他在此探寻结晶的企图。

玄关尽头就是大厅，等候在此的老仆人引领众人来到右侧的大楼梯间。脚下是镶嵌了百合与深红色七宝[1]图案的马赛克地板，接近天花板、旋转回廊的部分装饰的是彩色壁画，两者对照鲜明，反倒让中间朴素的墙壁更加惹人注目，难以言喻。走上马蹄形螺旋楼梯，经过一段走廊，接着是一道短楼梯延伸至楼上。走廊的三面墙上都挂着画，中间是一幅《解剖图》，左边墙上是杰拉尔·大卫的《希萨穆尼斯剥皮死刑图》，右边则是德·托利的《一七二〇年马赛的黑死病》，三幅画都是放大的复制品，尺寸都在长七尺、宽十尺以上，都是阴森森的气质，挂在这里的意图难免令人生疑。

然而，法水的目光最先关注的却是两具中世纪盔甲武士，站立在《解剖图》正前方，均单手握着旌旗旗杆，缀织从旗杆顶端垂下来，在画上方连成一体。右边的缀织图案是一位英格兰地主，身着贵格会教徒服饰，一手摊开领地地图，一手拿着制图用的英亩尺；左边的缀织图案则是罗马教堂的弥撒场景。两种图案都是上流家庭常见的象征图案，代表富贵和信仰。检察官原以为法水只是随意看看，不料他却特地找来仆人，问道："这两具盔甲武士是一直放置在这里吗？"

"不，昨夜才放在这里的，直到七点都还在两侧的楼梯旁。我看到它们出现在这里是八点过后，也不知道是怎么回事。"

"原来是这样。知道蒙特斯潘夫人[2]的克勒尼宫[3]的人肯定了解，按照常规，盔甲武士应该放置在楼梯的两侧。支仓，你试着抬

[1] 七宝：佛教七宝，指七种珍宝引，又称七珍。

[2] 蒙特斯潘夫人（Marquise of Montespan，1640—1707）：法国国王路易十四最著名的情妇。

[3] 克勒尼宫：路易十四为蒙特斯潘夫人所建的宫殿。

一下。”

法水微微点头，继续对检察官说：“如何，毫不费力对吧？从十六世纪开始，盔甲只用作装饰，而路易王朝后，由于镂雕发展了更多细致的技艺，对厚度的要求增加了，最后盔甲变得工艺精美但穿上后却没法走动。从这一点上来推断，这两具盔甲是在多那泰罗[1]之前制造的，大概是马萨哥利亚或者桑索维诺[2]的作品吧！”

“哎，你什么时候成了菲洛·万斯（美国推理作家范·达因笔下的人物，一位颇具艺术气息的名侦探）？只简单说一句‘可以轻易抱起的重量’就行了，哪有必要讲解一堆呢？”检察官的语气带着不满与嘲讽，“不过，这两具盔甲武士摆在楼上或是楼下有什么不同吗？”

“当然，摆放在这里非常有必要。你看这三幅画，分别表现的是瘟疫、刑罚和解剖，对吧？然后凶手在这里加上了一项——杀人！”

“开什么玩笑！”听到这话，检察官的眼睛不自觉瞪大了。

法水的声音略带亢奋，继续说道：“不管怎样，这正是这次降矢木事件的象征，凶手扬起旗帜宣告杀戮开始，这也代表凶手向我们宣战。你仔细观察这两位盔甲武士，右边这位用右手握住旗杆，左边这位用左手握住旗杆，对吧？如果是摆在楼梯旁，情况应该正好相反，右边的用左手握旗杆，左边的用右手握旗杆，如此才能保证整个画面的平衡感。照此看来，应该是被人把左右放置错了，也就是说，按惯例从左至右，应该先是代表富贵的英亩尺，再是代表信仰的弥撒旗帜。那么，放错之后……凶手恐怖的意志就昭然若揭了。”

---

[1] 多那泰罗（Donatello，1386—1466）：文艺复兴时期公认的“第一位雕刻大师”，为文艺复兴时雕刻技艺的发展奠定了坚实的基础。

[2] 桑索维诺（Sansovino，1486—1570）：佛罗伦萨雕刻家、建筑师，他把文艺复兴兴盛期的艺术风格引进威尼斯。

“怎么讲？”

“把 Mass（弥撒）和 Acre（英亩）连起来读读看，就是 Massacre，信仰与富贵调换一下顺序，就变成了屠杀。”

检察官一时哑然。法水望向他，接着说：“但应该不仅仅是这些，我打算再研究一下这两具盔甲武士的位置，找出更明确的含义。”

法水转头问老仆人：“昨夜七点到八点这个时段，有没有人目击盔甲武士发生变动的状况？”

“没有，那个时段我们都在吃晚饭。”

之后，法水把盔甲武士分解成一片一片的，仔细查看了周围，包括画和画之间的笼形壁灯，还有被旌旗挡住的《解剖图》的上方，但一无所获。画作的背景外围只是混杂排列着的各色条纹而已。接着，众人离开走廊，走上另一层楼梯。这时，法水不知突然想起什么，本来已走到楼梯中间的他，又折返下楼，在刚才走过的大楼梯的顶端站住了，拿出口袋里的记事本，开始数楼梯的阶数，然后在格子纸上画出类似闪电的线条，举动颇为奇怪。

检察官也不得不折回去看他。

“没什么，只是一些暂时的想法，”法水可能顾虑楼上的老仆人还在，轻声回应了检察官，“等我有确切的答案后会告诉你的，目前还没有任何可以解释清楚的材料。刚才上楼时，我好像听到从玄关那边传来警车发动的引擎声，而那位仆人却能同时听到另一种细微的声音，即使响亮的声音显而易见会掩盖它。支仓，要知道，那种细微的声音在正常情况下是无法听见的。”

法水是如何察觉到这种相互矛盾的现象呢？然而他又接着说道：“不过，我认为那位仆人并没有嫌疑。”他连仆人的姓名都不想问清楚，这样的结论检察官自然难以判断。这相当于法水自己提出了一个谜题。

楼梯尽头连着一道走廊，到达楼梯顶端就是一间戒备森严的房间，房门是由铁栅栏做成的，接着是几阶石梯，房间深处似乎是像金库门一样泛着光亮的黑漆门板。那是古代时钟的储藏室，当法水了解这些收藏品的惊人价值后，也就充分理解收藏者为何如此警戒了。以该处为基点，走廊向左右两边延伸，犹如隧道般黑暗。因为每一区都有房门，所以龛内的电灯在白天也都必须点亮。左右墙面上唯一的装饰是用陶土绘制的红线。

不一会儿，在右边道路的尽头向左转，到了方才那条走廊的对面。短短的拱廊出现在法水的侧边，列柱后排列的是日式盔甲。圆形天顶下的大楼梯间的圆廊处就是拱廊的入口，尽头是另一道走廊，入口的左右两侧是六瓣形壁灯。正要进入拱廊内时，法水不知道看见了什么，竟一脸惊愕地停住了。

“这里也有。”法水指着左侧一列坐姿盔甲（以坐姿置于柜上）最前面的那个。

检察官脸上不自觉露出些许厌烦，反问道：“那个有绯绒缀的盔甲吗？上面是有三只黑毛鹿角的头盔，有什么奇怪之处？”

“头盔被换掉了，”法水淡淡地回答，“对面的全部都是吊盔甲（指吊在空中），第二具鞣制皮革所做的盔甲，戴的是狮子啮台星前立细锹头盔，从缀可知，那是地位较高的年轻武士所戴。但是，这边却是优雅的绯绒搭配凶猛的黑毛鹿角头盔。支仓，俗话说，一切的不和谐之下都暗藏了邪恶。”

他随即向仆人求证此事。仆人的脸上不禁露出惊叹之色，接着确切地回答：“是的，就在昨夜之前，一切都跟你说的一样。”

他们继续穿行于左右并排的众多盔甲之间，直到踏上对面走廊。那是个出口封闭的走廊，左侧房门通向的是主建筑一侧螺旋楼梯上的露台，右侧第五扇门通向的就是命案现场。厚重的房门两侧都是质朴的浮雕装饰，刻画了耶稣医治驼背的人的场景。然而，与这里一门之隔的另一边却横躺着葛蕾蒂·丹尼伯格的尸体。

门一打开，就看到调查主任熊城一脸愁容，正看着他对面的一位妇人。妇人背对着门口，看起来二十三四岁。熊城咬着铅笔后面的橡皮，一见到两人，立即瞪了瞪眼，冷淡地说了声：“法水，死者在帷幔后面。”他似乎有点不满意他们来迟了，同时中止了对妇人的讯问。熊城在法水到达这里时，就立即停下自己的工作。他的神情偶尔有些涣散，表情茫然，可以想到帷幔后的尸体对他造成了多么大的冲击。

法水首先看向熊城先前询问的那位妇人。妇人脸圆圆的，有着可爱的双下巴，虽然算不上美人，可她那双明亮的大眼睛，如青瓷般透亮的眼周，还有紧致的小麦色肌肤，给她的魅力增色不少。她叫纸谷伸子，声称是已故的算哲博士的秘书。她身穿葡萄色的晚礼服，声音甜美，却面如土色，显然是因为恐惧。

在她离去后，法水沉默着开始在室内踱起步来。这个房间足够宽敞，家具却很少，加上光线昏暗，给人一种空荡荡的感觉，甚是寂寥。地板中央铺着埃及手工织毯，图案是约拿困在大鱼腹内三日三夜的故事。织毯下面是车轮图案的地面，由彩色大理石和野漆树的木片交互镶嵌组成，两边的地面则是由胡桃树和野漆树的木片拼接而成，一直延伸到墙壁底边。处处都藏着镶嵌的图案，散发出浓浓的中世纪风格，渗透着沉郁的感觉。头上高高的木质天花板渗出模糊的黑斑，已经无法分辨出斑驳的岁月，周围渗出阴森惨淡的似鬼气般的气息，静静地沉下去。

刚才进入的那扇门是这里唯一的房门，房间左边是两扇两段式的金属窗，向侧院敞开着，右边则是由石材堆砌的大壁炉，中央刻有降矢木家徽纹，正面垂挂着黑色天鹅绒帷幔，看起来十分厚重。另外，从房门到壁炉的那面墙壁有一个大概一米高的平台，摆放了背靠背的佝偻者的裸体雕像和著名立法者摩西（埃及雕像）的坐像。靠窗的地方用一扇高屏风隔出一个空间，摆放着桌椅。向角落走过去，

渐渐远离人群，一股刺鼻的霉味突然袭来。壁炉架上的灰尘积了大约五厘米厚。一触碰到天鹅绒帷幔，呛人的微小灰尘随即飞舞到空中，闪着银色光泽，纷纷散落。看来这个房间已闲置多年。

这时，法水拨开帷幔向内望，一瞬间他脸上的表情呆滞了，时间仿佛静止。检察官从身后条件反射般抓住他的肩膀，随即检察官手上强烈的战栗如电流般传来。然而法水毫无察觉，只觉得耳边雷声轰鸣，脸庞如火烧般滚烫，眼前除了这惊人的景象之外，整个世界已经不复存在。

看啊！圣洁之光绽放在躺着的丹尼伯格夫人的尸体上，正如幽暗之中包覆了一层光雾，半空中一种混沌的澄蓝色光线在不经意间流动着，与尸体表面保持些许的距离，却是紧实而又严密地包围着整个尸体。那种光散发出极冷而清澈的气息，乳白色混浊的部分似乎发出神圣的启示，高深莫测。死亡本身的丑陋因此而显得祥和，尸体全身充溢着不可言喻的安宁，仿佛还能从那庄严的梦境中听见天使吹响的喇叭。甚至让人觉得，神圣的钟声即刻就要响起，圣洁的荣光将化为万丈光芒，令人不由自主地感叹："神啊，赞美丹尼伯格夫人的童贞吧。在最后的朦胧时刻，她将被迎接为圣女！"

这光芒也照在此时呆若木鸡的三人的脸上。法水最先回过神来，着手进行调查。然而，打开窗户之后，刚才的光芒立刻变得稀薄，快要消失不见。尸体已全身僵硬，死亡至少十个小时了。见此情形，法水不为所动，按照程序进行科学的调查与分析。当他确定尸体口腔内也存在光芒后，让尸体趴卧，把小刀刺入后背的鲜红尸斑，然后微侧尸体。血液缓缓流出，光芒立刻泛开一层红晕，仿佛隔离着浓雾，血液便在两者的间隙中逶迤流淌。

这景象如此凄惨，检察官和熊城都不忍直视。

"血液中没有光芒，"法水放下尸体，语气失落，"目前只能说这是一种奇迹。至少已经证实光芒并非外在因素所产生，因为没有磷的臭味。假如说是镭化合物，那么皮肤必然会因为辐射出现坏疽，而且衣服上也会有明显的痕迹。所以，可以断定这光芒的确是从皮肤发射出来的，而且，这种光是所谓的冷光，既没有热度，也没有气味。”

“所以，这算是毒杀吧？”检察官问道。

“嗯，很明显死因是氰化物中毒，看血液的色泽与尸斑就一目了然。但是，法水，这种像文身一样奇特的亮光又是如何形成的呢？这应该属于你那些奇怪癖好的领域吧？”熊城及时接话，一改平日我行我素的风格，唇边竟然难得地浮现出一丝自嘲的笑意。

事实上，除了那亮光外，尸体的另一个现象更令法水目瞪口呆。丹尼伯格夫人躺在帷幔正后方的床铺上，那是一张具有路易王朝时期风格的床，材质是桃花心木，床头饰纹为松球形，床柱上方的顶罩为蕾丝。尸体靠右侧斜卧成几乎俯着的姿势，右臂像是被扭到背后，手搁在臀上，左手从床铺垂下。脑后是随意扎起的银色头发，身穿黑色斜纹洋装，鼻尖几乎挨着上唇，是典型的犹太人模样，面孔痛苦地扭曲成S形，看起来反倒有些滑稽。然而，最令人不可思议之处是徽纹状的伤口出现在她两边的太阳穴上。这伤口像是文身时的底图，用很细的针尖巧妙地在皮肤表面划出一层浅伤。两边太阳穴都有直径大约一寸的圆形，圆周是类似蜈蚣百足般的短线条。伤口很浅，只渗出淡黄色的血清，趴在更年期妇人这种干燥甚至粗糙的皮肤上，若说是凄美，其实更像是干枯的蛲虫尸骸，更恐怖的说法是像鞭毛虫的长条粪便。目前，最困难的是无法推定该伤口的形成究竟来自内部还是外部。

法水的视线从这凄惨的图案挪开，与检察官的目光不期地交会，两人的身体都默默地战栗。因为，太阳穴伤口的形状，正是佛罗伦萨市徽旗上的二十八叶橄榄冠（见右图），降矢木家徽纹的一部分。

二、德蕾丝杀了我

检察官结结巴巴地向熊城说明降矢木家徽纹的情况后，继续说道：“这一点是毋庸置疑的。可为何凶手杀死受害者后还不满足？他做出如此令人费解的行为究竟是何原因？”

“支仓，”法水叼起烟，“这不是重点，让我诧异的是，死者停止呼吸是在被刻上这些徽纹的几秒钟之后。也就是说，刻上徽纹的时间很奇特，既不是死后，也不是服毒前。”

“开什么玩笑！”熊城忍不住皱眉，“你说受害者不是当场死亡？讲讲你的理由。”

法水的语气带着些许训斥，像是面对调皮的孩子：“这起案件的凶手虽然动作敏捷、隐秘且残暴至极，不过你夸大了对于强度氰化物中毒的认定。我的理由十分简单，一般氰化物中毒之后，呼吸系统就算是瞬间麻痹，到心脏完全停止跳动至少还有大约两分钟的时间，而尸体皮肤表面发生变化是同心脏功能衰退一起出现的。”

法水停顿了一下，注视着对方接着说：“只要知晓这点，就应该能认可我的看法。你们看，伤口只有血清渗出，可以表明这是只切割了表层皮肤的高明手法。最主要的是，一般在切割活体时，皮下肯定会渗血，伤口边缘会肿起，在太阳穴上这些伤口表现得很明显。你们再看看其他伤口，割裂却并没有结痂，透明如雁皮纸，这就是尸体现象。如果分析是正确的，那么这两种现象就产生了很大的矛盾，死者伤口形成时的生理状态究竟如何，很难界定。所以，要想获得确切的结论，只有分析出指甲与表皮的死亡时间。”

法水的观察过于细致，反倒让伤痕的徽纹之谜显得更深重。检察官听完再次战栗，声音不再冷静：“一切等解剖完尸体再说。不管怎样，凶手不仅不满足于制造尸光的超自然现象，又在上面刻了降矢木家的徽纹烙印……我感觉如此圣洁的光具备了某种非常淫虐的意识。”

“不，凶手并非只是希望吸引看客，而是想要你刚才所经历的心理冲击。为何凶手有这种变态的个性呢？并且还相当具有创造性……不过，如果按海尔布洛尼的论点，小孩才是最具淫虐和独创性的。”

法水微笑着，接着问道：“对了，熊城，尸体发光是从什么时候开始的？”

“最初桌上的灯亮着，所以谁也不清楚。到了大概十点，大致结束了验尸的程序，这一区的搜查也基本完成，关上房门，关掉桌灯时才发现……”熊城生硬地咽下唾液，“别说降矢木家的人了，就连一些办案人员都不知道这件事。另外，我再说明一下到目前为止的调查情况……昨夜，降矢木家这里有一场聚会，席上丹尼伯格夫人突然昏倒了，时间正好是九点。然后她就被送到这个房间休息，管理图书的久我镇子和管家川那部易介负责通宵照顾她。到了十二点左右，受害者食用了掺入氰化钾的柳橙，我们已经在她口腔里残留的果肉渣里发现了大量的遗留物。尤其让人不可思议的是，那仅是第一口柳橙，在其他的果瓣中，没有留下任何毒药的痕迹。所以我认为凶手是精心安排的，一举正中目标。”

“柳橙？”法水轻晃床铺上方顶棚的柱子，声音低沉，“这么一来又出现了一道谜题，就是说，凶手对毒药毫不了解。”

“可是，调查仆人们并未发现任何疑点。久我镇子和易介都声称丹尼伯格夫人是自己从盘子中挑水果吃的，而且，十一点半左右这个房间便锁上房门，从玻璃窗和铁窗上菇状的锈蚀斑痕判断，没有外力侵入。只是有一点，据说那盘水果中，丹尼伯格夫人最喜欢的是梨……”

“什么，上锁？”检察官一脸愕然，似乎很在意这一点与伤痕徽纹的产生所形成的矛盾。

然而，法水不为所动，依然注视着熊城的脸，他冷静地说道：“我不是这个意思。我认为，凶手只是给氰化钾戴上柳橙这个面具，但这更让人惊讶于他那可怕的非凡天分。你仔细想一想，只用柳橙来伪装氰化钾这种异臭和苦味都超乎寻常的毒药，这种做法不是很不可思议吗？何况用量还是致死量的十几倍。熊城，你觉得为何如此稚拙的手段能产生这种魔幻的效果呢？为何丹尼伯格夫人第一次伸手拿起的不是别的，而是柳橙呢？我认为，这就是下毒者的荣光，对他而言，这是自伦巴底巫女出现以后，一种永恒的崇拜物。”

熊城没有出声。法水像是突然想到什么，问道：“受害者的具体死亡时间是什么时候？”

“今天早上八点验尸时，鉴定为已经死亡八小时，所以吃柳橙和死亡的时间应该是一致的。死者被发现是在凌晨五点半，十一点之后就没人再进入这个房间，负责照顾死者的两人，似乎也完全不知道发生了意外。除此之外，家族里其他人员的情况都不清楚……这就是装柳橙的水果盘。”熊城说完，从床铺下面拿出一个银质的大盘子。

这是一个直径约二十厘米的浅盘，外侧边缘部分是画家艾瓦佐夫斯基的作品——匈奴人狩猎驯鹿的浮雕图，线条硬朗，具有典型的拜占庭风格，盘底是一只虚构的倒立爬虫，虫子的头部与前脚为底座，带刺的身体呈く形弯曲，用后脚和尾部支撑着盘子，く形的另一端连接着半圆形的把手。盘里的梨和柳橙都被切成两半，有做过鉴别的痕迹，这些当然是没有掺毒的。但造成丹尼伯格夫人死亡的那另一半柳橙明显不同，发生了显著变化，它的表皮不再是橙色，而是接近火山岩浆的红色，颗粒硕大，果肉因为成熟过度变得红中带黑，像是凝结的血块，令人恶心，但这色泽却出奇地刺激着人的神经。果蒂已经不见了，可以推断，泥状的氰化钾应该是由此处注入。

法水对水果盘的查看似乎告一段落，开始在房间里踱步。以帷幔为界，隔开的部分与前面的房间迥然不同，此处的墙壁涂的是灰泥，地板也是灰色调，毛绒地毯也是素色的，窗户略靠上，面积比前面的房间略小，感觉阴暗了许多。再加上这灰的墙壁、灰的地板、黑的帷幕，很容易就让人联想到以前哥森·克雷格时代的舞台背景。这种本就单调的基本色系让室内更加阴郁了。

同前面的房间一样，这里也是荒废已久，墙上积了厚厚的灰尘，每走一步都会引得它们纷纷扬扬地洒落。这里的家具只有床边的一个大型橱柜，样子像酒坛，上面放了一本记事簿，夹着的铅笔芯已经折断，还有一副玳瑁近视眼镜，是受害者睡前取下的，此外还有一盏绢罩上绘有图案的台灯。近视度数只有二十四度的眼镜也只能让模糊的事物稍微清楚一些，所以没什么可看的。

法水步伐悠闲地慢慢走着，检察官的声音在他身后响起：“法水，看来奇迹只在所有大自然法则的彼岸出现啊！”

“嗯，现在我所知道的只有这些，”法水语气平淡，“凶手如同射箭般精准，只用一箭便将可怕的氰化钾射入对方腹内，而没有造成身体外部的其他损伤。这也表明，在得出最终结论之前，光芒与伤痕徽纹是必然出现的。也就是说，这两者是完成凶行的结构性补充，是其过程不可或缺的科学原理。”

“开什么玩笑，这种理论太过空泛了吧！”熊城愕然地说。

但法水毫不在意，继续表达他那独特的观点：“因为凶手必须进入从里面锁住的房间，并在短短的一两分钟内制造出伤痕徽纹！这需要像克立尔医生那样的技术才能办到吧。这就无关心理，而是

涉及生理的奥妙了。另外，疑点也是存在的，比如被扭至背后的右手，右肩上有微小的钩伤……”

“不，这些都不是重点，”熊城表情冷淡地说，“这只是受害者以趴着的姿态吞下柳橙，瞬间失去抵抗力造成的。”

“但是熊城，阿道夫·汉肯所著的古老法医学书籍中，有一段有趣的文字。一位妓女侧躺着服下毒药，当时她的手臂正压在身体下，然而瞬间产生的冲击力反而让麻痹的手臂做出了动作，把毒药瓶丢进窗外的河里。所以，我认为找出受害者最初的姿势是很有必要的。另外，亮光出现在尸体上的事，阿布里诺的《圣人奇迹集》中……”

“不错，和尚跟杀人命案产生关系的可能性更大。”熊城故意表现得漫不经心，却又神经质地摸摸内侧口袋，想取出点什么。

法水没有回头，继续说道：“熊城，指纹检测的情况怎么样了？”

“指纹很多，但基本都可以确认。昨夜在受害者进入这个房间之前，仆人们使用真空吸尘器打扫了床铺和地板，所以很遗憾，没有发现脚印。”

“哦，是吗？”法水说着，停在了尽头的墙壁前。

在墙壁上大概一般人面孔高度的位置，有什么明显的痕迹，估计是最近取下过类似匾额的东西。走回刚才的位置，法水好像在台灯里有了发现，他忽然回头对检察官说道：“支仓，麻烦你把窗户关上。”

检察官一愣，还是照做了。

然后，尸体神秘炫目的亮光再次显现，法水扭亮台灯。检察官这时也发现台灯用的是少有的碳纤维灯泡，应该是为应急所准备的。灯光是红褐色的。法水的视线顺着灯罩画出的半圆的光移动，他经过刚才有匾额痕迹的墙壁，在往前约一尺的地板上停住了，做了一个记号，请检察官关掉台灯。房间里立刻恢复之前的样子，乳白色的光线从窗户射进来。

检察官望着窗户吁出一口气，问道："你到底想到了什么？"

"目前我的论据还没有明确，所以打算制造出用眼睛看不到的人物。"法水的语调也带着困惑。

但是熊城却随即递出一张纸片，说道："这个，足以让你的谬论消失。根本没必要这么费劲地虚构角色。你看，丹尼伯格夫人曾试图告诉我们，昨夜，这个房间躲藏着意想不到的人物，并且她在吃柳橙的那一瞬间就知道了。"

看到纸片上的文字那一刻，法水的心脏好像被什么紧紧箍住。

检察官则愣住了，然后大叫："德蕾丝！是那个傀儡玩偶！"

"没错！如果与伤痕徽纹联系起来的话，那就不能说是幻觉了。"熊城的声音低沉又有些颤抖，"玩偶就在床铺下面。当我看到纸片时，浑身发麻，汗毛竖立。毫无疑问凶手是利用玩偶行凶！"

法水不免有些冲动，用讽刺的语气说道："原来是把恶魔学应用在了玩偶上。这么说来，凶手的意图是潜在性地批判人类。不过，这是少有的旧式写法，用的是爱尔兰文字或波斯文字。有证据能证明这是受害者亲笔所写的吗？"

"当然！"熊城耸耸肩，"事实上，你们刚才抵达时见到的纸谷伸子，就是这张纸片的最后鉴定者。她说丹尼伯格夫人有特别的握笔习惯，通常是用小指和无名指捏住铅笔的中部，再用拇指和食指斜握铅笔进行书写，所以笔迹相当不容易模仿。而且，笔尖折断的状态也与纸上的擦痕完全吻合。"

检察官忍不住哆嗦了一下，说道："这是要暴露可怕的尸体啊！法水，你觉得呢？"

"嗯，玩偶与伤痕徽纹之间存在必然联系吗？"法水眉头紧锁，"这是典型的密室作案。我非常希望这一切都是幻觉。然而，事实上，我们正无意识地走向另一个方向。不，如果从玩偶着手调查，通过其机械设计原理或许能了解伤痕徽纹之谜的某些要点，至少强过继续站在这里看奇异的鬼火。就目前来说，任何微弱的亮光我们都不要放过，对吗？这样吧，晚点再讯问降矢木家的人，我们先从玩偶开始调查吧！”

说着，三人前往傀儡玩偶所在的房间，吩咐便衣刑警先去拿房间的钥匙。

没过多久，这名刑警激动地回来了，说道：“钥匙不见了，连药物室的也不见了。”

“没办法，只能破门而入了，”法水下定决心，“不过这样一来，就有两个房间需要调查了。”

“药物室也要一起查吗？”检察官露出惊讶的表情，“氰化钾这种东西也不难找到啊，小学生的昆虫采集装备里都有的！”

法水没有立即回答，站起来走向房门说道：“这是调查凶手的智力。也就是说，遗失钥匙的药物室里应该遗留了显示作案计划深度的物件。”

德蕾丝玩偶在大楼梯后面的房间，前面是一道走廊，正好在《解剖图》后方出口封闭的走廊的尽头。

法水来到房间前，用怀疑的目光盯着门看。

“这扇门的浮雕是希律王屠杀伯利恒的婴儿，同尸体所在的房间房门上耶稣治疗驼背的人的图，都是出自著名的《奥托三世福音书》。因此应该有迹可循。”法水轻轻点头，伸手去推房门，门却纹丝不动。

“事到如今也只好破门了。”熊城神情严肃地说。

法水慌忙出声阻拦：“别急，我还在看浮雕。而且，动作太大的话，有些痕迹可能会消失，最好是轻轻割开下方的木板。”

不久，门的下方被割开一个矩形的缺口，他们三人弯腰钻进房内。透过法水手中手电筒的圆形光圈，只看到了地板和墙壁，一件家具也没有。他们从最右端开始绕着房间仔细转了一圈，毫无发现。

就在即将转完的时候，法水的身旁，也就是门右侧的墙角——出乎意料地出现了德蕾丝的侧脸，真是见鬼了！

说起面具的恐怖，大概人人都有过这种体验，比如白天待在古老的神社大殿，看到破格子门上挂着的能剧表演面具，全身会不由自主地一阵发凉，觉得被人从头到脚摸了一遍，感觉毛骨悚然。更何况此时是这起事件怪异的始作俑者——德蕾丝玩偶，在荒废的房间暗处骤然浮现……那一瞬间，三人都倒抽一口冷气，几乎忘了呼吸。

窗户掠过一道闪光，瞬时照亮铁窗的轮廓，同时远处传来地动山摇般雷声的轰鸣。空气中一片凄然，法水凝视着眼前散发出妖魅气息的玩偶，想象着这具没有灵魂的玩偶出现在夜深人静的走廊。

找到电灯的开关之后，房间内终于一片光明。大家这才看清德蕾丝。这是一个身长五尺五、宽六寸的包蜡玩偶，身穿一件深蓝格纹的上衣和百褶裙，脸部给人的感觉说是可爱，更带着一股妖艳。它有一对鲁本斯[1]画作中淫乱之态惯有的半月形眉毛和嘴角向下的帆船形嘴，却与圆润的鼻子相当和谐，展现出毫不浪荡的处女神往。脸部轮廓相当精致，配上一头蓬松的金色卷发，简直是托勒威纽庄的美人德蕾丝·西诺莉的真人翻版。灯光下，玩偶脸上皮肤下的血管隐约可见，绽放出熠熠光辉，可惜，与肩膀以下巨大的身躯相比，显得很不谐调。可能是为了保持稳定性，身体制作得尤其大，连脚趾都是常人的三倍大小。

法水以考察的目光盯着玩偶，说道："这只能说是没有生命的假人[2]或铁处女[3]。据说制造者是柯贝兹基，说是玩偶，其实更像是

---

[1] 鲁本斯（Peter Paul Rubens，1577—1640）：佛兰德斯画家，是巴洛克画派早期的代表人物。

[2] 假人：犹太民间传说中被赋予生命的泥人，在《圣经》中代表未成形或没有灵魂的躯体。

[3] 铁处女：古代欧洲用来拷问犯人的一种刑具。名字和外形圣洁，实际相当残忍。

德国巴登 - 巴登的手控傀儡。它看似简洁的线条隐含着无限神秘，是其他玩偶无法比拟的。这绝不是出自正统的玩偶工匠之手，算哲博士专门找人制作出如此巨大的手控傀儡玩偶，可能完全是他个人的嗜好。”

“现在可不是悠闲地欣赏它的时候，”熊城苦着脸，“法水你看，房门是从里面锁上的！”

“嗯，真是不可思议！用意志力远程遥控玩偶锁门是不太可能的吧？”检察官看着锁孔中插着的一把挂着吊饰的钥匙，神情凛然，马上开始查看地板上的脚印。从门口到正面窗户的地板有来回两次的四道脚印，并且明显很大且扁平。另外，还有一道脚印是从门口到目前玩偶的位置。最令人震惊的是，这些脚印都不属于人类！

检察官的惊呼让法水露出讽刺的微笑，说道：“这没什么可奇怪的。凶手先用玩偶的步幅行动，然后让玩偶再在上面踩一遍，自然就看不到自己的脚印了。之后的行动和出入，都是完全踩在玩偶的脚印上。只是，昨夜这具玩偶最初的位置如果是在别处而不是门口，那就说明它昨夜并没有离开这个房间。”

“不可思议，”熊城故作镇定地说，“那么脚印的先后你要如何证明？”

“不过是最简单的减法运算而已，”法水的语气略带轻蔑，“如果说最初的位置不是在门口，那么留下的四道脚印就无法连贯，门口到窗边的两道脚印肯定会多出一道。然而，假设玩偶开始在窗边，踩着凶手的脚印走到室外，再回到原位，那就得再走到房门上锁。如大家所见，玩偶是走到门前然后转弯，才到现在的位置，剩下的一道脚印则完全没有必要。那么，如果说往返一次是为了掩盖住凶手的脚印，那又为何必须从此处再回窗边呢？如果让玩偶停在窗边，它又怎么锁门呢？”

“玩偶锁门？”检察官怔住了。

“不然还有谁能锁门？”法水的语气显得很兴奋，“只是凶手使用的方法毫无新意，可以说是太老套了，就是利用绳线。现在来证明我的猜测是否正确。”

他首先将钥匙插入锁孔。

法水十几天前在圣阿雷基赛修道院的吉娜达的房间里实验成功了，这次也能成功吗？看起来有一定的难度，那把旧式钥匙的长柄突出在门把手之外，利用上次的技巧是难以实现的。

两人静静地注视着法水。他把准备好的长线，从锁孔外侧向内穿入，先在钥匙圈形的左侧缠绕，再由下往上向右侧缠绕，接着从上方挂住圈形的左根部，剩余部分绕在检察官身上，尾端则再次穿过锁孔，放到外面的走廊。

“现在支仓就是那具玩偶，他要从窗边走过来。凶手必须事先确定好放置玩偶的准确方位。在门槛边停住的一定要是其左脚。因为若左脚在这个位置停住后，下一步是右脚，中途会被门槛挡住，所以用右脚为轴心产生的力量，使左脚逐渐后移，等身体完全转过来时，就可以与房门平行前进。”

接下来，法水安排熊城负责拉住门外的两条线，让检察官朝着墙边的玩偶走去。当检察官经过门前，并超过钥匙的位置时，法水叫熊城拉线，线头逐渐绷紧。检察官的身体推着线继续前进，接着圈形的右侧被拽动，钥匙慢慢开始旋转。锁扣落下的瞬间，钥匙上的长线也同时断掉。

熊城手里拿着断掉的两条线走过来，不服气地叹息着说：“法水，你实在令人匪夷所思。”

“但是这证明不了玩偶有没有离开过这个房间。另外，多出来的那道脚印，我也没想明白。”法水决定暂时不去理会它了，他拉开玩偶衣裳的后背拉链，对开式的小门里是玩偶内部的机械装置，是设计极为巧妙的仿佛数十个时钟的集合体。不计其数、大小各异的齿轮重重叠叠，有多层复杂的自动转向机，连接活动关节的金属细棒闪闪发光，中间是螺旋般的突起和控制器。

熊城靠近玩偶闻其身体，并用放大镜搜寻全身，但不管是指纹还是指模，都毫无痕迹。

等熊城做完这些，法水说道："对玩偶的性能我多少有些了解，一般来说它只会前进、停止、挥手、抓放物件这些基本功能，就算它走出了这个房间，要做出雕刻那种伤纹、模仿丹尼伯格夫人写字的事，简直是异想天开。"

这是法水思考后得出的结论，然而，在他对玩偶的疑问渐渐淡去的同时，另一种疑问渐渐明晰，无法拂去。他说："熊城，凶手把现场布置成玩偶锁门的样子究竟有何用意？是为了增加事件的神秘感，还是要炫耀自己的巧妙手法？如果要增加玩偶的神秘感，还不如敞开房门，给玩偶的手指上沾点柳橙汁有用。唉！凶手把细线和玩偶诡计留给我是什么意思呢？"

他的表情既疑惑又苦恼，接着说："还是先看看玩偶的行动再说吧。"法水眼睛里的光彩消失了。

然后，玩偶开始行走，速度非常缓慢不说，姿态还相当笨拙。这是机械产品的特性，它每踏出一步都伴随着丁零当啷的声响。那是玩偶体内某处金属线震动，在体腔产生共鸣的声音。这样看来，玩偶的嫌疑似乎没有了，跟法水推理的一样。只是这个声响成了决定事件的关键。

在得到这个重大发现之后，三人走出了玩偶所在的房间。

法水原本的计划是要调查楼下的药物室，不过他临时起意，走进了排列着古老盔甲的拱廊，在圆廊的门口停住。法水的目光朝着对面的墙上看去，那里有两幅亵渎神明的石灰壁画，右侧是《处女受胎图》，图上左边站着面色苍白的玛利亚，右边是《旧约》中的先知们，都以手掌遮住眼睛，中间的耶和华望向玛利亚的目光充满性欲。左侧是《加尔瓦略山的翌晨》，图画右边明晰地画了在十字架上死去后僵硬的耶稣，一群怯懦的使徒正不安地往前走。

法水思考片刻，拿出香烟后又放回，忽然问道："支仓，你知道波德定律吗？就是用某个数列得出的倍数公式计算行星到太阳的实际距离，海王星除外。这个定律该如何应用在拱廊这里呢？"

"波德定律？"法水奇怪的言行再次令检察官惊讶，他不禁看了一眼熊城，两人无奈的目光对上了。

"那取决于你对这两幅画的评价了。如此尖刻地讽刺《圣经》，你怎么看？我觉得，喜欢这类风格的费尔巴哈[1]，应该跟你一样善辩。"

听罢检察官的话，法水只是笑了笑。

他们从拱廊回到尸体所在的房间后，又得知一个惊人的消息——管家川那部易介消失了。

昨夜正是他和管理图书的久我镇子一起照看的丹尼伯格夫人，熊城认为他的嫌疑最大。得知易介失踪，熊城搓着手得意地说："我在十点半结束对他的讯问，接着他陪同鉴识科人员去采集指纹。这么说，他失踪的时间应该是从那时到现在一点之间。对了，法水，据说这座雕像是以易介为原型塑造的。"

熊城指着房内的一座雕像，接着说："整件事情我已经完全明白了，那位驼背侏儒在这桩事件中所扮演的角色也十分清楚。他真是愚蠢，竟然没注意自己那么明显的特征。"

法水对熊城的说法有些不屑，只淡淡回了句："真的是这样吗？"

法水走到与立法者坐像背对背的佝偻者雕像面前，说道："哦！这位驼背已经治好了啊！这实在是巧妙，耶稣在门上的浮雕中治疗他，进门后他便已痊愈，而且，这男人一定已经成了哑巴。"

[1] 费尔巴哈（Ludwig Andreas Feuerbach，1804—1872）：德国哲学家。

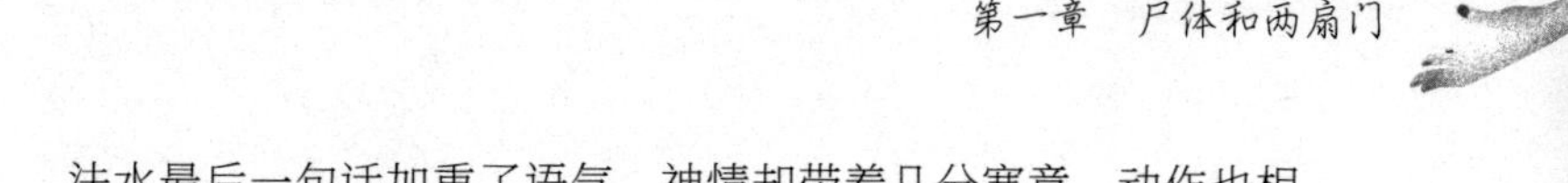

法水最后一句话加重了语气，神情却带着几分寒意，动作也相当神经质。

然而，雕像毫无变化，扁平的大头上眼睛眯缝着，眼角渗出一抹狡黠的笑意。

这时，检察官用手势招呼法水过去，他似乎有所发现。桌上的纸片上是检察官逐条列出的问题。

一、法水在大楼梯上说，仆人会听到正常人听不见的声响，结论是什么？

二、法水在拱廊看见的是什么？

三、法水扭亮桌灯的原因？为什么测量地板？

四、法水为何执着于对德蕾丝房间钥匙的反向解释？

五、法水为何不首先讯问降矢木家的人？

读完纸片，法水笑了，分别在一、二、五号问题下面画上破折号，并写下回答，接着又写下一句“如果够幸运，或许可以找到指证凶手的人物（第二或第三桩事件）”。

检察官吃了一惊。法水接着写上第六个标号和问题：盔甲武士为何必须离开楼梯旁？

“你已经清楚了？”检察官瞪大眼睛问道。

这时，房门被打开，进来的是久我镇子，第一位被传唤的降矢木家的人。

三、尸光不会无故产生

久我镇子是个五十二三岁的优雅女性，脸部线条仿佛精心修凿过一般，具有难得一见的美丽容貌。时而紧绷的神情，展现出这位妇人钢铁般的坚定意志，仿佛肃然的静谧中隐匿着闪烁的火焰。

从她一进门，法水就感受到这位妇人强烈的精神意志和散发出的压迫感。

“你一定想问这个房间为何如此空荡吧？”镇子先开口了。

“之前这里是空的房间吗？”检察官插了一句话。

“说是空房，准确地说是不开放的房间。”镇子认真地指正。

她取出腰带间的香烟，点燃后接着说：“可能你们也听说过，那三次连续的死亡事件，都发生在这个房间。因此在算哲先生自杀后，就永久性封闭了这个房间，只有这座雕像与床是原有的陈设。”

“不开放？”法水神情复杂，“那昨夜为何开放？”

“是丹尼伯格夫人命令的。她软弱的心灵，迫使自己只能选择这里作为最后的避难之处。”

这番话听起来有着凄厉的意味。接着镇子开始叙述这座宅邸的异样气氛是如何蔓延开来的。

“算哲先生过世后，家族里的每个人都不再平静，关系融洽的四位外国人都变得沉默寡言，并开始互相防备。从这个月起，他们几乎只待在自己的房间里。尤其是丹尼伯格夫人，变得近乎疯狂，除了我与易介，她不让任何人送食物到她的房间。”

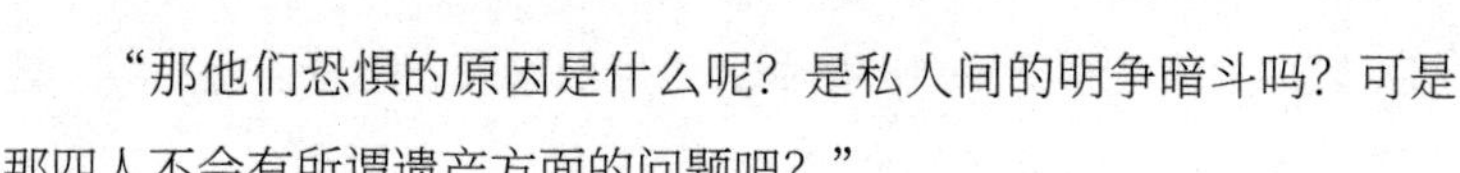

“那他们恐惧的原因是什么呢？是私人间的明争暗斗吗？可是那四人不会有所谓遗产方面的问题吧？”

“我并不清楚原因是什么，但我确定他们四人都觉得自己有生命危险。”

“你所说的从这个月开始气氛日益沉重，指的是什么？”

“可惜我不是史威登堡[1]或者约翰·卫斯里[2]。”镇子的语气带着讽刺，“我不明白的是，既然丹尼伯格夫人对死亡的恐惧达到如此地步，恨不得逃离，那她为何要举行昨夜的神意审判会？”

“神意审判会？”检察官问道。镇子的黑色和服让他感受到强烈的压迫感。

“算哲先生留下了一件神奇的东西——荣光之手，据说是马克连布尔格魔法之一，是把绞刑犯的手掌腌渍干燥后，在每根手指上放上用受绞刑而死的犯人的脂肪制成的尸烛。据说点燃蜡烛时，心怀邪恶的人便会全身发抖，因恐惧而晕倒。昨夜九点整，神意审判会开始，出席者有主人旗太郎先生和那四位外国人，还有我与纸谷伸子小姐。哦，押钟夫人（津多子小姐）原本也在这里暂住，不过昨天早上就离开了。”

“那么，烛光投向谁了？”

“就是丹尼伯格夫人自己。”镇子的声音降低了，身体哆嗦了一下，“那光线很是怪异，既不像白天的阳光，也不是黑夜的灯光。蜡烛发出嘶嘶声开始燃烧，火焰逐渐扩大，中间有铅灰色的东西在蠕动。它接着点燃一根又一根的蜡烛，此时我们全都不知不觉迷失了自己，忘记周围是什么状况，就好像飘浮在半空中。就在蜡烛全

[1] 史威登堡（Emanuel Swedenborg，1688—1772）：十八世纪的瑞典科学家、神学家，曾被誉为凌驾于亚里士多德、达尔文之上的北欧巨人，在当时人类所知的物理学、矿物学、哲学、经济学、医学等方面，都有杰出贡献。据称拥有灵魂离体的经验。

[2] 约翰·卫斯里（John Wesley，1703—1791）：英国神职人员，十八世纪卫理公会的创立者，因被圣灵感动而有得救重生的经验。

部点燃，大家几乎要窒息的瞬间，丹尼伯格夫人瞪着前方，凄厉地叫着什么—— 毫无疑问，她真的看见了。”

“看见什么？”

“她叫着—— 啊！算哲！同时瘫倒在地上。”

“什么，算哲？”

法水的脸色瞬间变得苍白，随即又镇静下来，冷淡地说：“真是富有戏剧化的讽刺。想找出其他六人中邪恶的存在，烛光反而投向了自己。我真希望能亲手点燃荣光之手，见识一下能让她叫出算哲博士名字的究竟是什么……”

“你觉得，这样会让那六个人像狗一样，将自己吐掉的东西，转过头再吃掉吗？”镇子用彼得的名言[1]表达她强烈的否定，“不过，你很快就会了解我并不是沉溺于神灵论的人。没多会儿，丹尼伯格夫人就清醒过来了，脸庞毫无血色，汗如雨下。她颤抖地挣扎着，绝望地说道：‘终于来了，就在今夜。’然后她让我和易介把她送到这个房间，并吩咐不能让其他人知道……我非常理解，当恐惧逼近眼前她想要逃离的那种急切心情。那大概是十点钟。只是，令她恐惧的事竟然很快就实现了。”

“不过，让她叫出算哲这个名字，也有可能是其他原因吧？”法水心中的疑惑仍未消除，“事实上，夫人临死前在纸条上写了德蕾丝的名字，并把它掉落在床底下。我可否认为当时她正处于某种幻觉之中，或者精神陷入某种异常……对了，你知道伍尔芬的作品吗？”

此时，镇子的眼眸里发出异样的光彩，回答道：“没错，《五十岁变质论》也可以解释这种情况，实际上也的确存在癫痫发作但单凭外表无法做出判断的实例。可是，非常遗憾，当时夫人的状态非

[1] 语出《彼得后书》2:22：“俗语说得真不错，狗所吐的，它转过来又吃；猪洗净了，又回到泥里去滚。这话在他们身上正合适。”

常清醒。”

她用肯定的语气接着说道：“夫人睡到十一点左右醒来，她说喉咙发干，易介便从客厅端来那个水果盘。”

一道光飞快地从熊城的眼睛里闪过。

镇子若有所悟地继续说道：“啊！你果然是经院学派的。你肯定想问那颗柳橙的情况吧？可惜，人类的记忆并不像大家想象的那样可靠。最重要的是，尽管我昨夜几乎没有睡着，但难免还是会走神儿、打个盹儿什么的……”

“我能想到，这座宅邸的人昨夜一定都会不约而同难以入睡吧？”法水面露苦笑，“不过，好像十一点有人进来过？”

“是旗太郎先生和伸子小姐，他们进来看看丹尼伯格夫人情况怎么样。我记得当时丹尼伯格夫人忽然说想先喝点饮料，待会再吃水果。于是易介就拿来了柠檬汁，夫人非常谨慎，要求别人先喝。”

“哈哈，真是可怕的疑神疑鬼呢！那么，谁先喝了？”

“伸子小姐。她喝了之后，丹尼伯格夫人不再怀疑，连喝了三杯，之后好像就睡着了。然后旗太郎先生把墙上的德蕾丝画像取下来，和伸子小姐两人一起离开了房间。德蕾丝在这座宅邸里，被视为带来厄运的恶灵，丹尼伯格夫人最讨厌她。旗太郎知道这一点，所以可以说他对她的关怀细致入微。”

“可是这个房间里并没有可以躲藏的空间，看起来玩偶与那幅画像没有关系……”检察官接过话，“重点是，剩下的饮料去哪儿了？”

“应该是洗掉了。问这样的问题不怕被赫尔曼（十九世纪的毒药学家）嘲笑吗？”镇子的脸上浮现嘲弄之色，“这样还不行的话，那我再告诉你制造让氰化钾消失的中和剂的方法——在砂糖或石灰中加入单宁，经过沉淀可得到生物碱。生物碱再与茶水一起饮用就可以解毒了。然后，到了十二点钟，丹尼伯格夫人吩咐我们锁上房门，把钥匙塞到枕头下面，要我们把水果端过去，然后她拿起了那颗柳橙。

当时她一句话也没说，之后就再没有听到任何声音了。我们以为她已经睡着，便将长椅搬到屏风后面，守在那里。”

“在这期间你们有没有听见轻微的铃声？”检察官问。

镇子回答没有。检察官丢掉烟头，喃喃自语：“这么说，画像早就不在房间了，那么夫人见到的德蕾丝难道只是幻觉？既然是密室，那么伤纹的出现就太离奇了。”

“没错，”法水平静地开口，“还有更微妙的矛盾呢！刚才在有玩偶的房间所得出的论断，在这个房间完全反转。虽说这是个不开放的房间，事实上却长时间有东西进进出出，痕迹十分清楚。”

“别开玩笑！”熊城吃惊地嚷着，“锁孔的锈迹明显说明房间长时间未曾使用，刚开始连钥匙都插不进去呢！而且，这个房间的门锁开关是利用牢靠的螺旋弹簧，和放置玩偶的房间完全不同，所以根本不可能用绳线那种方式打开。当然，地板和墙壁也没有暗门，回音测定器已经确定过了。”

“正因为如此，我刚才说驼背治好了，你才会笑对吧？可是，大自然又怎么可能只在人眼所及的地方留下痕迹呢？”

法水引领众人来到雕像前，接着说：“一般说来，如果从小便是驼背的话，胸部的肋骨会变成凹凸的念珠状。那么，这座雕像的哪个部位可以出现此情形呢？你们可以拭掉灰尘看看。”

当厚实的灰尘如雪崩般掉落时，法水说的那种情形清晰地出现在雕像的第一根肋骨上。掩住口鼻的众人当下都瞠目结舌。

“这样说来，念珠状肋骨上堆积的灰尘应该是摊平的状态。但是，不管使用的机器何等精巧，或者人类的双手再怎么灵活，都没有办法实现。这完全是大自然的精雕细琢、鬼斧神工，就像风或水用上万年的时间在岩石上刻出巨像一般，在封闭的三年时间里，这座佝偻者的雕像也被治愈了。某个潜入者不断进出这个房间，并且每次都将蜡烛放在雕像前的台座上，他自以为不露痕迹，却制造了一个会说话的标记。火焰摇曳引起细微的气流，让最不稳定的灰尘一点一点地飘落。支仓，你静静倾听，是不是有某种类似铃虫叫声的鸣音？这声音，让我想起魏尔伦的诗……”

“是这样没错，”检察官赶紧打断他，“可是，这三年的时光不能给昨夜一个晚上的事情下论断吧！”

法水快速回头，望着熊城说：“你查没查过地毯下面？”

“地毯下又会有什么？”熊城瞪着双眼叫道。

“并不是只有视网膜或心跳才能说明死亡时间，弗里曼[1]就曾在织痕的缝隙间找到特别的贝壳粉末。”法水卷起地毯，从垂直方向看不出地面有什么异样，但是当镶嵌的车轮图案增多，略微不同的痕迹显现出来。是的，是水渍的痕迹残留在大理石与野漆木的细密纹路上！长度大约两尺，呈金币形状，外围有晕染。仔细一看，众多小点环绕在一起，无数形状各异的点与线聚合起来，以脚印的形状交互着延伸至帷幔处，越来越淡。

“想要恢复它的原状很难啊！它看起来可比德蕾丝的脚印大。”熊城很困惑。

“看映像就足够了。”法水表情坚定，“埃及地毯和地板接触得并不紧密，另外野漆木含有的大量脂酸，具有排水性。水从表面渗入到里侧，顺着纤毛滑落，接触到下面的野漆木后，会以水滴状弹跳。它所产生的反作用力，会使纤毛依次改变方向，渐渐地，水滴最终将沿野漆木往大理石的方向落下。据此可以倒推出原来的大致线条，即由距离大理石中心最远的线反向至接触野漆木的点。也就是说，好似水滴带着纤毛在钢琴上弹着回旋曲。”

“原来是这样，”检察官点点头，“那这些水是怎么回事？”

---

[1] 费里曼（Richard Austin Freeman，1862—1943）：英国侦探小说家，创作了“桑代克医师”系列，是最早把科学手段引入侦探小说的人。

“昨夜并没有水滴落。”镇子接话道。

法水仿佛感到有趣似的笑着说：“那就是纪长谷雄[1]写的女鬼化为水消失的故事了。”

不过，法水此时的戏谑却不是开玩笑。熊城将此形状与德蕾丝玩偶的脚印和步幅进行比对后发现，两者竟然惊人地一致。经过反复推理可以得出，玩偶的确踏着神秘之水而来。但是这样一来，牢固坚实的房门与美妙动听的鸣声之间的矛盾显得更加突出。屋内弥漫着朦胧的白烟，加之不断出现神秘的谜团，气氛既紧张又令人兴奋。检察官上前打开窗户，又回到原地。

法水望着从窗口飘走的白烟，再次坐下，说道：“久我女士，现在先不管之前那三桩事件，这个房间又是怎么回事？为何会有这些具有象征意义的物品呢？比如那座立法者雕像，便清楚地暗示了迷宫，对吗？它原来应该是放在鳄府的迷宫入口处，被法国考古学家马里埃特[2]发现的。”

“这个迷宫极有可能暗示了即将发生的事情，”镇子平静地开口，“或许全部的人都会被杀掉。”

法水露出惊讶的表情，目光直视对方，过了一会儿才说道：“至少那三桩事件是符合的……不过，久我女士，你还沉浸在昨夜神意审判会的回忆中吗？”

“那只是一项证据而已。我早就被预告了这次事件的发生，如果我没有说错的话，尸体应该是包裹在明净的荣光之中，对吧？”

听着他们两人之间的问答，检察官和熊城在一脸茫然之际，猛地听到这句话，仿佛五雷轰顶。这位妇人如何知道这惊人的细节？

---

[1] 纪长谷雄（845—912）：日本平安初期汉学家。八七六年（日本贞观十八年）即成为文章生。历任图书头、文章博士、大学头、参议、权中纳言。

[2] 马里埃特（Auguste-Ferdinand-Francois Mariette，1821—1881）：法国考古学家，在埃及发掘重要遗迹数十处。

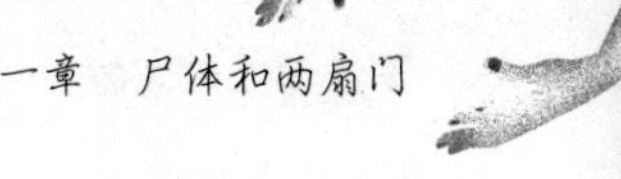

“对了，尸体发出荣光的实例，你还知道哪些？”镇子接着问道。这句话对法水而言，却是尖锐的考验。

“我所知道的，应该只有瓦特和阿雷兹奥两名主教，主张辩证派的马基西姆斯，以及阿拉哥尼亚的圣拉凯尔这四人吧！不过这只是推崇奇迹者的卑劣行径而已。”法水语气冷淡。

“不过，并没有足够的证据能解释这些事件，对吗？那么，发生在一八二七年十二月苏格兰因佛尼斯的牧师尸光事件[1]，你知道吗？”

对于镇子的嘲讽，法水略显不快地回答：“这件事很好解释，牧师先杀害了那两人，然后自杀。我说得详细点吧，牧师先杀害了史提夫，将尸体丢入史提夫自己停工的高温瓦窑，让尸体快速腐烂。在这段时间，他制造出一个很轻的船形棺，上面穿凿了无数细孔，把充分腐烂的尸体放到船形棺内，将重物绑在长长的绳索上，拖住船形棺沉入湖底。尸体内的腐坏气体经过很多天开始膨胀，船形棺会慢慢浮上来。然后，牧师估计好船形棺浮上水面的时间，在那天晚上计算好沉船的方位，敲碎冰层，让冰块的碎尖从船形棺身细孔刺进尸体腹部，让气体扩散，再点火。你应该知道，腐坏的气体一般具有可燃性。接着，他又用磷光现象掩饰了月光照在冰窟上留下的阴影，使用计谋让妻子在滑冰时坠入冰窟。妻子在水中拼命挣扎，最终力竭，沉入湖底深处。最后，牧师举枪瞄准了自己的太阳穴，身体正好倒在漂浮在水面的船形棺上，被磷光包覆起来，所以村民们误以为那是荣光。

“不过，随着气体逐渐飘散，船形棺浮力变小，载着自杀用的

[1]《西区阿西利安医事新志》中记载，瓦尔卡特牧师夫妇和友人史提夫，同游史提夫经营的砖瓦工厂附近的卡特林冰蚀湖，史提夫在第三天失踪。翌年一月十一日晚上，牧师夫妻在月夜前往湖上，再也没回来。半夜几位村民目睹在雨中无月的湖上发出荣光的牧师尸体，一直等到拂晓才敢上前查看。牧师死于他杀，致命伤是自左侧射入头盖骨内的枪伤，尸体位于冰上的凹陷处，身上的荣光也消失了。牧师妻子于当晚失踪，与史提夫一样从此失去踪迹。

手枪一起下沉，正好压在湖底的妻子阿比吉儿的尸体上。牧师的四肢却因为冰壁的支撑而卡在冰面上，雨中的水面很快再度结冰。妻子和史提夫有奸情最可能是牧师的杀人动机，不过，将妻子的尸体覆盖在冰面之下，这报复实在有些狠毒了。相比之下，丹尼伯格夫人的相关现象并未如此杂乱。”

镇子的脸上露出一丝惊异，神情却并未改变，从怀里取出对折的纸片。

“请你看看这个，这是算哲博士亲自手绘的黑死馆邪灵。荣光不是毫无来由的。”

打开对折的纸片，右边画的是一艘埃及船，左边有六幅画，每幅画中都有站着的博士自己，背后发出方形的荣光。他注视着身旁不同的尸体。其下方则分别写了六个名字，有丹尼伯格夫人和另外三个外国人、旗太郎，还有易介。背面是这六人对应的死亡方式预言。（见下图）

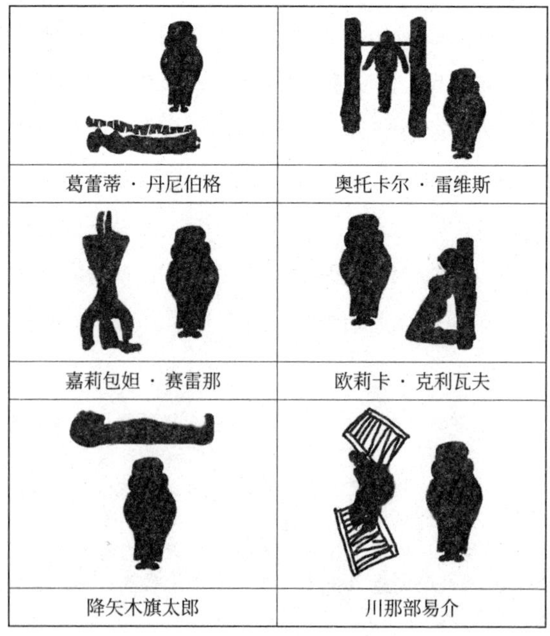

葛蕾蒂被发出的荣光杀死。	奥托卡尔被吊死。
嘉莉包妲被倒立杀害。	欧莉卡被蒙上眼睛杀害。
旗太郎飘浮在半空中遇害。	易介被夹死。

“真是可怕的预言！”法水的声音都颤抖了，“方形荣光代表了生存者，而那艘船……我觉得是古埃及人对死亡之后的想象，一艘神奇的死者之船。”

镇子面色沉痛地点点头，说道：“是的。据说船是漂浮在莲湖中，死者上船后，能够用意志控制船前进。方形荣光与这次的死者有什么关系呢？这表示在这座宅邸里博士永远存在，那具傀儡玩偶——德蕾丝，正是用他的意志驾驭的死者之船。”

·第二章·
浮士德的咒文

一、Undinus sich winden（水精啊，蠕动吧！）

久我镇子手里的这张六格启示图尽管隐藏着残酷的内容，线条却十分粗拙，造型也相当滑稽，但它绝对是所有因素的源头。如果在这个时机做出错误的选择，那么完全有可能在上千次的讯问后，仍会遇到难以突破的屏障，调查将陷入僵局。所以，听到镇子的惊人解释时，法水只是一副垂着下巴打瞌睡的样子。他那凝神沉思的状态，足以说明此刻他内心的苦恼远远超过以往。这一桩没有凶手的杀人事件，终究还是无法否定将埃及船和死亡图示联系起来的解读方法。

不一会儿，法水抬起头，他的脸上出乎意料地再次充满了生机。他开口说道："我明白，久我女士。但是，这些图示的道理绝不是史威登堡神学的意义[1]。这里面看似杂乱，其实逻辑和条理很清楚。而且，立体几何学理论可以在一切现象里存在，它在这里也是绝对不变的单位因素。因此，如果将这些图示对照宇宙及自然界的法则，必然会发现这其中存在的抽象化内容。"

法水突然进入一种前人未曾涉及的超验推理领域，检察官不禁哑然。就算一切法则的指导原则归于数学性理论，在《主教杀人事件》[2]中黎曼·克利斯多菲尔的张量推论，也只是相对简单地展现了

[1] 在《诠释启示录》与《属天的奥秘》中，史威登堡对《出埃及记》与《约翰启示录》的字义解释采用相当勉强的数读法，让这两部经典作品预言了历史上许多重大事变。
[2]《主教杀人事件》（*The Bishop Murder Case*）：美国推理作家范·达因的作品。

犯罪的概念，而法水却想要将它应用到犯罪分析，进入无边无际的抽象思维世界……

“噢……”镇子露骨地嘲弄道，“我想起来曾听过一个将直线画歪的故事，据说是某个自以为是的学生，在上了内容为洛伦兹收缩[1]的课程后做出的事。那么，能请你解释一下闵可夫斯基的四度空间和第四容积（在体积中只有灵质能够渗透存在的空隙）吗？”

法水狠狠地瞪着对方，在感到有足够的气势后才开口：“宇宙结构简史上，最壮观的一页应该是发生在爱因斯坦与德西特[2]两人之间的辩论，主题是空间曲率的假设。当时德西特的主张是依据空间具有的几何学特性，反驳爱因斯坦的反太阳论。久我女士，如果把两者对比，启示图的真正内涵便会出现。”

法水在说出这些疯狂的话后，边画图边说明：“先说反太阳论吧。爱因斯坦认为，太阳发射的光线通过球形的宇宙边缘会绕回到原点。所以，太阳光在达到宇宙的极限时，在此地有了第一个映像，之后持续环绕几百万年的时间，通过球形外环到达背面对应的点上，有了第二映像。这时候，太阳已经消亡，变成了一个暗黑的星球。也就是说，与这个影像相对应的实体并不是以天体的形式存在。久我女士，这种实体消亡了但过去的映像依然能表现出来的因果关系，难道不是与这次算哲博士以及他所预言的六位死者差不多吗？是的，一边是Å[3]，一边却是一亿兆，但二者在世界空间里对应的也不过是一节微小的线段。（见下图）

“但是，德西特就依此修订了爱因斯坦的论点。也就是，离得越远，螺旋状星云的光谱线就越朝着红色移动，随着其移动，光线

[1] 洛伦兹收缩：荷兰物理学家洛伦兹（1853—1928）提出的理论。指在特殊相对论中，由于相对速度，距离在与速度平行的方向上收缩的效应。
[2] 德西特（Willem de Sitter，1872—1934）：荷兰数学家和天文学家。
[3] 长度单位“埃”，一埃等于十的负八次方厘米，即一厘米的千万分之一。

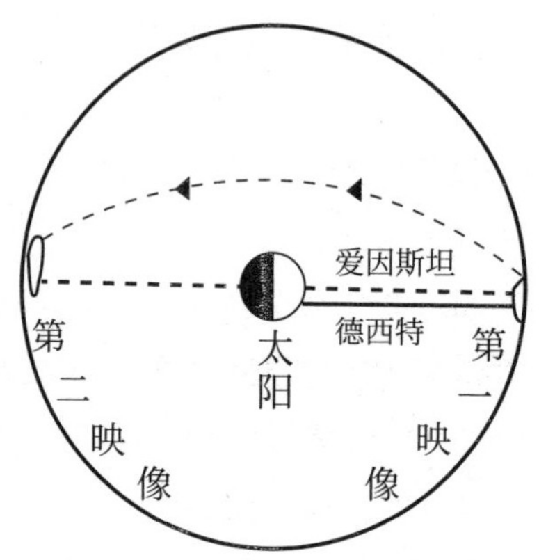

的振动频率将越来越低。所以，光线在抵达宇宙极限时，速度将变成零，也就完全停止运行，那么反映在宇宙边缘的影像就是唯一的，和实体是一样的。如此，我们不得不选择这两种理论之中的一个，作为启示图的原理。”

“啊！这纯粹是疯话嘛！”

熊城已经搔落满地的头皮屑，喃喃地说：“你也该从天上的莲座下来了吧！”

法水苦笑了一下，接着阐述：“我们把德西特从太阳的心灵学上得到的理论，应用在人体的生理上，会发现即使穿越宇宙、经过漫长岁月，实体与映像都保持着原样，这样的现象如果发生在人类的身体上意味着什么？比方说，它可能是某种跟疾病相关的内在物质，如果该物质自始至终保持不变的形状，既不繁殖也不衰老……”

“你的意思是……”

“那就是特异体质，”法水昂起头说道，“比如心肌肿大，或者是硬脑膜矢状面缝合未痊愈之类。但是，因为自然界法则在人体生理中的循环，形成了对称现象，像哈尼曼学派就试图在热力学的范围导入生理现象。因此，赋予仅仅是无机物的算哲博士神奇的力量，让人以为有可遥控的玩偶存在，这其实是凶手故意使用的扰乱策略。

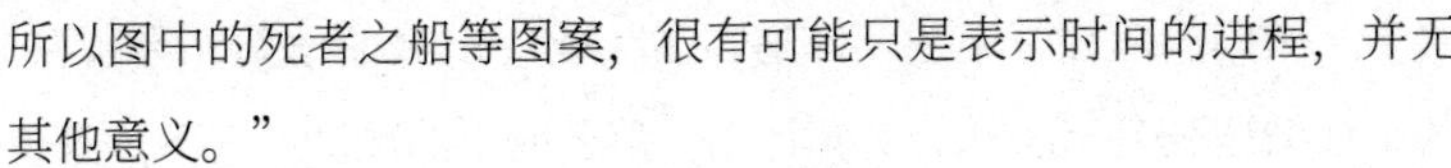

所以图中的死者之船等图案，很有可能只是表示时间的进程，并无其他意义。”

特异体质……论辩的交锋擦出耀眼的火花，熊城怎么也想不到事件背后竟然暗藏着这样的打火石。他下意识地擦掉手心的湿汗，说道：“原来是这样。不过，为何名单里还要加上易介呢？”

“疑问就在这儿，熊城，”法水满意地点点头，“所以谜团的关键不是图形本身，而是绘图者的意志。但是，不论怎样，这种与医学相关的幻想不应该违背良心的底线。”

“但是，这些图案看起来不是相当滑稽吗？”检察官提出反对意见，“正好中和了毫不掩饰的暗示。我不觉得其中蕴含犯罪的气息。”

法水表情严肃地阐释自己的观点：“是的，幽默或玩笑有一种自然的洗涤性。但是如果面对的是情感封闭的人，那就相当危险了。从总体上讲，对于偏执型的人而言，他们的某种兴趣若被引发，他们便会对其持有偏激的态度，会通过各种方式逆向去寻求感应。这是一种倒错心理，这些图案展现的是其本质，发展到最后会改变观察的立场，从单纯的图案转化成个人经验。也就是说，从滑稽变成凄惨，再后面就会发展到疯狂寻求大自然遗留的痕迹，变成无情恐怖的狩猎心理。所以，支仓，我不是桑代克[1]，对雷鸣与黑夜的恐惧，却更甚于对疟疾与黄热病的恐惧。”

“哼，这是犯罪特征学……”镇子仍然语带讥讽，“对这样的东西通常只用瞬间的直觉就够了。至于易介，他可以算是降矢木家的一员。他与我不一样，我在这儿才待了七年，他虽然是仆人身份，却是从小在这里长大，到今年他四十四岁，始终都在算哲先生身边。而且，这些图案并未记入图书的索引，我断定绝对没人见过。自从算哲先生死后，这张纸片一直都隐没在一堆积满灰尘的混乱的书籍

[1] 桑代克：奥斯汀·弗里曼笔下的人物，“桑代克医师系列”的科学侦探。

底下，去年年底之前，我也不知道存在这样的东西。假设真如你所说，凶手依据这张启示图开始实施计划，那么凶手的推算——不，应该是减法，就很有难度了。”

这位不可捉摸的妇人忽然表现出这种出乎人意料的态度，让法水有点困惑。不过他很快恢复洒脱，说道：“那么，在计算中加入几个无穷记号就好了！”

法水接下来的话才是语惊四座：“我认为，凶手不一定只需要这些图示。因为还存在另一半！”

“另一半……你这是胡说！”镇子失控地叫着。

法水开始启动他特有的敏锐的神经，不论是解读启示图或是其他，他的直观思维，都已超出人类的极限。

“看来你确实不知道，那我来告诉你吧。也许你无法相信，但是这些图示实际上只是一半，是两半的其中之一。在这六幅画以外，还有更深刻的内涵。”

熊城一边惊讶地尝试用各种方式折叠这张图，一边不解地说：“法水，你是认真的吗？这张图纸虽是宽刃形，但四周并没有剪裁过的痕迹！”

“不，我指的不是这个。”

法水表情平淡，指着那张看起来呈日形的启示图说：“这种图纸的形状本身就是一种暗号。因为死者的暗示不仅极其恐怖隐秘，而且方法也十分奇特。你看这张图，看起来是石器时代一种武器的刃，右上端的部分斜切是有深远含义的。如果算哲博士缺乏考古方面的学识，一切就很简单。可是的确有与这个形状一致的文字在纳尔迈·美尼斯王朝[1]出现，就是那种古金字塔象形文字。诸位琢磨一

[1] 纳尔迈·美尼斯王朝：古埃及第一王朝。美尼斯是埃及第一王朝的开国国王。

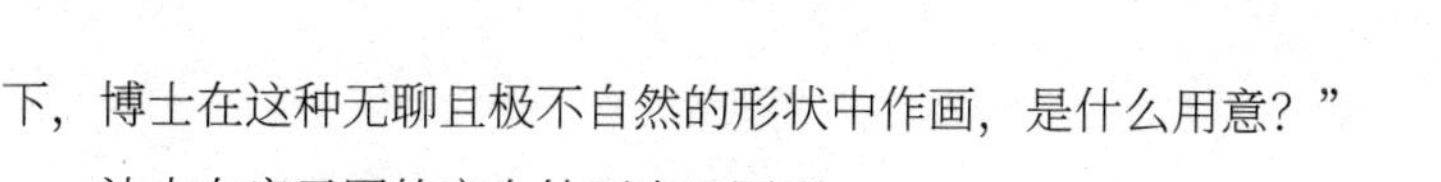

下，博士在这种无聊且极不自然的形状中作画，是什么用意？”

法水在启示图的空白处画出∏图形。

“熊城，假如用它表示二分之一的古埃及分数，我的想象就不是毫无根据的吧！”

然后法水朝向镇子说：“当然，这些预言死亡的图形也可能需要完善。在那之前，我希望先不从这些暗示中寻找凶手。”

镇子忧郁地发着呆，眼睛里却燃烧着一种对真理的强烈热忱。与法水纯净文雅的思维世界不同，她竭尽全力想要找出隐藏在阴影中的一直累积的并具有分量的深奥之处。

“没错，能独创出这样的论点，证明你极其不平凡。”她的神情又恢复冷漠，望着法水，“假象往往比实体表现得华丽。那种赫姆族专用的葬礼上的物件我们暂且不提，假如确实有人看见真实的方形光芒和死者之船，那又怎么说？”

“如果是你，我会请支仓起诉你。”法水肯定地说。

“不，那个人是易介，”镇子平静地回答，“在丹尼伯格夫人吃柳橙之前的十五分钟里，易介大约有十分钟不在房间。我后来问过他，他解释说大概在神意审判会进行到一半时，他站在后面玄关的石板位置，然后无意间望向二楼中间，看到凸出的窗户旁有人影在晃动。那是召开审判会的房间的右侧，同时有某种东西掉落的声响，虽然很轻微，他还是非常在意，便走上去查看，却发现只是一地散落的玻璃碎片。”

“那么，你知道易介是从什么路线走到该地点的吗？”

“不清楚。”镇子摇摇头，“丹尼伯格夫人晕倒后，只有伸子小姐离开座位，到隔壁房间拿水，其余人都没有移动。这样的话，你应该能明白我一味执着于这些启示图的原因了吧！而且，那个人影不是我们六人中的任何一个，也不是仆人们。显然，他在这桩事件中没有留下任何痕迹。”

镇子的叙述令气氛再次陷入恐怖。

法水出神地看着燃烧的烟头好一会儿，脸上浮现一丝不怀好意的微笑，说道："原来是这样。不过，爱出错的尼柯尔教授也有一句名言——结核病患的血液会让头脑产生妄想。"

"哎！到底要怎样你才能相信……"镇子生气了，"那你看看这个——玻璃碎片上发现的纸条，应该就能证明易介的话属实了吧？"

她从怀中拿出一张残破的信笺，表面已经被雨水与泥土的混合物弄得脏污不堪，上面是用黑色墨水写的德文。

Undinus sich winden.

"简直就像螃蟹乱爬，单凭这几个德文字母是无法判断笔迹的。"

法水有些失望，却立刻又双眼放光："啊！这中间有玄妙！这句话的原意是'水精啊，蠕动吧'[1]。你们看，在代表阴性的 Undine 后面加上 us 就变成了阳性[2]。你知道这曾在哪里出现过吗？另外，这里应该有格林的《关于古代德文诗歌杰作》，或者费斯特的《德文史料集》吧？"

"很抱歉，我不清楚。关于语言学的书籍，我晚点再向你报告。"镇子的回答出乎意料地直率，然后便沉默地等待法水的解释。

然而法水没有继续往下说的意思，只是低头盯着纸片。

趁着这个时机，熊城好不容易接上话："不管怎样，易介去那里肯定有更重大的发现！你就如实地全部说出来吧！反正他也露出狐狸尾巴了。"

[1] 引自歌德所作的《浮士德》，原文为"Undene sich winden"。
[2] 德文名词有阴性、阳性和中性之分。

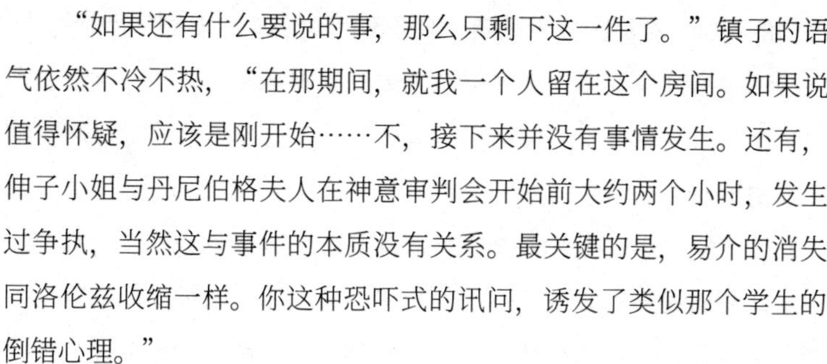

“如果还有什么要说的事，那么只剩下这一件了。”镇子的语气依然不冷不热，“在那期间，就我一个人留在这个房间。如果说值得怀疑，应该是刚开始……不，接下来并没有事情发生。还有，伸子小姐与丹尼伯格夫人在神意审判会开始前大约两个小时，发生过争执，当然这与事件的本质没有关系。最关键的是，易介的消失同洛伦兹收缩一样。你这种恐吓式的讯问，诱发了类似那个学生的倒错心理。”

“可能是吧。”法水郁闷地抬起头，脸上浮现出一种暗影，他越发清晰地感受到某种意外的存在。

然后，他又用殷勤的语气对镇子说：“我非常感激你全力提供的各种资料。只是结论太令人遗憾了，你用的完美类比推断法，于我而言也只是所谓的相似观点而已。所以，如果玩偶真的出现在我面前，我也可以肯定那只是幻觉，因为目前并不了解那种非生物学的力量的存在。”

“你会了解的，”镇子反击似的回应，“算哲先生自杀的前一个月，日记本中去年三月十日的记事栏，有相关的文字记载：‘吾寻求不能公开的隐秘力量，得到之时，必将烧毁魔法书。’虽然博士的尸骸早已不复存在，可是我总觉得，有某种奇妙的生物组织存在，并隐匿在这座建筑物里。”

“也许这正是烧毁魔法书的原因，”法水似乎在暗示，然而话题却从启示图转移，“不过，那也只是利用丧失之物重新出现。这些数理哲学还是以后再请教你吧！接下来，是与财产有关的问题，还有算哲博士那时自杀的状况……”

镇子注视着法水，站起来说：“这些更适合让田乡总管来回答吧！他既是发现者，也是这座宅邸的黎塞留（波旁王朝路易十三的宰相）。”

说完她走了几步，然后停下，回头看着法水说道：“法水先生，高尚的精神才配得上接受馈赠。如果不相信这点，以后必会后悔。”

镇子离开房间后，刚才争论不休的氛围突然消失了，沉默如同霉臭，弥漫在空气里。树林里乌鸦的叫声，冰凌掉落的微小声响都甚为清晰。

过了一会儿，检察官拍着后颈开口了：“久我镇子只相信真实，你却沉浸在抽象的世界。然而，前者令自然界的法则无从解释，后者却企图使用法则将检验约束在经验科学里。法水，如果说这个结果有最合适的论证方法，我认为是鬼神学……”

“支仓，那张启示图神秘的另外半张，就是我的梦想之花啊！”法水如机器般喃喃地说，“我想应该从算哲烧毁魔法书为出发点，与这桩事件的所有疑问衔接。”

“那么，也包括易介所说的人影吗？”检察官吃惊地问。

熊城严肃地点点头说：“嗯，那女人不会说谎。重要的是，易介所说的是否就是真相。不过，她确实是个令人不可思议的女人，竟然想主动靠近凶手。”熊城对此表示惊叹。

“或者，她就是个受虐狂。”法水旋动转椅，“苛责可能会显示出不可理喻的魅力，不是吗？席威哥拉的一位修女，名叫娜柯，她在经历了宗教严酷的审讯后，只是想要还俗，而不是改信其他教派。”

他换了一个方向，恢复原来的姿势，接着说：“久我镇子的确学识渊博，然而却只是‘索引’，只能正确无误地排列她的记忆。就算是无比准确，却毫无创造性与发展性可言。最重要的是，对文学毫无感受力的女人又如何能产生足够的想象力，策划出不同寻常的犯罪事件呢？”

“文学跟这次的事件有关系吗？”检察官追问。

“就是那句‘水精啊，蠕动吧’。”法水终于开始解释这句话，“它出自歌德的《浮士德》，本是一句咒文。浮士德为消除梅菲斯

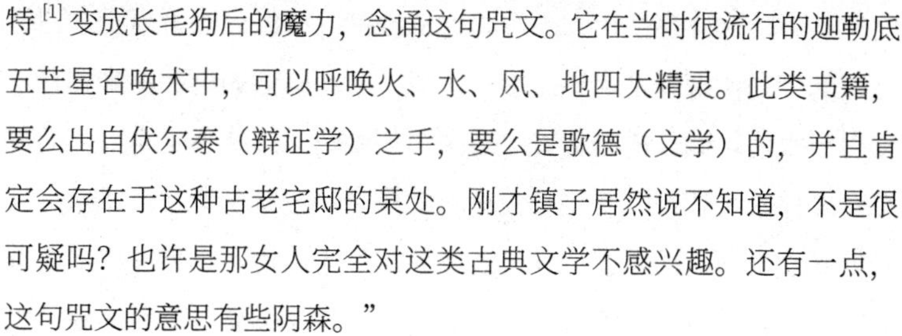

特[1]变成长毛狗后的魔力，念诵这句咒文。它在当时很流行的迦勒底五芒星召唤术中，可以呼唤火、水、风、地四大精灵。此类书籍，要么出自伏尔泰（辩证学）之手，要么是歌德（文学）的，并且肯定会存在于这种古老宅邸的某处。刚才镇子居然说不知道，不是很可疑吗？也许是那女人完全对这类古典文学不感兴趣。还有一点，这句咒文的意思有些阴森。”

“怎么？”

“它暗示了连续杀人。盔甲武士的位置移动，是凶手宣告杀人开始。但这么做，则更具体地指出要杀的人的名字和方法。如果联系到浮士德咒文中的精灵数目，立马会心惊胆战，因为就旗太郎与那四位外国人而言，如果其中一人是凶手，那么被杀害的人数最多是四个。还有，与杀人方法联系起来的关键词是‘水精’。你们还记得玩偶脚印那里地毯底下的奇怪水痕吧？”

“那么可以确定凶手懂德文，对吧？而且，这句咒文也不在文献的范围内吧。”检察官说。

“可笑！在德国，音乐与美术同等重要。这座宅邸里，连那位叫伸子的女士都会弹奏竖琴。”

法水的表情略显惊讶，接着说：“况且这里面还存在性别转换的问题，实在令人不解。所以我觉得可以从语言学的方向，去判断这句咒文。”

熊城松开抱在胸前的双臂，重重地叹息道：“唉，这一切都太讽刺了！”

“不错，凶手的智谋比我们想象得更高，几乎跟查拉图斯特拉[2]

[1] 梅菲斯特：中世纪魔法师之神，与德国博士浮士德签订契约的魔神。

[2] 查拉图斯特拉（Zarathustra，公元前628—公元前551）：也译为琐罗亚斯德，是琐罗亚斯德教的创始人。哲学家尼采在《查拉图斯特拉如是说》中称他为先知。

同样高超。这桩事件让人不可思议的程度，已经无法再用希尔伯特之前的逻辑学解释了。比如那个水痕，若用陈旧的剩余法来解释，会得出水使玩偶体内的发音装置失灵的结论，这绝不是事实。何况整个事件的构造错综复杂，在一片模糊之中，既没有丝毫线索，又到处蠕动着阴森的谜团，并且还不断从死人的地下世界冲出纸团似的东西。我们目前只知道四项要素：一是启示图表现的自然界恐怖影像；二是神秘的另外半张图上的死者世界；三是过去那三桩死亡事件；四是凶手是以浮士德的咒文为主线策划的行动。”

法水顿了一下，语气里透露出一丝乐观：“对了，支仓，我觉得可以制作一份这桩事件的备忘录。像《格林家杀人事件》[1]所写的那样，到案件的最后阶段，通过凡斯制作的备忘录，有难度的案件也随之奇迹般地一一解决。那可不是作者无计可施才出此下策，范·达因通过案件教给我们，选定因数才是最关键的问题。所以，当务之急就是从目前无数的疑问中找出几项因数。”

检察官接下来便动手制作备忘录。法水离开了房间，大概十五分钟后回来。不一会儿，一位便衣刑警进来报告，在仔细搜索了整座宅邸之后，易介仍不见踪影。

法水挑挑眉，问道：“古代时钟室和拱廊查过没有？”

“没有，”刑警摇头，“房门昨夜八点便被管家锁上，但钥匙不见了。还有，拱廊朝着圆廊方向的两扇门，只有靠左侧的那扇门能打开。”

“是吗？”法水点点头，“先暂停行动吧！易介无论如何是不可能从这座建筑物里消失的。”

他这番话好像对不同的矛盾从两个方面进行了观察。熊城吃惊

[1]《格林家杀人事件》（*Green Family Killings*）：美国推理作家范·达因的作品。

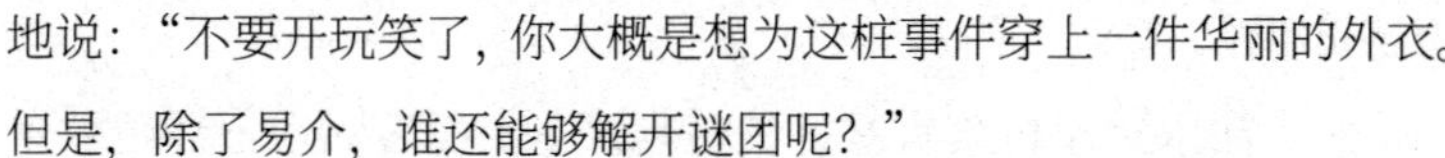

地说："不要开玩笑了，你大概是想为这桩事件穿上一件华丽的外衣。但是，除了易介，谁还能够解开谜团呢？"

他很期望马上有人可以在宅邸某处看见驼背侏儒的踪影。事情发展到现在，易介的消失与熊城的想象终于相符了。但是，接下来法水却做出决定，对玻璃碎片掉落的地方进行调查，让便衣刑警传唤总管田乡真斋过来接受讯问。

"法水，刚才你又去了拱廊吗？"便衣刑警走后，熊城嘲弄似的问道。

"我已经推断出这桩事件在几何学上的深度。算哲博士绘制的启示图，以及另外隐藏着某种秘密的半张纸片，应该是具有某种方向性的。"法水闷声闷气地回答。

他随后的话令人吃惊："并且，我已经清楚丹尼伯格夫人几乎为之疯狂的可怕缘由。我打电话询问过这里的村办公室，据说那四个外国人已于去年三月四日归化日本，并入籍降矢木家，成为算哲的养子和养女，只是还未办理遗产继承的手续。也就是说，这座宅邸还不一定属于正统继承人旗太郎。"

"这实在令人惊讶。"检察官一时哑然。

法水丢下手上的钢笔，用手指开始计算，然后说道："手续迟迟未办完，估计是因为算哲的遗书距离法定期限还有两个月。一旦超过期限，遗产就会归入国库了。"

"没错。看来杀人动机就存在于浮士德博士的隐身衣之中——由五芒星组成的圆形。这只是调查的一种角度，不过其中又出现了四人入籍的意外情况，并且这一点非常重要，深度不同寻常。目前我已掌握其中的疑点。"

"是什么？"

"就是你之前列出的第一、二、五号问题。盔甲武士如何移动到楼梯走廊，仆人听见不可能听见的声音，以及波德定律在海王星上毫无用处。”

然后法水拿起检察官写好的备忘录，上面客观地记述着数条事项。

一、有关尸体现象的疑问（略）

二、有关德蕾丝玩偶留在现场的痕迹（略）

三、当天事件发生前的状况

（一）清晨，押钟津多子离开宅邸。

（二）晚上七点至八点，两具盔甲武士移动到楼梯走廊，位置被调换。

（三）晚上七点左右，据说算哲博士的秘书纸谷伸子与丹尼伯格夫人发生争执。

（四）晚上九点，丹尼伯格夫人在神意审判会中昏倒。同一时间，易介目击到隔壁房间凸出的窗户旁有人影，并听到东西掉落的声音。

（五）晚上十一点，纸谷伸子与旗太郎一起探望丹尼伯格夫人。旗太郎取走墙上的德蕾丝画像；伸子试喝柠檬汁；易介端入装有可能被掺毒的柳橙的水果盘，但柳橙情况无法证明。

（六）晚上十一点四十五分左右，易介在后院窗边发现了玻璃碎片和有《浮士德》中片段语句内容的纸片。此时房间里只有受害者与镇子。

（七）午夜零时左右，受害者吃下柳橙。另外，除镇子、易介、伸子以外的四个人，没有特别的动静。

四、有关黑死馆过去发生的死亡事件（略）

五、过去一年来的状况

（一）三月四日，四位外国人归化日本并入籍降矢木家。

（二）三月十日，算哲在日记本里写下无解的文字，同

时烧毁魔法书。

（三）四月二十六日，算哲自杀。

从此之后，黑死馆的家族成员都陷入不安的氛围中，受害者想用神意审问法，找出事件的根源。

六、启示图的解析（略）

七、所谓动机（略）

法水读完后说：“我认为第三条已经包含了第一条的尸体之谜。表面上看来这只是平常的时刻排列表，但就柳橙到受害者嘴里这一点，绝对要用到一堆芬斯勒几何公式。还有，值得注意的两点是，四位外国人的归化入籍和算哲烧毁魔法书。算哲的自杀发生在这两件事之后。”

“不，要注意的不是你的深奥分析，”熊城似乎有些不快，“而是事件动机与人物行动之间的严重矛盾。伸子与丹尼伯格夫人的争执，易介的怪异行为，还有镇子在易介离开房间后的行为，也无法确定。不过，你所说的浮士德博士之圆，正好是剩下的四人。”

“看来，我在安全的范围里？”这时，众人背后响起沙哑的声音。

三人吃惊地回过头，原来是总管田乡真斋，他不知什么时候进了房内，正一脸笑容地望着他们。真斋悄无声息地出现在房间里，其实是因为他坐着军用的橡胶轮手动轮椅。他是相当知名的中世史专家，虽然半身不遂，但在担任这座宅邸的总管期间，仍发表了许多广为人知的著述。真斋已年过七十，没有胡子的脸带点赭红色，骨骼突起，下颚骨尤为发达，鼻翼周围凹陷。他的模样说是丑怪，不如说是所谓超脱的胡貌梵相，简直就是道释画或十二神像中的人物，加上头戴印度帽，感觉更加诡异。不过，他又给人留下一种毫不妥协的固执的印象。总体而言，他虽有着甲壳般坚硬的外观，但是否有镇子那样深思熟虑的复杂个性，还未可知。

另外，真斋所坐的手动轮椅有四个轮子，前轮较小，后轮像脚踏车的轮子，看样子是用发动机和控制器操作的。

“对了，遗产的分配……”熊城顾不上真斋的招呼，着急地说。

真斋满脸不快地说：“看来他们四位归化入籍的事你们已经知道了。至于具体情况，还是请直接询问他们本人吧！我对这些事情……”

“不过，遗嘱应该已经打开了吧？请你告诉我们遗嘱的内容就行。”熊城不愧是老手，处事老练。

但对方淡定应对：“什么遗嘱？哼，我是第一次听说。”

刚一开始，真斋就与熊城暗中较劲。

法水从刚才瞥了真斋一眼后，就好像沉浸在某种冥想之中，此时才回过神来，以得胜的目光看向对方，说道：“哈哈！你是半身不遂吧？难怪，黑死馆的事情都不属于内科范围。听说你是最早发现算哲博士自杀的人，那么你肯定知道是谁干的。”

听了这话，不仅真斋，连检察官和熊城都愣住了。

真斋举起双臂，上身前倾，活像只蛤蟆。他咆哮道：“白痴，警方都说是自杀了！你应该看过验尸报告吧。”

“就是看过才会问你，”法水丝毫不退让，“我想，你应该清楚用的什么杀人方法。太阳系行星的轨道半径为什么杀害那位老医学家？”

二、共鸣钟的赞颂……

“行星……轨道半径？”真斋被这句出其不意的话弄糊涂了，一副不明就里的样子。

“没错。你作为史学家，对曾经风靡中世纪的巴达斯信经一定不陌生吧？那部沿袭德路迪[1]派咒法的经典信条是什么呢？（宇宙里充满一切象征，它的神秘法则与排列的深奥含义能够预示隐藏的现象）”

“可是，这又……”

“就是说，这是一种分析组合的道理。当我知道有位可恶之人如何用巧妙的方法杀害博士时，才开始了解占星术与炼金术的奥妙。博士的尸体在地上的姿势是脚朝向房门，双手紧握胸口的短剑剑柄。如果以房间入口为中心，画出水星与金星的轨道半径，那么所有他杀的证据则完全不复存在。”

法水先画出该房间的简图，再画出两个半圆（见下图），接着说：“但是，在此之前我先说明一下，一些行星的符号也代表化学记号。金星是 Venus，同时它也代表铜；Mercury 既是水星，也代表水银。古人制作镜子的方法就是在青铜板的背后涂上水银，所以说，图中的金星的后方正好是镜子的正面，自然就能映照出帷幔后面凶手的面孔。缩短金星的活动半径到达水星的位置，不仅代表巧妙的杀人

[1] 德路迪：九世纪雷根斯堡的主教魔法师。

手法，同时也是杀人事件的前进方向，更展现了博士与凶手的行为方式。随后，凶手继续缩短金星半径，到达位于中心的太阳。而太阳所在的位置正是当时算哲博士倒地的位置。那么，你认为镜子背面所涂的水银与太阳交会时，会有什么事发生呢？”

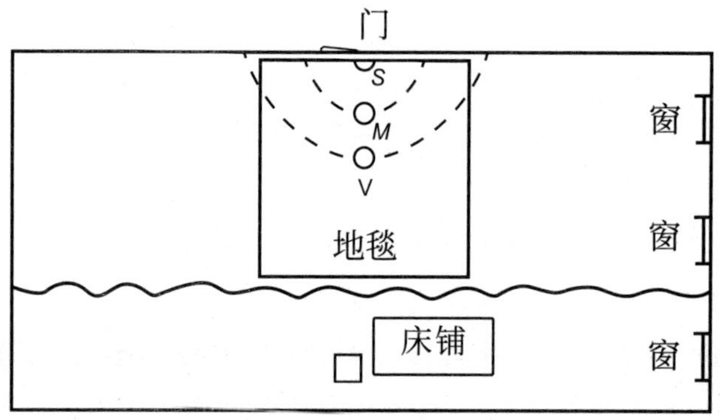

法水讲述缩小的行星轨道，究竟想比喻什么？检察官与熊城都没有想到，法水除了精通近代科学，还在推理中同时提到阴郁的炼金术世界和初期化学特有的相似率原理。

“田乡先生，你知道 S 是什么吗？”法水坚持不懈地追问，“它是太阳，同时也代表硫黄。水银与硫黄形成的化合物是朱砂（硫化汞），朱可以代表太阳，也是血的颜色，这也就意味着，算哲的心脏在房门边破裂。”

“什么？房门边……这纯粹是无稽之谈。”真斋烦躁地拍打着轮椅扶手，“你在说什么梦话！完全颠倒事实。当时，血迹只在博士倒地的周围才有。”

“那是因为凶手把缩短的半径又恢复到原来的长度。请你再看看 S 这个字母，它的含义不止一个吧？比如安息日（Sabbath day）、立法者（Scribe）……对，就是立法者！凶手就如同那座雕像……”

法水忽然停住了，抿住双唇凝视真斋，好像正在思量何时开口更合适。

然后，他厉声说道：“如那座雕像一样无法行走的人……就是凶手。”

与此同时，真斋出乎意料地做出一些很奇怪的举动。

他一开始拼命地想支起上半身，接着睁大双眼，嘴巴像喇叭一样大大张开，看起来像孟克笔下的老太婆。他使劲儿地吞咽唾液以减轻痛苦，过了好一会儿，他才用沙哑的声音挤出一句：“啊！你看看我的身体，我这种残疾人，如何能够……”

然后，似乎真的有东西卡住真斋的喉咙，他费力地呼吸，发出强烈的喘息声，表情十分痛苦。

法水冷静地关注他的一举一动，显然斟酌过讲话的态度，并控制语速，接着说道：“不，你正是利用残疾的特点来杀人。而且利用的是你的手动轮椅和地毯。你应该知道本韦努托·切利尼（文艺复兴时期的著名金匠，也是可怕的凶手）施计杀害卡特纳查家的巴米耶利（伦巴底第一剑客）的传奇故事吧！切利尼的剑术远不及对方，他利用拉拽不平整的地毯，令巴米耶利站立不稳，在他脚步踉跄的情况下将其刺杀。但是，为了杀算哲而效仿文艺复兴时期这个故事使用的地毯伎俩，绝对算不上传奇。也可以说，你的地毯诡计，就是通过伸缩所谓行星轨道的半径来完成。接下来，我来具体还原行凶的过程吧！”

法水向检察官和熊城投以略带责备的眼神，对他们说：“房门上的浮雕你们都看过了，那你们有注意到‘驼背’的眼睛是凹陷的吗？”

“真的，是椭圆形的凹陷。”熊城立刻去门边查看，跟法水说的果然一样。

法水听了微微一笑，对真斋说道：“田乡先生，眼睛凹陷部位的高度与算哲博士心脏的位置正好一样，对吗？椭圆形凹痕，很明显是剑柄造成的。算哲博士安享晚年，不可能有自杀的动机，况且那天怀里还有其最心爱的玩偶，理应沉浸在甜蜜的回忆之中，为什么会在门边被刺中心脏呢？”

真斋依然无法发出声音，呼吸也相当困难，气力都已耗尽，汗珠如油脂般从蜡白色的脸上滴落，一副惨状。

法水丝毫不以为意，冷酷地继续说道：“不过，有个十分有意思的论据——四肢健全的人是不可能完成这个杀人行为的。因为行凶过程中需要用到手动轮椅的无声机械力量，使地毯出现波浪状层叠，导致博士强烈地撞击到房门上。

“当时房间里一片黑暗，博士对你藏在右侧帷幔的阴影处并不知情。他拉开左侧的帷幔，注视着床上的仆人送进来的玩偶，他的正面是锁上的房门。这时你开始实施你的杀人计划。当然，你事先用钉子固定住地毯的一端，取下玩偶身上的短剑，等待博士面对门口，背对着你的时候，你拉起地毯的一边，纵向加速推动踏脚台，地毯受力产生褶皱并层层堆高，这时你再操作踏脚台从背后撞向博士的膝盖窝。地毯的波状褶皱从侧面被挤堆到齐平于博士腋下的高度，同时产生了反射作用。该部分的冲击力沿着博士的胳膊引起反射，博士下意识地举起双臂，你用左臂从后侧抱住博士，右手用短剑抵在他心脏的位置，然后迅速放手。博士反射性握住了胸前的剑柄，就在这一瞬间，博士的后背猛烈地撞上了房门，握住的短剑正好刺穿心脏。

“这就是说，必须具备形成波状褶皱的地毯、无声的速度以及机械的推力，才能推动年迈迟缓的博士。并且他的膝盖窝受到力量的冲击，形成反射作用，造成用手握住剑柄的情形。而具备所有要素的，就是这辆手动轮椅。杀人动作以异常惊人的速度，在几秒内悄无声息地完成，除了身体残疾的你，再没有任何人可以让博士的死变成自

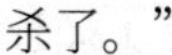

杀了。”

“地毯的波状褶皱是什么意思？”熊城发问。

“那就是刚才所说的行星半径收缩。当地毯收缩至极限，博士的脖颈也与波状顶点相当，然后让地毯伸展，恢复到原来的状态。于是博士的尸体自然就变成紧握剑柄的姿势，躺在房间中央。而且，因为是在没有上锁的空房间，所以基本不会留下任何痕迹，而且尸体之后也不可能继续保持紧握剑柄的姿势。然而，验尸官们通常在感受方面稍微欠缺，尤其是对神秘的不可思议的魅力。因此他们一般注意不到这些。”

这时，演奏古典经文歌的共鸣钟声，寂然地飘进杀气满满的室内。法水之前在尖塔内见过摆钟，却未留意共鸣钟（通过敲打琴键发出不同音调的钟，和钢琴类型）放在何处。

此时气氛变得有些奇怪，而真斋依旧趴在轮椅扶手上，他用尽气力却只挤出了微弱的声音：“你……胡说些什么……算哲先生的确是死在房间中央，我……为了这个传统家族的荣耀……免遭世人非议，只是从现场拿走了一样东西……”

“拿走了什么？”

“就是黑死馆的恶灵——那个傀儡玩偶德蕾丝……当时它压在算哲先生身下，就像是被尸体背着似的，两只手掌叠放在算哲先生握住剑柄的右手上，于是我才……还有，渗出衣服表面的血液很少，所以我吩咐易介……”

检察官与熊城表面虽没有表现出吃惊，然而内心早已被这里发生的每件事背后暗藏的神秘奇异力量深深震撼。

但是，法水冷静地接着说：“我的话就说到这里，因为后面的部分我无法再做进一步的推测了。博士的尸体早已分解成泥土之类的无机物，如果要起诉，证据也只有你的自白。”

法水的话音刚落，经文歌的乐声也瞬间停止，紧接着，某种出人意料的美妙弦音轻轻震动众人的耳膜。这声音似乎是穿透了好几层墙壁传来的，有四种弦乐器庄重地合奏，也有第一小提琴和缓地歌颂圣母玛利亚。

熊城生气地说：“这是什么情况？一位家人被害，他们却……”

“今天是克劳特·戴克斯比的忌日。戴克斯比是这座宅邸的设计者。”真斋一边痛苦地呼吸，一边勉强回答，“在宅邸的行事历中，一直都有对戴克斯比的追忆。他在回国的船上跳海，自杀于仰光。”

“原来如此，这是无声的镇魂曲。”法水神思不定，“这听起来像是约翰·史坦纳[1]的风格。没想到由于这次事件的发生，我竟有幸听到四重奏的乐声。走，支仓，我们去礼拜堂看看吧。”

于是法水吩咐便衣刑警带真斋离开这个房间，好好照看他。

“你怎么不继续追问他了呢？”熊城问道。

法水突然大笑，反问道：“看来，你认同我说的事实了？”

检察官与熊城都觉得自己被耍弄了。但是，法水的推测实在是条理有序，实在无法相信那不是事实……

“老实说，我向来最讨厌恐吓式讯问，但在我见到真斋的那一瞬间，一种直觉涌上脑海，当下临时编出这个故事，真正目的只是想占取精神上的优势而已。为了搞清楚这桩事件，必须先击破他那坚固的外壳。”

“那么，房门的凹陷是真的吗？”

“‘二加二等于五’，它不仅揭露了这扇门的阴险，同样也证明了水痕与凶杀有关。”

如此惊天的逆转，仿佛重击了他们的脑部，两人都怅然若失。

法水继续说明：“用水来开门。也就是说，如果不用钥匙开门，水的存在就相当有必要了。类似的故事早就有了，在马姆斯伯里伯

---

[1] 约翰·史坦纳（John Steiner，1840—1901）：英国作曲家、管风琴家。

爵所写的古书《约翰 · 德恩博士鬼谈》中，记载了这位魔法博士许多奇妙的方法，其中一篇令作者都为之惊叹的隐形门记录，便讲到了如何用水来开门。这也可以说是一种信仰治疗法，德恩博士安排疟疾患者同看护一起进入房间，由看护从房间里用钥匙锁上房门。大概一个小时后，被锁的房门却像发生了化学反应般，被博士轻易打开。博士的结论是'神灵附身的半人羊[1]逃脱了'，房门周围也确实有股刺鼻的羊骚味。就这样，这名疟疾患者在精神层面被治愈了。

"但是熊城啊，弥漫的羊骚味，还隐含博士的诈骗术。你可能听过兰博瑞湿度计的原理，毛发会受湿度的影响发生伸缩，其伸缩水平与湿度成正比。德恩博士就是将这种原理应用到扣锁的机械运动上。一般情况下，螺旋状的扣锁使用在半木式结构[2]的专门设计中。它的原理是，利用合金杆两端活动的扣锁，随着合金杆上下摆动，这种沿支点附近的角状的两侧抬起或者落下的构造模式，在越靠近支点时，抬起和落下的内角就越小。这样的原理应该很好理解吧？

"因此，把绳子同扣锁附近的某点联结起来，让扣锁保持扣住的水平绷紧状态，用头发绑住坠子放置在绳子的中心，再从锁孔注入热水，头发因为热度和湿度的提高而被拉伸，坠子压到绳上，使绳子变成弓状，此作用力对扣锁的最小内角产生力量，扣住的扣锁便会被拉起。当时，约翰 · 德恩博士应该是用的羊尿吧。

"这扇门上的'驼背'眼睛里应该就有注入热水用的小孔，由于这部分比较薄，在经历频繁的干燥和潮湿后，便形成了凹陷。安置机关的人是算哲，而凶手就是利用此机关经常进出房间的人。支仓，这样的话，凶手在玩偶的房间里留下绳索与玩偶的诡计，就可以理解了吧？如果只从外部来分析技巧，那么真相会永远被一扇门封住。

---

[1] 半人羊（Faun）：半人半羊的农牧神。
[2] 半木式结构：英国十八世纪初的建筑特点，在涂灰泥的墙壁上排列规则地钉上粗略削过的木条。

而且，你有没有觉得从现在开始，越发具有维基格斯咒法的意味了？”

“那么，玩偶是从当时的水痕踩过去的？”检察官困惑地说，“剩下的只有那铃铛的声音了。现在更加可以确定玩偶和凶手是有关联的。只是，每次灵光在你头脑中出现后，据此得到的结果却与你的预想相反，这是为什么呢？”

“嗯，我自己也不清楚，总感觉仿佛陷在某种圈套之中。”法水似乎对此也很困惑。

“但两者肯定是相通的。刚才真斋的慌乱大家都看到了，当中绝对有问题。”熊城断言。

“不过……”法水笑着说道，“我的恐吓式讯问里其实还掺入了所谓的生理性拷问，产生的效果才会那样神奇。公元二世纪时，阿留斯神学派的费里雷欧斯修士曾经说过，灵气（呼吸的意思）如果能在呼气时一同脱离身体，就有机可乘。他还说，选择尽可能不相干的事物来比喻。这实在是真理啊！所以，将行星轨道半径，同极端细微、难以捉摸的杀人事件相联系，也是为了防止轻易被人发现其共同的因数。

“事情果真如此。读到爱丁顿[1]的《空间、时间与引力》的那天，我感觉其中的数字已经完全不对称了。还有中期生理心理学家比内[2]也提到过，当肺脏呈满溢状态时，精神也会随之达到均衡，且具有相当的质量。当时，我只是趁着他要吸气之时说出刺激他的言语，以造成他生理上的冲击。真斋的那种症状，叫作喉头后部肌肉抽筋导致的持续性呼吸障碍，在谬尔曼的《老年的原因》中也叫作伴随肌肉骨化的冲动心理现象。当然，那并不是持续性的，只是年纪越大的人越容易在吸气时失去协调，就会出现真斋那样的可怕现象，

[1] 爱丁顿（Arthur Stanley Eddington，1882—1944）：英国天文学家。
[2] 比内（Alfred Binet，1857—1911）：法国心理学家。

所以我才会同时使用心理和身体两种攻击模式。但那自然是漏洞百出、经不起推敲的论调，目的是干扰对方思考，打击他的气势。有些信息必须要剥开对方坚固的外壳，才能听得到。简言之，这只是我使用的权谋诈术，也是为开展一项行动所做的准备。”

“这手法实在是惊人，那结果如何呢？”检察官着急地问。

法水笑着回答：“看你这记性，刚才问我的第一、二、五号问题，难道你这就忘了吗？那位黎塞留似的实际掌权者，其实想对追查作恶者的官员封闭黑死馆的内心，使其尽量不为外人探知。所以等他使用的镇静剂的药效完全消失之后，也许就能解决这桩事件了。”

法水仍然保持着轻描淡写的态度，随即准备进行实验，把开水注入锁孔里。之后三人一同离开，前往楼下的礼拜堂。

刚走过客厅，乐声便从装饰着十字架和盾形浮雕的大门另一边传来。一位仆人站在门前，法水推开一道门缝，里面是冷清的宽敞空间，飘荡着静寂的空气，给人强烈的庄严感，散发着不可思议的魅力。

礼拜堂的圣坛上燃着蜡烛，昏暗的雾气里，弥散着无数褐色的微粒，闪着梦幻般的微光。轻盈的乳香气息从三角形的烛台前散开，烟与火光一道爬上密集的圆柱，直到最上方扇形的天花板。乐声在圆柱之间来回震荡，发出奇妙的和声，仿佛一群身穿金色圣衣的主教祭司会随时出现在圆柱后面。

但是，这些在法水眼中，不过是阴森的审判。

圣坛前有一个半圆形的演奏台，四位身穿多明尼克修道院的黑白道袍的乐师正忘我地演奏着。最右边演奏大提琴的是看起来高大粗犷的奥托卡尔·雷维斯。他柔软的脸颊微微鼓起，像是拥有半月形的络腮胡。像瓠瓜一样的小脑袋与他的身体极不成比例，而大提琴在他手中不过只有吉他大小。他看起来是个很乐观的人。右边第二位就是中提琴手——欧莉卡·克利瓦夫夫人。她的眉骨凸出，眼神中透着锐利，鼻尖呈细钩状，整个相貌给人冷酷之感。据说伟大的独奏者克吉斯的演奏技巧也远在她之下，难怪她在演奏时带着傲气的态度和抢眼的夸张动作。接着是嘉莉包妲·赛雷那夫人。她给人的感觉则完全不同，如蜡烛般透明的皮肤，线条柔和的小圆脸，眼眸黑白分明，带着忧郁和谦虚。他们三人的年龄大概都是四十四岁。最后一位则是十七岁的降矢木旗太郎，他演奏第一小提琴。在法水看来，他仿佛是全日本最英俊的青年，他的轮廓和身上每一处线条，无不闪耀着如明星般冶艳的光辉，然而仅仅限于表面。也就是说，他身上缺乏睿智的特征，因为看不出来有任何思考的深度和正确的理性，更看不到算哲博士照片上那种端正与威严的神态。

能亲耳听到这样一个神秘乐团的演奏实在难得，但法水并不只是陶醉在音乐中。他注意到，在演奏乐曲的最后部分时，有两支琴都使用了弱音器，使低音弦产生了高压似的声响，感觉更像是来自地狱的恐惧呻吟，尽管他们演奏的是天国荣耀的终曲。

法水在演奏结束之前关上了房门，询问站在门边的仆人："你平常都是这样站在门边吗？"

"不，从今天才开始的。"仆人自己也感到困惑。

然而，法水对此却似乎了然于胸。三人慢慢往回走时，他突然说道："那扇门就是地狱之门。"

"那么，地狱是在门这边，还是在门那边？"检察官立刻会意。

法水深吸一口气，用戏剧化的口吻说："应该是在门那边。那四人的确处于惊恐之中。如果他们没有演戏，那与我的想象还是吻合的。"

镇魂曲在他们爬上楼梯时结束了，接着一段时间没有任何声响，等他们通过隔间门，到达去往命案房间的走廊时，共鸣钟又一次响起。这次，演奏的是拉索[1]的赞美诗（《圣经·新约》大卫诗篇第

---

[1] 拉索（Orlande de Lassus，1532—1594）：比利时作曲家。

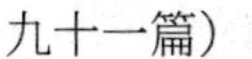

九十一篇）：

> 你不必害怕黑夜的恐慌，
> 或白天纷飞的箭；
> 也不必怕黑夜盛行的瘟疫，
> 或是午间弥漫的病毒。

法水低声跟着赞美诗的曲调哼唱，以送葬队伍般的速度行走。乐声每一次反复，音量就变得低沉一些，法水的神色也随之更加忧虑。等到第三次反复时，乐曲几乎听不清了，但是第四节开始后，乐声却出乎意料地提高了一倍，但还是完全听不见最后一节。

检察官推开了之前上锁的房门，瞪大双眼说道："果真是这样，实验成功了。"

法水却兀自背靠墙壁站着，神情黯然地凝视着半空。过了一会儿喃喃地说："支仓，快去拱廊。易介被杀死在吊盔甲中。"

检察官与熊城两人惊得跳了起来。

啊！法水是怎么通过共鸣钟的声音知道尸体的位置的？

三、易介应被夹死

虽然法水的话语如此惊人，他却并未立即前往拱廊，而是绕过回廊，在与礼拜堂圆顶连通的钟楼下召集全体人员，要求从此处开始，对屋顶到墙顶部的瞭望塔加强戒备，全面监视塔下的钟楼。共鸣钟响是在两点三十分，仅仅五分钟后，这里已处于严密的包围网中。在大家都认为事件会因此很快结束的紧张节奏中，一切行动落实得非常迅速。然而，谁都无法解释法水这样的行为出于什么动机，除非剖开他的脑袋。

各位读者应该也注意到法水出人意料的举动了吧！不管最终的结果是否正确，他的行动力可以说超越了人类的极限。共鸣钟的声音让他推测出易介的尸体在拱廊中，接下来的行动却集中在钟楼。不过，即使看起来错综复杂，如果结合他以往的言行举止，多少能发现一些蛛丝马迹，包括他最初回答检察官列出的几条问题的内容，以及对田乡总管近乎残忍的恐吓性生理讯问，还有他自己所解释的逆向思考。而且，他总结的与共变法类似的因果关系，也得到在场的另外两人的肯定回应，以至于他们都认为不用等真斋吐露实情，就可以从此次行动中找出令人震惊的真相。

可是，安排好各种戒备措施之后，法水的神情又再次黯然，脸上闪过怀疑、错乱的阴影，在走向拱廊的路上，他突然发出意外的叹息声。

“唉！我完全不明白！如果钟楼上的人就是杀害易介的凶手，

这样明确的证据还有什么意义呢？坦白说，我猜想的凶手是在目前已知人物之外的一个人，然而他却在不该出现的地方出现了，难道说还发生了别的杀人事件？”

“如果这样，你带着我们到处乱转干吗？”检察官愤慨地叫道，“你先是说易介被杀害在拱廊那里，接着你又要全部人员监视目标范围外的钟楼，这完全是毫无联系、毫无意义的，不是吗？”

“不必惊讶，”法水脸上的笑容有些扭曲，“问题就出在钟楼发出的赞美诗乐声。不管是谁演奏的，乐声在逐渐变弱，以至于最后一节无法演奏，但在最后，第四节的音量又奇妙地提高八度。支仓，这完全违背了一般性法则。”

“那么请你进行说明。”熊城插了一句。

法水的眼睛又燃起了异常的光彩。

“想要解决那恐怖而神秘的噩梦般的问题，绝非易事，”法水的语气从最初的狂热，逐渐恢复冷静，“假设易介从一开始就已经不在人世——当然，我在几秒之后就确认了这个事实，如此一来，降矢木家的人数会增加一个负数。然后是四位家族成员的演奏，就算演奏一结束立即前往钟楼，这个时间差也是不可能完成这些的。另外，从各方面来看都可以排除真斋的嫌疑，所以只有伸子与久我镇子两人最有可能。然而，共鸣钟的声音是逐渐变弱的，并非戛然而止，所以她们两人不可能同时在钟楼。并且，我们听到赞美诗的最后部分，是以高八度的声音演奏，说明演奏者身上必定发生了某种异常。要知道，从理论上讲，共鸣钟绝无可能发出那样的高八度音。所以熊城，钟楼里的演奏者肯定不止一位，并且另一位必须还具有某种演奏奇迹的魔力。可是，那家伙是怎么出现在钟楼的呢？”

“既然如此，为何不先调查钟楼？”熊城反问道。

法水的声音微微颤抖：“老实说，我认为那个高八度音是陷阱，是凶手故意巧妙地暴露自己，这令我不得不怀疑其中暗藏诡计。凶手如此着急地行凶究竟是何用意？况且，当我们在钟楼做无用功时，楼下那四人可以说是毫无防备的。在这样宽敞的宅邸内，空隙实在太多，防不胜防。尽管我们对已经发生的事无力挽回，至少希望能防止新的受害者出现。正因如此，这两种念头折磨着我，所以我必须拟定多种对策。”

“哼！还是魔法人物吗？”检察官咬着唇自语道，“这里的一切都超乎想象，疯狂至极。穷凶极恶的凶手就像一阵风，张牙舞爪地从我们面前掠过。法水啊，这种所谓的超自然现象最终会如何呢？是不是正向镇子所说的方向发展？”

尽管事实的真相尚未揭开，所有事态却显而易见地指向某个确定的方向。

不久，眼前出现了敞开的拱廊入口，尽头通往圆廊的门已不知何时被锁上，拱廊里什么也看不见，只有些许带着血腥味的冷空气飘出来。从警方在这里开始调查才过了四个小时，法水他们也还在探寻之中，凶手又隐秘地犯下了第二桩命案。（见下图）

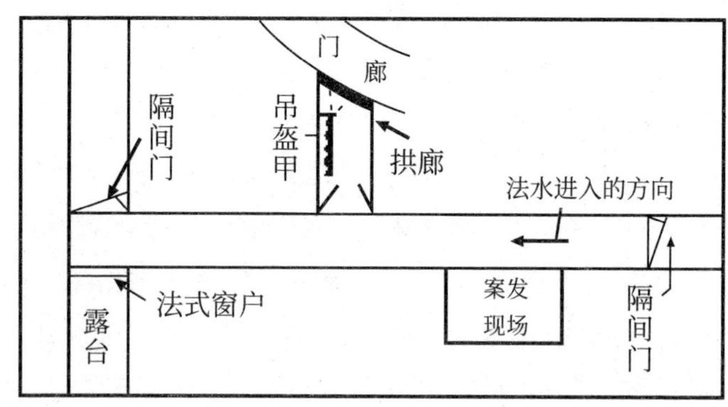

法水立刻打开通往圆廊的门，光线照射进来。他在左侧悬挂的一排吊盔甲中环视了一周，指着一具吊盔甲说道：“就是这个。”

那套甲胄配有明黄色盔甲，以及锹形头盔，还有毗沙门筱的正式武士服，包括两个臂套、小裤、护腿、鞠靴。头部到咽喉遮护着漆黑可怕的面具和护喉甲，身后中间有日月圆扇，有绘着南无日轮摩利支天绣像的护衣，龙虎旗帜插在两边。然而，这列盔甲最引人注意的是，以这套明黄色盔甲为中心，不但左右全都均等斜放着，横向更是交叉摆放，即按照左、右、左的方式摆放着。

法水取下盔甲的面具，易介的面孔随即出现，凄惨无比。法水果然具有正中目标的非凡透视力。与发出尸光的丹尼伯格夫人不一样，这位驼背侏儒被穿上盔甲、在半空吊死。至此，凶手又一次展示了他奇异的装饰癖。

最先引起大家注意的是尸体咽喉部位有两道“二”字形伤痕。位置刚好在甲状软骨到上胸骨，也就是前颈部，呈楔形，可以推断是头盔下缘造成的痕迹。另外，伤口的深浅呈现奇特的凵形，应该是刺入气管左侧约六厘米深后，挑起刀尖，横向形成浅割伤，再旋绕至右侧用力刺入，最后拔出。下面的割痕情形大致一样，只是位置更往斜下，最终深深刺入胸腔内。巧妙的是，刀子均没有伤及主血管和内脏，同时也避开了气管。很明显，易介并不是当场死亡。

他们切断了将盔甲吊在天花板上的两条麻绳，把尸体移出盔甲，这时发现了不对劲的地方。之前因为下垂的护喉甲遮挡着看不清楚，此时才注意到盔甲是横穿在易介身上，就是说，盔甲穿上时本该在左侧的接合部分如今穿在易介的背后，所以易介背部的突起正好陷入盔甲蓬骨的弧形部分。血液从伤口流出经小裤滴落到鞠靴中，已变得浊黑，身体已经冰冷，并从下颚骨开始僵硬。因此很容易推断出死亡时间已超过两小时。

然而，尸体拉出来以后，还有更令人愕然的发现。易介身体各处都可见痉挛的痕迹，双眼、排泄物以及血色等特征都可证实他是窒息而死。他的表情相当恐怖，可以想象到他临死前强烈的痛苦与懊恼。但是并没有在气管中发现类似栓塞的东西，口鼻似乎也没有被封住过，绳子之类造成的勒痕也没有发现。

“简直就是拉札列夫（圣阿雷基赛修道院的死者）重现。”

法水发出感叹，开始进行分析：“从拔刀的切面可以知道，这两道伤痕是死后造成的。通常刀刃从活体中迅速拔出的时候，血管切面会产生收缩，而这种伤痕的切面是往外翻开的。况且这具因窒息而死的尸体的特征实在显著，我从未见过这种情形。可见凶手的残酷程度超乎想象，他让恐怖的窒息感缓缓逼近易介。”

“你怎么知道？”熊城面露狐疑。

法水详细地加以说明：“因为死前挣扎的时间越长，其死亡特征就越明显。所以这具尸体完全可以作为法医学研究的最新案例。并且从这一点上看，易介的呼吸困难是逐渐发生的，他拼命想挣脱死亡之链，可是身体却在盔甲重量的压制下失去活力，眼睁睁地任死神蹂躏，在绝望之中等待死亡的到来，脑海里可能电光石火般闪过今生所有的记忆。熊城，人生中还有比这更悲惨的时刻吗？还有比这更残忍、更令人痛苦的杀人手法吗？”

哪怕是熊城，当脑海中浮现这残忍的景象时，也不禁哆嗦了一下。他问道：“可是，易介会不会是自己进入盔甲中的呢？还是凶手……”

“这就要解决杀人手法的难题了。最可疑的地方是，易介并没有发出惨叫声。”法水打断了熊城的话。

检察官看着尸体头颅被头盔重量压扁的惨状，提出自己的观点：“这与头盔重量应该具有某种关联性。当然，前提是伤痕与窒息而死的顺序颠倒过来……”

“不错！”法水表示同意，“还可以说，头顶的静脉在承受外力一段时间后，血管发生破裂，压迫到脑髓质，出现类似窒息的症状，但其表现不会如此明显。总体而言，这具尸体不是那种瞬间死

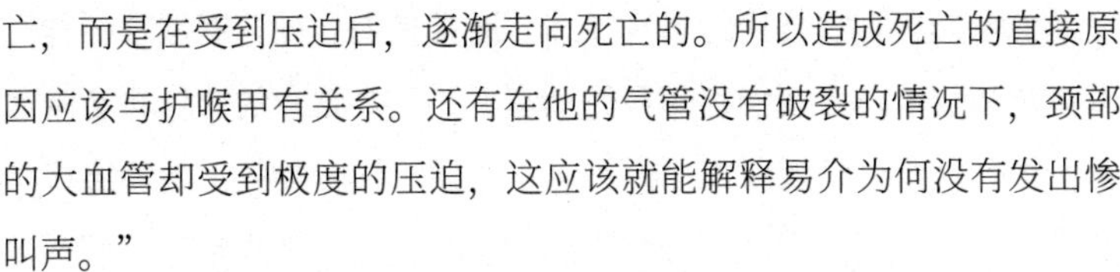

亡，而是在受到压迫后，逐渐走向死亡的。所以造成死亡的直接原因应该与护喉甲有关系。还有在他的气管没有破裂的情况下，颈部的大血管却受到极度的压迫，这应该就能解释易介为何没有发出惨叫声。”

“嗯，所以呢？”

“死因并不是脑充血，而是脑部贫血。另外葛利辛格[1]说过，这种情形往往出现严重的痉挛，就像癫痫一样。”法水淡然地回答，但脸上露出一丝苦涩的影子，好像受到某个问题的困扰。

熊城阐述了结论：“总之，假如伤痕不涉及死因，那么这桩命案很可能是在非正常心理状态下形成的。”

“不！”法水使劲地摇头，“像这桩事件的凶手这般冷酷无情的人，怎么可能仅仅因为自己的兴趣就行动呢？”

接下来，大家分析了指纹与血迹，但毫无收获。除了盔甲内部，再也没有找到丝毫血迹。调查结束，检察官对法水那洞察心扉一般的想象提出了疑问：“你是如何得知易介在此处被杀的？”

“自然是依据共鸣钟的声音，”法水轻松地回答，“也就是穆勒[2]所说的剩余理论。亚当斯[3]在发现海王星时也有这样的表述，剩余理论是一切未知事物的先决条件。任何事都不可能摆脱这个原理，所以像易介这样的怪人消失不见才会被忽略，直到出现了高八度的乐声，以及另一个异常音。不同于被房门完全隔开的发生命案的房间，走廊的空间连接整座建筑物。”

“你指的是……”

---

[1] 葛利辛格（Wilhelm Griesinger，1817—1868）：德国精神病学家、精神学家。

[2] 穆勒（John Stuart Mill，1806—1873）：英国著名哲学家、心理学家和经济学家。

[3] 亚当斯（John Couch Adams，1819—1892）：英国数学家、天文学家，海王星的发现者之一。

“因为当时我听到的余音渐弱。通常来说，钟与钢琴不一样，没有防震装置，会有特别明显的余音。并且共鸣钟的音色与音阶都各不相同，如果是近距离，或是在一座建筑物内聆听，会听出持续的声音之间在相互干扰，最终听到的会是噪音，让人很不舒服。夏尔斯坦对此的比喻是旋转的彩色的圆，乍一看是红色与绿色，随后中间会出现黄色，最后看到的都是灰色。这简直就是至理名言啊！

“况且在这座宅邸里面，处处都是圆形天花板、弧形的墙壁和像气柱一样的结构，我本来以为乐音会很混乱，但刚才进入耳朵的声音是那样清晰。如果声音传向户外，余音自然会渐渐地减弱，所以显然声音是从与露台相连的法式窗户传进来的。发现了这一点之后，我大吃一惊，这就表明这地方有什么东西阻挡了噪音在建筑物中的扩散。前后的隔间门全部关闭，只剩下拱廊通向圆廊的那扇门了。然而，刚才第二次去的时候，我记得我将左边挂着吊盔甲那侧的门打开过。从某种程度上说，这地方相当于我的心脏，所以我吩咐过绝不允许别人碰触。因此，如果那扇门被关上，这地方就具备了吸音功能，与隔音室一样可以隔绝余音。但是我们能够听见清晰的声音，这说明声音必定从露台传来。”

“照你这样说，那扇门是用什么关闭的呢？”

“易介的尸体。在他逐渐接近死亡的时间里，有种力量移动了易介自己无法移动的笨重盔甲。从盔甲的位置可以看到，这一列盔甲都是左右倾斜的摆放方式，也就是以左、右、左的方向错开摆放。如果中央明黄色的盔甲发生转动，其肩罩将会横向带动相邻盔甲的肩罩发生旋转，继而带动盔甲的转动。以此类推，推动至最后面的盔甲时，其肩罩转动会撞击房门的把手，使房门关闭。”

“那么第一个盔甲是如何开始旋转的？”

“我认为是利用头盔和蓬骨。”法水取下护衣，指着用粗鲸骨制成的蓬骨，“考虑到易介特殊的身体情况，如果用正常的方式穿甲胄，必定会因为背部突起的肉瘤而穿不上，所以最先考虑的是背部的肉瘤该怎么处理。于是我想到只要从甲胄侧面的接合处的相反方向穿入，使肉瘤嵌入蓬骨中……就是我们见到的情形。可是，羸弱无力的易介是如何做到移动这种重量的呢？”

“头盔和蓬骨？”熊城惊讶地重复道。

法水淡定地阐述他的结论：“没错，我现在就来说明我的理由。当易介的身体悬在半空时，整个盔甲的重心会上移且偏向一侧。通常情况下，原本静止的物体自己动起来，原因无非是质量改变或者重心转移，所以，这具盔甲发生移动的关键就在于头盔和蓬骨。盔甲中易介的姿势应该是这样的，他的头部负载了头盔的重量，背部肉瘤嵌入蓬骨的弧线部分，双腿悬在空中，想必是相当痛苦的状态。在他还清醒的时候，他会下意识地用手脚去找支撑点，所以重心应该在小腹周围。一旦他丧失了意识，支撑重心的力量随即消失，手脚变成完全悬空的状态，盔甲的蓬骨成了新的重心。就是说，并不是易介的力量让盔甲发生移动，而是相关的重量与自然法则。”

虽然早已熟知法水超强的解析能力，但是见他能如此迅速地组织并结合有关的信息，检察官与熊城也不得不对他心悦诚服。

法水继续说：“现在需要知道的是他死亡前后的状况，比如跟谁在一起、做了些什么。这些可以等完成钟楼的调查后再开始……不过，熊城，我希望你先了解一下是谁最后见到易介的。”

不一会儿，熊城带着一个名叫古贺座十郎的人回来了，这个人看起来跟易介的年龄差不多。

“你最后一次见到易介是什么时候？”法水立即展开讯问。

“不只是见到，我知道易介先生就在这具盔甲内，而且已经死了……”座十郎恐惧地将视线移开。他的话让检察官与熊城激动地瞪圆双眼。

法水却不动声色，表情温和地说：“那么，请你从头说起。”

“大概是十一点半，”座十郎表情坦然，开始讲述，“我经过礼拜堂和更衣室之间的走廊时和他打了个照面。当时他看起来脸色灰白，说自己突然被厄运笼罩，成了嫌疑人。他的声音似乎都变了，不停地抱怨。我发现他的眼睛充满血丝，就问他有没有发烧，他说怎么可能没有，并拉住我的手去摸他的额头。我感觉大概有三十八度吧。之后，他便无精打采地向客厅走去。这就是我最后一次见到易介先生。”

“这么说，你亲眼看到易介进入盔甲内部？”

“不，我是偶然发现这里的吊盔甲在动……大概一点刚过的样子，当时，圆廊的门是关着的，里头漆黑一片，我只能隐约看到金属晃动的微微亮光。我一具一具地查看盔甲时，在明黄色的护臂后面突然抓到了一只手。我立即想到这肯定是易介先生，因为只有他那样瘦小的身体，才能进入盔甲。所以我叫他：‘喂，易介先生。’他没有回答，但手心相当烫，估计有四十度吧。”

“什么！一点过后他还活着？”检察官不禁叫出声。

“是的，不过也很奇怪，”座十郎迟疑地继续说，“两点钟共鸣钟响起，我服侍田乡总管上床躺着，准备打电话找医师，途中再一次来到这里，却听到盔甲里的易介先生发出奇妙的呼吸声。我心里有些发毛，马上离开了拱廊。我在把电话的内容告诉刑警后，又走回这里，摸到他的手掌才发现手心已经冰冷，他的呼吸也完全听不见了。前后也就隔了大概十分钟而已。我吓坏了，匆忙离开这里。”

检察官与熊城都无言以对。如果座十郎所言属实，这不仅一举摧毁了法医学的高塔，而且，若圆廊的门是在一点以后关闭的，那么也彻底推翻了法水的缓慢窒息而死的推论。易介当时发高烧，就已经使推定的时间具有不确定性，毕竟这一小时的时间差非常关键。而且在座十郎的证词里，易介在仅仅十分钟的时间里窒息死亡，

接着被割喉。虽然目前这混乱难以形容，法水仍然保持着钢铁般的意志。

“共鸣钟演奏经文歌是从两点开始，这样的话，距离下一次赞美诗响起，还有三十分钟的时间，在排序上没有问题……我们现在去一趟钟楼，或许对了解易介的死因能有所帮助。”法水自言自语。

“对了，易介对盔甲了解吗？”

“是的，一直是他在整理和保养盔甲，他有时还会炫耀自己对盔甲的知识有多熟悉。”

问讯完毕后座十郎离开，检察官急切地开口：“我有一个奇特的想法，易介会不会是自杀，而伤痕是凶手后来故意制造的？”

“是吗？”法水明显不同意，“这么说来，吊盔甲是他自己穿上的，那么，头盔的系带又是怎么绑上的呢？请比较一下这些盔甲的绑法，除了这具，其他都是古代正式的绑法，包括从三乳至五乳，里外两种。你看这件有着五根锹形的头盔，它绑的方式倒像是外行所为。我刚才之所以问座十郎那个问题，和你的理由是一样的。”

“说到底不都是男人的绑法吗。”熊城不以为然地说。

“你说这话听起来很像薛基斯顿·布雷克[1]。”法水向熊城投去轻蔑的一瞥，“就算是男人的绑法，或者男人穿着女鞋留下脚印，那又如何？这些对这个微妙的事件没什么影响，说到底只是凶手行凶过程中的路标而已。”

法水忧郁地自语道：“易介被夹死……”

大概每个人的脑海中都出现了启示图中这句预言易介的话，可是似乎谁都无法轻易说出口，仿佛被一种奇妙的力量所阻挡。这时，检察官恍如着魔般跟着法水重复了一次，室内如沼泽般的空气似乎

[1] 薛基斯顿·布雷克（Sexton Blake）：英国杂志中出现过的虚构的侦探。

更加阴森了。

“对了，支仓，重点是头盔和蓬骨，”法水依旧保持着冷静，“这具尸体虽然看上去超出法医学的范畴，但还是存在两个重点。可以说，最本质的谜题就是，易介来到这里是自愿的还是被胁迫的，还有他穿上盔甲的原因。需要弄清楚易介进入盔甲前后的情况和凶手杀他的动机。当然，凶手以此向我们挑战的意味是毋庸置疑的。”

“白痴！”熊城气愤地叫道，“这就是杀人灭口！这根本就是凶手自我防卫的表现。事实已经很明显，易介就是共犯，丹尼伯格夫人命案的结论就是这个。”

“你怎么不说这是哈布斯堡家族[1]的阴谋？”法水再度嘲讽调查主任的直觉，“如果凶手利用帮手进行毒杀，你已经能口述调查报告的内容了。”

法水继续沿走廊前行，说道：“现在去钟楼证实一下我的猜测结果。”

一位便衣刑警完成玻璃碎片周围的调查，拿着宅邸的草图走过来，草图里面好像包着某种硬物。法水用手摸了一下随即放入口袋，直接走向钟楼。

走上两段式的楼梯，前面是接近半圆的曲形走廊，中间及左右共三扇门。熊城与检察官都十分紧张，凝神屏息，感觉非人类的怪异凶手就潜藏在陷阱深处。

右边的房门一打开，熊城迅速跑向右手边——纸谷伸子倒在墙边的共鸣钟的钟盘前。她坐在演奏椅上，上半身向后仰，右手紧握一把短刀。

“原来是她！”熊城大叫一声踩住伸子的肩胛，法水却神情恍

[1] 哈布斯堡家族（House of Habsburg）：支系繁多的德意志封建统治家族，是欧洲历史上统治时间第二长、统治地域最广的封建家族。

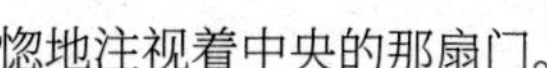

惚地注视着中央的那扇门。

有块白色的四方形痕迹出现在蛋黄色的油漆上。走近一看，检察官与熊城两人都不由得打起冷战。纸片上写的是……

Sylphus Verschwinden.（风精啊，消失吧！）

·第三章·
黑死馆精神病理学

一、风精的别名是……

Sylphus Verschwinden.（风精啊，消失吧！）

共鸣钟室中央那扇门的高处，浮士德五芒星的咒文再次出现了。苍白的纸片仿佛带着嘲弄，同样，本该是阴性的 Sylphe 被改为阳性的 Sylphus，用的是古爱尔兰楔形字体，看不出书写者的性别和笔迹特征，丝毫未露破绽。

戒备如此森严的宅邸，凶手是如何潜入的呢？如果凶手是伸子，那她是因为知道自己插翅难飞，所以才畏罪自杀？不管怎样，这里就是刚才演奏高八度乐声的恶魔的所在之处。

“真是出乎意料，”快速检查过伸子的身体后，法水看着熊城的鞋子说，“还有微弱的心跳和轻微的呼吸，瞳孔的反应也是正常的。”

刚才大叫着一脚踩住伸子肩胛的熊城，听完此话，开始后悔自己的草率举动了。纸谷伸子虽然手持短刀，却是仰躺在椅子上。此前见到的都是凶手背地里制造的起伏波浪，并未出现任何人影，只见到浮出水面的连串的泡泡。当泡泡猛然破碎，出现了意想不到的人物，难怪熊城会爆发出那样的激情。然而在情绪冷静后，也难免会发现可疑之处。

也许这种意外的情况恰好才是最有利的反证。虽然伸子手里握着短刀——被认为是杀害易介的凶器，但一向谨慎周密的她居

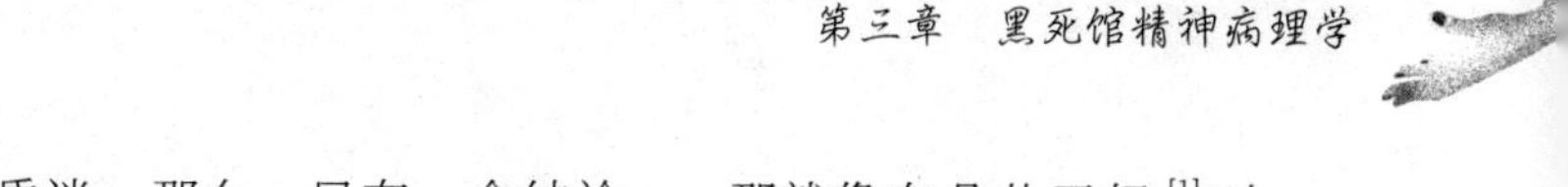

然陷入昏迷。那么，只有一个结论——那就像布朵儿王妃[1]对着黑人阴茎唱的“化为雨降落地面”一样——这桩事件最终暴露出疯狂的倒错性。

在此有必要先把共鸣钟室的概况说一下。共鸣钟室在摆钟所在的尖塔最下方，与礼拜堂的圆顶相连，楼梯之后就是接近半圆的曲形走廊，半圆顶点的位置就是中间的那扇门，它左右还各有一扇门。进入室内才留意到，左侧的门是打开的，而该处的墙壁有特别的音响学设计，就像是巨大的扇贝或凹状的椭圆。估计在放置共鸣钟以前，这里是专门为四重奏乐团准备的演奏室吧。所以，从外面看起来，中央这扇门的位置很不自然，墙壁有切割过的痕迹，并且在三扇门里是最高大的，大概超过三米。

中间的门前空无一物，只有扁柏铺就的木地板，墙壁被切割成正好嵌入共鸣钟的键盘部分的空间。三十三个不同音阶的钟群，挂在前方的天花板上，由键盘和踏板配合可以发出往日加尔文[2]最喜欢的声音。据说那是将尼德兰运河的水泼上去之后，风车自行转动产生的修道院风格的寂寥的声响。

音响学的构造从天花板开始，经过椭圆形的墙面，向下逐步倾斜到键盘，在像共鸣板一样的中心位置凿出圆孔，构成长长的角柱形的空间。两边华丽的圆窗从前面的庭院里看到过，上面画了黄道星宿，每幅图案都和木板巧妙地分开，除了一边连接，周围的部分都留有缝隙，还会因空气流动发出轻微的振动，很像玻璃琴。声音通过缝隙变得十分柔和，仿佛加了弱音器一般，即便是共鸣钟才有的回音或者和弦音，不论演奏的速度如何，都能避免出现一定程度的混音。与三十三个钟群一样，这个构造也是仿照柏林的教区教堂

[1] 布朵儿王妃（Princess Badralbudur）：来自远东的公主，一千零一夜故事中阿拉丁的妻子。

[2] 加尔文（John Calvin，1509—1564）：法国著名的宗教改革家、神学家。

设计的，只不过钟群的方向与教区教堂正好是反的，朝向教堂里面建造。

法水的调查扩大到华丽的圆窗附近，却发现窗户外侧有可以爬上尖塔的铁梯。

接着，法水吩咐便衣刑警站在外面，自己以各种方式按压键盘，想要验证刚才那个高八度音的疑点，可惜一无所获，只解释了另外两件事：首先，共鸣钟的音阶只有两个八度而已；其次，之前听到的那个高八度音远在这两个音阶之上。

那次的圣阿雷基赛修道院事件，类似的奇异钟声也出现过，但后来证实那只是机械上的问题，是摆钟的顺序导致的。但是这次完全不同，最重要的是存在一个最根本的疑点，就是这个有三十多个音阶的钟的质量。若照此继续追查下去，根据物质结构的法则，最终的结果要么否定铸造共鸣钟的成分，要么得出有收集乐声的精灵存在的结论。

确定无法解开神秘的高八度音之谜后，法水的脸上露出令人痛惜的疲惫，似乎都没有力气开口了。然而，他还必须思索目前的关键人物伸子昏迷的原因。此时，太阳几近西斜，宏丽的建筑物也慢慢隐没在暗影之中，从华丽的圆窗射进来的微弱光线摇曳在阴沉的冰冷空气中，偶尔掠过折翼的阴影，那是一大群乌鸦扑棱着翅膀飞回尖塔的摆钟。

这里有必要描述一下伸子的状况。伸子的腰部搭在圆形的旋转椅上，整个人呈向后仰的状态，只是下半身偏左，上半身偏右，俨然是一个等边三角形，从这种姿势可以推断她是在演奏过程中往后倒下的。但是，难以想象的是，她身上没有发现任何外伤，只有后脑在倒地发生碰撞时所造成的皮下组织出血，也没有发现中毒的症状。两眼虽然睁着却毫无生气，脸上也毫无表情，只有下唇张开，让人觉得有点恶心和不快。伸子全部的症状就只是不省人事，全身如棉花

一般松软，也没有痉挛的现象。唯一奇怪的地方是，她紧握那把略带油光的短刀，即使甩动手臂也无法使她的手松开短刀。根据这种情况，只能认为是她体内的某种原因导致其昏迷。

法水似乎了然于胸，抱起伸子交给便衣刑警，吩咐道：“请警视厅的法医给她洗胃，检查胃里的残留物并验尿，再检查一下妇科，还要检查她全身的痛感部位与肌肉反射的状况。”

把伸子送走后，法水呼出一口气，点燃香烟深深吸了一口，精疲力竭地自语：“唉，这样的局面我该怎么应对。”

“只要等伸子醒来，一切就都能明白了。这不是很简单吗？”检察官却不以为然。

“但是，仍有倒错的部分存在，可能比丹尼伯格夫人和易介的事件更棘手。它并没有显示恶意的征兆，至少表面看起来没有，但事实上却有诸多矛盾的地方。要判断这种怪异的现象，有必要请专家协助进行鉴定，仅靠我浅薄的知识是无法解决的。”

“可是这是单纯的……”熊城提出异议，但立即被法水打断：“如果不是内脏的问题，也没有发现毒物的话，那就只可能是风精让（掌管着运动神经的）天蝎宫消失了。”

“开玩笑吧，哪里能看出有外力介入的痕迹？身体也没有痉挛现象，就是单纯的昏迷而已。”

这次检察官也提出意见：“你最大的问题就是喜欢把单纯的事情搞复杂了。”

“单纯的昏迷是存在的，但就是昏迷才有问题。如果那属于精神病理学范畴，用之前佩珀[1]的《类似症状鉴定》一书就能解决。但眼下伸子的状况既不是癫痫或癔症之类，也不像是恍惚失神，更不是假死、病理性或电击性昏睡。”

---

[1] 佩珀（William Papper，1843—1898）：美国医生。

法水凝望着天花板，声音并无变化地继续说道："不过，支仓，就算末梢神经都发生昏迷，但是它们仍会随性地朝着不同方向运动。你说这到底是什么原因呢？所以我觉得，就算伸子手握短刀这个疑点解决了，但高八度音的秘密无法解释的话，伸子的昏迷就不得不说有刻意的企图。你觉得呢？"

"那简直是传奇。你还是休息一会儿吧，你看起来很疲惫。"熊城似乎无法接受这种说法。

"没错，熊城，事实有时就是传奇。在黎格莱因的《北欧传说学》中，有一个瑟金根侯爵洛迪斯海姆的故事，故事发生在腓特烈（第五次）十字军东征之后，是一名流浪乐师四处演唱的见闻。你先听我讲完……有一次，吟唱诗人奥斯华德喝了掺有天仙子[1]的酒后，抱着琴开始如波浪般摇晃，然后倒在侯爵夫人姬托蒂的腿上。洛迪斯海姆曾在来自（克里特岛北方的）卡巴斯岛的妖术师雷贝德斯的口中，听说过天仙子的影响，于是立刻斩断其头颅，连同身体全部烧毁。据说这个故事来自流浪乐师之王奥菲斯[2]，历史学者柏霍雷则认为，这是十字军传入北欧的最早的阿拉伯本土的迦勒底咒术文献。而正是浮士德博士让它开花结果，传承下来。中世纪魔法的权威非他莫属。"

"原来是这样，"检察官面露讽刺的笑容，"时间来到五月，苹果花盛开，城市的乳酪小屋弥漫着情欲气息。丈夫跟随十字军东征远去，趁这时解开贞操带与抒情诗人调情也是无可奈何的事。那么，请将话题转回杀人事件吧！"

法水略带惋惜地微笑着回应："支仓，你也太落后了，作为检察官却忽视病理心理的研究。你一定读过《古代丹麦传说集》，这

---

[1] 天仙子（Hyoscyamus niger）：茄科植物，具有镇痛解痉的功效。
[2] 奥菲斯（Orpheus）：希腊神话中的人物，是光明与音乐之神阿波罗和史诗女神卡莉欧碧之子，音乐天才。

些史诗里面有大量妖术以及霉毒性癫痫症的引用。虽然没有引证洛迪斯海姆的故事，但如果看过梅尔菲的《朦胧状态》，就能从科学的角度解释奥斯华德昏迷的原因。提到昏迷的章节是这样描述的：昏迷之时，由于大脑只有部分在运作，意志会忽然消失，全身出现飘浮感，而小脑停止运作会稍微延后，两种现象相互影响产生力学作用，哪怕极为短暂，身体仍会出现波浪似的晃动。而伸子的身体却完全违背这个自然法则，甚至朝相反的方向运动。”

说着，他坐上伸子昏倒的那张旋转椅，指着椅子中心的螺旋支柱：“支仓，刚才说的自然法则有点夸张，重点其实是这张椅子。你们看，支柱顺时针旋转已经完全贴紧螺旋孔，说明旋转已经达到极限，不能再降低了。但是伸子的姿态是腰部在坐垫上，下半身偏左，上半身偏右，那么她一定是略微左转倒下的，而如果是左转，椅子就一定会升高，这显然不合常理。”

“请你不要说那些模糊的话。”熊城面露难色。

法水继续叙述他的观察所得：“当然，我们现在看到的不一定是最初的状态。但就算支柱还有旋转的余地，加上昏迷时产生的摇晃，还有伸子的重力作用，其动作的方向仍是可以逐渐确定的。也就是说，越往右方身体晃动的幅度会越大。假设顺时针旋转一圈后，支柱在目前位置达到最大限度，但是旋转时产生的离心力，会在停止时改变保持正坐的姿势。这么一来，熊城，你不妨试着比较椅子的螺旋支柱和伸子的肢体状态，肯定会有令人惊奇的矛盾之处。”

“什么？随着意志的昏迷……”检察官更困惑了。

“如果我的推断没错，那就是格林家的亚妲了。所以……”法水背着双手开始踱步，“我才会要求给她洗胃和验尿。当然，问题的关键在于她到底是不是主动昏迷的。”

法水停在键盘前，用手使劲往下压，继续阐述他的观点：“就像这样！演奏共鸣钟需要一定力量，对于女性而言，往往需要超常的体力，哪怕是简单的赞美诗，连续演奏三遍的话，通常都已经精疲力竭。所以当时声音逐渐减弱的原因，我认为就在于此。”

“这么说，她是因为过度疲劳才昏迷的？”

“斯特恩[1]曾说过，疲劳时的证词不可信。这种状况的产生，肯定跟当时某种意料之外的力量的出现有关系。但不管怎样，最重要的还是找出导致高八度音发生的原因，那是关键的不在场证明。”

“是要证明伸子的演奏技巧吗？”检察官很惊讶，“我认为只靠共鸣钟不可能证明高八度音。而且，当前最重要的是要搞清楚，伸子握住短刀是主动的还是被动的。”

“如果在她昏迷后让她握住短刀，不可能握得那么紧。”法水又开始踱步，声音有些疲惫，“这里也可能有其他关键点，所以我才要请专家鉴定。还有，易介之死也存在时间上的疑点。仆人座十郎的证词，在他可能的死亡时间一小时之后，也就是两点，表示他还在呼吸。而同一时刻伸子正在演奏经文歌，就是说，她在最后一次弹奏赞美诗之前的二十多分钟里，既划伤了易介的咽喉又让自己陷入了昏迷。让我感到害怕的是无法对此提出反证。一般来说，从各方面包围、集中行动后得到的结果，应该是二减一得一这种显而易见的答案。然而，高八度音却……”

其他的问题更是一团混乱。法水努力把精神集中在伸子身上，从康斯坦丝·肯特[2]事件和格林家杀人事件等得来的经验和教训，让他明白专注和反复观察的重要性。然而事件却仿佛花瓣一样分裂出无数的对立面，法水始终无法从自己的分析里得出准确的说法。凶手用华丽的装饰包裹着表面，巧妙地运用了矛盾对立的观点。解开

[1] 斯特恩（William Stern，1871—1938）：德国心理学家。

[2] 康斯坦丝·肯特（Constance Emily Kent，1844—1944）：1860年发生的肯特家命案中，她杀死自己同父异母的弟弟，五年后向地方法庭认罪自首。

一个疑点，又接着出现新的疑点，这让法水像受诅咒的荷兰人一样疲惫彷徨。出现高八度音这样的疑点后，问题又一次被反弹回来，他又不得不再次回到原点。

突然，法水的眼眸里又绽放出光彩，似乎有灵感从天而降。他停止踱步，说道："支仓，你的话提醒了我。你说只靠共鸣钟不可能证明高八度音，可以理解为要找到代替精灵演奏的某物。也就是说，要在音响学上证明，在其他地方有共鸣板或木片乐器之类的存在。这使我想起了'杰贝特的月琴'，它出现在那桩被称为'玛格登堡修道院'的奇妙事件里。"

"杰贝特的月琴？"检察官因法水突然提出新的名字而感到错愕，"月琴和共鸣钟又有什么关系？"

"杰贝特就是席维斯塔二世，他是那部咒语法典的制作者维基格斯的老师。"法水加重语气说出这句话，眼睛盯着地板上映出的朦胧影子。

接着，他说着梦幻般的话语："宾克莱克（十四世纪英格兰语言学家）编撰的《吟唱诗人史诗集成》中，记录了杰贝特的奇异事情。在当时盛行的反对伊斯兰教教徒的风潮中，杰贝特也被认为是妖术师。其中一节我念给你们听听，那就是人们所说的炼金抒情诗。

杰贝特仰望毕宿七星，
弹响德西马琴。
低弦随即安静，
片刻之后，
身旁月琴兀自响起，
如怪物之声对应高昂弦音。
旁人都捂耳逃离。

“读过杰塞维德[1]的《古代乐器史》的话，应该知道月琴和德西马琴原来都是肠线乐器，但是到了十世纪，德西马琴的肠线被金属线所取代，它的声音也接近现在的铁琴。我曾解析过这个怪异事件。所以，熊城，你也许能从中好好体会一下，中世纪非文献类的史诗同杀人事件之间的关系。”

“哼，你还有什么要说的吗？”熊城吐掉含在嘴里太久的烟屁股，愤恨地说，“我以为角笛和唢呐已经被刚才提到的杀人金匠毁掉了呢！”

“当然有，那就是历史学者威勒莱撰写的《尼古拉斯与珍妮》。他详细描述了陪审团在珍妮面前忍不住战栗，内心发生奇异的变化。我曾经疑惑，后来的精神病理学审判专家们为何从来不以这种心理状态为例证。于是我才会在这时想起这怪异的共鸣现象。

“以钢琴来举例，轻轻按下键，但不发出声音，再用力敲击键，在声音停止的同时，放开按住的键，会有很清楚的的声音出现，这就是一种共鸣现象，的声音中出现了两倍振动数的高八度的的声音。只是要在共鸣钟上产生这种共鸣现象，在理论上几乎是不可能的。

“从这里又可以推导出一个必要的启示——拟音。熊城，你知道木琴吧？就是通过击打干燥的木片或石片，发出金属性声音的乐器。古代中国的平板打击乐器扁石鼓、方响，古印度的干木鼓，亚马孙印第安人的刀形响石，都被人熟知。不过，我这里指的不是那种简单的单音乐器或者音源明显的物体。接下来的话也许有些惊人，不知道你们会有什么感想。据说，孔子对舜的韵学中出现了能发出

[1] 杰塞维德（Raphael Georg Kiesewetter，1773—1850）：奥地利音乐学者。

七种声音的木柱，哑口无言。而在秘鲁，托克西露遗迹和托洛亚第一层的都市遗迹（公元前一千五百年被攻陷）中也有同样的记录……”

在多次的引经据典之后，法水试着把这些古时记载的科学解释，跟这里发生的杀人事件完全重叠起来。

“反正，以前就听说过魔法博士德恩的隐形门，至于这座宅邸有没有类似的魔术作品，也很难断定。算哲博士在对之前英国人戴克斯比设计的府邸进行改造时，必定把维基格斯咒法精神融入其中。也就是说，不管是一根柱子或是一把门锁，还是走廊墙壁上的陶土红线，都必须一一检查。”

“难道说，你还要这座宅邸的建筑设计图？”熊城焦躁地大叫。

“是的。这样应该就能找出凶手精心制造的不在场证明的破绽。”

法水的回答很坚定，同时指出了两个思路：“这就像一次没有目的地的旅游，但找寻风精只有这两条路可走。就是说，如果杰贝特式的共鸣弹奏术可以重现，那么伸子让自己昏迷一事就毫无疑问了。还有，如果能证明存在拟音的方法，就可以得出凶手在使伸子昏迷后离开钟楼的结论。目前能够确定的是，出现高八度音时，这里只有伸子一个人。”

“不，高八度音并不是关键点，”熊城反驳道，“主要是你习惯把事情往难解的方向上分析，而那只是逻辑方式上的区别。如果解决了伸子昏迷的问题，也就没有必要再往南墙上撞了。”

“可是，熊城啊，”法水用讽刺的语气表示反对，“如果伸子回答那是身体不舒服导致的昏迷，答案就很简单了。但是那样的话，高八度音里隐藏的昏迷原因和她手里紧握短刀的事实，还有我刚才所说的旋转椅的问题，这些疑点全都会被掩盖，说不定还会使她跟易介的事件毫无关系。”

“嗯，这属于心灵感应的系统了。”检察官有些黯然神伤。

“不，不止如此。说起来，通过心灵感应来演奏乐器的例子也是有的。舒雷达在《生体磁力论》中就列举了大约二十个例子。但是，问题的关键在于音调的变化。连圣奥里哥尼斯都很欣赏的亚历山大的安迪渥斯，被称为伟大的魔术师，他虽然号称可以远程演奏水风琴，却没有关于音调的描述；演奏手风琴的阿贝尔托斯 · 玛格尼斯[1]也是相同的情况；近代的意大利灵媒约瑟比亚 · 巴拉底诺也是如此，即使她能弹奏铁丝网里的手风琴；就连学者佛林玛利安也没有述及重要的音调问题。这就是说，感应现象可以驾驭时间和空间，然而对物质构造依然无能为力。但是现在，熊城，物质结构的法则竟然要被颠覆了，多么恐怖啊！风精——所谓的空气与声音的精灵——在敲钟之后消失得无影无踪。”

显然，法水对高八度音的推断，还是未能超越人类的思维界限。然而凶手却轻易地做到了，在大家都难以企及的地方完成超越心灵的奇迹。于是，在大家以为终于能突破纷乱的谜网之时，却又被眼前云遮雾绕的高墙阻挡。在这种情况下，对仲子的陈述还能有什么期待呢。即使抱有侥幸的心理，法水所提示的关于高八度音的两个思路也难以实现。

过了一会儿，一行人从共鸣钟室返回丹尼伯格夫人死亡的房间。夫人的尸体已经送往解剖室，阴暗的房间里只剩一位便衣刑警，他汇报了刚才调查家族成员的结果：

降矢木旗太郎——十二点吃过午饭后，在客厅与另外三位家人谈话，听到一点十五分响起经文歌的声音，四人一同去往礼拜堂演奏镇魂曲。两点三十五分，四人一起离开礼拜堂，回到各自的房间。

[1] 阿贝尔托斯・玛格尼斯（Albertus Magnus）：十三世纪末，艾尔堡多明尼克修道团著名的修道士，是有名的魔法炼金术师、通性论的哲学家、中世纪著名的物理学家，更是古今无双的心灵术士。

欧莉卡·克利瓦夫（同上）。

嘉莉包妲·赛雷那（同上）。

奥托卡尔·雷维斯（同上）。

田乡真斋——一点三十分之前，同两位仆人摘录葬礼记录，之后接受讯问，结束后回到自己的房间，上床休息。

久我镇子——接受讯问后一直待在图书室，负责搬运书籍的少女可以证明。

纸谷伸子——除了十二点让人送午餐到自己的房间外，没人见到她出现在走廊，推测她一直待在房间里。一点半左右，有人看到她出现在通往钟楼的楼梯上。

其他异常状况未发现。

“法水，你看，通往大马士革的路就是这一条了。”检察官和熊城交换了一下眼神，神情愉快地搓着双手，“一切毫无疑问都指向伸子。”

法水把调查报告收入口袋，顺手取出在拱廊那里拿到的玻璃碎片与草图。打开的那一刻，熟悉的惊愕再一次出现在他们眼中：草图上有两道脚印，它包住的东西，竟是照相干板的玻璃碎片。

二、死灵聚集之处

面对这涂了碘化银的已感光的干板，连法水也哑口无言，因为它看起来与这桩事件实在是没什么关系。然而，在曲折的前进道路上，回顾着从开始到现在的一点一滴，涂有感光物质的干板虽然能够将影像具体化，却并未显现任何暗喻的字符。如果它与犯罪行动具有某种关联的话，也只能说是神的奇迹了。

房中是一片死寂般的沉默，其间只有仆人进来为壁炉加木柴。

室内渐渐暖和，法水注视着火舌，轻声叹息道：“唉，这就像恐龙蛋一样。”

“可是，这到底有什么用呢？”检察官自然地忽略法水的隐喻，扭亮开关。

“难道是用来拍照的吗？”熊城眼里忽然闪过一丝亮光，“或许真的存在死灵，易介就是目击者，不是吗？昨夜的神意审判会上，隔壁房间凸出的窗户旁不就出现了人影，并且有什么东西掉落在地上吗？当时房间里的七人都没有离开。再说，如果干板真的是从窗户掉落，也不该破碎得这么厉害。”

“嗯，死灵可能真的存在，”法水吐出一口烟圈，说出的话令人意外，“然而易介在这之后才死亡也是事实。如果将丹尼伯格夫人事件与之后发生的命案完全割裂，我提出的推论将完全被推翻。也就是说，风精知晓水精的存在并将其杀害。即使那两句咒文本来就是相连的，我们也不能被迷惑。而且，凶手仍然只有一个。”

“那么，除了易介……”熊城又吃惊地瞪大双眼。

“别理他，他还在自己的幻想之中。”

检察官打断熊城的话，接着对法水说：“你的观点与现实相距太远，看得出你讨厌自然和平凡。专业的技巧是绝对不容许本性和良知存在的。刚才你为了解释高八度音，想象出拟音这种东西，但是，哪怕声音很微弱，如果与伸子的弹奏重叠在一起又会怎样？”

“意外啊，原来你也到了那样的年纪，”法水带着戏谑的讽刺，微笑着继续说道，“汉森和艾华德也是这样。虽然对听觉生理的问题一直在辩论，但他们在这一点上却彼此认同，就是你说的……如果音色相同的两种轻微的声音发生重叠，音阶较低者不会引起耳膜的振动。但是，当肉体随年纪发生变化以后，情况则正好相反。”

毫不客气地回应了检察官之后，法水将视线再度转回到干板上，表情明显发生了复杂的变化，说道：“只是，这个矛盾产生的结果又是怎样的？这些组合的真正用意是什么？我唯一领悟到的是‘那是种奇妙的声音，查拉图斯特拉如是说[1]’。”

“怎么又提到尼采了？”检察官十分惊讶。

“那不是施特劳斯的圆舞曲[2]，而是拜火教[3]的咒法纲领，也就是‘来自于神的荣光不会杀害神自己’。当然，此咒文主要是为了取悦神，若是在饥饿的状态下，与信仰的神灵精神完全交融，苦行僧们便会产生幻觉的统一。”

这番神秘的言辞完全不像是从法水口中说出来的。可是很明显，他的意思是衡量某件事情，不得不留意潜伏在理性之下的某些东西。

对照法水所说的话和神意审判会出现的奇异变化，有可能是干板

---

[1] 德国哲学家、思想家弗里德里希·威廉·尼采 1885 年创作的散文诗体哲学著作，理解尼采美学和哲学的入门之书。

[2] 圆舞曲：1896 年德国著名音乐家理查德·施特劳斯创作的同名交响诗。

[3] 拜火教：查拉图斯特拉所创立的波斯苦行教派，也叫琐罗亚斯德教。

在尸烛火光的照射下发生感光现象，让丹尼伯格夫人看到算哲的幻影，并陷入昏迷状态。这种玄妙的暗示意味越来越浓厚，并渐渐成形。

法水站起来，进行了更明显的暗示："这么一来，我们就迫切需要重现神意审判会了。现在，我们先调查草图上的这两行脚印吧。走，到后院去看看！"

当法水经过楼下的图书室时，他的脚步仿佛被钉住似的停了下来。

熊城看看表，说道："现在是四点二十分，再晚就要看不清脚印了。想看语言学的藏书，以后再说吧！"

"我想看镇魂曲的原谱。"法水固执地说。

检察官和熊城都皱起眉头，不过他们也知道法水的执着。刚才的演奏在接近尾声时，两把提琴装上弱音器这一点不仅漠视乐理，而且颇为可疑。

法水背向房门，一边转动着门把手，一边说道："熊城，算哲应该是一位象征派诗人。这座巨大的宅邸只是他'由影像和记号组成的仓库'，犹如夜空的繁星一般，各处都有标记。由此类推，这里综合地暗示了某种恐怖的存在。所以，只是看着迷雾中隐藏的事件又能知道些什么呢？必须要做的是找到它难以捉摸的特性。"

法水最终是要搞清楚启示图那未知的另一半究竟预示着什么，而且可以想象他是如何急切并专注地寻找它。图书室的门一打开，虽然里面看不见人影，法水还是感到一阵眩晕。

四方的墙面用康达尔特式木板分隔，墙壁上方是环绕式采光层，上面有爱奥妮亚式女像柱子撑住天花板。从采光层透进的光线，照在天花板的壁画上，启示录中二十四位长老围绕的"达娜厄[1]金雨受

[1] 达娜厄：西方油画中经常出现的人物，希腊神话中阿尔戈斯王阿克里西俄斯与欧律狄克的女儿。

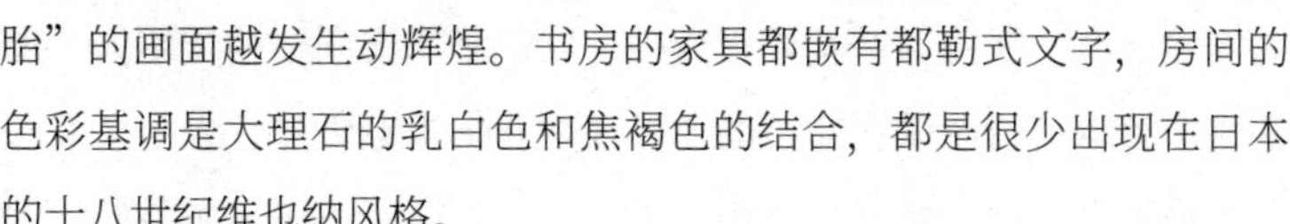

胎”的画面越发生动辉煌。书房的家具都嵌有都勒式文字，房间的色彩基调是大理石的乳白色和焦褐色的结合，都是很少出现在日本的十八世纪维也纳风格。

穿过空荡荡的图书室，走到路的尽头，那里有一扇门露出些许灯光，里面就是令收藏家们无不垂涎的降矢木家藏书库了。被隔开的书架有二十多层，最内侧有办公桌，久我镇子正以嘲讽的态度等在这里。

“哼！你会来这个房间，看来你也没有多高明嘛。”

“很遗憾，确实如此。虽然玩偶没有再出现，却接连出现鬼魂。”对方一开口便占了先机，法水只好以苦笑应对。

“我想也是。刚才又出现了高八度音，不过，伸子不可能是凶手吧？”

“啊！你也知道高八度音吗？”法水眨了眨眼，探寻地注视着对方。

然后，他镇定自若地切入主题：“不过，我已经掌握这桩事件的整体结构，就是你所谓的闵可夫斯基[1]的四度空间。我也调查过之前的情况。这里有镇魂曲的原谱吧？”

“镇魂曲？”镇子的表情充满怀疑，“你问那个干吗？”

“你还不知道？”法水有些惊讶，严肃地说，“在演奏最终乐章某部分的时候，有两把提琴装上了弱音器，让我感觉在听柏辽兹[2]的幻想交响乐。乐曲中，被施以绞刑的罪人下到地狱时，应该出现雷声，却被像冰雹似的鼓声所代替。而且，我仿佛在这里面听到了算哲博士的声音。”

---

[1] 闵可夫斯基（Hermann Minkowski，1864—1909）：德国数学家，曾是著名物理学家爱因斯坦的老师。

[2] 柏辽兹（Hector Louis Berlioz，1803—1869）：法国作曲家，法国浪漫乐派的主要代表人物。

"这个推断跟之前相差很大呢!"镇子露出同情的笑容,"那是建筑师克劳特·戴克斯比的作品,并非出自算哲先生之手。你这么在乎那个东西,难道是又增加了一个死灵吗?不过,如果你认为你的对位法推理法确实会用到它,我就去找出来。"

法水的自信心在这一瞬间受到了严重的打击。他原本推测这首镇魂曲是约翰·史特纳(牛津大学音乐系教授,病逝于二十世纪初)所写,之后算哲加以改编,哪知道它竟是这座黑死馆的设计者戴克斯比的作品。那么,这位在回国途中自杀于仰光的威尔斯建筑师,也牵扯进这桩不可思议的事件里了?这样的话,法水从案件初始就调查死者的世界,应该说是相当慧眼独具了。

在等待镇子找出原谱时,法水开始浏览书架,把降矢木家令人叹为观止的藏书一一记在脑中。不用说,这些书是黑死馆全部精神生活的精华之物,或许这起不寻常的神秘事件的根源就潜藏在这书库之中。法水用超乎寻常的速度扫过这些书脊上的文字,很长一段时间陶醉在纸与皮革混合的气味之中。

让法水首先发出惊叹声的书,是一六七六年出版的三十册普利尼乌斯的《万物史》和被称为"古代百科全书"的《莱顿纸稿》。然后是索拉尼斯的《神杖使者》,中世纪的乌尔布里吉、洛司林、隆德莱特[1]等所著的医书;巴格、阿诺夫、阿戈里巴等运用符号著成的炼金药学书;永田知足斋[2]、杉田玄白[3]、南阳原[4]等日本人翻译并注解的荷兰语书籍;出自中国隋朝的房术医方,如《经籍志》

[1] 隆德莱特(Guillaume Rondelet,1507—1566):十六世纪法国解剖学家、博物学家。

[2] 永田知足斋(1513—1630):本名永田德本,日本战国时代后期至江户时代初期有名的医师。

[3] 杉田玄白(1733—1817):江户时代的兰医(相比汉方医,是一个小的医学流派):私塾天真楼的主办人。

[4] 南阳原(1735—1820):江户时代中期至后期的医师。

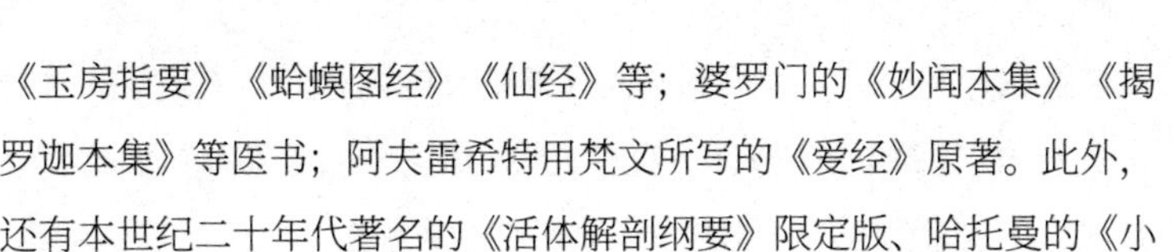

《玉房指要》《蛤蟆图经》《仙经》等；婆罗门的《妙闻本集》《揭罗迦本集》等医书；阿夫雷希特用梵文所写的《爱经》原著。此外，还有本世纪二十年代著名的《活体解剖纲要》限定版、哈托曼的《小脑疾病症候学》等，大概有一千五百册完整的医学史藏书。

有关神秘宗教的资料也相当可观。从英国皇家亚洲学会的《孔雀王咒经》、暹罗皇帝的《阿叱曩胝经》、普勒姆菲尔德的《黑夜珠吠陀》，到斯齐拉金特威特[1]、基尔塔斯等人的梵文密宗经典，以及犹太教的一系列经外书、启示录、传道书等。其中，犹太教会音乐珍籍里面的福罗伯格[2]《对斐迪南四世之死的悲叹》的原谱，引起了法水的特别注意。据说从圣布拉吉奥修道院流出的稀世手抄本，以及威萨里奥的《神人混婚》，也跨越重洋被收藏在降矢木家的书库里。这里还有莱加舒坦的《秘密宗教》和与登·鲁吉的《葬祭咒文》。

还有一些与仙术相关的神书，像葛洪的《抱朴子·遐览篇》、费长房的《历代三宝记》《老子化胡经》等。魔法方面的书有吉瑟威达的《狮身人面像》、大主教维尔纳的《英格海姆咒术》等七十来册，但绝大部分都属于席尔德《恶魔的研究》之类的研究类书籍，真正的魔法类书籍估计已经被算哲烧毁。

心理学方面的书籍数量也很可观，犯罪学、病态心理学、心灵学方面的著作极多，有柯尔基的《拟态的记录》、李普曼的《精神病患者的语言》、巴迪尼的《蜡质屈挠性》等病态心理学的书籍，还有法兰西斯的《死亡百科全书》、施伦克·诺斯特[3]的《犯罪心理

---

[1] 斯齐拉金特威特（Emil Schlagintweit，1835—1904）：德国佛教学者。

[2] 福罗伯格（Johann Jakob Froberger，1616—1667）：德国作曲家，创作的乐曲具有巴洛克风格。

[3] 施伦克·诺斯特（Albert Freiherr von Schrenck-Notzing，1862—1929）：德国医生、精神病专家，致力于研究超自然事件。

及精神病理的研究》、瓜利诺的《拿破仑的面相》、卡里艾的《附身杀人与自杀冲动的研究》、克拉夫特·埃宾[1]的《审判精神病学》、波登的《道德性痴呆病患的心理》等犯罪学书籍。

在心灵学方面，有麦亚兹的《人格及其后的存在》、萨维吉的《远距离感应术可能存在》、杰林格的《催眠式暗示》、休达凯的奇书《灵魂生殖说》等，收藏量极其庞大。

看完以上这些部分，还有古文献学的书架，上面有芬兰古诗《坎帖勒》原书，婆罗门音理学书《桑基塔·拉斯纳拉卡》《葛尔顿诗篇》，格拉玛吉克斯的《丹麦史》等书籍。这时，镇子终于拿着原谱出现了。那本乐谱已经变成焦褐色，歌词几乎看不见了，只能见到安妮女王的透印图。

法水接过原谱，直接翻到最后一页，自语道："哈，原来用的是古音符记号。"接着便随手扔在桌上。

法水向镇子问道："久我女士，这个部分加上弱音器符号的原因，你知道吗？"

"我怎么会知道。"镇子的语气仍然带着讽刺，"Con Sordino除了加上弱音器，应该还有别的意思吧？像是 Homo Huge（人啊，快逃）之类。"

面对镇子强烈的嘲讽，法水不为所动，反而强势地回应道："不，应该是 Ecce Homo（请看这个人）的意思吧？这是在说'请看瓦格纳[2]的《帕西法尔》[3]'。"

"帕西法尔？"镇子不禁蹙眉。

---

[1] 克拉夫特·埃宾（Richard Freiherr von Krafft-Ebing，1840—1902）：奥地利精神病学家，早期性病理心理学家。

[2] 瓦格纳（Richard Wagner，1813—1883）：浪漫主义时期德国作曲家、指挥家，是德国歌剧舞台上的重要人物。

[3] 《帕西法尔》（*Parsifal*）：三幕歌剧，由德国作曲家瓦格纳编剧并谱曲于1882年。

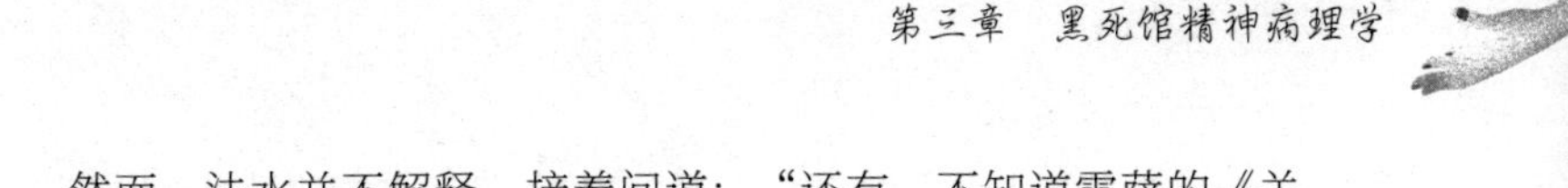

然而，法水并不解释，接着问道：“还有，不知道雷萨的《关于死后机械性暴力的结果》这本书……”

“我想这里应该有……”镇子思考了一会儿后回答，“你如果着急要，可以去那边等待装订的杂书里找找。”

法水爬到镇子所指的右手边的暗门，发现里面的书架上，按照ABC的字母序列，摆放了那些需要重新装订的书籍。法水先从字母U的部分开始寻找，他脸上很快浮现出愉快的神情，嘴里说着“在这儿”，接着抽出一本表面装饰着黑布的书籍。他的双眼闪着异样的光芒——难道这本书真能带来什么特别的收获？

可是，翻开封面后，法水的脸上掠过一抹惊愕，手一松，书掉落在地上。

“怎么了？”检察官吃惊地靠过来。

“这本雷萨的书只有封面，”法水咬住下唇，声音还在颤抖，“这里面是莫里哀[1]的《伪君子》。你看，杜米埃[2]的插画里邪恶主教正在大笑。”

“啊，这里有钥匙！”熊城发出惊呼。

原来，他从地上捡起书时，发现了中央部分突出的斧头状金属物，取出来才发现是一把钥匙，钥匙圈上的小牌子写着“药物室”。

“伪君子，以及丢失的药物室钥匙……”法水虚弱地喃喃自语，接着回头看着熊城说，“这意味着凶手早已策划好要演一出戏吧？”

熊城终于把满腔的愤怒发泄出来：“从一开始我们就是演员了吧！不但没有薪水，还一直被嘲笑，太过分了！”

“现在不是谈论邪恶主教的时候。”检察官像在劝阻熊城，但

[1] 莫里哀（Molière，1622—1673）：法国喜剧作家、演员、戏剧活动家。
[2] 杜米埃（Honoré Daumier，1808—1879）：法国著名画家、讽刺漫画家、雕塑家和版画家。

这句话却指向了令人害怕的结果，“这就像‘考特伯爵麦克白[1]’。那家伙在未变成死灵之前，就已经提前藏起法水预见的东西，这究竟是怎么回事呢？”

“是啊，这真是一次痛快的挫败。老实说，我也无法释然。”

法水低下头，紧张地继续说：“我说过，遗失钥匙的药物室里肯定有东西可以透露凶手的信息。另外，因为想解开易介之死的疑点，我找到了雷萨的著作。但是，结果却跟理智的现实正好相反，凶手把我们放置在预设好的秤盘上。他如此明目张胆地嘲笑我们，可能是想说，在那本书里并不存在我所认为的本质性记述。不管怎么样，凶手应该是将易介列入了最初的计划之中，毕竟他的死因反映出来的矛盾不可能是偶然的。”

虽然法水没有表明他是出于什么原因注意到雷萨的著作的，但起码已经可以确定他们到现在为止的方向——即便不甘心，但肯定是沿着凶手的神经在前进。非但如此，只凭这点就足以明白，凶手很明显是在刻意嘲弄他们，更表现出其难以想象的超人特质。

过了一会儿，三人回到图书室。法水隐瞒了发生在杂书库里的事情，问镇子：“事件终于波及这间图书室了。你还记得最近有什么人出入过这扇暗门吗？”

“这个啊……最近一个星期只有丹尼伯格夫人来过这里，”镇子的回答在这时倒像是诡辩，“她似乎着急地想找寻什么答案，频繁地进出杂书库。”

“是吗，那昨夜呢？”熊城着急地问。

“不巧，昨夜我陪着丹尼伯格夫人，忘了锁上图书室的门。”

镇子转而面向法水，讽刺地微笑着说：“我想再顺便送你一颗‘贤者之石’——克尼伯的《生理笔迹学》你觉得怎么样？”

---

[1] 考特伯爵麦克白：《伪君子》中四位魔女的台词。

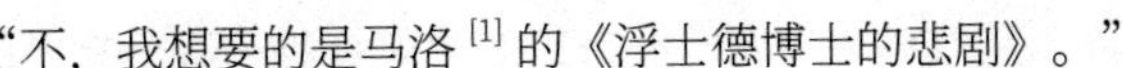

“不，我想要的是马洛[1]的《浮士德博士的悲剧》。”

法水说出的这个书名，足以反击不懂咒文本质的镇子。他似乎还不满意，表示还要借阅洛斯科夫的《传说之研究》[2]、巴尔德的《关于歇斯底里性睡眠状态》、威兹的《皇室的遗传》，之后便离开了图书室，立即开始调查找到了钥匙的药物室。

药物室在楼上靠后院的那边，以前是算哲的实验室，中间有一个空房间，右边就是开神意审判会的房间。房内弥漫着药物室特有的异臭，地板上是一堆杂乱的拖鞋脚印，除此之外，没有人类留下的痕迹。他们唯一能做的就是调查十几个装药品的柜子和篮子，还有对药瓶的移动痕迹与药品的减少数量做出判断。幸运的是，那里有大约五毫米厚的堆积灰尘，为调查提供了帮助。他们最先从开着瓶盖的氰酸钾开始。

“好，下一个。”法水一一进行记录，在接连听到三个药名之后，他开始露出怀疑的眼神。硫酸镁、碘酒和水合氯醛都是相当普通的药物。

检察官也感到惊讶，他摇着头喃喃地说：“不就是泻药（硫酸镁可以制成泻利盐）、杀菌剂与安眠药嘛。这三样东西能够用来做什么呢？”

“不，这些应该是马上要丢弃的，却被我们‘误食’了。”法水又在卖弄他那“悲剧性准备”的奇言。

“啊，我们？”熊城露出惊骇的表情。

“没错，所谓的匿名批评不就跟毒杀有着一样的效果吗？”法水咬紧下唇，继续说道，“首先，硫酸镁如果内服，肯定是泻药，但如果与吗啡混合后注射到直肠里，将会起到催眠的作用。而且，

[1] 马洛（Christopher Marlowe，1564—1593）：英国诗人、剧作家，他革新了中世纪的戏剧，为莎士比亚的创作铺平道路。

[2]《传说之研究》：据说是浮士德传说的原本。

碘酒也可能引起嗜睡性中毒。还有，如果是那种一般药物无法催眠的异常亢奋状态，可以使用水合氯醛，它的效力可使人瞬间昏睡。所以这并不意味着会出现新的牺牲者，而是凶手一贯的嘲讽所使用的工具。也就是说，凶手用这三样东西，讽刺我们所处的困乏无力的局面。”

看不见的恶鬼暗中潜入了这个房间，手横着指向旁边，伸出黄色的舌头，肆无忌惮地放声大笑。

调查仍在继续，最终只有以下两个收获：一个是装有密陀僧（氧化铅）的坛子曾被打开过；另一个则是写有死者秘密的提示再次出现。大家差点漏掉了，那就是在靠里侧的空瓶的旁边，出现了算哲的笔迹：

暗示戴克斯比所在之物，也已从这世间消失，再无从得知。

这可以理解为算哲在寻找某种药物吧？只是，他寻找的是什么，法水并不是很感兴趣，他被这些看似不具有任何意义的空瓶所散发出的无限神秘感所吸引。那应该就是荒凉的时间之诗。这些空的玻璃器皿，一直默默等待了数十年，不断地失望，始终没有得到满足。那么这样看来，算哲和戴克斯比之间可能有着某种竞争。另外，凶手为什么要利用氧化铅之类的制药剂？其隐藏的意志仍然难解。

无论如何，上述两个收获虽然从事件的内部和外部带给他们重要的提示，法水他们三人仍然只能把它们留待稍后研究，现在不得不先离开药物室。

接下来调查的是昨夜进行神意审判会的房间。这个房间没有任何装饰，在黑死馆实属罕见，最开始的设计应该是作为算哲的实验室。房间很宽敞，却没有几扇窗户，四面都是铅制墙壁，混凝土地板上铺着廉价地毯，应该是专门供昨夜的聚会使用的。朝向庭院的一面墙壁只有一扇窗户，左边角落的墙上有一个圆形的换气孔。墙壁四面都挂了黑色的帷幔，本就阴森的房间显得越发幽暗，飘浮着沉郁的空气。令人不由想到，在这里进行神意审判会时，点燃干枯的“荣光之手”上放置的尸烛，伴随着诡异声音而出现的骇人场景。虽然此时这幻象可能已经在某处化为残留的微光。

在这个房间环视一圈后，法水往左侧的空房间走去，那是易介所说的出现人影、有凸出的窗户的房间。这个房间的尺寸和格局与前面那个几乎相同，因为有四扇窗户，显得更明亮一些。地板上铺着粗纹帆布，闲置的家具堆积成小山，上面都蒙着一层白灰。

法水的视线被房门旁的水龙头所吸引。龙头的出水口垂着几条蚯蚓状的冰柱，昨夜应该有人打开过，这正印证了纸谷伸子的话——昨夜丹尼伯格夫人昏倒之后，她立刻去取水。

“不管怎样，这个凸出的窗户有问题。”熊城站在右边的窗户旁，失望地说道。

这扇窗户的外侧，是爵床叶造型的阿拉伯风格的向外凸出的铁栅栏。越过后面院子的花园和菜园，远处是精心修剪过的几何状树篱。压到瞭望塔顶端的低垂天空昏暗且混浊，上方已经完全变黑，下方还有些许余辉。偶尔一阵冷风掠过，外侧的百叶窗便寂寞地摇晃几下，顺势掉落几片雪花。

“对了，死灵应该不止算哲一人，还要加上一个人——戴克斯比。不过，感觉他应该不算什么厉害的角色，大概也就是魑魅魍魉之辈吧。”检察官说。

“不，那家伙绝对是个魔灵，”法水却语出惊人，“那个弱音器记号中隐藏的是中世纪迷信的超级力量。”

那两人没有多少和乐谱相关的知识，只好等待法水加以说明。

法水深深吸了一口烟，说道：“当然，Con Sordino 本身不具有意义，然而还有一个例外，就是之前让镇子吃了哑巴亏的《帕西法尔》。瓦格纳在音乐剧中把加号作为圆号的弱音器记号，但其实这个符号还可以代表棺材的十字架，并在数论占星学中表示三颗行星的星座联结。”

法水说着用手指在掌心画出记号的样子，在三个角交叉的位置分别点上三个点。

“那么，你所说的棺材呢？”检察官反问道。

法水的脸上浮现出可怕的神情，身体做出朝窗外倾听的姿势，对他们说：“你们听见了吗？风声停下时，我听到摆锤敲钟的声音。”

“是啊，没错。”熊城感到后背一阵发冷，不由得怀疑起自己的理智。

树叶沙沙的声音之中似乎夹杂了如三角铁般的钟声，虽然轻微却很清脆。只是声音传来的方向，似乎是被七叶树围绕的后院的右后方，那里应该没有什么东西。不过，可以确定那不是神经性的病理反应，也不是什么妖气所致，法水已经据此弄清了墓地的所在。

“窗户外面那两根粗大的柱子附近，就是停放棺材的地方。等丹尼伯格夫人的灵柩放置到下面时，应该会敲响上方的钟。我必须在那之前去一趟墓地，因为有别的事情在驱使着我。我觉得，如果想知道戴克斯比无视乐理的原因，要弄清楚所谓的暗示之物是什么，只有去墓地与钟楼的十二宫寻找答案。”

走到后院的这段时间，雪下得越来越大了，脚印的调查不得不加快速度。左右两边各有一行脚印，并最终交会。法水站在脚印的会合处，开始追踪其中一行。脚印的会合处正好在凸出的窗户的正下方，就是易介看见人影出现的位置。不远处有一个焚烧过枯草的新鲜痕迹，乌黑的焦土被昨夜的雨水浇得泥泞不堪，半圆的房间倒映在反光的水面上，形成银色马鞍状的倒影。不仅如此，燃烧之后，在焦土上留下形态各异的黄色痕迹，看起来像极了身体烧毁后烂掉

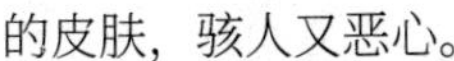

的皮肤，骇人又恶心。

法水先追踪的是左边这行脚印，长度大概有二十厘米，男性鞋印，像是属于身材非常矮小的人。鞋印整体平滑，没有明显突起或者连续的圆形图案，估计出自有专门用途的橡胶长靴。脚印来自与主建筑物左边相连的夏雷式[1]华丽小木屋，那里挂着“造园仓库”的牌子。而另一行脚印长度则有二十六七厘米，估计是体形正常的男人所穿的套鞋脚印，它从靠近主建筑物右边的门开始出现，沿着半圆的房间外侧，走出一道弯曲的轨迹到达这里。两行脚印都在干板碎片掉落的地方返回。

法水取出口袋里的卷尺，开始测量每个脚印。套鞋的步幅稍小，没有明显特征，都很整齐。只发现一个可疑之处，就是脚尖与后跟两处有凹陷，而且是呈向内弯曲的内翻状。奇怪的是这两处凹陷越靠近脚心痕迹就越浅。

另外，橡胶长靴的短小脚印步幅跟大小成正比，脚印的深浅却明显不一样，看得出来有以脚跟为重心特别用力的痕迹。每一个脚印的边缘都有细微差异，与中间脚掌部分比较，脚尖部分在均衡感上有些不自然，外形的差异很明显，印迹也十分不清楚。该脚印前行的路线是沿主建筑物的边缘行走，但是返回时却像是笔直地走到造园仓库，在行进了七八步后来到枯草坪，跨过三尺宽左右的带状草坪，然后像是被主建筑物吸引一般，突然来了个大转折，几乎是贴着主建筑的边缘又回到原来的前行路线上，并最终返回出发地造园仓库。而且，该脚印回程路线是以右脚为重心转变方向，用左脚踏出第一步，在跨过枯草坪时，是用左脚蹬地，右脚跨出。两道脚印都没有留下通往主建筑物的印迹。（见下图）

[1] 夏雷式：瑞士山岳地带阿尔卑斯风格的建筑。

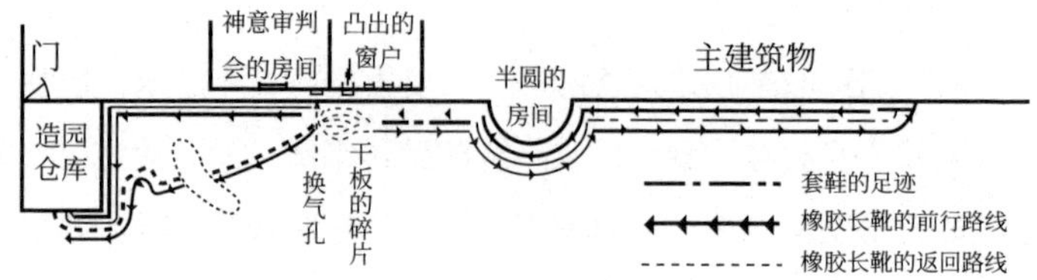

综上所述，全部五十个左右的脚印痕迹鲜明，都有湿泞的泥水，也就说明这些脚印并没有被雨冲刷过，可见它们是在昨夜十一点半左右雨停之后才留下的。

另外，从两行脚印出现的时间顺序也可以推论，在干板玻璃碎片的中心位置周围，两行脚印会合处的地方，有一处重叠是套鞋后来踩上的痕迹。因此，穿套鞋的人很明显是与穿橡胶长靴的人同时或者在他之后前来的。

接下来自然是调查造园仓库。这间夏雷式小木屋没有铺地板，屋内有一扇门通向主建筑物，杂乱地堆放了各种园艺工具和杀虫的喷雾器等物品。

法水在通向主建筑物的那扇门旁边，发现一双纯橡胶制作的园艺长靴，开口像喇叭，大概能套进一半大腿。鞋底嵌入的泥土中有像沙金一般闪亮的东西，那正是干板的玻璃碎片。后来他们才知道这双鞋正是川那部易介的东西。

各位读者此时可能对这两行脚印心生疑问吧？同时，大家肯定也会注意到一处惊人的矛盾。然而，即便推测出鞋印出现的先后时间，也不可能知道这两行脚印的主人在深更半夜到底做了些什么。这一点，连法水也无能为力，所以更谈不上对此错综复杂的谜团提出任何异议。

然而，法水却似乎灵光乍现，他吩咐鉴识人员为脚印制作模型，安排下列事项请便衣刑警调查：

一、调查周围的枯草坪是什么时候焚烧的。

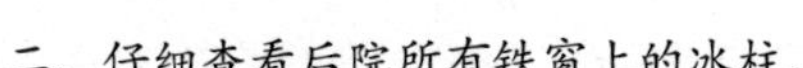
二、仔细查看后院所有铁窗上的冰柱。

三、向值夜班的人员询问昨夜后院在十一点半之后的状况。

不一会儿，点点红光出现在黑暗中并缓缓移动。那是法水他们拿着网龛灯去往菜园后方的墓地。

这时，大雪纷飞，强风刮过瞭望塔，发出响亮的呼啸，当变化为旋风吹下来时，地面的雪花再度上升，飞快地盘旋着、飞舞着，遮住昏暗的光线，挡在前进的路上。一会儿，法水他们眼前出现了风雪中的橡树林，树木之间依稀可以看到两根停柩门的门柱。

吊钟咬牙切齿般的吱嘎声从头顶上方的格子天井传来。吊钟岿然不动，任钟摆一丝不苟地敲打着，发出如鸟儿狂啼般的阴惨叫声。墓地从该处开始，直至细砂石路的尽头，那里是戴克斯比设计的墓室。

墓地四周都是铁栅栏，栅栏上方雕着约翰与鹫、路加与有翼牛犊等十二使徒与鸟兽的形象，正中央横卧着有巨大石棺的灵柩台。在此详述一下墓地的内部状况。墓地总体是模仿至今仍在的圣加尔修道院[1]或者南威尔斯的宾普洛克修道院的露地式灵柩台，不过与二者还是有明显的不同之处。比如，墓地周围的树木，弃用传统的七灶花楸或枇杷之类，栽种了七棵不同的树木，环绕四周，分别是无花果、丝柏、核桃、合欢树、桃叶珊瑚、巴旦木、水蜡。（见下图）

[1] 圣加尔修道院：六世纪时爱尔兰主教所建，位于瑞士康斯坦茨湖畔。

这些树环绕着中央的灵柩台，磨药石的台座上刻着常见的翁布利亚的泣儒浮雕，然而白色大理石的棺盖构思却有些异样。棺盖传统的设计通常是印刻徽纹或人像，要么就是单纯的十字架，这个棺盖上却是三角琴的线条图案，代表降矢木家的音乐传统，上面还有锻铁制造的希腊十字架与耶稣受难像。耶稣像也显得与平常不一样，头稍左倾，双手手指反翘着向上扭曲，并拢的脚尖向内弯曲到极致，仿佛正遭受极大的痛苦。他的身体相当瘦弱，肋骨清晰可见，看起来有种墓穴时代的感觉，也更像歇斯底里症患者弓状僵硬的病理反应，令看到的人大为震撼。

大致看过一圈之后，法水用如发热患者般的眼神，望向检察官说："支仓，如果按坎贝尔[1]所说，哪怕是重度失语症患者，死亡之后仍能留下诅咒的语言。他还说，人类在耗尽气力、失去反噬能力之际，只有神秘主义才能缓和激情。眼前这些很明显就是诅咒！戴克斯比毕竟是威尔斯人，那里至今仍有巴达斯恶魔教派的遗风，不少人都沉醉于缪亚塔基十字架风格的异教情趣之中。"

"你想要说什么啊？"检察官不安地叫道。

"坦白讲，支仓，这是个极不寻常的灵柩台，正是传说中死灵集会的标记。在波斯拉（死海以南）的荒野之中，鬃狗守护白昼，黑夜呼唤魔神降临……这是冥府的标志。"

法水抹去睫毛上的雪花，接着说道："只是我不是犹太教徒，也不属于利未族[2]，就算眼前出现了死灵集会的标记，也没有必要像摩西那样必须加以破坏。"

"如果是这样……"熊城忽然开口，"又怎么解释弱音器记号的事？"

---

[1] 坎贝尔（Alfred Walter Campbell，1868—1937）：澳大利亚洲精神病理学家。

[2] 利未族：在犹太教中担任祭司的一族。

“这个嘛，我的推断看来没错，”法水开始说明那个记号，“相互联结的三颗行星确实具有暗示性。先看墓地周围树木的情况，在阿伯纳特之后的占星学中，最前方的丝柏与无花果分别受土星与木星的管辖，对面中央的合欢树是火星的象征——虽然以前常用曼陀罗、矢车菊、苦艾等草本植物来表示火星。这三颗行星相交究竟有什么意义呢？在莫连瓦第他们的黑咒术占星学中，这就象征着离奇死亡。你们知道德国十一世纪的尼克斯教派[1]吧？属于该恶魔教派的毒药制造集团，用缬草、毒参、蜀羊泉这三种草药（注）代表三颗行星的交会，并吊在屋檐下面以暗示毒药的所在，后世则用三种树叶代替。可是，在此处与那三棵树相连所形成的三角形相交的，又是什么东西呢？”

（注）

（一）缬草：败酱科的药用植物，对癫痫、癔症、痉挛等症状具有特效，是学者之星木星的象征。

（二）毒参：伞形科毒草，含有大量毒参素，能麻痹运动神经，是妖术师之星土星的象征。

（三）蜀羊泉：茄科毒草，叶中含有马铃薯毒、蜀羊泉素，中毒者在产生灼热感觉的同时，中枢神经也随即麻痹，是火星的象征。

在网龛灯的暗红色灯光下，被薄雪覆盖的圣像阴影左右摇动着，让人有种莫名的恐惧感。在光线的笼罩下，法水的鼻孔与嘴巴看起来也格外大，变成了配合讲述中世纪异教精神的样子。

[1] 尼克斯教派：以姆梅尔湖的水精尼克吉为崇拜对象的恶魔教派，非常厌恶基督徒。

熊城此时又提出新的怀疑："但是，核桃、巴旦木、桃叶珊瑚和水蜡这四棵树围成的是正方形。"

"不对，那是鱼。"法水的回答很奇妙，"尼克塔涅布斯——埃及的大占星家用♓表示预告尼罗河泛滥的双鱼座，而不是用[illegible]表示。你刚才说的正方形，是每年十月份出现的飞马座的秋季四边形，是由飞马座的室宿一与仙女座的壁宿二两个外星相连而成。如果棺盖上的三角琴代表了三角座，那么其中的圣像肯定就是飞马座和三角座之间的双鱼座了。一五二四年曾出现过这种天象，当时著名的占星学家史托法莱尔曾高声疾呼，认为《圣经》中提到的大洪水将再度来袭。不管怎么说，三颗行星和双鱼座相连的天体现象历来是大凶来临的预兆。不过，如果凶灾是人为原因造成的，那毫无疑问就是诅咒！你们看看这个，其实刚才我在图书室就看到了《马克德威尔梵英辞典》上出现的罕见藏书印，回想起来，那应该是戴克斯比的藏书印。可以推测，那个男人具有相当奇异的兴趣和病态的个性，从这个灵柩台就可见一斑。"

法水把圣像周围的积雪拂掉，锻铁十字架上遭受痛苦的耶稣像随之出现神奇的变化，不禁让人怀疑是不是被法水施了魔法。耶稣像从头顶到脚趾均出现了白色的梵字[illegible]，似乎是不属于人类世界的奇怪符号。

接着，法水开始说明这谜一般的记号："支仓，波德莱尔[1]说过，黑咒术是连接异教与基督教的符号，而这个就是诵咒时的梵字[illegible]。另外，跟三角琴的形状相似的符号乂，则是诅咒时用的黑色三角炉所必备的堆柴形状。基尔塔斯在《咒法僧》中对不空羂索神变真言经的解释是，[illegible]是用在火坛上将引来天火的金刚火。将该字

---

[1] 波德莱尔（Charles Pierre Baudelaire，1821—1867）：法国十九世纪最著名的现代派诗人，象征派诗歌先驱。

片放置于堆成[illegible]形的木柴下，将木柴点燃，诵习夜柔吠陀的咒文[illegible]，千古流传的大史诗《摩诃婆罗多》中的乾闼婆大力军将、大龙众、鸠盘荼大臣大将、北方药叉鬼将这四大鬼将，就会脱离毗沙门天的统率秘密前来。同时，史诗《罗摩衍那》中的罗刹罗婆那也会晃动着十颗脑袋，化成恶逆天火而来。

“如果我是狂热的佛教秘学者，我一定会认为，这墓地中肯定有肉眼看不到的符咒之火在每个夜晚燃烧，黑死馆的瞭望塔上徘徊着阵阵暗黑的阴风。可惜我不是，我只能从心理分析的角度来解释当前的情况，同时也只能认为，这是具有神秘个性的男人——戴克斯比在生前所怀的意志。熊城，你知道我为什么这样说吗？因为我早已察觉到危险的存在。心理学方面的著作，我在读过洛兹的《雷蒙特》和鲍曼的《苏格兰人家》修订版之后，就再未阅读其他作品，并且我还烧毁了《妖异评论》的全套。”

直到最后，法水仍然坚持着他钢铁般的唯物主义本性。而刺激他如琴弦般绷紧的神经的线索，也随之化为类推的花朵迅速绽放。仅仅凭一个弱音器的记号，法水就揭开了已故的克劳特·戴克斯比的奇异心理。连黑死馆内部的人们都未曾见过他的真实样貌。

接着，法水他们走出坟场，在风雪中朝主建筑物走去。就这样，直到深夜调查仍在继续。并且，与黑死馆中被称为神秘核心的三位异国音乐人士的对决场面，终于要出现了。

三、浑蛋！闵斯特伯格[1]

所有人再次回到之前的房间，法水立即命人把真斋找来。不一会儿，双脚残疾的老人坐着轮椅进来了，起先的骄傲和盛气早已因为之前的打击而消失无踪，他面带土色，有些浮肿，这般憔悴与先前简直判若两人。

这位年迈的史学家手指带着神经质的颤动，神情略显忧郁。看得出来他很畏惧眼前的再次问讯。

法水似乎忘了自己曾对他进行过残酷的生理拷问，在表示简单的关切之意后说道："田乡先生，其实，我对这里很早之前的一件事特别在意，就是包括这次遇害的丹尼伯格夫人在内的那四位外国人的事情。为何算哲博士要把他们从小抚养到大呢？"

"如果我知道的话，这座黑死馆也就不会被人们视作鬼宅了吧！"

真斋似乎松了一口气，表现出与之前完全不同的直率，开始讲述："或许你也知道一些，在那四人还是未断奶的婴儿时，就被算哲先生的朋友从各自的出生地送到日本。后来这四十多年里，他们一直过着锦衣玉食的生活，接受很好的教育。从表面上看，他们过着如同宫廷贵族般豪华的生活，不过在我看来，他们更像是被囚禁于高墙之中的华丽监牢里，就如同《海姆斯克林格勒》[2]中，迪奥里岱尔

[1] 闵斯特伯格（Hugo Münsterberg，1863—1916）：出生于德国的一个犹太人家庭。工业心理学创始人，行为科学的先驱。

[2] 《海姆斯克林格勒》：由奥丁神所创造的古代挪威王历代记。

大主教的那位管家一样。那是个查耶克斯的老人，他因为租税制度需要偿清债务而不得不终生为仆。那四个外国人也是如此，终生不允许离开这座宅邸。而且，一旦形成习惯，那实在非常可怕，长此以往，他们对与人接触的讨厌程度愈发强烈，就算在一年一度的演奏会上，面对应邀前来的乐评家们，他们也最多只是在台上行注目礼，演奏结束便立即回到自己的房间。不过，究竟是什么原因让他们从婴儿时期就被带来这里，而且必须一直生活在牢笼里，恐怕已成为一个故事或者一些记录，真正的秘密已跟随算哲先生一起进入坟墓里。"

"啊，就像罗耶布……"法水发出一声玩笑般的叹息，"你刚才的说法，似乎把他们远离人群的习性当作一种趋向性转变。不过，那也许只是一种单位性的悲剧吧！"

"单位？当然了，他们既然组成四重奏乐团，就应该是一个集体。"

真斋并不清楚法水所说的话实际上暗藏深意，接着说："对了，你应该有机会见到他们！他们每一个人都严格遵循着禁欲主义，冷酷又傲慢，造就了一心寻觅真正孤独的个性。他们几个平时也没有什么亲密的关系，虽然年少时期的接触比较多，但也没有恋爱之类的事情发生，可能因为彼此之间都没有想要亲近的想法吧！也就是说，不管是他们四个之间，还是同我们这些异国之人之间，都没有发生过所谓的感情联系。如果说相比之下那四人与谁更亲近的话，那必定是算哲先生无疑了。"

"是吗？他们和博士……"法水略感意外，随即呼出一口如丝带般的烟雾，"引用波德莱尔的话，他们的关系是所谓的'我所怀念的魔鬼别西卜'吧？"

"没错，的确是'我颂赞您'。"真斋稍有迟疑，也还是做出完美的回答。

"但是，在某些情况下……"法水好像在思考着什么，"'奢华者与奉承者相互排挤’。”

他突然停住，没有继续引用波普的诗作《劫发记》，而是改为《贡扎果谋杀案》（《哈姆雷特》的剧中剧）里的台词：“不管怎样，都是你午夜摘下的臭草！”

“应该不是，”真斋摇头，“我觉得肯定是‘魔女的诅咒令其三度凋零，被毒气浸染’。”

真斋的声音异常高亢，已经听不出韵律感。

不知什么原因，法水把他的话重复了一次，真斋的脸色却变得惨白。

法水接着说：“对了，田乡先生，或许是我胡思乱想，我总觉得这桩事件里存在着‘所以上天之门被关闭’的可能性。”

这是弥尔顿的《失乐园》里放逐路西法的名句，法水在其中加入了“门”这个字。

“的确如此，”真斋态度平淡却略显僵硬地回道，“‘没有暗门，也没有暗藏的盖子或梯子，确实不能重新开启’。”

“哈哈哈……不，可能‘在异常幻想中，男人自信能怀孕生子’呢。”法水突然大声笑出来，这让原本阴森紧张的空气变得轻松不少。

真斋的语气也随之轻快：“法水先生，我却认为那是‘女人以为自己是翻转的瓶子，大叫三次找寻栓塞’。”

这样奇特的问答，让旁边的那两个人一时哑然。

熊城郁闷地看着法水，进行工作上的程序式提问：“但是我们想知道的是遗产分配的实际状况。”

“不巧的是，这件事目前还没有结果，”真斋的语气有些沉郁，“这也可以说是本馆笼罩着的阴影。算哲先生大概在死亡前的两周就写好了遗嘱，妥善放置于大保险箱内。他将钥匙与密码表交由津多子夫人的丈夫——押钟童吉博士保管。算哲先生好像提出了某种条件，所以才会出现遗嘱至今未开封的情形。虽然我是遗产管理人，

但在这件事情上也无能为力。”

“那么，哪些人能分配到遗产？”

“据我所知，旗太郎加上归化入籍的那四位外国人，一共五人能获得遗产。但我也不清楚他们是否知道遗嘱的内容，因为谁都没有泄露过一个字。”

“真令人吃惊！”检察官放下正在记录的笔，“亲人里面竟然只有旗太郎一人得到遗产，其他亲人会怎么想？这其中是否有感情不和之类的因素？”

“就是因为只有旗太郎一人才惹人注目。我们都知道，津多子夫人最受算哲先生宠爱。而且，那四个人恐怕也没想过自己能在遗产名单里面，获得这意外的权益。特别是雷维斯先生，他当时还惊叹地说：‘这是在做梦吧。’”

“田乡先生，这样看来，我们必须尽快把押钟博士请过来了。”法水沉着地开口，“这样才能了解算哲博士的具体精神状态。你现在可以离开了，请你叫旗太郎到这里来。”

真斋离开后，法水对检察官说：“有工作需要你做了。首先，你签一张对押钟博士的传讯令，接着向预审推事申请搜索令。现在，唯一能消除我们的偏见的方法就是把遗嘱开封，但必须要得到押钟博士的允许。”

“对了，刚才你和真斋的对话……”熊城直率地插嘴，“那又是跟什么奇怪主义有关的东西吗？”

“不，那不一定非得是循环论性质的产物。反正如果不是我的判断严重出错，那就说明荣格[1]或闵斯特伯格是大浑蛋。”法水含糊地一语带过。

---

[1] 荣格（Carl Gustav Jung，1875—1961）：瑞士心理学家。创立了荣格人格分析心理学理论，提出“情结“的概念，把人格分为内倾和外倾两种，主张把人格分为意识、个人无意识和集体无意识三层。

此时，有口哨声从走廊那头传来。声音停止后，房门被打开，旗太郎出现在大家面前。他是个十七岁的少年，神情却非常成熟，也看不到常人在成年之前残存的一点童真，只是他眼神中夹杂的不安与窄小的额头，破坏了整体的匀称感。

法水诚恳地请他坐下，然后开口说道："我认为斯特拉文斯基[1]的作品中，《彼得洛希卡》[2]是最完美的一部分，可以称为恐怖的原罪理论。因为，即使是玩偶，也有等待着它的坟墓。"

听到这完全出乎意料的话，旗太郎瘦弱的身体突然变得僵硬，他的脸也更加苍白，神经质地咽着口水。

法水继续说："可是尽管你吹出了《奶妈之舞》的部分，德蕾丝玩偶也不会自行做出动作。而且我们知道，昨夜十一点，你与纸谷伸子先去了丹尼伯格夫人那里，再回到自己的卧室。"

"那么，你想问什么？"旗太郎已经完全过了变声期，他带着一点抗拒的意味问道。

"控制你们的人，也就是算哲博士，他的意志是什么？"

"啊，如果是这件事……"旗太郎带着自嘲的激动，"我非常感激他让我从小学习音乐，不然我早就发疯了。无时无刻都是在疲惫、忐忑、猜忌、颓废中度过，同穿着古代能剧服装的人生活在一起，这种几乎压死一个人的痛苦，还有谁能忍受其中的郁闷？事实上。父亲还仔细教过我养生之法，为的就是让我留下人间凄苦的记录吧。"

"你是说，那四人的归化入籍夺走了除此之外的一切？"

"很有可能是那样的，"旗太郎似乎有所保留，"不过，我其实仍不明白其中的缘由，因为这意志里并不包括葛蕾蒂·丹尼伯格在内的那四个人。对了，你知道安妮女王时代的警句吗？'如果陪

[1] 斯特拉文斯基（Igor Fyodorovich Stravinsky，1882—1971）：美籍俄国作曲家、指挥家和钢琴家，西方现代派音乐的重要人物。

[2]《彼得洛希卡》（*Petrouchka*）：讲述了一个拥有"人心"的木偶的故事。

审团参加主教的晚宴，就表示有一位罪犯被处以绞刑。’我父亲就如同主教那样的人，连灵魂深处都充斥着秘密与谋略，实在令人难以忍受。”

“不过，旗太郎先生，这跟这座黑死馆的弊病不无关系，终有一天会被除去，但博士的精神影响却并不会因此消失。”

法水似乎想劝说对方不要妄想，然后又换成事务性的问讯：“博士提到归化入籍的事是什么时候？”

“大概是他自杀前两个星期。当时他已经写好遗嘱，并把跟我有关的那部分念给我听。”

旗太郎的态度发生了变化，他不安地说：“法水先生，只是我不能将这部分内容告诉你，因为如果说出来，也就意味着我将失去这些遗产。那四人也是这种情况，都只知道跟自己有关的那部分的内容。”

“不会的，”法水安慰似的温柔地说，“一般情况下，日本的民法在这方面很宽容。”

“那也不行！”旗太郎脸色苍白，表示拒绝，“我非常惧怕父亲的眼神。那位如同梅菲斯特一样的人，绝对会留下某些不为人知的、阴险的制裁方法。我觉得，葛蕾蒂被杀，肯定是因为她在这方面犯下了某个错误。”

“那么，这可以算是一种报应？”熊城严肃地问。

“是的。所以你们可以理解我为何无法说出口了吧？而且最重要的是，如果失去财产，我就没法生活了。”

旗太郎说完，站起身，用十根提琴演奏者特有的纤细手指撑在桌子边缘，语气变得十分激动，他大声叫道：“你们不要再问我了！就算有什么，我也不会再回答。请你们记住，这座宅邸里的人都认为德蕾丝是恶灵，但我认为真正的恶灵就是我父亲。不，他应该还在馆内的某处活着！”

旗太郎极为简略地讲述了遗嘱的事情，并且和镇子一样，指出黑死馆里的人特别的病态心理。他说完这段话以后，怅然地点头示意，转身向门口走去。

然而，有种异样的东西在等待着他——当他走到门口的位置，不知为何，突然像被钉住般呆愣在原地，无法往前一步。那不是单纯的恐惧，而是一种非常纷乱的感情，并且表现在他的动作上。他左手扶在门把手上，右手无力地垂下，眼睛盯着前方。很明显，他忌惮着房门另一端的什么东西。

少顷，旗太郎怒容满面，表情变得有些狰狞，同时发出抽搐般的声音："克利瓦夫夫人，你……"

在他开口的同时房门被拉开，门两侧站了两名仆人，欧莉卡·克利瓦夫夫人傲然地站在中间。她身穿类似西洋击剑服的黄色貂皮高领上衣，身披天鹅绒斗篷，右手拄着雕刻了盲眼奥立安与奥立瓦雷斯伯公爵[1]家徽的气派权杖。

黑与黄的衬托令她的红色头发更加刺眼，仿佛全身包裹着火焰般的激情。她的头发在耳尖与头部分开超过四十五度，呈现出尖锐的造型，显示了她极端强烈的个性。她额头的发际线后退，眉弓高耸，灰色的眼眸闪烁着异样的光彩，犀利的目光仿佛暴露了眼底的神经，两颊在颧骨以下形成断崖状，使她的脸部整体棱角分明，鼻梁笔直而下垂，甚至比鼻翼更长，让人觉得她心机很深。

旗太郎在与她擦身而过时，回头说道："欧莉卡小姐，请放心，一切都跟你所听见的一样。"

"我知道，"克利瓦夫夫人傲慢地点点头，"旗太郎先生，如果先被传唤的是我们，你的举动一定也会和我们一样。"

克利瓦夫夫人所说的"我们"，听起来虽然有种异样的感觉，

[1] 奥立瓦雷斯伯公爵（1587—1645）：西班牙腓力四世王朝的宰相。

但随即就表明了原因。

站在门边的不止她一人，后面还有嘉莉包妲·赛雷那夫人和奥托卡尔·雷维斯。赛雷那夫人手里牵着一只毛色漂亮的圣伯纳犬。她在身材和容貌上与克利瓦夫夫人形成鲜明的对比。镶着绳结装饰的上衣搭配暗绿色裙子，白色披肩长至手肘，头上是奥古斯都时期修女戴的纯白头巾。无论谁见到她那副优雅的姿态，决不会把她与南意大利布林迪西市这个她的出生地联系起来，那里被龙勃罗梭[1]称为“激情犯罪城市”。最后面是雷维斯，他身材高大，穿着长礼服和灰色长裤，披着翼形领巾。与刚才在礼拜堂远观时不同，眼前的他给人的感觉倒像是长久压抑着内心、拥有忧郁容貌的中年绅士。

这三人仿佛组成了参加圣餐仪式的队伍，慢悠悠地走进室内。这幅画面若配上旗帜飘扬下的长管喇叭和定音鼓的声音，加上仪仗官严肃的宣告声，俨然就是十八世纪符腾堡或克恩顿一带的宫廷生活缩影。然而，可以这样说，从他们后面跟随的仆人数量，可以体会到他们的病态恐惧。并且刚才旗太郎与他们之间的阴郁暗斗还历历在目，令人不由得怀疑犯罪动机的暗流可能还隐藏在其中。但是，重要的是，这样的三个人在起初调查取证时，毫无犯罪嫌疑。

克利瓦夫夫人走到法水面前，使用权杖尖敲打着桌面，用命令般的口吻说道：“请你协助我们做一件事。”

“什么事？请先坐下吧。”法水略显踌躇，却绝非因为那命令般的语气，而是远看跟霍拜恩的《玛格莉特·怀雅特[2]画像》神似的克利瓦夫夫人，近看时却发现她满脸都是像得过天花般的丑陋雀斑。

“说实话，我们希望你们烧毁德蕾丝。”克利瓦夫夫人语气坚定地说。

---

[1] 龙勃罗梭（Cesare Lombroso，1836—1909）：意大利犯罪学家、精神病学家，刑事人类学派的创始人。

[2] 玛格莉特·怀雅特：亨利八世时的传记作家托马斯·怀雅特爵士的妹妹。

熊城吃惊地高声喊道：“什么！你们就为一具玩偶而来？为什么？”

“因为，如果她只是一具玩偶的话，就是没有生命的东西。但是……我们必须自保，那就只能破坏凶手的偶像了。你们读过雷文斯吉姆的《迷信与刑事法典》吗？”

“你是指约瑟贝·阿尔查（注）？”思考中的法水忽然开口问道。

（注）约瑟贝·阿尔查是从塞浦路斯国王皮格马利翁开始记载的偶像信仰犯罪事件中的人物，他与罗马人马克尼吉奥并称，是历史上著名的阴阳人。约瑟贝·阿尔查拥有男女两座雕像，经常在变成男人时祭拜女雕像，变成女人时祭拜男雕像。后来因欺诈、盗窃与斗争等行为导致男雕像被毁，而生理上奇妙的双重人格也同时消失。

“对！”克利瓦夫夫人点头，在另外两人也坐下之后接着说，“为了防止死亡事件接二连三地发生，我希望至少可以从心理上减弱凶手的行动能力。我们已经没有耐心再等待了。”

赛雷那夫人怯怯地把双手交叉抱于胸前，略带哀怨地说：“这已经不是谈论崇拜心理的时候了，因为那具玩偶在凶手心里几乎与龚特尔国王的英雄[1]同样强大。如果凶手要继续犯案，那他一定还会用阴险的谋略作为伪装，继续让那个挡在前面的人露面。我们和易介、伸子不同，毫无防御之力。这次玩偶被逮住，只能算凶手偶然失手，他还会有下一次的机会。”

“没错，这桩惨剧要等到我们三人流血才会落幕。”雷维斯发

[1] 龚特尔国王的英雄：在《尼伯龙根之歌》中，代替龚特尔王与布伦希尔德女王进行抗争的人，名为齐格飞。

肿的眼睛微微颤动，语气十分忧伤，“某些戒律制约了我们的行动，所以我们终究逃不过这座宅邸的灾祸。”

“那些戒律的内容是什么？”检察官趁机追问。

克利瓦夫夫人迅速打断检察官的话：“不，我们不能说。讨论这种事情是毫无意义的，不如……”

她的声音因为激动而颤抖，突然悲鸣着喊出杨[1]的诗句：“啊！现在的我们，‘身陷黑暗的地狱，挣扎在火焰的海洋’。但是，你们却为何只是好奇地等待新的悲剧？”

法水轮番望着这三人，过了一会儿，换了一次双腿的交叠姿势，略带恶意地微笑着，说出了疯狂的话语：“没错，是‘一直持续，没有终点’。已经故去的算哲博士就是这残酷的永恒刑罚的实施者。旗太郎说的话你们大概也听到了吧？被尊称为父亲的博士，带着喜悦高高在上地注视着你们的一切。”

“什么，父亲他……”赛雷那夫人的目光转向法水。

“是的！因为‘我用垂下的十字架，穿过罪与罚的深度’。”法水傲然地吟诵着惠蒂尔[2]的名言。

“不，‘然而未知的深渊哪里是十字架能够测的深度’呢！”克利瓦夫夫人冷言冷语，然而冷酷的表情却开始颤抖，“所以，‘那个男人不久后肯定会死亡’[3]。在易介与伸子这两桩事件中，你们的无能为力已经得到了展示。”

“没错！”法水轻轻点了下头，语气却带着挑衅的意味，“不过无论是谁，都没法估计自己能活多久。我反而认为‘昨夜，泰然自若的隐藏者已经感受到不可思议’。”

“那么，那个人究竟看到了什么？我从没听过那样的诗句。”

---

[1] 杨（Edward Young，1683—1765）：英国诗人、剧作家。
[2] 惠蒂尔（John Greenleaf Whittie，1807—1893）：美国诗人。
[3] 此句暗指下文提到的《白桦森林》，哥斯塔夫·霍凯的诗。

雷维斯胆怯地问。

法水狡黠一笑，说道："雷维斯先生，那就是'心如夜般漆黑，手脚利落使药生效'，而那个地点'恰好无人'。"

这话听起来像是在说鬼魂，其实是在揭穿故弄玄虚的棘手阴谋。法水用这种巧妙的诵读方式让气氛更加诡异，使人身体僵硬、血液凝结。

克利瓦夫夫人放下一直玩弄着都铎玫瑰[1]（六瓣玫瑰）胸针的双手，交叠放在桌上，用充满挑衅的眼神注视着法水。但是这样的沉默却莫名孕育着一丝危机，众人听着窗外暴风雪清晰的狂啸声，陷入更深的凄怆。

法水终于开口："原文是'正午时分，燃烧的原野火花散落'。但是在正午的光明中无法看见那个世界，只有在夜晚的黑暗中才可以看见，很不可思议吧。"

"在黑暗中才能看见？"雷维斯似乎忘了戒备。

法水并没有回答，而是把头转向克利瓦夫夫人，说道："那么，你知道这段诗文出自谁的作品吗？"

"不知道。"克利瓦夫夫人的回答有些生硬。

赛雷那夫人似乎毫不在意法水可怕的暗示，平静地开口说道："应该是出自哥斯塔夫·霍凯的《白桦森林》吧。"

法水满意地点点头，吐着烟圈，脸上泛现出奇妙的笑容，带着一丝恶意说道："对，的确是《白桦森林》。昨夜，凶手在这个房间前面的走廊，应该见到了那片白桦森林。不过，'他并非做梦，但不知道该怎么说'。"

"那么，你的意思是'那男人如亲人一样再次回到死人的房

---

[1] 都铎玫瑰（Tudor rose）：有时称为英格兰玫瑰，是英格兰传统徽记，其名源自都铎王朝，一般为五瓣。

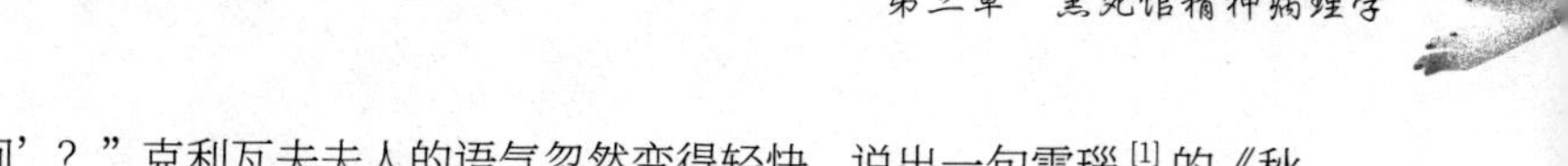

间’？”克利瓦夫夫人的语气忽然变得轻快，说出一句雷瑙[1]的《秋之心》中的名言。

“不是滑行，而是莫名其妙地跌跌撞撞，哈哈哈！”法水发出一阵爆笑，侧过头看向雷维斯，“对了！雷维斯先生，在那之前应该是‘悲伤的旅人找到伴侣’吧。”

“这一点你明明早就知道。”克利瓦夫夫人似乎再也无法忍受，她猛地站起来，暴躁地挥舞着权杖，大声叫着，“所以才要你们烧毁那位‘伴侣’！”

然而，法水没有回答，只是凝视着火红的烟头，用沉默暗示自己不同意。旁边的检察官与熊城似乎感受到法水的情绪，不知他的思绪何时才能停止上升，然后在此处堆积到顶点。可法水仍在努力，想要在这桩精神剧目上寻求悲怆的起点。

终于，法水打破沉默，挑衅地说：“但是，克利瓦夫夫人，我认为这场疯狂的戏剧不会以烧毁玩偶而结束。老实说，我认为还有一具被暗中操控的玩偶，当然采用的是更为阴险隐蔽的手段。虽然据我所知，位于布拉格的世界戏偶联盟，最近并没有演出过《浮士德》。”

“浮士德？啊！你指的是葛蕾蒂小姐死前在那张纸片上写的字吧？”雷维斯大声地说。

“没错。第一场是水精（Undine），第二场是风精（Sylphe）。在表演完惊人的奇迹之后，那可怜的风精现在也消失无踪，而且凶手还变成了 Sylphus，是男性。雷维斯先生，你知道风精是谁吗？”

“什么？我怎么可能知道。够了，不要再调侃我了！”雷维斯有一种沮丧般的狼狈。

原本傲慢至极的克利瓦夫夫人却一脸惶恐，可能因为过于激动，

[1] 雷瑙（Nikolaus Lenau，1802—1850）：奥地利德语诗人。

她的声音像另外一个人："法水先生，我的确看到了那个男人。昨夜我房间里出现的那个男人，很可能就是风精（Sylphus）。"

"风精？"熊城脸上不悦的表情顿时僵硬，"可是，房门应该是锁上的吧？"

"当然，但它却不可思议地被打开了。当时有一个高瘦的男人站在昏暗的房门前。"

克利瓦夫夫人突然变得有些口吃，声音也不自觉发生了变化，她接着叙述："我大概十一点回到卧室，确实清楚地记得锁上了房门。小睡一会儿后醒了过来，想看看时间，却感觉睡衣的前襟好像被什么扯住，头发也是，整颗头都没法动弹。我平时睡觉都习惯散着头发，就怀疑自己是不是被人绑住了。一阵麻痹的感觉从背脊传到头顶，我没法出声，身体更无法移动。就在这时，我感到从背后吹来一阵冷风，有一种轻微的滑动的脚步声经过我身边，往我睡衣下摆的方向渐渐走去。就在脚步声到门口时，那个男人进入我的视野——他回头了！"

"他是谁？"检察官着急地问，似乎自己也快窒息了。

"我不知道。"克利瓦夫夫人失望地叹息，"光线照不到房间门口，只能从轮廓大致推断，他的身高大概五尺四五寸，身材瘦削，而且有种特别瘦弱的感觉，但是，眼睛……"

她所形容的样貌尽管不太清晰，却让人不由得想到旗太郎。

"眼睛怎么样？"熊城总是习惯性地打岔。

克利瓦夫夫人的态度又恢复之前的傲慢，回头看向熊城，不无讽刺地说："那双眼睛在黑暗中看起来，像是甲状腺功能亢奋症患者的眼睛。我也不是很确定，他可能戴着小型眼镜。"

她像是在努力回忆，接着说："不管怎样，我希望大家能用第六感之类的神经来理解我说的话。我还要说明一点，那双眼睛发出的光芒犹如珍珠一般。等他的身影从门口消失，轻微的脚步声向左边逐渐远离后，我才感觉似乎重新活了过来，头发也恢复松开的状

态，头也可以自由活动了。我看了时间，当时是十二点半。我再次锁紧房门，并将门把手与绳子连接，固定到衣柜上，但是我却再也没法入眠。等到天亮，我仔细查看房间，但没发现什么异常。我敢肯定那男人就是操纵傀儡玩偶的人！他因为我突然醒过来而不敢行动了，真是狡猾又怯懦。”

克利瓦夫夫人得出的结论虽然疑点很大，但她呢喃般平静的讲述却让身旁的两人似乎经历了一场噩梦。赛雷那夫人和雷维斯的双手都紧紧交握着，脸上浮现出神经质的表情，似乎丧失了说话的力气。

法水一副如梦初醒的样子，弹落堆积的烟灰，对赛雷那夫人说道：“赛雷那夫人，我们稍后再讨论那位流浪者的来历。你知道葛符列说过的这段内容吗？‘谁能够妨碍我即刻与恶魔合体……’”

下面那句“可是，那把短剑……”才念到一半，赛雷那夫人似乎随即陷入混乱，一开口的音节就失掉了诗文的韵律。

“‘那把短剑的印记使我的身体战栗不止。’你问这个是什么原因呢？”她的情绪激动，浑身颤抖着大叫，“你们寻找的正是这个吧？你们不可能知道那男人是谁，绝对不可能！”

法水将香烟咬在双唇之间，带着残忍的微笑望着她说：“我不是为了让你暗中批判。风精出演的默片，其实怎样都无所谓。重要的是‘你往何处栖息？黯然的回响’。”

他这次引用了德梅尔[1]的《沼泽之上》里的话，眼睛仍然注视着赛雷那夫人的脸。

“啊……”克利瓦夫夫人感到莫名的畏怯，“你应该知道伸子弹错的事，她把早上的赞美诗反复弹了两次。今天早上她弹过一遍大卫诗篇的第九十一篇赞美诗，正午的镇魂曲之后，她应该弹奏第一百四十八篇的‘火与冰雹，雪与浓雾，成就命运的暴风’。”

[1] 德梅尔（Richard Dehmel，1863—1920）：德国诗人，作家。

“不，我指的是发生在礼拜堂内部的事。”法水冷冷地说，“我想知道，当时‘蔷薇的确存在，周围的鸟啼声消失’。”

“你是说燃烧蔷薇乳香吗？”雷维斯语气中带着莫名的不安，他用试探性的眼神望着法水，“那是欧莉卡小姐在弹奏后半段很久之后，暂时停住演奏时点燃的。请你别再说这些奇怪的暗语了！我们只是请教你如何处置玩偶而已。”

“那么请让我考虑一下，明天给出答复。”法水坚定地回答，“总的来说，我认为它是一种机械物，拥有身体的自由。出于保护的立场，你们想要动那位魔法博士任何一根毫毛的想法，是无法实现的。”

听完法水的话，克利瓦夫夫人立即催促另外两人起身。她毫不掩饰地表达自己的愤慨之情，俯视着法水，语气悲痛地说：“你们所考虑的只是虐杀事件的具体数字。最终，我们跟阿尔比教徒（注一）或威特里洋卡郡的居民（注二）有着同样的命运。不过，如果有对策……如果我们能找出来的话，我们绝不会坐以待毙！”

（注一）阿尔比教徒：起源于南法阿尔比的一种新兴宗教，受摩尼教影响，否定新约《圣经》的全部。在一二〇九年至一二二九年之间，响应法王英诺森三世的新十字军，死亡了将近四十七万人。

（注二）威特里洋卡郡居民：一八七八年，俄属阿斯特拉罕黑死病肆虐，俄国派炮兵封锁了威特里洋卡郡，发射空包弹威胁想逃生的居民。他们最后几乎全部死于黑死病。

“哎，不用客气，”法水也随即反击道，“克利瓦夫夫人，我记得圣阿姆洛西奥曾说过，死亡对于恶人是有利的。”

系着狗链被遗忘在主人身后的圣伯纳犬发出低声悲鸣，朝赛雷那夫人追去。

不一会儿，一位便衣刑警与离去的那三人擦肩而过，进入房间。他已完成对庭院的勘察，将报告交给法水后说道：“刺穿盔甲的短刀只有那一把。还有，照你的吩咐，我已经把它交给了警视厅的乙骨医师。”

法水接着又吩咐他去拍摄尖塔那里的十二宫华丽的圆窗。

熊城困惑地发出叹息：“唉，重点还是房门和门锁吗？凶手到底是诅咒者还是锁匠？约翰·德恩博士的隐形门也不至于有那么多吧！”

“真是意外！”法水讽刺地笑了，“那样没有技巧的东西毫无创意可言。当然，如果发生在这座宅邸的范围之外，是有理由惊讶和怀疑的。刚才在图书室内，你也见识过那些犯罪学的精彩书目了，换句话说，那扇门没有锁上的技巧才算得上这里的一部分精神生活。你回警视厅后查看克罗斯的资料（注）就会理解了。”

（注）法水所说的，应该是克罗斯的《预审推事要览》中罪犯职业习性那一章节，引用了阿贝特的《犯罪的秘密》中的一个例子。以前曾是仆人的一位鞋模工，潜入某银行家的某个房间，为了使该房间与卧室之间的房门不会锁上，事先在锁孔中插入经过特殊加工的棱柱状木片，造成银行家在睡觉前以为房门已上锁的错觉，使犯罪计划成功实施。

法水没有再继续说什么。把这样的事看作理所当然因而放弃追究，实在不是他平时的个性。熟悉他的那两个人，对此也感到惊愕。但也许是因为他从图书室中推测出这桩神秘事件有多么深奥。

检察官忍不住再次批判法水的问讯态度：“尽管我不是雷维斯，可是我也希望你是纯粹的行动派，最好别再搞那些文艺诗人般的一唱一和，还是好好研究一下克利瓦夫夫人所说的旗太郎幽灵一事吧。”

“开什么玩笑！”法水故意做出小丑般的滑稽动作，一直累积在脸上的忧郁一扫而空，“我对心理表现的摸索剧目已经结束，那只是为了找到与历史的关联之处。我真正要面对的是闵斯特伯格那个大浑蛋，并不是那三个人。”

这时，乙骨耕安进入了房间，他是警视厅的鉴识医师。

·第四章·

诗、甲胄与幻影

一、去往古代时钟室

乙骨医师是在给伸子诊断完之后来到此处的。他大约五十岁，身材瘦削，面孔似螳螂，两眼炯炯有神，他的秃头散发着某种刚正的气质，总之是让人印象深刻的一位老人。他在厅里是出名的资深法医，仅是在对毒物的鉴识方面就出版了五六本著作，而且与法水也很有交情。

他一坐下来便立刻表示要抽烟，点燃香烟深吸一口后，他才心满意足地说："法水，很遗憾，我的心像镜证明法已失去效用。不管旋转椅的情况，单凭她那苍白透明的牙龈，我敢打赌那绝对只是单纯的昏迷。但是，有一句话我要专门告知熊城，听说那女人手上握着的短刀就是凶器，我似乎感觉到自己窥见了骨牌的背面！不得不说，那种昏迷实在是阴险狡诈，时机拿捏得太准了。"

"原来是这样。"法水点点头，有些失望地说，"那你有仔细查看过吗？说不定会因为你的疏忽而产生什么遗漏呢。对了，你用的是什么检测方法？"

乙骨医师的回答夹杂了不少专业术语，但语气尽可能平淡："存在吸收性很快的毒物是毫无疑问的。另外，对于某些体质特异者，哪怕是不够中毒剂量的微量番木鳖碱[1]，也会引发类似肌肉弯曲震颤、间歇性僵硬的症状。但是，中毒的症状并未在末梢神经上反映

[1] 番木鳖碱：一种有剧毒的化学物质，一般用来毒杀老鼠等啮齿类动物。

出来，胃里除了胃液没有其他。也许此处有点可疑，但如果那女人是在死亡前两个小时摄取食物并消化，那么胃内没有东西自然也是合理的。尿液也没有异常，就是说没有能够进行定量证明的东西，只是充满了磷酸盐。据我判断，那是身心疲劳造成的增量结果。你怎么看？”

“确实明察秋毫！如果不是因为剧烈的疲劳，我可能会放弃对伸子的观察吧。”

法水肯定了对方的见解，却又似乎在暗示什么：“不过，你只用了这些试剂吗？”

“怎么可能！只是到最后还是徒劳无功。我以伸子的疲劳状态为要素，做了某项妇科观察。法水，法医学的意义在今夜就以普列薄荷（一种有毒的除虫菊植物）为终点了。如果让那种 X · XX 对健康且没有怀孕的子宫发生作用，服下后大约一个小时，子宫会产生剧烈的麻痹，同时几乎在一瞬间出现类似昏迷的现象。然而，其成分中的 Oleum Hedeomae、Apiol 根本检测不出来。据检查那女人没有做过妇科手术，其内脏器官也没有显现出中毒的特异性。法水，我采集的毒物信息只有这些。我的结论是，昏迷的法律意义只能到道德的感情为止。就是说，所有的迹象来自故意或自然。”乙骨医师最后在桌子上用力一敲，以强调他的见解。

“那就是纯粹的精神病理学问题了。”法水的神色有些黯然，“不过，你也查看过颈椎吧？尽管我不是昆克[1]，却也认同他的至理名言‘恐惧与昏迷来自于颈椎的痛感’。”

乙骨医师咬紧烟屁股，一脸惊讶地说：“哦，我也读过尧雷格[2]的《关于病态冲动行为》和让内[3]的《验触野》。第四颈椎受到压迫

[1] 昆克（Heinrich Irenaeus Quincke，1842—1922）：德国医生。
[2] 尧雷格（Julius Wagner-Jauregg，1857—1940）：奥地利医学家。
[3] 让内（Pierre Janet，1859—1947）：法国心理学家、精神病学家。

而猛然吸气时，会引起横膈膜发生痉挛性收缩。但是，那女人身上并未出现所谓的肝肾性佝偻症的症状。之前有一位佝偻症患者不是已经遇害了吗？”

“可是，”法水的呼吸变得急促，“虽然目前没有确切的结论，但我想旋转椅的位置变化与奇妙的高八度音演奏这两项，还是值得深入探究的。我认为昏迷的原因，应该就是所谓的歇斯底里性反复睡眠。”

“法水，我本来就不属于幻想型。”乙骨医师以讽刺的语气回应道，“一般来说，癔症发作时，对吗啡的抗毒性会产生亢进现象。但是，皮肤的湿润现象总是无法避免的。”

乙骨医师特意以吗啡为例提出镇静亢进神经的话题，一是讽刺法水，二是指出他企图突破人类思维极限的妄想。但所谓歇斯底里性反复睡眠这种精神病态现象，是极为罕见的。日本在明治二十九年（一八九六年）时，福来博士[1]第一个发表相关论文。至于现在，最近出现的一位喜欢以寺院或病态心理为题材的侦探小说家小城鱼太郎，在他的短篇中曾描写一个监狱医生，故意让作为劳工的患者听到其医学术语，并让他在后来发病的过程中说出来，以证明自己不在现场。据鱼太郎所写，自我催眠一旦发作，自己说过的话或做过的动作，其最近的部分会被一模一样地重复一遍，所以又叫作歇斯底里性无暗示催眠现象。目前所遇到的状况正与之相符。难怪乙骨医师内心虽然为法水的高度敏锐而激动，表面上仍然用讽刺的语气强烈反对。

听到这些话，法水发出自嘲似的叹息，随即他表现出少有的躁狂性亢奋，说道：“当然，那是罕见的现象。但这一点才能说明伸

[1] 福来博士：指福来友吉（1869—1952）：日本心理学者、超心理学者。曾任东京帝国大学助教、高野山大学教授。

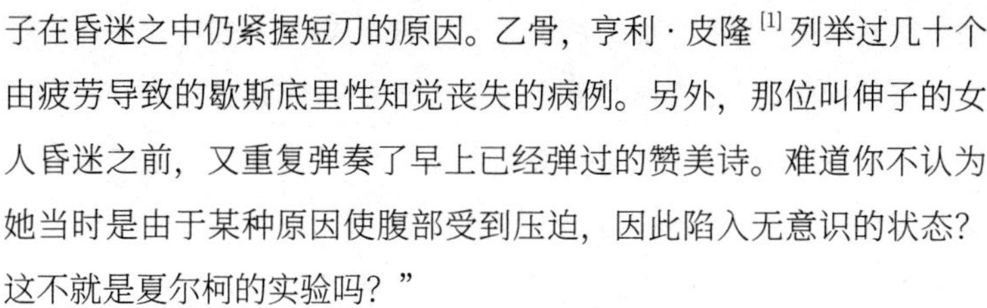

子在昏迷之中仍紧握短刀的原因。乙骨，亨利 · 皮隆[1]列举过几十个由疲劳导致的歇斯底里性知觉丧失的病例。另外，那位叫伸子的女人昏迷之前，又重复弹奏了早上已经弹过的赞美诗。难道你不认为她当时是由于某种原因使腹部受到压迫，因此陷入无意识的状态？这不就是夏尔柯的实验吗？”

“因此，你才特别在意颈椎的情况？”乙骨医师不由自主地被法水的说法吸引。

“是的。虽然这可能只是把自己看成拿破仑之类的幻觉，但从刚才开始，我心中已有了一个印象标本。你难道不觉得这桩事件里也存在着齐格飞与颈椎的关系吗？”

“齐格飞？”乙骨医师听到这个名字，一时也愣住了，“没错，我知道这个疯狂的男人，他是个范本式的存在。”

“不，最终还是比例的问题。不过，我还是相信知性也具有魔法效应。”

法水的眼眸充满血丝，却浮现幻想的影子。他接着说：“还有，瘙痒感达到强烈的程度时，与电流刺激的效果一样，这一点你是知道的吧？那也应该知道阿尔兹在著作中所写的，如果麻痹部分的中央仍存在知觉残存点的话，该处就会产生强烈的瘙痒感。你说伸子的颈椎没有任何受力的痕迹，那么只有一种方法能使昏迷者产生动作反应，那是生理上绝不可能发生的，但可以借助不可思议的刺激，唤起紧握的手指做出反应。用‘齐格飞＋树叶’的公式可以表示这种方法。”

“是这样啊，”熊城讽刺地点点头，“你所说的树叶可能是指堂吉诃德吧？”

法水叹息了一声，接着振作精神，开始分析伸子奇迹般的昏迷，做

---

[1] 亨利 · 皮隆（Henri Piéron，1881—1964）：法国心理学家。

出最后的抵抗："请仔细听明白，这是一种恶魔般的幽默。如果让乙醚以喷雾状吹向皮肤，该处的感觉会在乙醚慢慢渗透的过程中消失。假如对一个昏迷的人全身都喷上这种喷雾，此时控制手部运动的第七和第八颈椎，会像齐格飞的树叶般知觉尚存。因为昏迷时皮肤的触觉虽然丧失了，皮肤下面的肌肉、关节却很容易受到刺激，这样一来，该处产生的剧烈瘙痒，就会有如触电般的刺激，从而传导到颈椎神经，造成手指无意识的活动。所以说，我已知道伸子握住短刀的基本公式。乙骨，你刚刚说过'所有的迹象来自故意或自然'，我想说的是，应该是出自故意或替代乙醚的某种东西。看来，真相大白还需要十分精妙的分析神经啊。"

他又浮现苦闷的表情，声音低沉下来："啊！虽然我可以解释这个部分，不过，旋转椅的位置和高八度音的演奏又该如何解释呢？"

法水的眼睛凝视着萦绕的烟雾，似乎在平复刚才的亢奋。一会儿，他再次面向乙骨医师，换了一个话题："这件事应该已经委托过你了吧，伸子的亲笔签名拿到了吗？"

"是的，不过我觉得有必要问一下，为什么要让伸子在清醒的一瞬间写下名字？"乙骨医师这时拿出纸条。

三人的视线都集中到纸条上。纸条上写的是降矢木伸子，而并非纸谷伸子。

法水眨眨眼，随即解释由他引发的状况："乙骨，我的确想要伸子的亲笔签名，不过，龙勃罗梭没有必要窃取克雷比艾的《笔迹学》，只是为了知道水精与风精。老实说，因为昏迷而丧失记忆的情况时有发生，我担心如果伸子不是凶手的话，她很有可能会忘掉这一切，这样真相将永远被掩盖。还有，我尝试这样做的依据是《玛莉亚·布尔尼的记忆》一案（注）。"

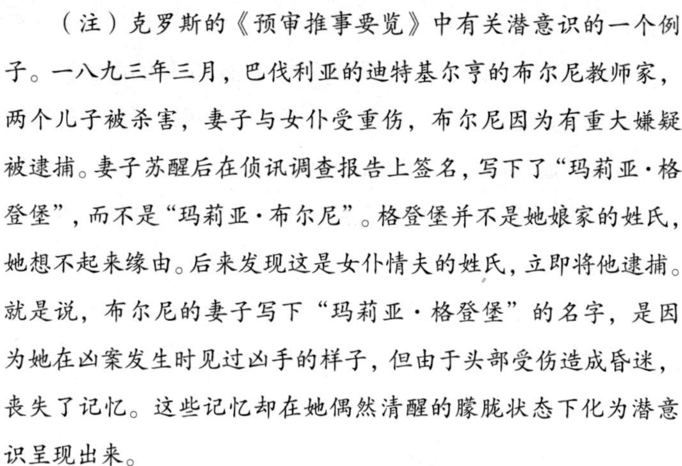
（注）克罗斯的《预审推事要览》中有关潜意识的一个例子。一八九三年三月，巴伐利亚的迪特基尔亨的布尔尼教师家，两个儿子被杀害，妻子与女仆受重伤，布尔尼因为有重大嫌疑被逮捕。妻子苏醒后在侦讯调查报告上签名，写下了“玛莉亚·格登堡”，而不是“玛莉亚·布尔尼”。格登堡并不是她娘家的姓氏，她想不起来缘由。后来发现这是女仆情夫的姓氏，立即将他逮捕。就是说，布尔尼的妻子写下“玛莉亚·格登堡”的名字，是因为她在凶案发生时见过凶手的样子，但由于头部受伤造成昏迷，丧失了记忆。这些记忆却在她偶然清醒的朦胧状态下化为潜意识呈现出来。

“玛莉亚·布尔尼……”这几个字似乎唤起了三人的灵感，他们的脸上出现一致的神情。

法水接着又点燃一根香烟，说道：“所以我才特别要求在伸子在一睁开眼的时候立刻签下名字，目的就在于让她处在与玛莉亚·布尔尼夫人同样的朦胧意识状态下，尽可能记录瞬间消失的潜意识。法律心理学家的案例集果然全面，伸子的先例其实就是奥菲莉亚。略有不同的是，奥菲莉亚是单纯性发狂，然后回忆起幼儿时奶妈所唱过的歌《明天是情人节》，而伸子却给自己冠上了降矢木这个姓氏，真是戏剧性的讽刺啊！”

这个签名具有的吸引力竟然如此恐怖。在短暂的凝神后，直率的熊城情绪高亢地最先开口：“看来，格登堡就等于降矢木旗太郎？那么，也正好完美印证克利瓦夫夫人先前所说的话。法水，旗太郎的不在场证明已经被推翻了。”

“不，做出这样的结论还为时过早，能确定的是凶手为降矢木X。”检察官提出了反对意见。

降矢木算哲这个不可思议的人物从法水的脑海中飞快掠过，他随即点头，表示赞同检察官的说法，并且脸上浮现出错乱的表情，似乎受到了强烈的讽刺。如果那真的只是幽灵似的潜意识在作祟，那将是法水的胜利。但如果只是心理性的错误，那就绝对是推理测定无法超越的怪物。

乙骨医师看了一下时间，起身准备离开。这位刻薄的老头在临走前，还不忘嘲弄地补上一句："估计今晚不会再有死者出现了。法水，重点在于逻辑推断，而不是幻想。如果你能把这两者的步伐协调一致，你就是拿破仑了。"

"成为汤姆森（丹麦史学家，解读贝加尔湖畔南边鄂尔浑河上游突厥古碑文的内容）就够了。"

法水也毫不退让地反唇相讥，然而，他接下来的话却引起了一场轩然大波："我虽然在史学方面没有高深的造诣，但在这桩事件中却可以找出价值远远高于鄂尔浑河古碑文的东西。你可以暂时留在客厅，等待本世纪最伟大的发现。"

"发现？"熊城不禁变了脸色。

尽管法水心中的打算不为大家所知，但他眉宇之间的毅然却是一目了然的，很明显他想孤注一掷，进行一场豪赌。

乙骨医师离去后不久，在这种令人窒息的紧张空气之中，田乡真斋被再次传唤过来。

法水直言不讳地开口："我直接问你吧，昨夜八点至八点二十分这个时段，你在宅邸巡查时，古代时钟室的门是锁上的吧？但有一个人应该自那时起就消失了。这样说吧，田乡先生，昨夜进行神意审判会时，出现在这座宅邸里的降矢木家成员应该不只五位，而是六位！你说对吗？"

真斋的身体瞬间如触电般颤抖起来，像是在寻找可依靠的东西。他向四周望了望，随即采取了反击："哈哈，如果你们想在这暴风雪中挖出算哲先生的遗骸，那要请你们先出示搜索令。"

“如果真是那样，搜索令一定不会少的。”法水冷冷地说道，似乎也并不打算与真斋辩驳一番。

他接着陈述自己的观点：“事实上，你不会一开始就坦白一切，这也在我们的意料之中，那么先由我来证明这位消失之人的存在吧！‘盲人听触觉标型’这个词，你听过吗？盲人把眼睛以外的其他感官传来的零散资讯综合起来，再结合自己的想象塑造出类似的形象。田乡先生，我当然不可能见到这个人物的影像、听到他的声音，更没听过任何关于他的只言片语。但从我踏进这座黑死馆开始，就已经预感到某种类似的征兆。也就是说，有一种离心力在这桩事件开始之际，也同时在发生作用，并且这力量也作用于关系圈外的某人，从仆人们的行为也可见一斑。”

“这么说来，我之前问过……”检察官的声音也异样地亢奋起来，感觉到悬念即将被揭晓。

法水冲检察官笑了一下，继续讲述：“这出精神默剧，是从最初仆人领我们爬大楼梯时开演的。当时警车的引擎声十分喧嚣，但当我的鞋子不经意地发出轻微声音时，前面的那位仆人却下意识地做出侧身躲闪的动作。我注意到这不寻常的一点，于是在爬楼梯的过程中，我反复做了好几次同样的动作，而仆人也都做出同样的反应。这种无声的身体语言，其实已经很明显了。于是可以推断，他应该是听到了某种理应被引擎声盖过，正常状态下不可能听到的声音。当然那既不是什么奇迹，也不是我的身体出现问题，只是医学上的威里斯症候群，所谓的在巨响的同时也能察觉到细微声音的听觉病态性过敏现象。”

法水点燃香烟，缓缓吸了一口，接着说：“这种症候群其实就是某种精神障碍的预兆。不过，奇恩[1]在《恐怖的心理》中，经过多

---

[1] 奇恩（Theodor Ziehen，1862—1950）：德国心理学家、神经学家。

次的研究实验后，把它称为受到极端恐怖感刺激导致的生理现象。其中印象最深刻是托姆道夫的《假死与早期的埋葬》中的一个事例。一八二六年，波尔多的监察主教德尼猝死，医学上也认定他已死亡，于是装棺入葬，之后德尼却在棺材中苏醒，因为没法出声求救，只能用尽力气把棺盖推开一丝缝隙，最后精疲力竭地躺下，再也动弹不了。就在他恐惧地以为自己即将被活埋时，他的两位朋友在震耳欲聋的经文歌合唱声中，还是听到了他低微的泣诉声。”

接着，法水将这一现象应用到这桩事件上：“这样的话，目前的状况就有一个疑问。一般来说，即使宅邸里的仆人会因为旁观而产生亢奋感，也不该在现场的调查人员因询问而靠近时，产生畏惧感。当时我就有即将发生某种事故的不祥预感。当然也可以把它看成一种神经过敏的戏剧游戏，却又总有一些说不清道不明的异样。正因为说不清，那种力量才更加强烈地引导我即使挣扎着也要去接近它。后来，在知道你的禁言令产生的影响时，我已经明白你们想要尽力隐瞒的是一位重要人物，而我测量出了他的身高。”

“身高？”这次连真斋也惊讶得瞪圆了双眼。

三人都燃起一种前所未有的激奋。

“是的，可以说‘盔甲的前立星见到了此人’。”

法水深深地坐进椅子里，沉静地说道：“你也听说了吧？拱廊那里靠门廊一侧的窗边，有一具绯缄缀的盔甲，它的头盔上有三只凶猛的黑毛鹿角，而它前面则是用鞣制皮革所做的盔甲，上面戴着漂亮的狮子啮台星前立细锹头盔。从两者的位置来看，明显是被调换过了，通过仆人的证言也可以确定调换是发生在昨夜七点过后。另外，我在看见圆廊对面的两幅壁画后，才明白这个调换所表现出的细微的心思。你们也知道，右边的那幅壁画是《处女受胎图》，圣母玛利亚站在画面左侧，左边的壁画是《加尔瓦略山的翌晨》，被钉死的耶稣和十字架在画面右侧。就是说，在两具盔甲调换之前，

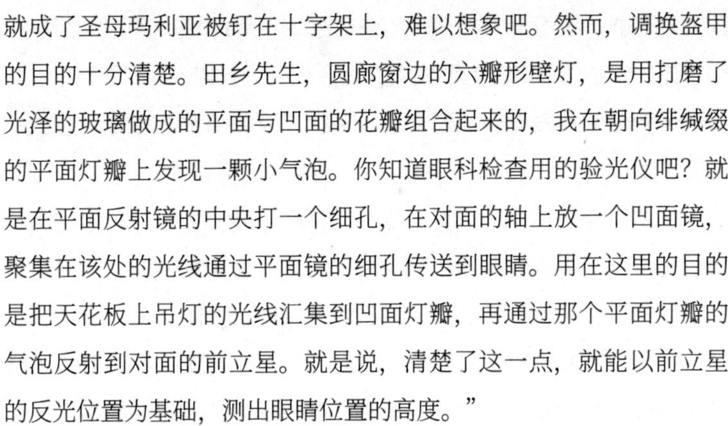

就成了圣母玛利亚被钉在十字架上，难以想象吧。然而，调换盔甲的目的十分清楚。田乡先生，圆廊窗边的六瓣形壁灯，是用打磨了光泽的玻璃做成的平面与凹面的花瓣组合起来的，我在朝向绯缄缀的平面灯瓣上发现一颗小气泡。你知道眼科检查用的验光仪吧？就是在平面反射镜的中央打一个细孔，在对面的轴上放一个凹面镜，聚集在该处的光线通过平面镜的细孔传送到眼睛。用在这里的目的是把天花板上吊灯的光线汇集到凹面灯瓣，再通过那个平面灯瓣的气泡反射到对面的前立星。就是说，清楚了这一点，就能以前立星的反光位置为基础，测出眼睛位置的高度。”

“可反射光线是为了什么？”

“为的是引起复视。人在被催眠时，如果眼球遭受侧面的挤压，会因为视轴混乱产生复视，从侧面遭受强烈光线照射也会产生同样的效果。结果就是左边的玛利亚与右边的十字架重叠，出现玛利亚接受十字架钉刑的假象。显而易见，调换盔甲的是个女人，原因就是虽然玛利亚受刑的画面只是假象，但也象征了女性最悲惨的结局。同时，仿佛也受到了上帝视角的影响，产生了审判或惩罚的原罪恐惧。这种宗教情感大致上属于一种潜在本能，并不是拥有足够伟大的智慧就可以克服的。虽然看起来很主观，却绝不仅仅只是思维辩论，因为，一直以来都有刑罚与神合为一体的论点。在圣奥古斯丁提出末日审判时，天主教的精神就已经超越了个人的力量，并且个人的力量无法与之抗衡。所以不管是不是意外，那种巨大的魔力都会打破精神的平衡，尤其是在人意图异常之时，其冲击更是让人无法承受。

“田乡先生，也就是说，这个女人为了杜绝这种心理动摇，将两具盔甲的位置进行调换。通过与前立星平行的位置大致已经知道她的身高，那么，身高为五尺四寸的‘她’到底是谁呢？仆人们的嫌疑基本可以排除，因为他们应该不敢擅自移动重要的装饰品。那四位外国人的可能性也不大，伸子和久我镇子的身高都矮了一两寸。所以，田乡先生，那位潜藏在宅邸内的女人，她究竟是何人呢？”

尽管法水反复暗示，想促使真斋自己吐露实情，可是对方依然一言不发。

法水以充满挑衅的声音说道：“接下来我开始进行一个逆向思考的过程，并慢慢在脑海里形成推论。想不到就在刚才，你终于说出了真相，那么我的推论也得以证实了。”

“什么？我说出了真相？”真斋不只是惊愕，更因为对方语气的突然转变，觉得自己受到了嘲讽而气愤不已，“扭曲的幻想让你脱离正轨，这是你唯一的阻碍。你休想制造虚幻的烽火来吓我！”

“哈哈哈！虚幻的烽火？”

法水爆发出一阵大笑，语调还是一贯地冷静：“不，应该是‘受伤的母鹿在哭泣，没受伤的公鹿在嬉戏’吧？先前我说‘不管怎样，都是你午夜摘下的臭草’，你的回答是‘魔女的诅咒令其三度凋零，被毒气浸染’[1]，那么当时的你说完‘三度’之后便失去了韵律感，是为什么呢？还有，再次反复时你却在 With Hecate' s 之后断开，把 ban 和 thrice 连在一起。最让人惊讶的是，说出 ban thrice 时，你的脸色突然变得惨白。

“当然，我并不是想对文献学进行深层次的批判，而是想让你说出事件开端的那句其实只是吓唬傻瓜的‘魔女的诅咒……’。就是说，我借用了布勒东[2]的那句‘用诗的语言展示强烈的联合力量’作为假设，应用于杀人事件不同形态的心理测验，借由暗藏玄机的诗文形式，尝试了解你的神经运动，终于从中找出一个幽灵般的强音。

“巴贝基（爱德蒙·基恩之前的莎士比亚剧著名演员）指出，

[1] 原文为 With Hecate's ban thrice blasted.

[2] 布勒东（André Breton，1896—1966）：法国诗人和评论家，超现实主义创始人之一。

在莎士比亚的作品中，极多地使用律语，即希腊式量化的韵律。该韵律的法则是以一个长音节等于两个短音节，固定分配头韵、尾韵、强音而创作出的抑扬调，把音乐的旋律展现在诗的形式上。所以当其中一个字的朗诵出现错误，整个音节的韵律节奏便都会乱掉。你在‘三度’之后乱掉韵律感，绝不是偶然出现的意外，而是因为，那个字对你产生了匕首般的心理效果。你在情急之中试图拿它刺激我，却突然意识到对你自己的影响。于是才会出现慌张的状况。而且，问题在于你必须忽视我所说的韵律法则。

“要知道，你原本是为了混淆我，结果却导致你自己失控。因为，thrice 与前面的 ban 连接成了 banethrice，其中含有 Banshee（凯尔特传说中的报丧女妖）化身成站在离奇死亡大门前的老人的意义。田乡先生，我所说的‘不管怎样，都是你午夜摘下的臭草’这一句便具有双重的意味和三重的陷阱。当然，我并不认为在这桩事件中，你扮演的是预告死亡的报丧老人的角色，只是，那‘魔女的诅咒令其三度凋零，被毒气浸染’的‘三度’，到底是什么意思？如果那代表了丹尼伯格夫人和易介，那么，第三人是谁呢？”

说完这话，法水凝视着对方的脸。真斋的脸逐渐被绝望所笼罩。

法水接着说：“之后，我再次将《贡扎果谋杀案》的‘三度’拿出来试探你的反应，而这回观察到的却是正好相反的下降曲线。这样一来，我更加确定那个字对你的供述心理具有决定性的可怕力量。因此，我援引亚历山大·波普的《劫发记》中最惹人发笑的那句‘在异常幻想中，男人自信能怀孕生子’，向你暗示我的内心根本没想什么。你说出接下来的那句‘女人以为自己是翻转的瓶子，大叫三次找寻栓塞’，但你好像没有觉察到自己在念 thrice 这个单词时，朗诵的方法平淡且非常正式。当然，这是心理放松时通常会产生的盲点。接下来，我试着对二者进行比较，发现同样用 thrice

这个单词，在《贡扎果谋杀案》与《劫发记》里，会因心理的变化而出现显著的区别。

“所以，为了进一步确定结论，我尝试通过赛雷那夫人之口套出昨夜有多少家族成员在这座宅邸里。不过，当我说出葛符列的‘谁能够妨碍我即刻与恶魔合体’，她却回了一句‘那把短剑的印记使我的身体战栗不止’。并且，在提到 sech（短剑）时，不知什么原因，她的脸上浮现出狼狈的神色，还在 sech（短剑）与 stempel（印记）之间没有必要地停顿了一下，因此，随后的韵律就很自然地出现混乱。那么，赛雷那夫人为什么要采用这样不聪明的朗诵方式呢？因为她对 Sech stempel（第六宫）的回忆感到恐惧。出现于那首神话诗的后半部、进入‘神的城堡’（毗邻现在的梅斯）的领主，那位凭借魔法在瓦布吉林斯森林里的第六座神殿显现的人，从此消失不见了。因此，赛雷那夫人在不经意间暗示的第六号人物——不，即便只凭你们两位留在我脑海里的印象，就已经可以说明昨夜定然还存在第六个人——这个人是从这座宅邸突然消失的。这样一来，我虚构的形象已经塑造完毕。”

真斋双手握紧椅子的扶手，不停地颤抖着，问道：“那么，你心头的那个人究竟指的是谁呢？”

“押钟津多子，”法水忽然很严肃，“她一度被称作日本的莫德·亚当斯[1]，是一位伟大的女演员。如果身高是五尺四寸的话，那就肯定是她。田乡先生，当你发现丹尼伯格夫人很奇怪地死亡时，自然会怀疑津多子夫人，因为她从昨夜就不见踪影。然而，如果不希望这位杀人凶手存在于这个拥有光荣历史的家族中，就必须想办法来掩饰，因此你才命令所有人闭口不谈，并且把夫人的随身用品隐藏在一

[1] 莫德·亚当斯（Maude Adams，1872—1953）：美国百老汇的演员，扮演的最著名的角色是彼得·潘。

个很难被找到的地方。事实上，别的人不可能这样处置此事，唯有你这位掌控着这座宅邸的实际支配权的人才能办到。”

押钟津多子—— 这个名字自事件开始至现在，完全没有出现在大家的视线之内，在此刻突然被提出来，宛如晴天霹雳！这可能也是因为法水的神经在持续释放着微妙的作用，终于达到巅峰。然而，检察官与熊城的脸几近麻木，说不出话来。因为法水的推断太过神奇，已经是恐怖的假设，令人难以置信。

真斋用力地倒退手推轮椅，发出激烈的嘲笑：“哈哈哈哈哈！法水先生，请停止你的造谣惑众吧！津多子夫人可是在昨天一早就离开这里了。你说她躲起来了，可是这里可以躲藏的地方，应该都被你们彻底地调查过一遍了。如果你能指出她躲藏的地方，我一定主动把她这个凶手拉出来。”

“为何要把这个凶手交给我呢？”法水冷笑着说道，“铅笔与解剖刀才是我需要的。我之前曾以为津多子夫人便是风精的自画像，然而，田乡先生，只能说这又是一出可怕的悲剧。在她成为尸体的同时，喝彩的时机也随之消失了。昨夜八点以前，她应该已被带到远处的精灵世界。所以，她才是这桩事件的第一个牺牲者，死于丹尼伯格夫人之前。”

“你说什么，她死了？”真斋仿佛五雷轰顶，不由得追问，“那么，她的尸体在哪里？”

“啊！你听到之后似乎有了一种殉道者的心情，对吗？”法水夸张地叹了一口气，然后肯定地说，“其实，你是亲手把尸体关入铁门之内的人。”

另外三张面孔此刻不知道该做出什么表情。法水仿佛愈发投入在这桩事件的幻想游戏之中，每一次推论无不添加上传奇色彩，此时已经超越了三个人的感知极限。

法水继续解说这场哥特式悲剧的下一幕：“田乡先生，昨夜七点左右，仆人们正好在用餐，恰好也是拱廊的盔甲被调换的时刻。在这个时间前后，两具摆放在楼梯两侧的中世纪盔甲‘上’了楼梯，站在《解剖图》前面。如果只凭这一点来说明津多子夫人的尸体就在古代时钟室内，可能……我看在这里讲理论，不如直接找出证据，请你再打开那扇铁门吧！”

接着，他们往古代时钟室走去，这段阴暗的走廊感觉相当漫长。外面猛烈的风雪使劲摇晃着窗户，发出剧烈的声响，然而他们似乎都充耳不闻，三个人的眼睛如发热患者般充血，上半身前倾，身体似乎已经丧失协调功能。法水冷静沉着的步伐一定让他们觉得很沮丧。

不久，第一道铁栅门被推开，面前是如黑镜般散发着亮光的铁门，真斋弯下身子，用钥匙打开右边门把手下面的铁盒，转动里面的数字盘。先向右转，再向左转，之后再向右转一次，然后便听见插销移动的轻微声音。

法水注视着数字盘的雕纹装饰，略微失望地说道：“这是维多利亚时代盛行的罗盘风格[1]”。他的声音里有空洞的回响。

法水几乎不信任所有钥匙的性能，然而这道铁壁的双重封锁绝对颠覆了他心中的某种信念。

“它确切的名字我不清楚，只知道它是将密码对准关门时相反的方向，连续操作三次后门就打开了。就是说，关闭时的最后一个数字就是开启时的第一个数字。不过，这个数字盘的操作方法和铁盒钥匙的存放之处，算哲先生死后，也就只有我知道了。”

下一秒，法水用双手握住了两侧的门把手，大家再次感受到窒息般的紧张，连一口唾液也不敢咽下。因为……他开始推动沉重的

---

[1] 数字盘用英国近卫龙骑兵联队的四王标志装饰周围，把手上雕刻了亨利五世、六世、八世以及伊丽莎白女王的袖章，另外还刻着 the Right Hon’bel. JOHN Lord CHURCHIL 的胸像。

铁门。

里面漆黑一片，犹如地窖，一股湿冷的阴暗的空气扑面而来。不知道什么原因，法水的动作突然停止，全身僵住，仿佛在屏息倾听着什么。除了沉闷的钟摆声，还有一种异样的声响似乎自地底喷薄而出。

二、Salamander soll gluhen（火精啊，猛烈燃烧吧！）

法水又继续做推门的动作，铁门被完全推开，左右两边的墙上排列着各种各样奇形怪状的古代时钟。室外的光线逐渐延伸变弱，与室内的黑暗交接，几个钟面闪动着诡异的如波光般的光芒，这是摆动的长钟摆发出的忽明忽暗的亮光。在这阴森如墓室般的空气中，充盈着时代尘埃的静谧，各种各样的时钟每一秒跳动的声音都保持完美，没有人出声打破这种安静，可能是因为人们都在紧紧地憋住自己的呼吸吧。

就在此时，中央的象嵌[1]柱上挂着的一个玩偶时钟突然发出了类似发条松开的声音，然后响起了古典音乐。自鸣琴[2]弹奏出的优雅乐声驱散了阴郁的鬼气，同时一种钝重的拖曳的声响再次传入众人耳中。

“快！开灯！”熊城最先回过神来，怒声大叫。

真斋扭开墙上的电灯开关，果然印证了法水神奇的猜测。

在房间里面一侧的长柜上，仰躺着津多子夫人，她双手放在胸口上，处于垂死的状态。她那种匀称的美丽仿佛陶质的贝德丽丝的死亡之像。那种拖曳般的钝重声响显然是从津多子旁边发出来的，

---

[1] 象嵌：一种镶嵌技法，在蚀刻后的金属表面嵌入黄金，再抛光。
[2] 自鸣琴：让两个圆筒从不同方向旋转，通过圆筒上面的无数尖刺发出阶梯状音阶的一种乐器。

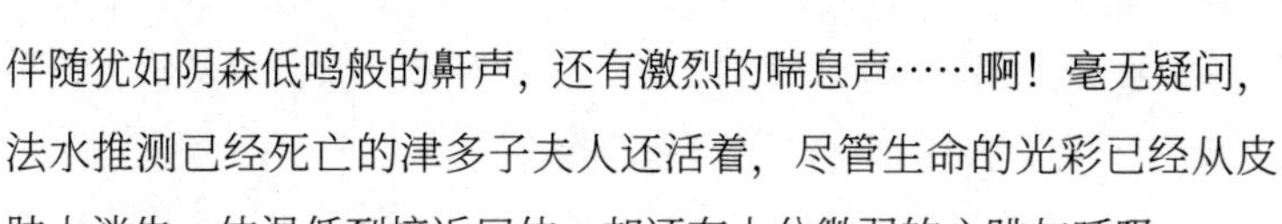

伴随犹如阴森低鸣般的鼾声，还有激烈的喘息声……啊！毫无疑问，法水推测已经死亡的津多子夫人还活着，尽管生命的光彩已经从皮肤上消失，体温低到接近尸体，却还有十分微弱的心跳与呼吸。

除了面孔，她的全身都被毛毯缠起来，犹如一具木乃伊。

此时，自鸣琴的乐声停止了，两个幼童模样的玩偶挥动右手的槌子轮流敲钟。时间正好是八点。

“是水合氯醛，”法水嗅了嗅她的面孔，明确地说，“瞳孔变小，味道也错不了。还活着是最重要的。熊城，津多子夫人如果顺利恢复，也许能为这桩事件带来一丝转机。”

“没错，我原本对药物室的调查不抱希望了。”熊城露出苦涩的表情，“但这也算不上什么好消息，差不多是惨烈的幻灭。那个最具有鲜明动机的女人又出了状况，我甚至想叫你找个灵媒来帮忙了。”

正如熊城所说，从遗产分配的角度来看，排除某个人物之后，押钟津多子夫人应该具有最充分的杀人动机，也许能够找到某个脆弱的破绽。然而，意想不到的是，她不仅变成了悲惨的梦中人物，并且颠覆了法水的推测，陷入了微妙的昏迷状态。让人无法忍受的是，这样无法预料的逆转一直在发生！

检察官也吁出一口气，生气地说：“令人震惊的事一件接一件发生，在这二十个小时之内，已有两人死亡、两人昏迷。目前的问题在于数字盘被转动以前发生了什么，津多子夫人一定是在那之前被弄昏，再被送到这里的。”

他笃定地望着法水，继续说：“法水，如果知道药量的大致情况，就可以推测出咽喉什么时候喝进了药物吧？我觉得肯定有什么问题，昏迷绝对有复杂的内情。”

检察官同样对津多子夫人的动机问题十分在意。

“你真是观察入微，”法水满意地点点头，“只是重要的不是药量多少，而是凶手到底是不是想杀害这个人。”

“什么，难道凶手不想杀她吗？”检察官不由得重复着，随即表示反对，“可是凶手也可能弄错药量。”

“支仓，根本问题不是药量多少，只要使她昏迷，并且把她丢进这个房间，基本上就可以致死了。因为，大量的水合氯醛能明显降低体温，加上这个房间四面都是石头和金属，内部环境的温度已足够低，如果再打开窗户让冷空气进入，那么这个房间的温度将降到足以冻死人的程度。你也看到了，凶手不仅没有这样做，并且还把她用毛毯包裹成木乃伊般御寒，这种手法实在令人不解。”

法水依旧习惯从本就极端奇特的迷雾中找出更为奇异的疑点。

然而果然如他所言，窗户锁扣上的锈蚀如石笋般黏附着，而且室内没有留下任何痕迹。

法水淡然地看着津多子夫人被人送走，担忧地说：“明天休息一天之后应该就可以进行讯问了吧？不过，有件事情无论如何我都很在意，凶手为何要将津多子夫人囚禁起来呢？也许是我想多了，但我总觉得凶手的目的是防止她意识恢复之后说出什么，所以采取了如此阴险的手段。而且，如果认为这是凶手的破绽，那么可能又会陷入凶手的阴谋之中。”

可能眼见法水揭穿了令人震惊的真相，在这大约十分钟内，真斋变得憔悴无比，双手无力地操作着轮椅，一脸的哀愁，仿佛想说些什么。

“田乡先生，我明白，”法水轻轻示意，阻止了他，“对于你所采取的措施，我会向熊城先生解释。对了，昨夜你是什么时候发现津多子夫人不见的？”

“很晚了，因为她缺席了神意审判会，大家才注意到她消失了。”

真斋不再焦躁，从容地说道：“大概傍晚六点左右，押钟博士打电话过来，说自己要搭乘当晚九点的快车去参加神经学会的一个会议，地点在九州岛大学。津多子夫人走出电话室的时候，有一位

仆人看到了她，之后就没人再见过她了。电话里的内容也是我们打电话去她家时，对方告知的。”

“原来是六点到八点之间……那么应该调查每一个人在这个时段的行动轨迹，也许会发现火枪之类的东西。”熊城急切地说。

熊城凭借直觉得出结论。法水吃惊地望着他，说道：“开什么玩笑！就算你的体力无限充沛，但那位狂妄的诗人，怎会轻易把不在场证明放在这么陈旧的轨迹上？”

法水对熊城的提议不屑一顾。之后，他将视线集中到古代的时钟，似乎想用放大镜仔细鉴赏一番。

这里收藏了新巴比伦王国[1]的罗萨斯太阳时钟，以及俾斯麦群岛上达克达克演讲社的棕榈树时钟。水钟系列则包括雕刻了托勒密王朝历代的统治者、奥西里斯和马阿特诸神、塞奥斯和纳亚的蛇鬼神的格登西比乌斯型时钟，以及公元五世纪柔然族[2]的碗形刻计仪，共有十几种。还有雕刻了霍亨斯陶芬[3]家族祖先——佛雷迪里克·霍恩·休莱因的徽章，以及极其罕见的扯铃型沙漏。至于早已在中世纪西班牙绝迹的东西，像油时钟或火绳时钟之类，则是毕亚利·巴夏[4]带回的战利品，或者是法兰西旧教徒的首领——吉斯公爵亨利一世[5]奉献的东西。

另外，最早使用钟摆的时钟大概有二十个，在庞大的海盗船船腹刻着时钟与圆形的七曜[6]，尤为引人注目。根据所刻文字的内容可

---

[1] 新巴比伦王国（Chaldea）：也叫迦勒底王国，公元前626年至公元前538年，迦勒底人在巴比伦南部建立的王国。
[2] 柔然族：印度西部的民族，公元六世纪被突厥人赶到高加索。
[3] 霍亨斯陶芬（Hohenstaufen，1138—1254）：欧洲历史上神圣罗马帝国的一个王室。
[4] 毕亚利·巴夏（Piyale Pasha）：1571年与威尼斯共和国在勒班陀展开海战的苏丹的女婿。
[5] 亨利一世：圣巴托缪大屠杀当夜屠杀新教徒的人。
[6] 七曜：七大行星的总称。

知，这是伦敦商业冒险者联盟公司给威廉·塞西尔[1]公爵赠送的礼物。这些应该可以算是搜集古代时钟举世无双的成就了。但是，在正中央的位置，还有一个仿佛位于王座的至高无上的玩偶时钟，它的台座由黄铜制成，立柱是奥斯曼城楼的风格，面板镶嵌了海人兽（人鱼），上面是克特雷式的高塔。这个时钟没有类似近代时钟的那种数字盘，塔上的圆形栅栏里面有一个钟，两旁各有一个身穿荷兰哈勒姆地方传统服饰的男童女童玩偶，相对站着。每小时整点之时，卷起的发条就会开始松弛，内部的自鸣琴发出音乐声，音乐声一结束，两个童子玩偶便挥动木槌轮流敲钟报时。

法水把时钟侧面两扇对开的门拉开，上半部分是自鸣琴装置，下半部分是时钟的机械室。门的内侧还有特别的细字篆刻，右侧的门背后写的是：

天正十四年五月十九日（罗马历法天主诞生以来一千五百八十六年），西班牙国王腓力二世赏赐此钟和大键琴。

左侧的门背后也刻了文字，内容如下：

天正十五年十一月二十七日（罗马历法天主诞生以来一千五百八十七年），耶稣会圣保罗教堂在果阿[2]接受了圣方济各·沙勿略[3]主教的肠丸，收藏在此遗物盒内，成为童子的一只手臂。

---

[1] 威廉·塞西尔（William Cecil）：在伊丽莎白王朝时期，打压汉萨商人的政治家。

[2] 果阿（Goa）：指果阿邦，位于印度西海岸的中部地区，西边毗邻阿拉伯海。

[3] 圣方济各·沙勿略（San Francisco Javier，1506—1552）：出生于西班牙，一直在东亚各地传教，是最早来东方传教的耶稣会士，耶稣会创始人之一。

那应该称得上耶稣会殉教史上一首流淌着鲜血的诗歌吧！然而沙勿略主教的肠丸所具有的重要作用，法水最初并未注意到。他当时感动于悠久的历史，仿佛被灵掌定住般茫然呆立，全身有一种难以名状的压迫感。

他凝视着篆刻的细字，很久之后，才用梦呓般低沉的声音开口："啊！没错，沙勿略主教在广东的上川岛死去后化成了美丽的尸蜡。原来他的肠丸与遗物盒变成了童子玩偶的右臂。"

然后，他换了一种语气，向真斋询问："对了，田乡先生，这间时钟室看起来一尘不染，是刚打扫过吗？"

"是的，昨天正好打扫过。通常是每个星期打扫一次。"

走出古代时钟室后，真斋首先请法水帮忙解开他陷入惨败的疑云。听到真斋的询问，法水脸上浮现出淡淡的微笑，对他说："你应该听说过德恩或者格拉哈姆的黑镜魔法吧？"

他吐出一口烟圈，接着说道："之前我也说过，楼梯两旁的那两具中世纪盔甲是关键。虽然它们只是装饰品，本身也没多重，但是你们都知道，它们在七点钟，也就是仆人们就餐的时候，一起'飞'到了楼梯的走廊。我最初就是根据它俩都持有的旌旗被调换，推断出盔甲的变化即是凶手的杀人宣言。又因为还有些疑虑无法释然，于是特别将两支旌旗与后方的加布里埃尔·冯·马克思的《解剖图》进行比较。当然，从画中的两位人物那里看不出津多子夫人的藏身之处，不过，当时有一点引起了我的注意，那就是被两支旌旗所遮住的画面上方，有标识指出通往大马士革的路。那一带乍一看有笔刷拍打留下的特别颜色或线条的块状，也就是说部分色彩混杂。所谓点线描绘法，就是利用原色的细线和点交错排列，来取代色彩之间的混合。保持一定距离观看，观看者的视觉系统会对分解的色彩做出综合的反应。如果距离稍前或稍后，都无法实现，因为统一感被破坏，画面变成无法描述的混乱。这也就是当时莫奈绘制鲁昂大教堂的技法，只是这里的画面更加有章可循，内部隐藏的理论也更加深奥一些。”

法水停下来将铁门关闭，接着说道：“现在我们来做个实验，看看那混乱的色彩中究竟隐藏着什么。熊城，请你按照我的要求关掉墙上的三个开关。”

熊城依照法水的吩咐，最先熄掉《解剖图》上方的灯，然后是右边德·托利所绘的《一七二〇年马赛的黑死病》右上方的灯。这样楼梯走廊上只剩下左边杰拉尔·大卫所绘的《希萨穆尼斯剥皮死刑图》侧面水平照射到《解剖图》上的那盏灯，然而那盏灯的开关却在楼梯下方。这样一来，刚才的视觉平衡完全被打破了，《解剖图》显现出炫目的亮光。

等到灯全部熄灭以后，法水拍拍手，说道：“好了，一切都在我的意料之中。”接下来，众人都两眼发红地直直注视着眼前，然而除了炫光，什么也没出现。

“到底在哪里，是什么东西？”熊城着急地一直跺脚。

这时，真斋不经意地回过头，看向后方的铁门，却猛地抓住了熊城的肩膀，门上有什么东西！

“看，是德蕾丝！”

这种极其不可思议的现象容易被认为是魔法造成的，尽管前方的画面都被掩盖在极其炫目的亮光之中，但是后面铁门的上方却映出一张线条分明、来历不明的年轻女性的美丽面孔。更令人惊骇的是，毫无疑问，她就是黑死馆里那位被称为“邪灵”的女子，德蕾丝·西诺莉。

法水对旁人的惊恐并不理会，开始分析妖艳幻影产生的原因：“你应该明白了吧？田乡先生，从特定的距离看，杂乱的色彩会统一起来。然而，在这种情况下，这些关于点线描绘法的理论只代表综合分裂色彩的距离，也仅仅把这种色彩隐约地映现在这扇漆黑的

铁门上。实际上，这其中还要用到其他技巧，远高于其基础理论阶段。简单地说，就是出现于本世纪初的属于黑暗视野照亮法的一种技巧，叫作螺旋体染色法，研究者是绍丁[1]与霍夫曼[2]。

“螺旋体是一种无色透明的细菌，用一般的透视法不能在显微镜下观测到它的实体，因此邵丁与霍夫曼研究出一种方法，即在显微镜底下设置黑色背景，调整光源方向，让光线从水平方向传过来，终于出现被透明细菌反射的光线。在当前的场景里，关键就是眼前位于左边的《希萨穆尼斯剥皮死刑图》旁边的水平光线。如此一来，问题的实质从色彩转化为亮度，于是亮度较高的颜色，如黄色或者黄绿色，或者因为对比产生的高于原始亮度的颜色，其亮度就会接近白光，而其他色彩则呈阶梯状逐渐变暗。而黑镜又成为表现亮度差异的决定性因素。

“按理说，胶质颜料自身都会产生炫光，然而现在胶质颜料不仅被夺走了色调、被吸收了炫光，并呈现出对比鲜明的黑白单色画面，完全是这扇门的缘故，也就是黑镜的影响。所以，即便是相近的色彩，如果与亮度最高的色彩进行对比，一定会变得暗了几分，德蕾丝脸庞的线条才能那样清晰地绘出。

“田乡先生，霍尔克洛夫特[3]，或者古籍收藏家约翰·宾卡顿他们的作品，你应该读过吧？其实，如果仔细剖析从前的魔法博士德恩或者格拉哈姆的黑镜魔法的话，都是同一个原理。不过，三个开关同时关掉，这里变成一团漆黑之后，出现德蕾丝影像的意义是什么呢？”

法水休息了一会儿，点燃一根香烟，踱着方步接着说明：“那

---

[1] 绍丁（Fritz Schaudinn，1871—1906）：德国动物学家。
[2] 霍夫曼（Erich Hoffmann，1868—1959）：德国细菌学家。
[3] 霍尔克洛夫特（Thomas Holcroft，1745—1809）：英国剧作家、小说家、评论家。

就是所谓的破除邪道、彰显正理之眼。这大概是算哲博士以保护这些世界级藏品为目的，在把数字盘锁进铁盒之后，又秘密设计了这种有戏剧效果的装置。那么，为何要如此大费周章呢？请各位想一想，刚才那三盏灯平常都是保持明亮的状态，假如有人想悄悄潜入这个房间，为了不被人发现，自然首先想到的就是关闭手边的三个开关，让这一带变得漆黑，对吧？在打开铁栅门时，之前被头顶灯光阻碍的部分会突然变为恐怖的影像出现在漆黑的铁门上。但是从这个方向看过去，背后的《解剖图》只是色彩发生分裂，炫目的光芒完全被遮盖住，因此无法判断影像来自何处，必定会令人大吃一惊，以为出现了妖怪。就是说，胆量小又极度迷信的歹徒如果之前受到过惊吓，自然会非常害怕，所以才会在昨夜将盔甲武士悄悄抬到楼梯处，想用两支旌旗盖住令他恐惧的地方。田乡先生，这的确是风精的演出部分中最低劣的一出宫廷闹剧。”

检察官搓着冰冷的双手走近法水，说道：“法水，你简直太厉害了，你不仅是汤姆森，你简直可以说是伟大的安东尼·罗西诺[1]。”

“唉！那是来自风精的讽刺吧！”法水黯然地叹息一声，“那男人被诗人波亚·罗贝尔嘲弄。《浮士德》的文章并不是暗号。”

※　※　※

至此，事件发生后的第一天，在留下堆积的重重矛盾之后终于画上句号。第二天早晨，所有报纸都以渲染的笔墨报道了这件事情，说这是日本前所未有的神秘杀人事件。尤其是在事件刚刚发生一天，就找来一些不着边际的所谓推理小说家，漫无目的地发表了一堆无

[1] 安东尼·罗西诺（Anthony Rosino）：史上最伟大的暗号解谜家，在路易十三世和十四世手下任职，深受黎塞留主教的宠爱。

用的推理感想，可见媒体也意图把这桩事件炒作成一起与降矢木家族有密切渊源的神秘事件。

法水一整天都把自己关在书房里，没有去黑死馆。他这样做，有两个决定性的理由：一是遗嘱内容的公开需要押钟博士在场，但他被找到并从福冈赶回东京已经是第二天的下午了；二是津多子夫人身体情况虽然好转，却还不能够接受讯问。不过，根据以往的经验大概也能推测出，法水希望在安静的冥想中得到某个答案。

这天上午，法医学部门公布了解剖结果。其要点摘录为以下几项：丹尼伯格夫人的死因明显是氰化物中毒，令人吃惊的是，毒物药量高达零点五克；另外，重要的尸光与伤纹形成的原因目前尚未查明，只在尿液中发现了蛋白质的成分；至于易介，他的死亡时间正如法水的推定，有关他不寻常的缓慢窒息的原因，以及与死亡时刻相关的脉搏和呼吸等问题，目前还无法确定。因易介是佝偻症患者，引发一些偏见，甚至还有人认为这是最古典的卡士巴·李曼的自我绞死法，提出易介是在死前被割伤之后企图自我窒息的论调，这完全是一种无理的市井臆测。

第二天一早，法水突然通知各大报社，表示会在支仓和熊城的见证下公布易介的死因。

法水的书房极其简朴，四面全是成堆的书，但光是书房墙上的那幅铜版画装饰就足够令人震惊了，那是目前称得上稀世珍品的一六六八年版本的《伦敦大火图》。平时他总是站在这幅图前面，滔滔不绝地讲述他最爱的中外古今火灾史，可是今天房间内挤满了大约三十位记者，当他拿着草稿打开门时，几乎寸步难行。

等房间里的骚动平息下来之后，法水开始宣读手里的草稿：

“首先，我打算简要陈述一下川那部易介——也就是降矢木家的管家，死亡前后的情况。

“下午两点三十分，川那部易介在拱廊的一具吊盔甲中被发现。

他身穿盔甲，窒息而死，咽喉部位有两条凵形的割痕。虽然尸体的各项特征都明确显示死亡是发生在两个小时之内，但是他的窒息似乎是缓慢发生的，其过程尚不明确。而且，某仆人陈述，他曾在一点多发现受害者发着高烧，尚有脉搏，并在两点整还听见受害者的呼吸声。这时距离受害者的尸体被发现仅三十分钟，这一点委实离奇。基于上述事实，我希望在此说明自己的看法。

“关于最初的窒息，我的解释是机械造成的胸腺性猝死，也就是说胸腺遭受来自外部的某种机械性压迫。这也证明了，川那部易介具有一种非成年人的胸腺持续发育的特异体质。利用项圈勒紧颈部，静脉受到压迫，引起脑贫血，在易介陷入轻度昏迷状态时，把盔甲横向给他穿上，用胸前扣环压迫其锁骨上端。压力的位置刚好在左边的无名静脉，导致连接的胸腺静脉出现瘀血。紧接着胸腺因为瘀血肿大，导致气管狭窄，窒息渐增式地加强，最终致使易介经历长时间的痛苦后死亡。

“虽然已经公布的解剖结果中没有提到胸腺的部分，但这些事实与受害者奇异的呼吸状况有重要的因果关系。而且，很重要的一点在于，声名显赫的法医学专家们为何没有发现这两道割痕都避开了上面的动脉血管，只是切割了胸腔的静脉呢？这里面正隐藏着凶手摧毁人类生理性原则的企图。

“把伤口切割成凵形的目的很简单，割断肥大的胸腺，使其发生收缩，同时还让受害者死后动脉收缩（即使在死后立刻割断动脉，血液也不会流出，但是如果死后使动脉收缩，血液会犹如水龙头打开一般进入或者流出静脉）导致流出的血液充盈胸腔，肺脏受到压迫排出残留的空气（关于人死后体内残留的空气量，瓦格纳、马克多葛等人的实验得出的结果大约为二十立方英寸[1]）。

---

[1] 立方英寸：英制的体积单位，1 立方英寸≈0.0000164 立方米。

“接下来是关于易介死亡之后有脉搏和高烧的问题。日本有关绞刑、旋转、坠落的死刑记录有不少文献存在，仅是著名的哈托曼的《活体埋葬》里，就举出了有名的铁勒·贝凯尔奇迹（按摩法勒史雷宾的妇人心脏附近引起其心跳，并使之发高烧）和匈牙利阿斯瓦尼的绞刑尸体[1]的实例。也就是说，在窒息死亡以后，只要让尸体保持旋转之类的连续运动，尸体还是可能会出现高烧和脉搏跳动的情况。发现易介的尸体的主要原因之一，就在于其毙命后盔甲保持了旋转。

“综上所述，目前可以明确的是，易介的死亡时间仍是下午一点左右。至于他如何穿上盔甲这个疑点，在此不用考虑‘北条式盔甲快穿法’之类的战阵经验，毕竟，若不借助他人的力量，以易介的身体根本不可能自己穿上盔甲。另外，此次公布的内容主要是死因推定，目前暂时没有其他关于事件发展的信息可以提供，对此我深表遗憾。”

法水念完，把一直憋着的一口气吐了出来。接下来记者们激动地讨论，亢奋的声音四起，法水沉默不语。没多久，熊城催促着赶走了记者们，房间内再度恢复平时的三人世界。

法水的面孔难得泛红了。他抬起头说道：“支仓，我终于得出了某种结论。虽然还只是在表面，并非完整的公式，不过，至少可以了解个体事件中的共同因素。”

另外两人的脸上都飞快地闪过一丝惊愕。

“对了！你之前制作过这桩事件的备忘录吧？现在请逐一对照我所提出的观点。”

检察官咽下一口唾液，取出怀里的备忘录。这时房门打开了，

[1] 1815年比尔哈瓦教授发表的文章表示，将尸体旋转15分钟后放置不动，再拉下来时，尸体会持续20分钟的脉搏跳动与高烧。

仆人进来交给法水一封限时信。

法水打开信封看了看，脸上的表情并未出现明显的变化，他默默地把信丢在桌上。然后，检察官和熊城看到了信上的内容，忍不住一阵战栗。这不就是浮士德博士的第三次挑衅吗？纸上的德文显然和先前的笔迹一致。

Salamander soll gluhen.（火精啊，猛烈燃烧吧！）

·第五章·

第三起悲剧

一、凶手的名字在吕岑会战的战死者名单中

Salamander soll gluhen.（火精啊，猛烈燃烧吧！）

漆黑的双翅掩住黑死馆，藏在暗处的恶魔，第三次送来浮士德博士的一句五芒星咒文，这让熊城感到被狠狠侮辱。事实上，另外那四位降矢木家人，已经被熊城的手下犹如罩上防暴盔甲般严密地看守着，无法自由行动。即便如此，凶手仍然偏执地宣布了他大胆的杀人计划，在丹尼伯格夫人和易介的死亡事件之后，预报了第三起惨剧。这样的话，熊城所构筑的人工壁垒会不会出现破绽？他精心打造的、防止犯罪发生的完美壁垒，对于凶手而言，也许只不过犹如轻薄的灰尘。不仅如此，凶手冒着极其容易幻灭的巨大危险，强硬地实施计划，这表明凶手若不是疯狂，就是有必胜的把握。面对如此猖狂的举动，难怪这三人一时间都哑口无言。

这是连续几天以来难得的晴朗天气，和煦的阳光照射在挂着《伦敦大火图》的墙壁的下方，也就是布里克斯顿附近，然后慢慢跨过泰晤士河，眼看就要爬到弥漫着黑烟的金格克洛斯。

房间里的空气紧绷得几乎能发出敲击金属的声音。法水一直闭着眼陷在冥思之中，但从他的神情可以看出他心中已做好打算。他不断颔首，不时微笑。

一会儿，熊城勉强挤出声音，说道："我不是真斋，不会被虚幻的烽火吓到，但那位冒失恶徒的行动马上就可以结束了。你们想

啊，现在我的手下都在那四人周围，如盾牌一样坚实，相当于也负担了见证凶手行动的工作。哈哈哈！法水，你说这是何等的讽刺啊，大家能想象凶手也有贴身保镖吗？”

检察官一脸忧郁，对熊城过度的自信抱有不同的见解：“看样子这桩惨剧不会因那四人的分散而结束，我总感觉这不是凭人力能够制止的。而且，我始终认为，在这座黑死馆的某处，还潜伏着某个未知的人物。”

“那你的意思是戴克斯比还活着？他没有死在仰光？”熊城双眼圆睁，上身前倾，“请别再开玩笑了。如果真的执着于算哲的遗骸，可以在这次事件解决之后再把它挖掘出来进行检查。”

“不，也许是我神经过敏，可我敢说这绝不是小说里面那种幻想的情节。我总觉得这桩神秘事件必然会到达那样的结局。”检察官没有再诉说他的臆想，不过他仍然认定有某种奇妙的力量在事件背后紧追不放，犹如梦魇一般。

就算是颇具幻想特质的法水，对于戴克斯比的死亡真相和是否挖掘算哲的遗骸这两个问题，也在某一瞬间感到不安。

检察官向后靠着椅背，叹息道：“啊！这次是该火精出场了吗？这么说，出现的会是手枪或是抛石炮吧？也可能是老旧的线膛枪或者四十二磅的大炮。”

法水忽然睁开眼睛，上身犹如被吸住一般向前靠着桌子，说道：“没错，支仓，是四十二磅的加农炮。你能注意到这一点，真是不简单。我认为这次的火精绝不会如前几次那样阴险含蓄，根据凶手喜好古典的特点，估计会让洛德曼的炮弹炸裂出如海星般的白烟。”

“啊？难道还会有一出豪华的搞笑歌剧？”熊城不高兴地嘟囔着，改变了坐姿，“既然如此，请说出你的根据来。”

“当然有依据，”法水随意地点点头，无法抑制的亢奋也随之浮现，“因为此次的火精没有像先前的水精与风精那样转换性别。

要知道，五芒星咒文中出现的四大精灵——水精、风精、火精和地精，分别代表了物质构造的四大要素，并且也是中世纪炼金术士幻想中的元素精灵。到目前为止，只知道这些是符合要素的，即水精对应开门的水、风精对应高八度音演奏，但如果加上性别的转换，立刻就能揭示其内部含有的神秘性，并将其公式化。熊城，水精转换成了男性，才有办法打开那扇门，对吧？所以，之前我们怎么会忽略这一部分如此精密的犯罪方程式呢？真是不可思议！”

“什么，犯罪方程式？”法水的话太令人意外了，熊城忍不住叫出声来。

但是，通常所谓的真理不就是极度生拉硬拽而产生的滑稽剧吗？而且随时可能露出平凡的模样。那么，法水所揭露的究竟是什么事实，以至于让两人哑然失色呢？

“贝克林描绘的史比尔登格湖水精的装饰画，你见过吗？在苍郁的冷杉树林里，冰蚀湖发着幽暗的光，那是一种类似把靛蓝溶入黏土的色彩，浓稠且污浊。水面上像鲛背一样的东西就是水精披散开的金色长发。熊城，我不是专业的鉴赏家，也并不试图启发你们，把它同狩猎小屋或独木桥之类的东西联想在一起。我只是想问问，如果水精要变成男性，最先需要变化的应该是什么东西呢？”

说到这儿，法水的脸上微微泛起红潮，引用了一句梅菲斯特指出五芒星不全的台词[1]：“看吧！咒印没有完全布满，如你所见，朝外侧的角略微张开。”

“啊！原来是这样，头发、钥匙的角度，还有水！我要向博学的教授致敬，看您这满头大汗的样子。”检察官同样以梅菲斯特的台词回答，语气也同样洒脱，只是表达了不同的含义，因为他完全

[1] 五芒星组成的圆形存在一处错误，所以梅菲斯特可以利用其间隙，破坏浮士德的封锁咒语而侵入其中。

被凶手与法水所震撼。

那天晚上，丹尼伯格夫人陈尸的那个房间，注入房门锁孔的水的湿度使毛发产生伸缩，使房门变成可以自动开关的德恩博士的隐形门。这个设计所必需的水和头发的秘密就隐藏在迦勒底古老的咒文里，这一点不足为奇。然而，该设计在力学上奏效所用到的锁扣角度，却以机械图般的精密性，存在于梅菲斯特破解五芒星封锁的台词中，这才是最令人感到惊讶的。这样一来，破解该方程式自然必须得转到事件中疑点最大的风精上。然而，寻求答案的检察官脸上却表现出失落。

“那么，共鸣钟室里的风精与高八度音演奏之间又有什么关系？λ呢？θ呢？”检察官喘息着问。

法水突然变了脸色，悲哀地摇了摇头，冷酷地说：“开什么玩笑，那不可能是游戏般轻率的产物！那一定是恶魔最正经的面孔，不是吗？支仓，专心致志与极度运用所释放出的幽默，可能是极端恐怖的。所以，刚才那样的逻辑推演并不能击溃风精的幽默，并且风精还具有与水精完全不同的狂暴和幻想性。不仅如此，风精本来就是无法用眼睛看到的气体精灵，也可以说它毫无特征。”

法水转过身面向熊城，脸上露出杀气，说道：“不过，凶手的玩世不恭终会自掘坟墓。你们可以试着比较一下水精与没有进行性别转换的火精。会发现火精的行凶方式一定会与前两例正好相反。凶手使用了明目张胆的手法，摈弃之前的隐秘手段，采用了布勒根堡火术的精华部分。当然，用线连接准星与扳机，使之射向相反方向的方法，或者在手指上缠上棉纸，利用汗水收缩来伪造指纹之类的卑鄙手段，他应该也不会使用。换言之，他的手法一定是光明磊落的，具有骑士精神。如果我们没有做好心理准备，仍采取之前的复杂且微妙的技巧和态度，毫无疑问会产生错觉。也就是说，凶手正是有这样的企图，才给出了相反的暗示。这一次，我一定要反过来嘲弄他一番。”

当然，这句话对今后的护卫方式具有决定性的指导作用。不过，法水的智慧看起来在罪犯的下次行动上已占了制敌先机，特别是跟火精相关的一句话，极有可能导致凶手被毁灭。可是，回顾一下目前为止他与凶手之间反复较量的谋略轨迹，他这次的推断是否过于急躁了？不过，对五芒星咒文的探讨，他似乎还有更多见解。

“而且，我相信五芒星咒文中还隐藏了更深奥的核心秘密。可能不仅仅是表现在这次事件的犯罪动机上。从广义上做出解释，就是在黑死馆的地底深处还埋藏着秘密，因其交错重叠而无法了解其动机。于是，我尝试从多个角度，把它反映在咒文上。”说到这里，法水露出疲惫之色，充分证明了他昨天一整天的勤奋和悲怆。

如他所言，因为认定凶手是个表现狂，所以他将调查的方向先指向传说学方面。他甚至研究了阿纳托勒·布拉兹的《不列颠传说学》和古尔德[1]的《恶魔》，试图从中欧的死神传奇里，找到潜伏在性别转换深处的犯罪动机。另外，他也尝试在舒拉豪恩的《史亚尔兹堡》与其他书中，了解妖精名称在语源学上的相关转变。他认为，水精（Undinus）与水魔（Nicks）如果有一致性的话，那么在被认为是弗丽嘉女神[2]化身的白夫人的传说中，也许能发现双重人格不同的意义。然后他又试图比较宣传用的小册子和葛符列的神秘诗、哈根和海斯德巴哈，最后还看了歌德的《浮士德》初稿、第二稿和第三稿，最终发现在初稿中有地灵（包含水精、风精、火精、地精等大自然的精灵）宏大的哲学性形态，而之后的那两稿则完全没有对比进行详细阐述。

---

[1] 古尔德（Sabine Baring-Gould，1834—1924）：英国牧师、作家、民间歌谣收集家。

[2] 弗丽嘉女神：也就是Nike（水精）和Nicks（水魔）合为一体，具有善与恶两面化身的奥丁之妻。

然而，在法水如演讲般解说五芒星的相关咒文之际，之前极度紧张的氛围也渐渐缓和，朦胧的睡意开始在晒着阳光的两人之间流动。

检察官发出讽刺的叹息：“唉，暂时先搁置这件事吧！现在不应该在这里谈论弹药塔，这种话题应该到蔷薇园去谈。”

下一秒，法水的脸上闪现出光辉，深吸两三口烟后开口了，那吼声像钢鞭一样驱走了内心的沉郁：“开玩笑吧！让这般华丽的魔王外衣存在于弹药塔和炮墙之中，谁受得了啊！支仓，我终究没有在魔法史的研究上白费功夫。从路易十三世的秘要宫闱史中，我已发现神秘且困扰我多时的五芒星咒文的真正面目。我还是换另一种说法吧。虽然当时貌合神离，但是，新教徒的保护者古斯塔夫·阿道夫二世（十六世纪瑞典王），面对的是著名的红衣主教宰相黎塞留。支仓，你知道黎塞留秘要宫闱史的内容吗？还有暗号专家弗朗索瓦·韦达或洛西纽，以及炼金术士兼暗杀者的欧吉里攸？这位叫欧吉里攸的邪恶主教就是问题的来源……啊！这是多么恐怖的一致！受害者和凶手的名字，都出现在杀死骑马步兵之王的吕岑会战（注）的战死者名单里。”

（注）一六三一年，瑞典王古斯塔夫·阿道夫在德国新教徒的拥护下，与旧教联盟在普鲁士发生战斗，攻陷莱比锡和莱希，又在吕岑同华伦斯坦的军队战斗。他虽然获得胜利，却在战后被一名受到欧吉里攸指使的轻骑兵狙击，该暗杀者也被萨克斯·勒文伯格侯爵射杀。时间是一六三二年十一月六日。

检察官与熊城瞬间感到自己被卷入了难以控制的旋涡之中。凶手的名字被揭示的同时也意味着事件的落幕。纵观古今中外犯罪调查史，通过史实揭发凶手、解决案件的例子还前所未见。两人惊愕地呆住，特别是检察官，他的脸上露出强烈的责难之色，严厉地指责在妄想世界越陷越深的法水。

“这又是你精神错乱的表现吗？请别再继续卖弄了，如果说凭借头盔或加农炮就能解决事件，那么请你认真说明这种绝无仅有的证明方法。”

“当然，就刑法的价值而言还不够完整，”法水吐出烟雾，平静地开口，“但最受怀疑的人却遗落在许多令人迷惑的疑点之中。就是说能从每个疑点中找到共同之处，而且可以将它们归纳成一点，这样一来，你们应该不会把它视为偶然了吧？”

法水对着桌子大力一拍，强调自己的观点：“我断定，凶手是犹太人。你们觉得呢？”

“犹太人？你到底想说什么？”熊城一愣，声音有些嘶哑。他也许是觉得自己听到的声音如雷鸣般不谐调吧！

“没错，熊城，你知道犹太人将希伯来文从א至ו全部附刻在时钟的数字盘上吧？犹太人信奉的是严格遵循仪式性的法典和已故王国的礼仪。我不也是如此吗？不然怎么会一直试图利用风俗和人种学来解决这桩难解的事件呢？我们现在以支仓所列的问题为基础，找出那怪异天狼星的视差吧！”

法水眼中的火光熄灭，他翻开桌上的笔记本，阅读起来。

一、关于四位异国音乐人

包含受害者丹尼伯格夫人在内的这四个人，出于何种缘由在婴儿时期就来到日本？另外，他们归化入籍的事也令人费解，目前真相仍同封锁的铁门般完全没有眉目。

二、黑死馆以往发生的三桩事件

在同一房间内接连发生的三桩不明动机的自杀事件，法水似乎已经完全放置在了一边，尤其是去年发生的算哲自杀事件，

虽然他以此震慑了真斋。但这些果真与此次事件毫无关联吗？法水从黑死馆的图书中找出威兹的《皇室的遗传》，不就是为了对这一连串的事件进行遗传学上的分析和调查吗？

三、算哲同黑死馆的建筑师——克劳特·戴克斯比之间的关系

在药物室中发现的药瓶，说明算哲在寻找戴克斯比留下的某种药物，但并没有找到。而他在一个瓶子上留下了个人的意志。另外，法水通过解读棺材上的十字架的含义，证明戴克斯比这个人具有诅咒的意志。根据上面的两点可以推断，在建造黑死馆之前，他们两人之间应该已存在某种奇怪的关系。

四、算哲和《维基格斯咒语法典》

在黑死馆建成后的第五年，算哲修改了戴克斯比的设计，当时应该已经存在德恩博士的隐形门和运用了黑镜魔法的古代时钟室。但是按照算哲的奇特个性来推测，他所喜爱的这些中世纪特异邪术如果只实施了这两项，真是难以置信。另外，他在自杀之前焚烧所有咒术类书籍这件事，是引起此次混乱的原因吗？

五、事件发生前的氛围

四位外国人士归化入籍，算哲写下遗嘱不久后自杀，随之而来的是出其不意的腥风血雨。到了第二年，这种险恶的气氛更加浓烈，可不可以认为这不只是遗嘱所引发的精神矛盾？

六、神意审判会召开前后

丹尼伯格夫人点燃“荣光之手”上的尸烛后没多久，嘴里叫着“算哲”然后昏倒；易介表示在那时看到隔壁凸出的窗户旁出现了奇怪的人影，但与会者并没有人离开；还有，凸出的窗户的正下方留下了两行鞋印，那是违背人类规律的存在；两行鞋印的会合处散落了照相干板的玻璃碎片，且用途不明。以

上四个谜题在时间上几乎是接连发生的，性质却各不相干，目前无法把它们结合起来。

七、丹尼伯格夫人事件

尸光现象和刻有降矢木家徽纹的伤痕——都是超乎想象的情况。法水表示伤痕的制造时间只有一两分钟，同时这两种现象都指向掺有零点五克氰化钾（完全不可能致死的量）的柳橙，被受害者吃进嘴里引发死亡的后果。也就是说，这两种现象的助力，把原本不可能的事变成了可能，甚至强调了结果。但是，就算他的观察细致无误，估计也只有神明才能证明其正确性并找出凶手。更何况，几位家族成员都没有特别的行动，含毒的柳橙也来历不明。

德蕾丝玩偶——丹尼伯格夫人在临死之际，把视为邪灵的算哲夫人的名字写在了纸条上，房间的地毯下还留下了玩偶带水的脚印。然而，作为随从之一的久我镇子却表示，并未听到该玩偶身上特殊的共鸣装置所发出的铃声。虽然法水对玩偶的房间还持有一些怀疑，但那是他自己也无法确定的。就是说，那美妙颤音存在于是与否的交界点。

八、算哲绘制的启示图

法水用独到的眼光断定这张图代表特异体质。这是因为，关于易介的图所绘制的夹住其身体的上下两端的情况，确实从他的尸体现象上呈现出来。但伸子昏倒的情形与关于赛雷那夫人的图相似，又是什么原因呢？另外，法水从楔形文字推断出启示图还存在神秘的另一半，虽然具有一定的逻辑，却缺乏真实性，所以只能认为是他狂妄精神的产物。

九、浮士德的五芒星咒文（略）

十、川那部易介事件

法水认为，易介的死是因为凶手把盔甲穿在了他的身上。

从时间上分析，该时段只有伸子没有不在场证明。而且，伸子昏倒时手中握住的短刀正是划伤易介咽喉的那一把，她还在经文歌的最后一节演奏出了奇异的高八度音。此外，易介是否为凶手的共犯，这一点还留有疑问。易介被杀是否因为凶手想灭口？做出这些推断当然是很有难度的，因此，在如此曲折离奇的混乱状况下，只能推测令伸子昏倒是凶手的奇特演出。在无法做出公平论断的情形下，纸谷伸子仍然是唯一的嫌疑人。

十一、押钟津多子被幽禁在古代时钟室

这一点才是最令人惊诧的。虽然法水推测她已变为尸体，但事实上她却全身包裹着保温物而保持昏睡状态。她离开自己家回到娘家的理由自然有必要追究，可是，法水却担心凶手没有杀害津多子这一点可能是一个陷阱。并且可以肯定，神意审判会时易介见到隔壁凸出的窗户旁的人影绝不是津多子，因为当晚八点二十分的时候，真斋已用数字盘锁上了古代时钟室的铁门。

十二、当天零时三十分的时候，闯入克利瓦夫夫人房间的人

易介在入夜后所看见的出现在凸出的窗户旁的奇怪人物，半夜也出现在克利瓦夫夫人的房间。据夫人所言那人是男性，而且身高和其他特征都跟旗太郎一致。伸子醒来的瞬间亲笔写下以降矢木为姓氏的名字，若以格登堡事件为先例的潜意识来解释，那么使伸子陷入昏迷的风精的真面目，最有可能是旗太郎。但这种推断和伸子的昏迷之间的矛盾，却是这桩事件中最可疑的难点。

十三、关于动机

一切都是为了遗产。首先，因为四位外国人的归化入籍，旗太郎不再是遗产的唯一继承人。值得注意的一点是，作为除

旗太郎之外的唯一血亲，押钟津多子并不在继承人的范围之内。虽然旗太郎与三位外国人的隔阂已经很难消除，但这样的重大矛盾还是难以解释。就是说，看似具有动机的人在表现上并没有可怀疑之处，而像伸子这种让人怀疑是凶手的人，却找不出丝毫杀人的动机。

读完之后，法水将它放在桌上，手指着第七条（“尸光现象和刻有降矢木家徽纹的伤痕”那一段）。此时阳光从小窗户的栏杆间隙射入房内，正好落在《伦敦大火图》的泰晤士河周围，画面上的黑烟变得生动起来。即便没有如此情形，检察官与熊城也早已口干舌燥，面对法水所提出的颠倒世界的奇异说辞，他们幻想着能用翅膀般的回旋给予它重重一击。

室内充满了异样的杀气，法水又点燃了一根香烟，慢慢地说：“起初关于那种难以想象的尸光与伤痕，问题总是停留在形式的循环上。在我看来，只要无法确认有毒的柳橙是如何进入丹尼伯格夫人口中的，就无法通过实证来解释该现象。但是，著名的《犹太人犯罪解剖证据论》（柯特菲尔德的作品）里记录了类似的出现尸光与伤痕的犯罪情况。”

说着，法水从书架上拿出这本书，书中简略描写了犹太人的犯罪习惯。

一八一九年十月的某个深夜，在波希米亚领地柯尼克拉兹发生了一起悲惨的案件，当地有钱的农夫在床上被人刺穿心脏，尸体和房屋一起被烧毁。当时路过的人向警方提供证词，称自己在十一点半从窗帘的缝隙间看到受害者用手比画十字架。这样看来，行凶的时间应该在那之后，而具有强烈杀人动机的一名犹太制粉业者，却有明确的不在场证明。事件因此陷入僵局。

半年之后，布拉格市的警察迪尼凯终于揭穿凶手的伎俩，将最初的嫌疑人——那个犹太制粉业者捉拿归案。而案件侦破的关键线索来自《汉谟拉比法典》，上面记录了犹太人的犯罪风俗和习惯：犹太人认为在尸体或受害者的周围点燃蜡烛，他的罪行就永远不会被人发现。因此那晚发生火灾的原因就是点燃的蜡烛。

啊！法水引用的这个例证真是毫无亮点。但接下来他加入了自己的见解，虽然具有偶然的创意，也渐渐露出一丝让人无法反驳的微光。

“只凭这段文字无法知晓警察迪尼凯的推理过程，但我还是试着解析一下。环绕尸体摆放的蜡烛实际需要五支，但为了让尸体做出比画十字架的动作，将像竹子一般削掉半边的四支短蜡烛放置于四周，中央放置的是一支只剩下一半蜡和长烛芯的蜡烛。这样做的意图是什么呢？你们知道让测风器的四只触手指向不同方向会产生什么现象吗？一旦点火，依不同方向排列的斜削的蜡烛，受热后产生的蒸气会斜着向上吹，又因为被削掉的方向各不相同，气流便在其上方产生扯铃般的交错 ⧖，使中央的长烛芯发生旋转，利用光线的影子造成尸体的手在比画十字的错觉。

“所以，若要追查尸光与伤痕形成的原因，我们必须得追溯至神意审判会。在柯尼克拉兹点燃的蜡烛中，或许算哲的幻影只向丹尼伯格夫人显露了。支仓，偶然中出现的东西经常呈现出数字性规律，因为所谓的恒数通常是以假设为最初的出发点，之后才会决定不变的因数。”

法水的脸上闪现出奇妙的暗影，在他的阐述中，尸光问题在地理上发生了奇妙的契合。然而，这种隔离的对比只是增加了混乱程度。

“尔后，我注意到尸光现象在天主教圣徒中的记录。《圣人奇迹集》中有这么一段文字，一六二五年至一六三〇年这五年间，是新旧两派纷争最严重的时期，席恩堡（莫拉维亚地区）的德伊瓦迪、齐陶（普鲁士）的葛洛哥、弗赖施塔特（奥地利高地）的亚诺登、普劳恩（萨克森领地）的穆斯哥威登，这四人的尸体均出现发光现象。熊城，尽管这看起来是偶然的，却又存在着不可言明的巧合！你看，若将上面这四个地点连接起来，会发现什么？是的，这会形成一个明显的矩形（见下图），并且把柯尼克拉兹事件的发生地——米亚领地环绕其中。那么因数是什么呢？我自己虽然也越来越不明白，但是，我认为犹太人把尸体照亮这个习俗，可以看成凶手迷信的象征。”

说完，法水仰望着天花板，发出无力的叹息。听完法水这番话，检察官的希望彻底幻灭了，他嘴角扭曲着，发出冷笑，从身后的书架抽出了一本瓦特 · 哈德（威斯敏斯特教堂的一位修士）的《古斯塔夫 · 阿道夫》，随手翻阅着书籍，在找寻着什么。之后他手上的动作停了下来，他把手指着的书上的某部分朝向法水。他在以此嘲讽法水的胡言乱语。

这本书中有一个故事：魏玛大公威廉·恩斯特率领的部队军纪败坏，在阿纳姆战争中溃败，并延误了对国王的支援。然而在诺岩霍安城内因此受到责难时，威廉·恩斯特依旧是面不改色。

检察官似乎还意犹未尽，又固执地补充道："啊！真是一本可悲的书呢！这该是你所独有的知识性错乱吧？你对那些令人惊叹的现象的解释过于儿戏了吧。这种游戏式的炫耀，你认为有价值吗？如果你没办法更为精准地解释共鸣钟室的现象，就请你别再发表什么演讲了。"

"支仓，如果说凶手不是犹太人的话，那么伸子当时为何会产生强直性昏厥[1]呢？伸子是在某个瞬间变得如雕像般僵硬，所以旋转椅的位置并不重要。"

"强直性昏厥？"检察官控制不住自己，激动地摇晃着桌子大声叫了出来，"胡说些什么！这都是什么搞笑的诡辩！法水，那可是极其罕见的疾病！"

"当然，这绝对是在文献中才会出现的罕见疾病。"

法水表示肯定，声音里却回荡着嘲讽："假设可以人工排列这种罕见的神经结构呢？由杜兴创造的医学术语'肌肉失养症'你应该知道吧？歇斯底里症患者在发病时闭上眼睛，全身会产生僵硬状态，跟强直性昏厥十分相似。就是说，除非这是犹太人的某种特定习俗，不然很难把这种病理性的杂耍动作表演出来。"

一直默默抽着烟的熊城突然抬起头来，说了一番不像是出自他

[1] 强直性昏厥：一种僵硬症状。此症状在发作时会使人突然丧失意识，全身僵硬，完全无法自主活动，并且对外界的力量毫无抵抗力，手脚停止的位置在被移动时已经固定，不能动弹。因此被冠以强直性昏厥这种有趣的病名。

口的话：“伸子和歇斯底里症？啊，你的洞察力确实很厉害，不过，还是请你把问题从精神病院转移到别处吧！”

法水却试图将病理解剖学应用在黑死馆的建筑上，以此强调其可能性的存在：“熊城，我不得不提醒你，这样的事件发生在黑死馆。所谓的犯罪，尤其是智慧型杀人，通常不会只出于动机，还会受到内心理念的驱使。虽然这种方式带有凌虐性质，但如此一来，也会出现因为无法从感性产生的错觉中获得释放从而受到持续性压抑的实例。就像黑死馆这种阴郁的城堡型建筑，我一直认为它恰好具有这种非道德性，甚至自带恶魔属性。那么，一脸正经的恶作剧的始作俑者，究竟会怎样改变人类的神经排列呢？在此正好有一个最合适的例子。”

法水提出例证，似乎是为了尽快证明自己那怪异的推论：“这起事件发生在二十世纪初的哥廷根，一位名叫欧托·普洛梅尔的来自西伐利亚的敏锐少年，就读于多明尼哥修道院附属学校。没过多久，青春期少年脆弱的神经开始被那里低矮的波尼贝式拱廊、昏暗的光线，以及压迫感十足的建筑所侵蚀。起初，他会偶尔看到不可思议的残留的影像——这大概是因为室内外差异悬殊的光线亮度，后来甚至逐渐出现幻听症状。这是由于铁轨就在他房间的窗外，从旁边经过的列车的声响在他的耳朵里不断重复。后来少年的父亲发现了儿子的症状，匆忙带他回家，于是普洛梅尔的精神才幸运地免于崩溃。

“当他离开宿舍时，幻视与幻听的症状同时消失，并很快恢复了健康。这不能不称为奇迹。熊城，刑法方面的专家可能会清楚，有些监狱因独特的建筑形式，可能会产生囚禁性精神病患不断出现的状况，而有些监狱则完全不会。”

说到这里，法水又点燃一根香烟吸了一口，他依旧站在高高的知识塔尖上，继续引用更为离奇的例证：“十六世纪中叶，也就是腓力二世在位时，发生过一个凌虐的残酷特例。西班牙塞维利亚市有一个宗教审判所，里面的候补审判官是一名叫霍斯柯洛的年轻修士，他的审判技巧可以说是拙劣不堪，而且他还十分恐惧万圣节焚杀异端的游行。副审判长史比诺莎不得不将他送回故乡圣托尼亚的庄园。一两个月之后，霍斯柯洛给史比诺莎写来一封信，信上画的玛兹奥勒塔（中世纪意大利谢肉祭中最具兽性的残酷刑罚）的机械图形令人震惊。信中说：

——塞维利亚的刑事法庭有多种十字架与拷问刑具。如果神要点燃地狱阴火，让它永恒地绽放光芒，首先要做的是拆掉刑事法庭那种伊斯兰教式的高大拱门。我回到圣托尼亚，住在以前高卢人住过的老旧庄园里。这里的特别之处在于，它汇集了人类全部的苦闷思想，我在这里总结、比较各种酷刑，终于完全熟悉并掌握玛兹奥勒塔的原理和技术。

“熊城，这段凄凉的独白到底在诉说什么呢？霍斯柯洛为何在美丽的毕斯卡欧湾的自然风景中产生了凌虐的习性，而不是在残酷的拷问刑具之间？所以我想说的是，请注意建筑之间的差异，就像塞维利亚市的宗教审判所同圣托尼亚的庄园。”

法水激动的语气缓和下来，他的例证只是为了说明上述两件事与黑死馆的状况基本相符，想让人了解建筑风格中潜藏的恐怖魔力。

“虽然我只在昏暗的天色去过一次黑死馆，但却很容易注意到黑死馆的建筑样式呈现出各种异常的现象。而且那种感官的错觉具有某种力量，让人几乎难以捕捉，也就无法从中获得释放，这便是造成病态个性的缘由。熊城，我干脆说明白吧——黑死馆里的人绝对都患有心理性精神病，最多只是程度上的差异而已。”

在人类精神区域的某个角落，一定潜伏着精神病的基因，所有人都是这样的，只是轻重程度不同而已。将它们一一挖掘出来，并在犯罪形式的焦点排列出来，也算是法水不同凡响的一种调查方法。只是目前，伸子歇斯底里症的发作与犹太人的犯罪还存在着巨大的差异，不具备统一性。

但是，华伦斯坦的左派比国王的右派更分散，当国王命令魏玛大公重新整理队伍时，大公再次犯错，延误了加农炮的使用时机。

检察官仍用威廉·恩斯特大公的笨拙迟缓来比喻法水，并加以沉默的讽刺。但熊城却忍不住开口了："反正，不论是罗斯霍尔特还是洛森菲尔德（犹太姓氏）都不重要，请让我看到那位犹太人的面孔吧！伸子症状的发作不会被你当作一种意外的巧合吧？"

"开什么玩笑！如果是那样，为何当时伸子会反复弹奏早晨的赞美诗？"法水加重语气反驳，"熊城，你应该知道，共鸣钟的弹奏需要极大的体力，而那女人却反复弹奏了三次。这样一来，即便不引用莫索[1]的《疲劳》中的观点，也会发现诱发催眠或促使神经病发作的极为有利的条件，那就是在这个时机，某种东西诱导那女人进入朦胧状态。"

"那究竟是什么怪物呢？毕竟钟楼里的生死簿上并没有记载任何死亡的人类。"

"不，那不是什么怪物，当然也并非人类，那是共鸣钟的键盘。"法水的弦外之音，让另外两人深感意外。

"这其实是一种错视现象。比方说，在一张纸上打出纵向的方形孔洞，把圆形的纸放在其后面移动，随着移动速度加剧，圆形的

[1] 莫索（Angelo Mosso，1846—1910）：意大利生理学家和考古学家。

纸看起来会慢慢地变成椭圆形。上下两层的键盘也会出现类似的情况，假设下层键盘使用频繁，这时从上层静止的琴键缝隙往下凝视，下层不断上下的琴键两端便会产生斜向上层琴键的视觉效果，并逐渐变细。而且这种远观式的错视一旦产生，之前因疲劳导致的朦胧意识也会融入其中，从而自然地引发了特定的症状。所以，熊城，说得更清楚些，当时命令伸子反复演奏三次的人，搞清楚他是谁，也就能直接找到凶手了。”

“可是，你得出的这个结论并不高深。”熊城变得严肃，像是在反驳法水的破绽，“当时让伸子闭上眼睛的人是谁呢？还有，导致她全身犹如蜡像般僵硬的具体过程，你也没有说清楚。”

法水看起来像是同情对方想象力的欠缺，脸上露出明朗的微笑，接着在纸条上画出附图（见下图），并做出说明：“这叫‘猫爪结’，是犹太人犯罪时使用的特有的结绳方式。熊城，凭这个独特的结绳方式，就能够产生肌肉意识丧失的症状，也就是类似强直性昏厥的状态，并使旋转椅与身体的方向产生矛盾。就像你见到的这样，下方的绳子一拉动，绳结便会逐渐往下移动。但是，被绳结勒住的物体一旦掉落，绳子随即恢复成一条直线。所以，凶手事先测定好琴键的使用数量和最初绳结的高度，在系了琴键与敲钟棒槌的绳子的上方，再绑住短刀的刀把，随着演奏的进行，绳结会让刀刃一边旋转一边下降。等到伸子陷入迷蒙的演奏状态后——估计是第二次演奏赞美诗的时候，短刀刀刃在她眼前发出闪烁的光芒，并同时左右晃动着下降。用这种变戏法般的光芒轻抚她的眼皮，这便是所谓的‘眩惑操作’，控制催眠中的妇人闭上眼睛。于是在她闭上眼睛的同时，那种类似强直性昏厥的状况发生了，肌肉立刻丧失意识，失去重心，如雕像般往后倒下。此时凶手趁机从其背后踢掉绳子，短刀自绳结脱离掉在地板上。当然，在症状终止的那一瞬间，伸子也陷入深深的昏睡之中。”

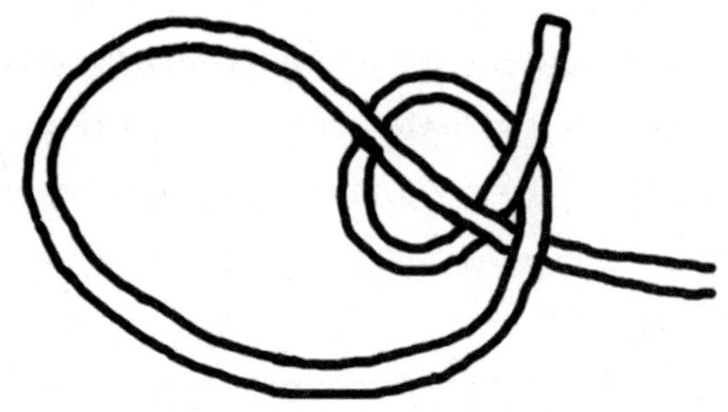

说到这里，法水睁大眼睛回应检察官轻蔑的眼光，脸上却浮现出悲痛之情：“可是，伸子为何会握住那把短刀？极端变态的高八度音是如何发出的？我除了想象，别无他法。”

他的叹息声有气无力，尔后疲惫的表情立刻又一扫而空，他洒脱地高声说道：“不，我准备算出天狼星的视差，还有δ和ξ！假如能将这些归于一点，应该就行了。”

这时，房间的空气变得异常闷热，与法水相处甚久的两个人，也感觉到事件终于到了可以解决的阶段。

熊城似乎有些恐惧，脸朝前倾，直直地注视着法水：“那么，请你直截了当地指出黑死馆的怪物吧！你所说的犹太人到底是谁？”

“轻骑兵尼古拉斯·布勒埃。”法水说出一个出乎意料的名字，“这男人接近古斯塔夫·阿道夫的方式是，国王进入兰登休塔德城的时候，在犹太窟门旁边遇到雷鸣，国王的坐骑受到惊吓而狂奔，他便上前控制住了马匹。支仓，我希望你多了解一下布勒埃英勇善战的事迹。”法水把刚才检察官翻看的哈德的《古斯塔夫·阿道夫》拿起来，手指着吕岑会战的尾声部分。

检察官与熊城的脸上不约而同地闪过惊愕。检察官发出呻吟声，嘴里的香烟无意识地掉落在地上。

——战斗打了九个小时，瑞典军死伤三千人，联军剩下的七千人溃败逃跑。黑夜阻碍了敌人的追击，于是伤员们当晚在空地上过夜。拂晓时分，一场冰霜突降，没法逃走的伤员全部冻死。就在前一天夜里，布勒埃跟着奥赫姆上校巡视战斗中最为激烈的四风车地区，途中，他说出了自己将要狙击的对象，那就是贝托尔德·瓦尔斯坦伯爵、佛尔达公爵兼大修道院院长巴亨海姆……

读到这里，熊城仿佛被什么打了一巴掌似的将身体缩回，一时哑口无言。检察官也是一言不发，过了好一会儿，才以细微到几乎听不清的声音接着往下读……

“迪特利西斯坦公爵丹尼伯格、阿玛第公爵司令官赛雷那，还有佛莱贝希的法官雷维斯……”检察官咽了一口唾液，用浑浊的眼睛望着法水，“法水，这里的妖怪庭院到底是什么情况，请你说明一下。我完全不明白这些角色的意义，吕岑会战为何会引起黑死馆的命案呢？也许是我庸人自扰，在我看来，名字没有出现在这里的旗太郎和克利瓦夫，这两人之中必定有一个人是凶手。”

“对，那是恶魔般的玩笑，越思索越令人战栗。最重要的一点，导演这场空前精彩的剧情的人绝不是凶手。也就是说，演出的情节其实就是五芒星咒文本身。就好比吕岑会战中轻骑兵布勒埃同他的暗杀指示者——魔法炼金术师欧吉里攸的关系。若挪到这桩事件里，便是公式‘凶手＋X’。”

法水把这妖术般的巧合延后到事件解决后才进行解释，他的两眼发出锐利的光芒，直指黑死馆中隐藏的恶魔：“不过，在清楚布勒埃是欧吉里攸指派的刺客后，我认为有必要说明布勒埃自身的情况。他暗杀了反对旧教徒并宽容犹太人的古斯塔夫，使他背叛了新教徒的恩惠，也背叛了他自己的种族，那是一种双重背叛。尽管哈德在史书上没有明确的记载，但是普鲁士腓特烈二世的传记作者达瓦却揭示了布勒埃的真实面目。他其实出生于布洛克，是波兰籍的犹太人，最初的名字是鲁利埃·克罗夫马克·克利瓦夫。”

一切似乎在这个瞬间完全静止。终于揭下了凶手的面具，这预示着这出疯狂的戏剧快要宣告结束。法水经常使用的具有美感的调查方法，也在此利用初期火术的宗教战争，装饰出极端华丽的结局。

可检察官依然半信半疑，没去捡掉落在地上的香烟，只是茫然地注视着法水的面孔。法水面带微笑，翻开哈德的史书，翻到某一页递给了检察官。

在古斯塔夫王死后，魏玛大公威廉·恩斯特的步兵先锋在霍耶斯韦达露面，他对西雷吉亚（Silesia）的野心才昭然若揭。

“支仓，魏玛大公威廉·恩斯特其实是一个具有讽刺性的怪物。但是，在我的破城锤面前，克利瓦夫所建造的壁垒障碍，绝不是难以攻破的。”

此时，阳光照射在法水背后《伦敦大火图》中的黑烟上，发生了反射效果，犹如鲜红的火焰笼罩在法水头上。他正对放在砧板之上的克利瓦夫进行深入解析：“一开始我从风俗和人种学的理论来观察克利瓦夫。当然，还用不上以色列种族学或者张伯伦[1]的著作，仅凭红色的头发、脸上的雀斑，还有鼻梁的形状等，就能看出亚摩利犹太人（与欧洲人最接近的犹太人类型）的全部明显特征。而且，让人更加确定的是犹太人恢复犹太王国的特有信条。该形状的标识

[1] 张伯伦（Houstou Stewart Chamberlain，1855—1927）：德裔英国政治评论家、传记作家、种族主义者。

经常被犹太人使用在袖扣或领巾上，而克利瓦夫则是将‘大卫之盾’的六角形✡，转化为六瓣都铎玫瑰胸饰。”

“可是，你的论调有些不清不楚，”检察官不服气，提出异议，“我感觉自己像在观赏稀有的昆虫标本，但我最希望的还是你能详细说明克利瓦夫个人的情况。我希望能从你的描述中听到那女人的心跳、闻到她芬芳的呼吸。”

“那是《白桦森林》。”法水冷淡地说出曾在那三位外国人面前说过的莫名其妙的话语，似乎又想炫耀其技巧。

“首先，请你们回忆一下那张启示图。你们应该记得，克利瓦夫夫人的双眼被面纱遮住。按照我对那张图的解读，它显示出一种特异体质，它所描绘的尸体的模样应该是克利瓦夫夫人最容易出现的症状。支仓，所谓‘被蒙上眼睛杀害’，其实就是脊髓痨的症状。而且，该病症的潜伏期比较久，初期的症状非常不明显，有的会持续十几年。其中最为显著的表现应该是洛姆伯格症候群，就是蒙住双眼或者周围的环境突然变黑时，身体会立即失去重心，步履踉跄。

“那天半夜发生在走廊上的正是这样的情形。克利瓦夫夫人前往丹尼伯格夫人的房间时，从打开的隔间门走进前面的走廊。走廊两边的墙壁上有长方形壁龛，里面放有壁灯，为了避免自己的脸被人看到，她关闭了隔间门旁边的电灯开关。在光明突然消失，陷入黑暗的那一瞬间，她的身体肯定产生了洛姆伯格症候群，当然这可能是她自己从未留意过的。接连几次身体踉跄，使墙壁上长方形壁龛里的壁灯残像在她的视网膜上产生重叠的影像。

“讲到这里，支仓，我应该没有再重复的必要了吧？等克利瓦夫夫人终于站稳身体时，她眼前扩散的黑暗中会出现些什么呢？那无数盏壁灯的残像就是霍凯诗中恐怖的白桦森林。并且克利瓦夫夫人自己也是如此诉说的。”

“开什么玩笑，你的意思是你能听到那女人的腹语吗？我不这样认为。”熊城疲乏地丢掉香烟，心中的幻想破灭了。

法水无声地笑了，说道：“熊城，那时我可能真的没听到什么，因为，我一直专注地盯着克利瓦夫夫人的双手。”

“什么，那女人的手？”这回是检察官震惊地开口，“我记得曾在寂光庵[1]听说过，好像是关于佛像的三十二相或是密宗的礼法规矩……”

“不，虽然都是雕刻的手，我这里指的是出现在罗丹《大教堂》里的手。”

法水仍然是一副正经的样子，又轻巧地抛出一段离奇的话语：“当我说出‘白桦森林’时，克利瓦夫夫人双手轻柔地合放在桌面上，那虽然称不上密宗的净三叶手印，至少也跟罗丹《大教堂》里的手部动作很接近。尤其是右手无名指呈现出弯曲的形状，透露出她非常不安。于是我一直观察着她，想看她的心理会发生何种变化，随即我便在心中奏响了凯歌。因为，当赛雷那夫人说出‘白桦森林’时，她的双手丝毫未动，尔后在我紧接着说出‘他并非做梦，但不知道该怎么说’，显示出‘那男人’的意义时，克利瓦夫夫人那只不安的无名指，不可思议地产生了奇异的颤动，同时她的态度突然转变并开始大叫。我估计，当时一定是发生了几个矛盾相互撞击的情况，她无法运用法则进行克制，于是才失控吧！如果不是从紧张的状态下获得解放，她为何不将当时激动的心情表露出来呢？”

说到这里，法水停下了脚步，他打开窗户的锁扣，让弥漫在房间里的烟雾轻轻飘出去之后，继续说道：“然而，普通人和神经异常者，由末梢神经导致的心理表现有时会产生完全相反的情形。比如歇斯底里症患者在发作时，如果放任不管，该患者的四肢会肆意

[1] 寂光庵：出自小栗虫太郎的短篇《梦殿杀人事件》。

伸展；但如果把注意力放在某一部分上，那该部分的动作将会完全停止。就是说，克利瓦夫夫人身上出现的正好是相反的情形，这大概是因为那女人在努力避免行为暴露出内心的惶恐吧！

“因为我说了‘他并非做梦，但不知道该怎么说’这句话，她的紧张情绪得以解放。将被压抑的东西释放出来后，她把注意力集中在自己手上的可能性也就产生了，于是她才会在右手的无名指上泄露出内心的不安，因而无名指出现了难以理解的颤动。支仓，那女人在用自己的一根手指进行自白啊！展现了那片在黑暗中才能显现的白桦森林。也可以说，有关‘白桦森林——他并非做梦，但不知道该怎么说’的下降曲线，已经完全描绘出克利瓦夫夫人的心相。

“支仓，你那时说过‘别再搞那些文艺诗人般的一唱一和’。然而事实上，那并非游戏，而是对闵斯特伯格这个心理学家，不，是对哈佛大学的心理实验教室做出的反驳。对于冷血的犯罪者而言，使用那些夸张的电子仪器或者记录仪可能没什么效果。更何况，还存在像生理学家韦伯那样能自己停止心跳，像凡达纳那样能任意收缩虹膜的人物，可以说机械性的心理实验毫无意义可言。不过，为了促使她动动手指，我还是再次找出一句诗文，让她借着诗句说谎，将凶手的心像暴露无遗。”

“借着诗句说谎，是什么意思？”熊城用力地咽下一口唾液。

法水耸了下肩膀，弹掉烟灰。他的说明具有如此充分的力量，让人感觉这桩惨剧至此应该可以画上句号了。他首先指出犹太人特有的用以自卫的说谎习惯，从最初的《米西尼·特勒经典》（十四卷犹太教义典籍）中的以色列王扫罗之女米甲（注）开始，逐渐转至现代，到了犹太街内组织的长老聚会[1]。最后，法水得出论断，

[1] 长老聚会：一个长老组织，目的是为了庇护同族的罪犯，帮忙毁灭证据或互相掩饰谎言。

认为这是具有民族性的习惯，这种习惯也暴露了同风精之间的密切联系。

（注）以色列王扫罗的女儿米甲得知父亲要杀死自己的丈夫大卫，于是使用计谋让他逃走。等到事情败露时，她撒谎道：“大卫说，如果我不让他走，他就会杀了我，我很害怕，才让他逃走了。”结果，扫罗女儿的罪过得到赦免。

“正因如此，在犹太人看来，这不过是一种宗教性的默许，就是说，容许为了自卫而说谎。我当然不会因此就要对克利瓦夫夫人严惩不贷，我根本看不起所谓的统计数字。重点在于，那女人虚构了一个故事，事实上她的卧室并没有被人入侵。这一点绝对可以肯定。”

“什么！那是个谎言？”检察官挑起眉毛大声叫道，“你又是如何断定的？又是在某场宗教会议中知道的吗？”

“不必如此大惊小怪吧？”法水加重了语气做出回应，“法律心理学家史特伦著有一本《供述心理学》，其中有一段是布莱斯洛大学教授告诫预审法官时说的话：‘请注意讯问中所使用的每一个字或词语，因为，智慧型的罪犯能在现场从你的话中挑出必要的字，综合成一段谎言。’所以，当时我想反向利用分子性的联想力和结合力，尝试询问雷维斯风精的相关情况。因为我发现，在图书室里，波普、法尔凯、雷诺等人的诗集有近期被人阅读过的痕迹，而波普的《劫发记》中记述了如何虚构风精的故事。当然，我所探求的是凶手的天赋，搜集了对风精的印象再与虚幻世界进行对比，因为我认定那位疯狂的诗人不会只满足于描绘一个回忆的画面。结果呢，在我硬生生地咽下一口唾液之后，终于在阴险又残酷的克利瓦夫夫人的陈述中，找到了凶手的身影。”

法水似乎回想起当时的亢奋，脸上泛出疲惫之色。不过，他还在继续陈述，借用对《劫发记》里一段文章的解析，试图指证克利瓦夫夫人就是凶手。

“实际上答案非常简单。《劫发记》第二节风精手下的那四个小妖精：第一个是 Crispissa，是梳头发的妖精，即所谓的绑住克利瓦夫夫人头发的奇怪男人；第二个是 Zephyretta，就是轻轻吹风的妖精，代表那个男人离开时走到房门；第三个是 Momentilla，是指在不停地移动的妖精，相当于夫人醒来想看枕边的时钟；最后的 Brilliante，是发光的妖精，正好对应克利瓦夫夫人形容奇怪的男人有着如珍珠般发亮的眼睛。此外，还存在另一种解读，要知道所谓的珍珠，恰好是古语中形容白内障的词语，那么最大的可能便是暗示押钟津多子夫人，要知道她离开舞台正是因为右眼患了白内障。不过，无论如何，就结论来看，都足以使克利瓦夫夫人的心像变得更加明晰。可以说，以上四个已知条件，都指向了某一点。这便是夫人所特有的病理表现——脊髓痨的症状。当时，克利瓦夫夫人描述她胸口的睡衣有被人拉住的感觉，考虑到她的病症所特有的轮状感觉（胸部有被轮状物体缠绕的感觉），可以怀疑她这种装饰性的叙述是凭借日常经验中的感觉，才会有如此真切的形容。而我也确信这就是她堆砌谎言的基本定数。”

熊城抽着烟凝神思考了一会儿，他用饱含着责怪的眼神望向法水，却用难得的平静语气说道：“原来如此，我总算理解你的观点了。但是我们需要的是完全的刑法意义，就算只有一个也好。也就是说，重点并不在于天狼星的最大视差，而是组成物质的实质性内容。说得再明白一点，希望你能解析明白每一个犯罪现象。”

“那么……”法水从抽屉里拿出一张照片（见下图），“我就出示最后的王牌吧！这是共鸣钟室顶上的十二宫华丽的圆窗的照片，同时我也注意到，它与棺材上的十字架一样，都是设计者克劳特·戴克斯比留下的神秘暗号。如果按照常理，圆的中心应该是春分点的白羊宫，这里却被摩羯宫取代。而且依我看来，交错纵横的空隙，不仅对共鸣钟的余响起到缓和的作用，应该还具有别的意义。

“不过，熊城，黄道十二宫原本就是迷信的产物，所以文字暗号并不是最重要的，当然也无法给我们提供发现关键点的资料。虽然我不是兰吉[1]，却也认为解读专家的金科玉律，就是‘假设’这个惯用语。虽然♍（处女座）或♌（狮子座）之类的符号是黄道十二宫所特有的，但相符的解释却是在犹太释义法中被找到的。据描述，一八八一年犹太人被屠杀之际，波兰格勒吉克镇的犹太人曾用光线照射黄道十二宫，以告知邻镇情况危急。

“另外，在布克史托夫[2]的《希伯来语略解》中，使用了Athbash法、Albam法、Atbakh法[3]，以及有关天文算数的数理释义的方法。古代的天文学家也曾用希伯来字母代替狮子座的大镰刀或处女座的Y字形，均有记录可查。当然，有些也成为当代英文字母的起源。只是，如果从整个黄道十二宫的角度考虑，会发现有四个形体记号并未被记录。于是，在我面前出现了出乎意料的障碍。

“但如果回溯历史上的犹太记号秘法，会意外地在十六世纪的

---

[1] 兰吉：与马克贝斯、基维尔修等人并称的暗号解析专家。

[2] 约翰·布克史托夫（1599—1664）：瑞士巴塞尔人，同其儿子都是伟大的希伯来学者。

[3] Athbash法：以希伯来字母的最后一个字母代替第一个字母，倒数第二个代替第二个，以此类推的记号方法。Albam法：将希伯来字母区分为两部分，以后半部第一个字母代替前半部第一个字母，两部分字母互换。Atbakh法：将各个字母依其数位的顺序互换的方法。

犹太工会组织以及共济会[1]暗号的方法中找到对其欠缺部分的补充。熊城，令人吃惊的一点出现了，犹太记号秘法的历史竟然全部被这黄道十二宫所包括。这样的话，克劳特·戴克斯比——这位谜一般的人物，无疑是出生于威尔斯的犹太人。那么，这桩事件涉及的明暗两面的世界里，就出现了两个犹太人。”

接着，法水将每个星座的形状和希伯来字母进行对比，开始进行解读十二宫的工作。射手座的弓是，天蝎座是，处女座的Y字形是，狮子座的大镰刀是，双子座的双胞胎为，金牛座的主星必宿五的希伯来名为“神眼”，其首字母是ℵ，双鱼座是迦勒底象形文字鱼形的语源，最后的水瓶座的形状是。然后把这八个希伯来字母，改为以其为语源发展而成的现代英文字母（顺序如下），也就是S，L，Aa，I，H，A，N，T。黄道十二宫里剩下的四个星座摩羯座、天秤座、巨蟹座、白羊座，法水在里面填上了共济会字母（见下图）。

由此可知，摩羯座的L形对应B，天秤座的□形对应D，巨蟹座的⊡形对应R，白羊座的⊓形对应E。之后，法水还利用犹太共济会暗号的另一种交错线方法[2]，从摩羯宫的B开始，沿着线条状的

[1] 共济会：虽然这个名称人尽皆知，但此结社的本质为秘密会议，从其美生教堂的地板上绘有“大卫之盾”的图案，并且是尺和罗盘上的记号的母体，以及装饰死亡通知栏的八星形皆用于教堂的彩色玻璃上，可知它绝对是犹太人的团体组织。

[2] 此种方法在雅典战术家耶尼亚斯所著的*Poliorcetes*第三十一章中有记载。在方格纸上任意排列字母，传给己方阵营。通讯内容是曲折交错连线的字母。

空隙前进，一步一步消除混乱，最终整理出正确的字母排列。

检察官和熊城都仿佛在迷宫那一端的黑暗中见到一线光明，而他们都相信这一线光明一定能将犯罪事实里十几项不合理的现象彻底解释清楚。从法水令人震惊的解析看来，黑死馆这一系列的杀人事件终于要落幕了。因为，字母排列的解答为 Behind stairs，也就是“在楼梯后面”。

解析结束，法水沉静地说：“我尝试思索‘在楼梯后面’这几个字的含义，然而，几乎没有怀疑的余地，楼梯后面只有德蕾丝玩偶所在的房间和相邻的小房间而已。所以，答案应该是‘大时代的秘密建筑’——密道、暗门。

“哈哈哈！看来，戴克斯比留下黄道十二宫记号，并没有什么重要意义。现在我们赶紧前往黑死馆，好好找一下克利瓦夫夫人的杀人证据吧！”法水在烟灰缸里熄灭了香烟。

检察官的脸绯红得如少女一般，对法水说道：“啊！今天的你就是罗巴切夫斯基（非欧几何学的创始者），因为你最终计算出了天狼星的最大视差。”

“要说功劳，那是属于施尼茨勒[1]的，”法水表现出如戏剧般夸张的态度，“不在场证明、搜证、检测……这些维也纳第四学派以后的调查法，已经毫无意义了。重点在于心理分析，在于发现凶手神经病性质的天性，以及将其虚妄的世界当作心像进行观察。调查是在这两个要点的基础上进行的。支仓，心理现象就如同一个国度，非常广阔，‘既混沌又存在些许人为的痕迹’。”

他即兴吟咏出施尼茨勒的诗句，大大地打了个呵欠，站起身来说：“熊城，现在该去掀起最后一幕的帷幔了。那么，接下来就应该是我的加冕仪式了！”

---

[1] 施尼茨勒（Arthur Schnitzler，1862—1931）：澳大利亚剧作家。

这时，意外的喝彩声不合时宜地出现——电话铃声忽然响起，几秒钟之后，事态急转直下。法水之前把克利瓦夫夫人指证为凶手的超强解析，在这场持续深陷的恐怖悲剧面前，瞬时变成一场虚妄的闹剧！

法水默默地放回话筒，用惨白的面孔面对那两人，接着以不可名状的悲痛语气开口："我不是施莱尔马赫[1]，却在全力以赴地追逐痛苦，鲜血淋漓地演出着闹剧！这次，被狙击的人是克利瓦夫夫人。"

法水的眼神逐渐变得空洞，他沉默地凝视着那幅阳光变得昏暗的《伦敦大火图》，其模样就像目睹自己亲手堆砌的雄伟知识高塔，轻易崩溃倒塌的惨状。

法水遭遇的这种历史性溃败，才真正是调查史上前所未有的宏伟奇观！

---

[1] 施莱尔马赫（Friedrich Ernst Daniel Schleiermacher，1786—1834）：德国神学家、哲学家。

二、飘浮在半空中……遇害

在法水尝试把黑死馆的死亡事件，归结为克利瓦夫夫人炮制的“犹太人大屠杀”，并详细解读黄道十二宫记号的时候，在便衣刑警的层层包围下，凶手不知用何种方式潜入黑死馆内，再次制造了罕见的如幻术般的杀人事件。

时间是两点四十分，这一次的受害者——克利瓦夫夫人在面朝前院的主建筑物中央，也就是位于尖塔正下方的二楼武器室内，坐在窗边的石桌旁，沐浴在午后的阳光中阅读的时候，突然被某人从身后用原本作为装饰物的芬兰火箭弩射中。尽管箭只是擦过她的头部，然而强大的推进力却瞬间将她吊至半空中，并直接击中前面的房门，她如同毽子般被抛出窗外。同时鬼箭的刺叉牢牢地陷入门框，她的头发被箭翎死死缠住难以分开，于是克利瓦夫夫人的身体便被那支箭弩吊在半空中，并且似陀螺般不停地旋转。

这完全就是在实现了丹尼伯格夫人、易介死亡预言之后，继续演绎的如童话般的血腥故事。

凶手使用那神秘莫测的妖术力量，如操控玩偶般捉弄克利瓦夫夫人，再次上演了同样绚烂多彩、超越法理和官能的神话剧情。若看到克利瓦夫夫人的红发在明亮的阳光中不停打转的情景，谁都会觉得像极了火焰陀螺，也像狂暴的戈尔贡（希腊神话中蛇发女妖三姐妹）的头发般凄厉恐怖。如果当时不是克利瓦夫夫人用一只手拼命抓住窗框，也许不一会儿箭翎就会折断、箭镞脱落，她会直接从

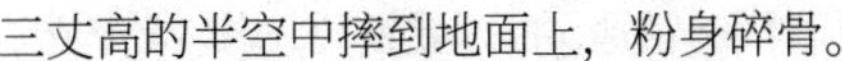

三丈高的半空中摔到地面上，粉身碎骨。

在克利瓦夫夫人的惨叫声惊动众人后，她立即被救下，但她的头发几乎全部从头皮被扯落，发根渗出的鲜红的血在她昏迷不醒的脸上流淌着，已经看不出她原来的容貌。

惨剧发生之后大概三十五分钟，法水一行人到达黑死馆。法水立刻前去探望克利瓦夫夫人。在医师的帮助下她已经恢复意识，所以大家才能听到上述有关事情发生的经过的描述。但是，比之前的叙述更为完善、更为真切的真相，依然掌握在隐藏于看不清的彼岸的凶手那里。据她所说，当时她面向窗户，背对着房门，自然无法知道背后的情况和凶手的长相。并且，进入该房间必经的左右走廊的转角处，都各有一位便衣刑警进行监视，然而当值的刑警却都表示没有看到任何人出入。也就是说，该房间几乎就是密室，就算有那种具有可疑形体的生物存在，也绝不可能避开刑警的视线自由进出该房间。

法水在讯问结束后走出了克利瓦夫夫人的病房，前去调查出事的武器室。

从正面看，武器室正好位于主建筑物的正中央，两边各是一条凸出的回廊，将它夹在中间，房中的两扇玻璃窗有别于其他窗户，是十八世纪末期的那种上下层样式。此外，屋里也采用了叠石设计，用北方那种哥特式玄武岩铺砌而成，四周堆砌的是大小约一人合抱的方石，形成一种昏暗、粗犷、隐晦的与狄奥多里克王朝类似的建筑风格。室内除了那些陈列品，便是巨大的石桌，还有一张没有头枕的高靠背椅。并且，装饰于四周墙壁上的各个时代的武器，让低沉的气氛变得更加沉闷。

尽管没有上古时代的物件，但有用于莫加顿战役期间的小型放射式抛石器、屯田军经常用到的攻城梯、与中国元朝火攻器械相似的较大型的机器，还有手控鞍形盾及其他十二三种盾牌，还包括迪奥德西乌斯铁鞭、来自阿拉贡时代的铁锤、日耳曼链锤、诺尔曼长枪，以及各种十六世纪的长枪和长短不一直叉混杂的十几种枪戟。此外，还有步兵用的战斧，各个年代的西洋剑，甚至还有勃艮第镰刀、萨巴根剑等难得一见的武器。并且，四处还陈列着纳沙泰尔式盔甲和马克西米连式、法尔尼斯式、巴亚尔式等中世纪的盔甲。也有枪炮，不过只有两三种，还是年代较早的手炮。

不过，法水在观看这些陈列品时，定然后悔没有将那本珍藏的《古代兵器书》带来。他一会儿叹气，一会儿眯着双眼仔细观察各种雕刻或纹路，说明他被这些武器随时代不同而产生的魅力深深吸引，以至于暂时忘记了自己的身份。

然而，围着房间绕了一圈后，他站在装饰了水牛角与海豹的北方海盗样式的盔甲前，他从侧面墙壁上不协调的部分移回视线，弯下腰从地板上捡起一把火箭弩（见右图）。

那是一把大概三尺长的芬兰火箭弩，它能够发射出携带火药的鬼箭进入敌营，发挥出杀伤和烧毁的威力，是相当可怕的武器。其构造就是将弓上的绞索箭弦拉至中央把手，在发射时横倒把手。与火炮诞生初期的上卷式构造相比，此构造未免显得十分幼稚，估计是十三世纪的东西。但从这具火箭弩射出的鬼箭，却扮演了掌控克利瓦夫夫人生死的角色。

可是，墙上所挂的这具火器的高度却正好在法水胸部下方的位置。这时，熊城把放在石桌上的鬼箭拿来查看，发现它的箭柄大约有两厘米，箭镞是四叉形状的青铜制品，箭翎是由鹳鸟的羽毛制成，看样子就极具强韧凶悍之气。所以它有足够的力道将克利瓦夫夫人吊在半空中飞行前进，也就不足为奇了。不仅如此，箭弩和箭矢上都没有发现手指触碰的痕迹，但是像熊城所怀疑的——箭矢是自然射出的这样的状况，也是绝不可能发生的。因为在此事发生之前，这具火箭弩连同箭和箭镞都是挂在朝向窗户的墙壁上，而想要操作它，女性很难实现。

熊城用手指从半开的百叶窗拟画出一条直线，延伸到墙面，说道：“法水，你看，高度正好相符。只是，到百叶窗的角度却至少相差了二十五度。如果自然射出确实因为某种原因发生，那么其路径必然与墙面平行，然后撞上角落里的骑马盔甲。我想，凶手必定是采用蹲着的姿态拉弓。”

“可是凶手竟然没有射中目标，这太不可思议了！”法水神情黯然地咬着指甲，喃喃低语，“首先，射击距离很近，箭弩有准星可以瞄准。并且，克利瓦夫夫人当时是背朝着门，头部从椅背完全露出，狙击她的头应当比威廉·退尔[1]用虫针刺中苹果还要容易一些。”

“法水，你有什么看法呢？”检察官询问法水。他之前一直怀有某种希望，在叠石上踱着步，尽力想找出什么漏洞，然而还是一无所获地走了回来。

这时，法水走到窗边，突然指着窗外的喷泉说道：“问题就出在这个惊骇喷泉上。虽然它产生于巴洛克时代流行的一种恶劣嗜好，其原理却是利用了水压装置，一旦有人接近，并达到一定的距离范围，两旁的雕像就会喷出水烟。仔细观察那扇玻璃窗，还能看出鲜明的水沫痕迹，可以判断近期肯定有人接近过喷泉，导致水烟喷出留下痕迹。当然，如果只是这样也没什么奇怪的。问题在于，今天的天气连一丝轻风都没有，水沫为何会出现在这里呢？支仓，这的确是一个很有趣的问题。”

法水的脸上瞬间蒙上一层阴影，敏感地眨着眼睛说：“如果按

[1] 威廉·退尔（William Tell）：瑞典传说中箭术高超的英雄人物。

照莱比锡派的说法，就是所谓的‘今日的犯罪状况极其简单’。就是说，某人像妖怪一样神秘地潜入，偷袭了那位犹太老女人，在没有射中她的后脑勺之时，自己就匆忙消失。当然，凶手的潜入虽然令人费解，那句 Behind stairs（在楼梯后面）仍旧令人心怀希望。如果我的预感没有偏差，应该可以顺利解决目前的现象，但是从今天发生的状况来看，这一系列的事件会更加混乱。那水烟现象……如果说得神秘一些，可以是‘水精取代了火精，并射偏’。”

“你是不是又要提出哈茨山[1]的神怪传说？你非要这样叙述吗？”检察官使劲咬住烟屁股，语气中带着责怪。

法水用指尖神经质地敲了敲窗框，说道：“当然，那位可爱又调皮的人物似乎企图无视启示图而展开行动。可以说，他是在把黑死馆杀人事件的基本信条玩弄于股掌之间。‘嘉莉包妲被倒立杀害’是以伸子陷入昏迷的形式出现。之后，‘欧莉卡被蒙上眼睛杀害’这一条，却以克利瓦夫夫人飘到半空中差一点遇害的形式出现。当时惊骇喷泉喷出水烟，并在一双看不见的手的指引下飘进这扇窗户。支仓，你知道吗？那便是所谓的恶魔学。不然，怎么会出现如此病态并且如公式般的巧合？”

这件事里的层层迷雾确实变化多端、难以捉摸，检察官把它们一一记入充满疑问的备忘录。在法水清晰明了的观点的指引下，化为奇异暗影的如瘴气般的怪物蠢蠢欲动，让人感觉到这远比事件本身的犯罪现象更加令人惊骇。

此时房门被打开，在便衣刑警的陪同下，赛雷那夫人与雷维斯进来了。刚进门时看起来还很温和的赛雷那夫人，在瞥见法水三人沉闷的样子后，立刻单手撑在石桌上，连一句寒暄也没有，气呼呼地说道：“哼！你们还在悠闲地聚会呢。法水先生，请你立刻调查

[1] 哈茨山（Harz Mountains）：位于德国中北部，传说是巫婆的聚集地。

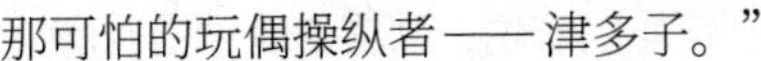

那可怕的玩偶操纵者——津多子。”

“什么！押钟津多子？”法水的语气有点惊讶，“那么，在你看来，她是意图杀害你们几个人的凶手？事实上，如果她企图对你们行凶，这中间隔着的一层壁垒是无法突破的。”

雷维斯随即打断了法水的话，他依然搓揉着双手，以迟缓又不失温柔的语气开口说道：“不过，法水先生，所谓的壁垒只构筑在我们内心……或许你早已知晓，那个女人有丈夫，也有自己的家庭，却在大约一个月前就一直留在这里。她选择远离自己的家而待在这里的原因是什么呢？这也许只是我稚气的想象……”

法水似乎一开口就想压制住对方：“没错，重点就在于稚气。人的一生之中，往往在孩童时期最具虐待性。”

这是对雷维斯毫无保留的讽刺。他接着说：“雷维斯先生，我曾问过你雷瑙《秋之心》里的‘蔷薇的确存在，周围的鸟啼声消失’，现在，我要提醒你的是，下一个被杀的人将会是你。”

这似乎是法水的预言，但其中也隐藏着他惯常的反讽。

雷维斯脸上闪现过一丝反射性的苦闷。他苦涩地咽下一口唾液，随即恢复之前的神色，回答道：“无论狙击目标是谁都一样，总之无缘无故地靠近比名正言顺地胁迫更令人感到恐怖。只是，让我们如此戒备，将卧室房门紧紧锁上的原因，绝不是最近才出现的。因为这里早已发生过与神意审判会那天类似的事情。”

雷维斯表情紧张，仿佛和几秒钟前还与法水演出默剧的人完全不同，开始讲述道：“博士死后没多久，大概是去年五月初。那晚，我们都在礼拜堂练习海顿的G大调四重奏，练习进行到中间部分时，葛蕾蒂小姐突然发出一声轻叫，同时弦弓从右手滑落到地上，左手也渐渐无力地垂下。她的视线一直盯着房门的方向。当然，我们三人也随即中止演奏。葛蕾蒂小姐用左手倒拿着提琴，指着房门的方向，口中叫着：‘津多子夫人！刚才是谁在那边？’果不其然，津多子的身影从门外显现，但她露出奇怪的表情，回答道：‘没有啊，什么人也没有。’我们追问葛蕾蒂小姐到底发现了什么，你猜她说了什么？她用恐惧万分的声音大叫道：‘不，是算哲博士站在那里。’”

雷维斯全身无力，惊恐地讲述着这件事，手臂被旁边恐惧万分、全身紧绷的赛雷那夫人抓得死死的。雷维斯爱怜地扶住她的肩膀，带着嘲笑的意味望着法水，他的眼神似乎在说法水根本不明白秘密的深奥。他接着说：“当然，我们相信神意审判会的出现是对那个问题的解答。我们原本都不相信所谓的神灵主义，也认为某种玄秘巧合的出现，必定跟某些传统的公式密不可分。法水先生，你应该能察觉到，你所寻找的玫瑰骑士两次都与奇妙的神秘异象相符，那么毫无疑问，这个人当然就是津多子了。”

法水一直默然地看着地面，但他似乎已然预知了某件事情发生的可能性，发出无力的叹息声。

“不管怎样，我们会安排人手严密守护在你们周围。还有，对于再次询问你有关《秋之心》的事，我真诚地表示歉意。”

法水的话让旁边的人一头雾水，他将问题又拉回此次事件上：“对了，今天事件发生的时候，你们都在什么地方？”

“我当时正在房间里给乔康达（圣伯纳犬的名字）洗澡，”赛雷那夫人不假思索地说道，之后把头偏向雷维斯，“奥托卡尔先生（雷维斯的名字）大概在惊骇喷泉附近吧。”

雷维斯的脸上浮现出强烈的狼狈，他很不自然地笑出声，说道：“嘉莉包妲小姐，如果箭镞和箭翎的方向相反，箭弩的弓弦应该会断掉吧！”

接着，两人义正词严地抨击了津多子的各种行为之后，才走出房间。

两人离开后，便衣刑警进屋，汇报旗太郎等人的不在场证明。根据调查，事件发生时，旗太郎和久我镇子在图书室，恢复意识的

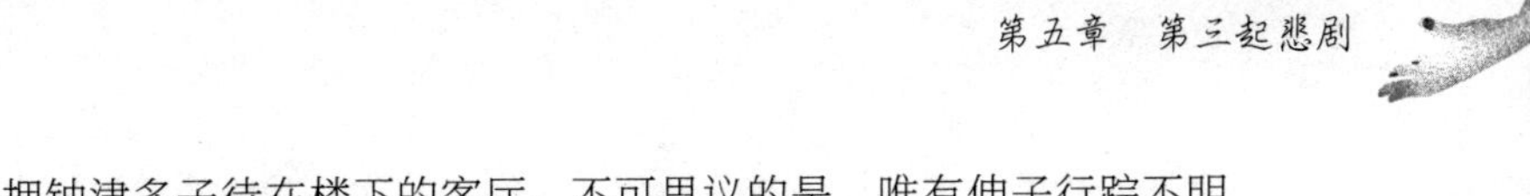

押钟津多子待在楼下的客厅。不可思议的是，唯有伸子行踪不明，没有人能为她做证。

听完刑警的调查汇报，法水的表情有些复杂，今天第三次语出惊人："支仓，我觉得雷维斯那慷慨陈词的模样里交织着固执，他的心理实在有些复杂，或许带有某种庇护他人的骑士精神，也许那种精神的纠缠程度已经深刻到让他跨越了疯狂的界限。然而我更担心的却是他出现在运尸车上的样子。"

法水对雷维斯看似毫无异常的举止做了一番奇怪的解释之后，将视线转移到喷泉的雕像上。他收回准备拿出来的香烟，说道："接下来，该去看看惊骇喷泉了！我不认为雷维斯是凶手，然而今天事件的主角一定是他。"

位于惊骇喷泉上方的是黄铜材质的帕纳塞斯群像，水盘四周设置了踏脚石，每当有人踩在石头上，雕像头上就会喷出四道不同方向的水柱，大约十秒钟。踏脚石上留下的带有溶霜泥土的鞋印鲜明可见，从鞋印的路线可知雷维斯是循着复杂的路线行进的，并且每个踏脚石只踩踏过一次。就是说，他是从主建筑物出发，先踩上正面的踏脚石，接着是对面的那块，然后是右边的踏脚石，最后才是左边的。可是，他采用这样复杂至极的行进路线究竟有何意义，法水当时也无从判断。

然后他们回到主建筑，法水进入前天作为讯问室的那个房间，也就是并未开放的丹尼伯格夫人死亡的地方。他们首先传唤了伸子。在等待她到来的时候，法水的注意力不知何故，完全被几十年里多次锁上又开启的这个房间里数次目睹流血事件的那张床给吸引了。或许是因为他有某种奇特的预感吧。

他从帷幔外面探头观察，却不自觉地愣住了，他完全被上次没有出现过的奇妙的冲动所侵袭。因为没有了尸体的存在，这块被帷幔环绕的区域里洋溢着异常生动的气息。或许是因为没了尸体，整个区域的构图也发生了改变，角与角、线条与线条之间的交错显得更为纯粹，因此才会对心理产生明显的影响。

但是，实际的情形还是有一些差异的，虽然空气依旧冰冷，却仿佛接触了活鱼的皮肤一般，能依稀听见轻微悸动的声音。也就是说，一股不可思议的能够操控生物体的神秘力量，生动地充盈着。之后，检察官与熊城进入房间，法水的幻想随即消失无踪。他认为这是室内构图产生的影响。

这是法水第一次如此仔细地观察这张床铺。

床铺由四根柱子支撑住顶盖，柱子上有雕成松球形的顶花，下方是十五世纪威尼斯的三十桅杆楼船的浮雕，上面有明显的刀痕。船头的中央是逆风展翅的无头布兰登堡鹰鹫。乍看之下像是史书模样的奇妙组合，便是这桃花心木床的构图。

当法水终于将视线从浮雕的断颈鹰鹫上移开时，门把手那边传来转动的轻微声音，纸谷伸子进入房间。

·第六章·

埋葬算哲之夜

一、那只候鸟……彩虹被分成两半

纸谷伸子登场了。这算是此次事件最高潮的部分，也是妖异世界与人类世界的最后一道界线。因为在筛选完事件中最后一位人物克利瓦夫夫人之后，伸子是最后唯一的希望。而且，她先前在共鸣钟室事件中所扮演的角色，就已经突破了模糊的人类范畴，而是一种诡异的无法按常理归纳的状态……换句话说，这是杀人凶手在具体的表现中所使用的有强烈象征性的面具。因此，这次会面将是法水衡量伸子的重要机会，如果在此毫无收获的话，最终可能将会由凶手为整个事件拉下暗黑凶恶的落幕帷幔。

重点其实在于这桩犯罪事件中贯穿始终的怪物，如果不能将它找出，使所有事件的经过集中起来，唯一有效的办法就是承认魔灵的超自然力量，那是连法水也无法防范的东西。所以，当伸子脸色苍白地出现在门后的时候，室内的空气立刻变得紧张，连法水自己也涌起一股莫名的神经性冲动，仿佛全身正在遭受冰冷指尖的抓挠一般。

伸子的年纪二十三四，脸部和身材看起来都很丰满，轮廓跟佛兰德斯画派[1]所描绘的女人极为相似，脸庞有着日本女性少有的立体阴影，显示出其内心的深沉。而令人印象最深刻的是她那双葡萄般

[1] 佛兰德斯画派（Flanders）：15世纪至17世纪，由以法兰多尔为中心而活跃的画家们组成的派系，具有忠于自然和表现激情的特色。

的黑色眼眸，散发出羚羊般机敏睿智的热情，而又隐藏了精神世界里不一般的病态光辉。她整个人看起来不像黑死馆里那些带有暗郁和优柔气质的人，但是，可能是因为经历了三天绝望和凄惨的挣扎，经受了痛苦和困惑的折磨，如今的她看起来憔悴得可怕。

她似乎连走路的气力都没有了，呼吸带着剧烈的喘息，锁骨同咽喉软骨不断起伏的动作，被座位上的三人看得一清二楚。她摇摇晃晃地来到前方坐下，双眼随即闭上，像是在让亢奋的情绪镇定下来，双臂紧紧抱在胸前，整个人一动不动。同时，她黑色的衣服脖颈处的白茅装饰图案，茅尾的部分仿佛一支磔刑枪对准了她的脖子。这种偶然形成的奇特构图，让中世纪的审判气氛愈发浓厚，并向包围在水松和方石之中的沉寂房间的四周弥漫开来。

在法水嘴唇微动想要开口询问时，可能是打算抢占先机，伸子先开口了："我来自白！毕竟当我被发现在共鸣钟室里昏迷不醒时，手中握有短刀。而且，易介被杀害的时刻和今天克利瓦夫夫人发生状况的时候，整个黑死馆里只有我没有不在场证明。哦不，从一开始，我的角色就被安排在了这桩事件的最后，就算这种无聊的问答持续下去，也改变不了什么。"

伸子停顿了一会儿，用力地做了几个深呼吸后，接着说："再加上我有特殊的精神障碍，时常会有歇斯底里症状出现。你们听说了吗？这也是久我镇子告知我的，据她所说，犯罪精神病学家克拉夫特·埃宾曾引用尼采的话，强调悖德性人格是天才所具有的。整个中世纪最为重要的人性特征，就是产生幻觉，即深刻的精神干扰能力。呵呵！情况就是这样的，所谓万事俱备，整个事件简单又明了，对于一再坚持自己不是凶手这件事，我已经不厌其烦。"

她嘴里发出的声音仿佛不是她自己的，有种自暴自弃的意味，同时又像赌气的孩子在示威，听者完全可以真切感受到她在绝望中挣扎的凄怆努力。在说完这一段话之后，她的脸上呈现出困倦之色，有种精疲力竭的感觉。

“你只要说出在共鸣钟室里见到的人是谁就行了。我认为现在还没有穿上丧服的必要。”法水的声音也变得柔和起来。

“虽然你这么说，可那人到底是谁呢？”伸子重复着这个问题，露出茫然的神情。但是接下来，她的样子却像是被某种暗藏的可怕意识猛烈地冲击了。

一向性急的熊城最先忍不住了，立即提到她在模糊状态下的亲笔签名（以格登堡事件为先例的潜意识下的签名），一脸严肃地要求伸子做出说明。

“你应该明白，我们想问的就是这点。就算我们希望你不是凶手，但如果最终的结论没有发生逆转，那也是无可奈何的事情。我的意思是，重点就是这两个，其他事情多问无益。对你而言，这可以说是人生中极为关键的时刻。请记住我所说的话，这具有重大的警示意义。”

熊城带着沉重的表情严词提醒之后，检察官接着补充道：“在我们看来，在那种情况下，就算是说谎成性的人也不能排除在外，因为那是精神健康的人也会出现的突发状况。那么，现在请你说出这个X的身份！是降矢木旗太郎吗？那个人究竟是谁？”

“降矢木？这……”伸子幽幽地说着，脸色渐渐变得苍白，仿佛内心有两股力量正在激烈地搏斗和纠缠。

在咽了几口唾沫以后，仿佛有智慧的灵光一闪而过，伸子用强烈颤抖的声音说道：“啊，你们找他有什么事吗？如果是这样的话，我知道琴键位置凹陷的天花板上倒挂着冬眠的蝙蝠，还有一两只活着的大白蛾。如果你们了解冬眠动物所具有的趋光性，只要把光线照向那里，那么动物们很可能就会醒来，清楚地说出一切。按照这桩事件的公式，指向的人正是算哲先生，对吗？”

伸子的表现显示了她毅然的决心，哪怕牺牲自己的性命也要守

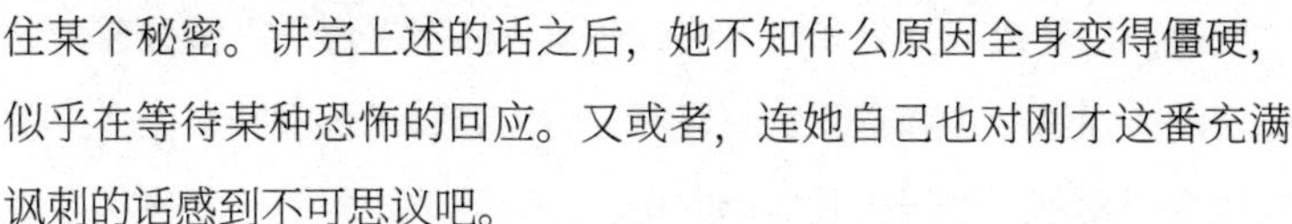

住某个秘密。讲完上述的话之后，她不知什么原因全身变得僵硬，似乎在等待某种恐怖的回应。又或者，连她自己也对刚才这番充满讽刺的话感到不可思议吧。

熊城不禁咬紧了牙根，他恶狠狠地注视着对方。

而法水的眼中却浮现出奇异的光辉，他把交抱的双臂放于桌上，提出了一个奇妙的问题："啊！凶兆的象征……算哲是黑桃国王吗？"

"不，他是红心国王。"伸子反射性地做出回答，之后，她重重地叹了一口气。

"原来如此，红心代表的是爱与信任……"法水的眼睛在这一瞬间敏锐地动了一下，"对了，你提到的蝙蝠在哪一边呢？"

"从琴键中央的角度看过去，它们恰好处于正上方的位置。"伸子毫不犹豫，用克制的声音回答道，"在旁边的是蝙蝠最喜欢的蛾。而且，如果蛾始终保持沉默，我想蝙蝠就算再残忍，应该也不忍心去伤害它吧？可往往预言与现实总是相反的。"

"你还是改天到了牢房里，再慢慢做那种童话世界的梦吧！"熊城的话带着恶意。

法水劝阻似的看了一眼熊城，对伸子说："没事，请你继续。我本来就非常不喜欢雪莱[1]妻子（玛丽·戈德温，雪莱续弦之妻，著有《科学怪人》）的作品，我已经受够了那种内分泌增多的感觉。不过，那白羽领巾为何会晃动？共鸣钟室又是怎么做到把风吹送到你身上的？"

"最终，蛾成为蝙蝠的食物。是克利瓦夫夫人命令我那样做的，并且让我独自一人划动三十桅杆楼船。"

冰冷的愤怒瞬间掠过伸子的脸，而后立即消失不见。她接着说：

[1] 雪莱（Percy Bysshe Shelley，1792—1822）：英国著名作家、浪漫主义诗人。

“那时，她要求我反复弹奏共鸣钟三遍，而平常这是由雷维斯先生弹奏的。在第一次弹奏到达中段部分时，我的手脚都开始无力，视线也变得模糊。根据久我女士的说法，这就是微弱的狂妄症状，是病理热情进入了下沉状态。她说‘那时是最宁静的瞬间，某种极端的伦理性质如战马般猛然跃出，但并不是以道德性质来取代伦理，其中存在的杀人的冲动也无法否认’。你听到这样的自白，会觉得像诗一般吗？”

她轻蔑地瞥了一眼熊城，继续叙述她当时的记忆：“可能这也是那种现象的体现吧？我当时陷入狂热，沉醉于自己弹奏的曲调之中，只感觉寒风不时在我的脸庞掠过，那是一种冰冷刺痛的感觉。也正是在那种刺激的作用下，我才终于完成三次赞美诗的弹奏。当我停下弹奏之后，从楼下礼拜堂持续传过来的一直刺激着我的镇魂曲乐声，从低弦部分消失，渐渐从我的耳朵里消散……后来又忽然扩散到整个房间……那种反复的具有节奏性、类似节拍器发出的声音逐渐消除了我的疲劳。我一点一点地舒缓，尽管非常缓慢，我却开始陷入舒适的睡眠之中。当那首曲子结束，我的手脚能活动时，那种舒适的节奏还是不停地出现在我的耳朵里。但就在那个时候，有什么东西突然击中我右边的脸颊，一种火辣辣的疼痛感袭来。紧接着，我的身体向右侧扭转着倒下，然后我便完全失去了知觉。就在我倒下的那一瞬间，我在天花板的凹陷处看见了蛾……今天早上我再次去那里的时候，天花板凹陷处已经看不到蛾了，蝙蝠却还倒挂在那里。”

伸子陈述完毕，三人的视线不约而同地交汇在一起，脸上皆浮现出困惑的神情。因为，命令伸子演奏共鸣钟、造成伸子症状发作并陷入昏迷的人物，竟然是刚才那出讽刺反转剧的主角——克利瓦夫夫人。还有一点，假设正如伸子所说，她倒下的方向是右侧，那么旋转椅产生的疑问就更加无法解释了。

熊城眯起眼睛，继续问道：“这么说来，你从右方遭受攻击，而该处恰好有一扇楼梯尽头的房门。不管怎样，你最好不要再做那些毫无意义的自我牺牲……”

“不对，我才不想纠缠于这种危险的游戏之中！”伸子的态度很强硬，“我已经无法忍受了，我不想离可怕的怪龙这么近。可是你们想想，就算我说出该人物的姓名，就目前所知的有限的条件而言，不过是提出那种神秘力量的假设而已，最终你们肯定还是会针对我手里握着短刀这一点，让我接受法律的审判。不，连我都快要认为自己就是凶手了。何况今天的事件也是同样的情况，在那位红发的母猴子被狩猎的场景中，只有我一人没有不在场证明。”

“你刚刚说了红发的母猴子，这是什么意思？”检察官审慎地看着伸子发问。同时，他的内心认定眼前这个女孩，绝对是一个与她的年龄不相符的可怕对手。

“这又是一个严肃的问题。”伸子扭曲着嘴角做出回答。她的姿态给人故弄玄虚的感觉，额头渗出汗珠。仿佛可以看到她内心复杂的矛盾冲突，也可以感受到她急切地想挣脱眼下的绝望。

伸子的眼皮沉重地下垂，表达出她拼尽全力后的疲惫，但她又大胆地说道：“克利瓦夫夫人就算被杀害，也不会有谁感到悲伤。让人更高兴的事绝对是她被杀死，而不是她还活着……我认为，很多人都是这么想的。”

“那么，有这种想法的人都有谁？请你说出来吧。”熊城虽然认为这个女孩一直抱有玩弄他人的态度，让他不得不时刻保持着戒心，还是忍不住被她所说的话吸引。

“如果有人对克利瓦夫夫人被杀害这种事情特别在意的话……”

“比如，我自己。”伸子的脸上毫无惧色。

“因为我偶然制造了希望她死亡的原因。我曾以算哲先生秘书的身份公开了他的遗稿，其中有一部分是关于赫梅利尼茨基大迫害的详细文字记录，可是……”

伸子此时仿佛突然受到什么冲击似的闭口不语，之后相当长的一段时间似乎都在与内心的烦闷激烈斗争，然后终于又开口了：“我没法说出记录的内容，但自那之后，我一直为此苦不堪言。当然，克利瓦夫夫人立刻撕毁那份记录，并且从此以后她就把我视作仇人。今天的情况就是如此，她找我过来就是为了打开窗户，而且上上下下反复多次，才终于调整到她满意的位置。”

三人之中当然只有法水知道其中的内容——十七世纪，高加索频繁发生迫害犹太人的事件，而赫梅利尼茨基大迫害就是其中最为严重的一次。产生的结果便是，哥萨克族人和犹太人之间的异族通婚。虽然克利瓦夫夫人的犹太人身份已经被法水揭穿，那份被撕毁的记录的内容还是对法水产生了诱惑。

就在这时，一位便衣刑警进入房间报告，押钟医学博士——津多子的丈夫已经到达宅邸。

押钟博士因公在福冈市出差，此次因为遗嘱的事突然传唤他回来，所以只能暂时中断对伸子的讯问。法水想先把丹尼伯格夫人的事件放置在一旁，快速掌握伸子今天的行动轨迹。

“以后再向你请教这些过往的问题。我想知道的是，为何你在今天的事件中没有不在场证明？”

“那是因为连续两次的不幸都让我遇到了。”伸子发着牢骚，表情有些忧伤，“当时我正好在树皮亭（位于主建筑物左侧）的位置，被南五味子的篱墙围住，从外面根本看不到。而且吊着克利瓦夫夫人的武器室的窗户附近，也被南五味子的篱墙遮挡住所有视线。所以我根本不知道发生了如马戏团表演般的事情。”

“那么，你应该能听见她的惨叫声吧？”

“那是自然，”伸子几乎如条件反射般立刻回答，但她的表情紧接着发生混乱，声音也变得颤抖，“可是，我当时无法离开树皮亭。”

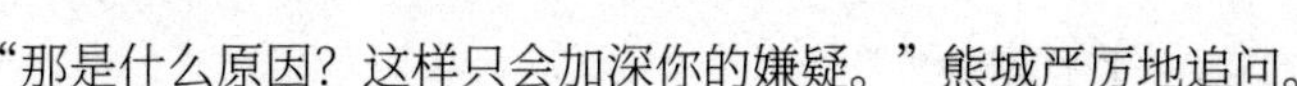

“那是什么原因？这样只会加深你的嫌疑。”熊城严厉地追问。

伸子双手抱在胸前，嘴唇不自觉地抽搐，某种激烈的情感被她压制住，嘴里说出的话异常冰冷：“原因，我也无法讲明……再问多少次，我的回答也是一样的。重要的是，在我听到克利瓦夫夫人的惨叫声之前，我看见了奇妙的东西在那扇窗户附近出现，就像是无色透明的物体在发光，形状和轮廓却模糊不清，怎么说呢，就像是气体。那东西出现在窗户上方的空中，然后飘浮着斜斜地进入窗户，随后我就听到了克利瓦夫夫人的惨叫声。”

伸子的脸上又浮现出惊恐的神色，又好似在窥探法水的反应，继续说：“一开始因为雷维斯先生在那附近，所以我认为是惊骇喷泉的飞沫。后来仔细一想，当时的空气中连一丝风都没有，怎么会是飞沫在飘动呢。”

“嗯，难道又出现了怪物吗？”检察官蹙着眉喃喃自语，他的内心深处一定还会补上一句——不然就是你在说谎。

熊城站起身，似乎下定决心似的对伸子冷冷地说道：“你这些天来想必深受失眠的困扰，从今天起，我想你可以好好睡觉了！监狱对于刑事被告人来说就是天堂。你的手腕会被捆绑，全身会产生愉快的贫血体验，神志逐渐模糊，然后进入睡眠状态。”

霎时间，伸子的眼帘低垂，双手捂住脸庞，趴在桌上。

熊城正要拿起电话呼叫警车时，法水不知是怎么回事，竟然伸手拽住电话线，一把扯掉连接的插头，把它递到伸子手上。另外三人都愣住了，哑然无语。法水看着他们，开始讲述自己的想法。

啊！事态又再次出现逆转！

“我想，那种对她而言充满着不幸和怪异的东西，却使我涌起写诗的灵感。如果现在是春天，那一带应该是花粉和花香的海洋吧？然而，哪怕是草木萧瑟的寒冬，那座喷泉与树皮亭所形成的天然舞台，也会使她的不在场证明成立。她与克利瓦夫夫人，两人都是被候鸟……彩虹所救。”

“啊？你说的彩虹是……你到底想说什么？”伸子的身体突然像弹簧般弹起，她泪眼蒙眬地望着法水。

另一边，彩虹却又将检察官与熊城两人逼至绝望的深渊。那一瞬间绝对会让他们感受到彻底的无能为力吧。更何况，在法水所描绘的色彩强烈的华丽画面中，还呈现出一种强大的迷惑感，让人觉得不可思议。

法水沉静地开口：“彩虹……那的确是类似皮鞭的彩虹。但是当她特别在意凶手，同时又戴上久我镇子的玄学面具时，双眼就会被蒙蔽而无法看到彩虹。我真切地同情她饱受苦难的立场。”

“这样一来，借用久我镇子的说法，就是动机发生了转变吧？可是，那些外在的遮盖已经全部除掉了。什么伪恶、玄学……这一类的恶，带给我过于沉重的装饰。”

从事件开始以来积郁在她心头的种种情绪，在那一刻超越她的控制，全部释放出来。她的身子变得像小鹿一般轻盈，她把双臂水平抬起，左右拳头分别紧贴着耳根，她一边摇晃着，一边用喜悦又恍惚的视线在空中写出某些文字。这种突如其来的喜悦把伸子变得完全疯狂了。

“啊，真刺眼啊……尽管我始终坚信，某一天必将会出现这道光明，只是那黑暗……”伸子狂乱地摇着头，仿佛想竭力甩掉黑暗似的闭上双眼，“现在让我做什么都可以，不论跳舞还是倒立……”

她站起来，踏着玛祖卡舞曲的四分之三拍，开始像陀螺般旋转。不一会儿，她用双手使劲撑住桌缘，把下垂的头发用力向后方甩，说道：“但是，请你们不要再继续追问共鸣钟室的真相和我无法逃离树皮亭这两件事。这座宅邸的墙壁之中暗藏着不可思议的耳朵，除非你们能把墙壁毁掉，不然我获得你们的同情也无济于事。好了，请开始问下一个问题吧。”

“不，今天的询问到此结束。虽然我还有事想请教，作为丹尼伯格夫人事件的参考……”法水说着，把处于狂喜亢奋状态而不愿离开的伸子请出了房间。

伸子离开后，房间内留下了漫长的沉默和尖锐的黑影，恰似一阵猛烈的台风过境，无法言喻的悲痛气息快要溢出房间。因为以伸子的精神解放为转机，他们在人类世界的希望已经断绝。黑死馆底下深藏的可怕洪流，哪怕是每一个细小的犯罪特征，都被倾注了阴影密布的巨大魔力，决定了整个事件的发展动向。

熊城满脸怒气，把牙齿咬得咯咯作响，他突然捡起法水拔下的电话线插头，大力丢到地板上，然后站起身不停地在室内来回踱步。

法水视而不见，淡淡地说道：“熊城，这么看来，这出戏的第二幕也终于结束了。果然，这一幕名副其实如迷宫一样错乱纠结。下一幕开始时，登场的应该是雷维斯。然后事件的形势会急转直下，很快宣告完结。”

“终于？你不觉得可笑吗！我现在精疲力竭，连递交辞呈的力气都没有了。这出剧应该是从一开始就安排好了吧？第二幕之前都是人间世界的场景，从第三幕开始则转变为妖神的世界。”

熊城意志消沉，继续嘟囔着：“接下来的工作无非就是阅读你一直珍藏的十六世纪前期的荒诞典籍，然后就是书写我们的墓志铭。”

“是，确实和十六世纪前期的典籍有关，同时也还有相似的抽象的观点。”

检察官的态度也有些沉重，他冷冷地望着法水追问：“法水，彩虹下走过载着枯草的马车，接着，少女穿着木鞋跳舞……这样一来，事件中的人类呢？一个人都没有吗？我确实无法理解这样的牧歌景象想要表达什么。再说，所谓的彩虹究竟比喻什么呢？”

“开什么玩笑！这既不是典故，也不是诗歌，更不是什么模拟或对照的手法，而是出现在凶手与克利瓦夫夫人之间的真实彩虹。”

法水的眼眸充满着炽热的情感，他眼中的梦想仍未消失。就在这个时候，房门被轻轻地推开了。而且，出人意料的是，门外出现的是久我镇子那消瘦的面容。一瞬间，一股令人窒息的刺骨寒气随之而来。这位富有学识、个性强烈又具有中性特质的神秘论者，或许会让原本难以寻找人类凶手的异样事件难度更大，前途更加灰暗。

镇子在行过简单的注目礼后，以和平常同样冷淡的语气开口了，内容却意外地令人兴奋："法水先生，事实在我看来正好相反，所以我不相信那些和候鸟有关的言论。"

"候鸟？"法水的眼睛不由自主地瞪大了，闪现奇异的神采，他立刻反问。刚才自己所说的以彩虹为表象的话，不知是不是巧合，镇子竟然也说出了相同的内容。

"没错！就是那三只还活着的候鸟。"镇子的声音里带着愤怒，正面注视着法水，"在此我想强调一点，不管那些人为了保全自身会采取怎样的自卫措施，津多子夫人都绝对不是凶手。今天早上她终于可以起床了，但仍未达到可以接受讯问的程度。我想，水合氯醛过量导致的症状和后果，你应该都知道。所以，今天之内她想要从贫血状态和视神经的疲劳中完全恢复，其困难程度可想而知。我觉得她似乎跟玛莉一世[1]有着一样的命运……我的意思是，最可怕的就是你的偏见。"

"玛丽一世？"法水的兴趣似乎被激发，他的上半身朝前探出，"这么说来，你认为她是善良过度的好人？还是你觉得那三个人像玩弄权谋的伊丽莎白女王？"

"那两种意义完全不同。"镇子冷冷地回答，"你可能知道，津多子夫人的丈夫押钟博士自己经营了一所慈善医院，为此几乎倾

[1] 玛丽一世：十六世纪苏格兰如圣女一般的女王，后来在1587年2月8日被伊丽莎白女王送上断头台。

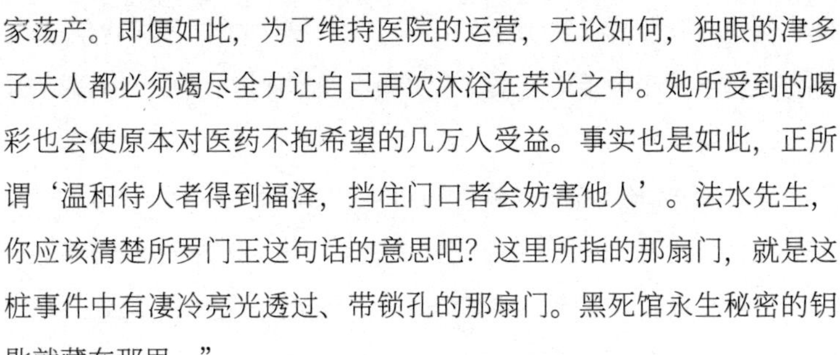

家荡产。即便如此，为了维持医院的运营，无论如何，独眼的津多子夫人都必须竭尽全力让自己再次沐浴在荣光之中。她所受到的喝彩也会使原本对医药不抱希望的几万人受益。事实也是如此，正所谓‘温和待人者得到福泽，挡住门口者会妨害他人’。法水先生，你应该清楚所罗门王这句话的意思吧？这里所指的那扇门，就是这桩事件中有凄冷亮光透过、带锁孔的那扇门。黑死馆永生秘密的钥匙就藏在那里。”

“你能说得更具体些吗？”

“那么，你听说过修尔兹（佛利克·修尔兹，十九世纪德国心理学家）的精神萌芽论[1]吗？我自己因为没有掌握确实的论据，所以没有确信它。”镇子再次大笑出声，她又把这桩事件搅得天昏地暗。

“什么！精神萌芽论？”法水突然一脸惊骇，他结结巴巴地大声叫道，“那么，论据在哪里？对于这桩事件，你为何会有这种存在永恒生命的看法？难道你是想说，算哲博士至今仍令人难以置信地生存在这个世界上？或者是克劳特·戴克斯比……”

精神萌芽——镇子首先说出了这个可怕的名词，紧接着法水将它解释为存在永恒生命。当然，可以确定的是，与这两点相关的东西，已经在这桩事件的底层暗自生长、悄无声息地扩散，逐渐将其领域扩大。另外，由于时机的关系，在检察官和熊城看来，恐怖的幻想在眼前转为现实，不禁有种心脏仿佛被掐住的感觉。而另一方面，镇子因为从法水口中听到了戴克斯比的名字，就像是面对一道难解的谜题般，脸上露出怀疑的神色。这恰好证明了这句话准确击中了她的内心。一般情况下，依附性强的人在面对一个疑问时，几乎会

[1] 精神萌芽论：疯狂的精神科学家特有的论述，属于一种轮回论，主张人死后从肉体脱离出来的精神会转化为无意识的状态而永生。这是一种非常微妙的东西，不可能表现在意识层面，却具有可以产生冲动的力量。它游离在生死交界处，时而会在潜意识中出现。这是这类学说中最合理的论述。

陷入恍惚的无意识状态，还会做出异常的偶发性动作。镇子也是这样。她把戒指从左手中指取下来，在手指周围不停地转动，反复戴上又取下，做着神经质的动作。

这时，法水眼睛放光，趁着安静的空隙站起身，双手在背后交握，开始在室内踱步。一会儿，他走到了镇子身后，突然发出一阵大笑："哈哈哈！就算开玩笑也要有个限度，黑桃国王怎么可能还活在这个世界上？"

"不，如果你指的是算哲先生，他理应是红心国王。"镇子几乎是下意识地反驳，同时又出现莫名的冲动，她迅速将戒指套到小指上，重重地吐出一口气。

"不过，我所说的精神萌芽只是一种比喻，请不要从图像的特点进行思考。或许，它的意义同埃克哈特[1]所说的灵性更为接近。从父到子，人类的种子必然会经历生死之境，在黑暗的荒野中遭受风吹雨打。说得更具体一些，那就是'我们找不到恶魔的原因，就在于它的形貌存在于我们的肖像之中'。然而，这桩事件最难解的深奥之处，就在于它超越了本质，外形和内容都处于空白的哲学路径中。法水先生，那根本就是一种残酷的刑罚，其残酷程度足以撼动地狱的圆柱。"

"我理解，在那条哲学路径的尽头，我已经发现了一个疑问。"法水的眉毛高高上挑，昂首反击，"久我女士，即便是《圣斯特凡诺条约》[2]，也只在末尾部分对犹太人的待遇，态度稍稍有所缓和，可是，在迫害最为严重的高加索地区，为何却容许犹太人拥有村区一半以上的土地？所以，问题的实质在于那未知的负数。可是，该

[1] 埃克哈特（Johannes Eckhart，1260—1327）：最初是埃尔富特的多米尼克修道士，被誉为中世纪最伟大的神秘学家和泛神论者。
[2] 《圣斯特凡诺条约》：俄罗斯与奥斯曼帝国在俄土战争结束后，于1878年在圣斯特凡诺签署的条约。

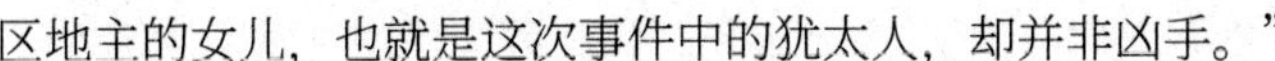

区地主的女儿，也就是这次事件中的犹太人，却并非凶手。”

此时，镇子近乎崩溃，她全身剧烈地颤抖着，时断时续地费力呼吸，发出低微的叫声：“可怕，你这个人真是可怕……”

接下来，这位古怪的老妇人好像终于忍无可忍，想要表明凶手的范围：“这桩事件可以宣告结束了。我所指的就是那个负数的圆。动机被完整包括在内的五芒星圆，是不可能让梅菲斯特有空隙潜入的。所以，如果你理解刚刚所提到的荒野的真正含义，我也就没有再说什么的必要了。”

说完，她立刻站了起来。法水有些慌乱，赶紧对她提问：“可是，久我女士，所谓的荒野指的是德国神学的光芒吧？可是，命运论却是陶勒[1]与苏瑟[2]曾经沉沦其中的虚伪辉煌。在你所说的精神萌芽论中，我发现了惊人的临床特征的描述，那是无论谁听到之后都会为之疯狂的特异之物。你为什么会想到算哲博士的心脏呢？那位魔灵竟然是红心国王。哈哈！久我女士，尽管我不是拉瓦特尔[3]，但也知道通过外貌窥测人心的方法。”

算哲的心脏！不仅是镇子，熊城与检察官几乎也在同一时间变得如化石般僵硬。镇子的内心支柱很可能从根基上发生动摇，这也许是这桩事件引发的最剧烈的战栗吧。

不过镇子展现的嘲弄神色却显然是刻意为之，说道：“这么说，你跟那位瑞士牧师的想法一样，想对人类与动物的面孔进行比较？”

法水缓缓点燃一根香烟，详细描述他微妙的神经反应。原本如百花盛放的无数分散的不合理现象逐渐集合，最后集中在一点上。

“那可能只是我神经应激反应的产物。但不管怎么说，你把算

---

[1] 陶勒（Johannes Tauler，1300—1361）：德国神秘主义学家。
[2] 苏瑟（Heinrich Seuse，1295—1366）：德国神秘主义学家。
[3] 拉瓦特尔（Johann Kaspar Lavater，1741—1801）：瑞士学者、诗人。自称能通过观察他人的容貌、举止等来判断其品性。

哲博士称为红心国王，当然会让我产生某种异样的感觉。原因在于我刚好从伸子口中听过完全一样的话。或许，这种巧合可以称为这桩事件最终的王牌吧。我们一直追查的经过传统推理方式找出的怪物，也许会被它彻底推翻。尤其是你，通过这场哑剧的渲染心理，可以更深入地把握你的心像。

“如果运用维也纳新心理学派的理论来解释，这就是所谓的征候发作，在持续无目的、无意识地运动时，意识最底层的东西很容易出现。也就是说，平时不希望表现出来、想深埋在内心的东西，会以某种形态表现出来；或者在受到某种暗示性刺激时，随之发生的联想性反应往往会通过语言体现出来。

“我所说的暗示性刺激，指的是我把算哲称作‘黑桃国王’。不过，我在之前提到戴克斯比的时候，就已经对不知道戴克斯比真面目的你产生影响了。你在无意识中表现出的征候，把戒指取下又戴上，不停地转动，给我留下一个引导心灵的巧妙停顿。

“这种停顿在戏剧中是必要的，运用在问讯上也很有必要。久我女士，虽然凶手是一位剧作家，却没有在剧本中写出任何一种注释。那么在这样的情况下，进行调查的人员就必须配合，进行完美的演出。还请原谅我的多嘴，我必须要向你致歉，在未经你允许的情况下，就擅自窥探你的内心深处。”

法水接着又点燃另一根烟，反复烘托他那夸张的表演，继续讲述：“只是这种停顿相当不明朗，各种各样的心理现象积聚成十字形，简直如层积云般在意识层面蠢蠢欲动。这种脆弱的状态似乎只要稍微加上某种刺激，就会立刻全部消失。所以我才会说出‘黑桃国王’这几个字。假设全部精神可以视作一个有机体，该处必然会出现物理性的反应。因此我十分期待，你对这个暗示性非常强的词语会有何种反应，果然，你将它改为‘红心国王’。就是这个‘红心国王’让我得到狂乱的特别启示。可是，接下来你又产生了第二个冲动行为，

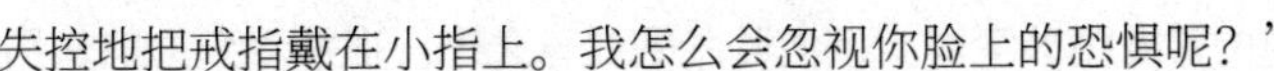

失控地把戒指戴在小指上。我怎么会忽视你脸上的恐惧呢？”

法水停顿了一下，脸上带着微颤，接着说：“不，其实有更沉重的恐惧朝我袭来。扑克牌面上的人像都是上下身体靠左斜向相对，也就是说，各自的心脏这个重要部位，都被对方鲜艳宽大的袍子所遮住，而画面中心脏都被图案所替代，置于右侧上部。可能是我思虑过多吧，但是，这样一来，其中灿烂又凄惨的光辉可能会被忽略。啊！心脏在右侧。但是如果把你说的‘红心国王’解释成你所说的心脏，那么算哲博士就应该具有心脏在右侧的特异体质。如果是这样的话，那么所有分离四散甚至极端不合理的问题，都可能获得转机，一并得到解决。”

这种推断听起来十分惊人，在掌握押钟津多子的行踪之后，成为整个事件中第二幕重头戏。受到那超乎寻常的逻辑的震撼，检察官与熊城的表情都很木然，两人一言不发。不过，其中仍有一个疑点存在，只是法水的接连举证，仿佛向其中灌入一股阴森之气。

“如果那就是事实，我们都将无法保持冷静。因为，当时算哲博士左胸的左心室被刺穿——几乎在边缘一带，但由于现场证据充分，于是断定为自杀，并没有提出解剖尸体的要求。这样一来，第一个疑问就产生了，即贯穿左边肺叶下方的伤真的会令其当场死亡吗？在我的记忆中，即便在外科手术相对落后的南非战争时期，如果伤者就医及时，几乎都可以痊愈。对了，说到那场布尔战争……”

法水用力咬住香烟，故意压低声音，脸上浮现出恐怖的神色，接着说：“有一册名为《南非外科集录》的报告集，其中记录了一个跟算哲先生的状况几乎一样的神奇事例。在一次格斗中，龙骑兵班长右胸上方被西洋剑刺中后，很快被安葬，六十个小时后他却在棺材里复活。该书的编者，也就是著名的外科医师梅金斯，提出这样的见解：‘最有可能的死因是大静脉被西洋剑所压迫，导致血管变窄，因此流入心脏的血液急剧减少，于是出现死亡的特征。’但是，当尸体的位置发生改变时，瘀血肿胀的血管之中，血液受到力的作用会再次流动，因此才造成了复活现象的出现，这可能是受到某种物理性的影响。也就是说，这种物理性的影响，产生了某种类似按摩的作用，导致尸体的心脏复活。因为心脏原本就是具有物理性的器官，而且正如布朗·塞加尔教授所说，人即使在死亡之后，其心脏还持续着细微跳动[1]，并且是外部听诊或触诊都无法听见的。久我女士，这样说来，我心中的疑惑又该如何解释呢？”

法水通过算哲的心脏异位这件事，提出一个更加强烈的疑惑，比死者复活更具有科学的论据。这时，内心一直在苦苦挣扎的镇子，脸上突然掠过一种慷慨献身的神情，仿佛一切恐惧与不安都已被她全力推开，她终于要诚实地面对这桩事件的真相了。

“我会说出一切的。算哲先生的心脏的确在右边，所以对于他企图自杀却没有刺入右边胸口的行为，我一直持怀疑的态度。于是我试着在尸体的皮下组织注射了氨液，结果尸体很明显地呈现出生命体所特有的红色。然而更为恐怖的是，我发现那条线在第二日清晨被人割断。可是我没有勇气去往算哲先生的墓室。”

“那条线是怎么回事？”检察官马上厉声反问道。

“是这么回事，”镇子立刻回答，“算哲先生其实相当害怕被早期埋葬[2]，所以在建造这座宅邸时，就已规划建造了规模不小的地下墓室，并隐秘设计了跟柯尼加·卡尔尼兹基（俄罗斯皇帝亚历山大三世的侍从）式相似的防止早期埋葬的装置。在算哲先生葬礼的当晚，我一整夜都没合眼，一直静静等待电铃响起。可出乎意料的是，那天晚上什么声音也没有。我等到差不多凌晨的时候，雨停了，

[1] 巴黎大学教授布朗·塞加尔同讲师席欧一起，提出了数十个人体死亡后心脏仍在持续跳动的案例。证明人在死亡之后，心脏仍然具有充分的力量，也证明了人死后心跳不会完全停止。当然，这种心跳从外部无法听见声音。

[2] 早期埋葬：即死后立刻下葬。

天色也亮起来，我不放心，决定前往后院的墓室一探究竟。电铃的开关就隐藏在四周环绕的七叶树丛中，但我发现一只山雀的雏鸟被夹在开关之间，连接把手的线也被割断了。那条线连接至地底下的棺材里，而且不论是棺材还是地面上的灵柩台盖，都是可以轻易从内部打开的。"

"原来如此，那么……"法水咽下一口唾液，神情显得有点慌乱，"还有哪些人知道这件事？都有谁知道算哲心脏的位置特别，以及防止早期埋葬的装置的存在？"

"据我所知，应该还有押钟博士，就我们两人知道。所以，我觉得伸子所说的红心国王之类的话，最大的可能就是偶然的巧合而已。"

说完这些之后，镇子露出害怕的表情，似乎担心自己会遭到算哲的报复，于是要求熊城派人保护自己，与刚刚进来时的态度大相径庭。然后她走出了房间。

下着大雨的晚上……墓室周围如果发生了什么，一切痕迹都应该会被抹掉吧？如果算哲真的还活着，那么让所有事件扑朔迷离的失常现象，就可以完全回归到眼下的真实世界。

熊城激动地叫起来："不管怎样，我们把能做的事情全都试一遍。法水，不管有没有搜索令，我们先去看看算哲的墓室吧。"

"不，我认为还是别过早质疑调查的正统性。"法水的神情有些黯然，"你们想，据镇子所说知道这些内情的人只有她自己和押钟博士，那么，理应对此一无所知的雷维斯，为何会做出向算哲以外的人展现彩虹这种行为？而且效果如此完美。"

"彩虹？"检察官愤恨地低喃着，"法水，我觉得发现算哲心脏异位的你，简直就是亚当斯或勒威耶[1]。不是吗？在这桩事件中，

[1] 勒威耶（Urbain Jean Joseph Le Verrier，1811—1877）：法国数学家、天文学家，他计算出海王星的轨道。

算哲就相当于海王星，就因为他这颗星星从天空抛下各种各样的不合理，才逐渐被人发现。”

“别开玩笑了！那道彩虹的出现有什么必然性吗？如果不是偶然……只能是雷维斯华丽的梦想了。换句话说，那男人在展示自己清高的古典语言学精神。”

法水又习惯性地卖弄起他那奇异的语言：“支仓，惊骇喷泉周围踏脚石上的脚印是雷维斯留下的，我有必要对这一点做出韵文般的解释。在四块踏脚石中，他最初踩上的是靠近主建筑物的那一块，其次是对面的那一块，接下来才是左右两块。但是，我们忽略了这个循环中最有深度的一步，即第五次的踩踏——它与最开始一样，踩在了靠近主建筑物的那块踏脚石上。也就是说，雷维斯在绕了一圈后再次回到原点，再一次踩在最先踩过的踏脚石上。”

“从结果来看，那又产生了什么现象呢？”

“让我们承认伸子的不在场证明。从现象的角度来说，就是让喷在半空的飞沫产生对流运动。如果按照从一到四的顺序，最后喷出来的飞沫，就是右侧那道飞沫的位置最高，接下来的高度则呈问号状依次降低。这时第五次的飞沫喷出，在气流的影响下，已经开始下降的四道飞沫再次以原来的形状上升，这样就当然会与最后的那道飞沫产生对流现象，那么就会让第五次的飞沫在丝毫无风的空气中发生扩散。也就是说，是一到四飞沫的联合作用，才将最后上升的朦胧气流送到了空中某个位置。说得更详细一些，是为了达到某个既定的方向而必须这么做。”

“原来如此，就是那朦胧气流让彩虹出现的？”检察官咬着指甲点点头，“这确实可以算作伸子的不在场证明，因为，那女人说过她目睹了不同寻常的气体飘进窗户。”

“但是，支仓，所谓的某个位置，却不是窗户打开之处。当时窗栏保持水平，百叶窗是半开的状态，那么，喷泉的朦胧气流是通

过窗栏之间的缝隙进入房间内部的。”

法水严肃地指出了彩虹事件唯一的受害者：“那才是出现如此色彩强烈的彩虹的缘由。彩虹的产生不是因为半空中的朦胧气流，而是因为留在窗栏上的水滴。也就是说，彩虹的问题在于七种颜色构成的背景，然而，更重要的条件却是看见彩虹的角度。换句话说，火箭弩掉落的地点——也就是当时凶手所在之处。而且，那位独眼的大明星……”

“押钟津多子？”熊城不由自主地发出惊呼。

“是的，所谓彩虹两端有黄金，可能也只有她能看到那样的彩虹吧。熊城，通常情况下，在我们视觉半径大约四十二度的位置，会先出现彩虹的红色部分，而这个位置正好跟火箭弩掉落的地方一致。还有，这种红色如果跟克利瓦夫夫人的红色头发互相映衬，可以想象它带来的强烈眩光足以使人眼花。近距离见到的彩虹会一分为二，并且颜色也相对浅淡苍白。”法水暂时停止说话，脸上随即浮现出自得的微笑，“熊城，只有一个人绝不会这样，那就是押钟津多子。因为以她的独眼只能看见一道彩虹，而且明暗对比强烈，色彩极度鲜明，如果旁边存在同色的物体，她是完全无法辨别出来的。啊！那只候鸟——化成了雷维斯的情书，从窗户飞进来，不经意地把克利瓦夫夫人的颈项包围起来，造成射偏目标的缺陷。这种偏差肯定只会对津多子产生影响。”

“原来如此。不过，你刚才说彩虹……是雷维斯的情书？”检察官有些怀疑自己的耳朵，连忙追问。

法水继续用慨叹的口吻展开他独有的心理分析：“支仓，你只看到了这桩事件黑暗的一面，别忘了在克利瓦夫夫人被悬吊于半空之前，伸子曾出现在窗边。所以当雷维斯见到伸子在窗边的身影时，以为她在武器室里，于是才会在喷泉旁咏唱他钟情的蔷薇。对了，你听过《所罗门王之歌》的最后一句吗？‘我所钟爱的人呀！请赶快过来，如经过香草山的羚羊或小鹿。’那是一封对神灵憧憬和恋慕的世界上最伟大的情书，其中更是把心爱之人的心比喻为彩虹。根据波德莱尔的理论，彩虹的七种色彩具有热情、狂热之美。如果按照查尔德的歌咏，天主教主义肃穆的灵魂会从中生出渴望，而近代的心理学家们又把其抛物线的轨迹，比作雪橇滑行时的心理过程，认为彩虹其实是恋爱心理的表征。支仓，那七种色彩既是画家手中的调色盘，也是钢琴家手指下的琴键，而彩虹本身所具有的抛物线轨迹既是色彩法，又是旋律法、对位法。因为彩虹在移动中，每次以两度的视觉半径的差异进入视野范围，逐渐进行色彩变化。也就是说，雷维斯把押韵的情书比作彩虹，送给伸子。”

按照法水的说法，最初他认为雷维斯制造出彩虹是庇护某人的骑士行为，更加深入地探索分析之后，终于把它归纳为一种恋爱心理。至于凶手没有射中克利瓦夫夫人这一点，只能认为事出偶然。可惜的是，关于这一点法水还无法向检察官和熊城拿出实证，所以他们两人不但半信半疑，甚至认为法水把自己拘泥在一个彩虹的梦想之中，才一直不愿对最重要的算哲的墓室展开调查。当然他们也没有料到，雷维斯的恋爱心理会在事件的末尾部分引发悲剧。另外，还有一点是他们更加不可能注意到的，那便是法水推定押钟津多子是事件的凶手，其实还潜藏了某种更重大的暗示性观念。

到目前为止，这桩已经令人数次绝望的事件，在此番短时间的讯问中发生了新的起伏。接着，到了下午五点三十分，终于展开寄托了解释所有现象的全部希望的“在大楼梯后面”的调查。

二、在大楼梯后面

法水从黄道十二宫里找出的答案“在大楼梯后面”，符合此暗示的有两个小房间，一个正好是平时放置德蕾丝玩偶的房间，另一个则是旁边的内部空空如也的房间。法水首先伸手握住了空房间的门把手，这个房间并没有上锁，房门无声无息地打开了。

这个房间没有窗户，所以里面漆黑一片，一股潮湿的冷空气扑面而来。走在前面的熊城拿着手电筒，循着墙壁小心翼翼地行进。

忽然，似乎从哪里传来了什么声音，后面的检察官突然停下脚步，屏住呼吸凝神静听，然后，他用颤抖不已的声音对法水说：“法水，你听到了吗？从隔壁房间传来的铃铛声。你听听看，是不是？那好像是德蕾丝在走路……”

没错，正如检察官所听到的，夹杂在熊城厚重的脚步声之间的正是丁零当啷的铃铛轻微颤动的声音。没有生命的玩偶正在行走，这种惊悚确实会让人的灵魂从最深处冻结，并且也能想象得出玩偶旁边必定有某个人正在操作。所以三人都体会到了前所未有的极端亢奋。

已经不能再犹豫了！熊城似乎用全力掀起一股风暴，几乎要将门把手拉断，而法水不知怎么回事，突然发出一阵爆笑。

“哈哈哈！！支仓，你所说的海王星其实就隐藏在这面墙壁内，那颗星从一开始就是未知数。你回忆一下古代时钟室里的那座玩偶时钟，它的门上刻的是什么？你想，四百多年前，千千石清左卫门在接受了腓力二世赠予的大键琴之后，大键琴的踪迹便无人知晓。

我认为刚才这个声音可能是琴弦被截断后发出的震动。刚开始是笨重的玩偶在隔壁房间的墙边行走，然后是熊城的声音，那么，所谓‘在大楼梯后面’，应该就是指两个房间交界的这面墙壁了。”

但是，在这面墙壁上，他们无论如何也没有找到类似暗门的痕迹。在这种无计可施的情况下，只能破坏一部分墙壁了。在熊城确定传出声音的方位之后，挥起斧头开始砍墙板，果然，划拨无数琴弦般的声响再次从该处传出。接着，等木片碎裂，斧头将其中一大片连带着拉下时，冷冰的空气随即从里面倾泻而出，这里正好是两面墙壁之间的空洞。

那一瞬间，就像是恶鬼的密道突然从黑暗中显现出来，三人不约而同地吞咽着唾液，在寂静中清晰可闻。随着斧头不断地敲击墙壁，大键琴的弦音发出了狂鸟惨叫般的声响。这时熊城开始砍周围的木板，一时间空气之中尘埃飞舞。然后他从中退出来，呼吸急促地发出沉重的叹息声，手里拿着一本书递给了法水，虚弱地开口：“都没有，没有暗门、秘密楼梯，也没有暗板什么的通往地下。唯一的发现就是这本书，黄道十二宫记号的答案。”

法水也受到极大冲击，迟迟没有恢复。这意味着他遭受了双重失败。根据戴克斯比是黑死馆的设计者这一点，法水认为秘密通道的存在是不容置疑的，想不到面前却是彻底的失败。还有，事件开始时，丹尼伯格夫人亲笔写下的德蕾丝玩偶是凶手的假定，因为颤音位置的确定而可能性增强。所以，普罗旺斯人无所不在的鬼影是不得不承认的事实。

他们再次回到原来的房间，翻开那本书。法水不由得感到惊恐，眼底却显出惊叹的神色：“啊！这是小霍尔班的《死亡之舞》[1]，而

[1]《死亡之舞》（*Dance of Death*）：一五三八年在里昂出版的木版画集，是文艺复兴时期版画艺术伟大而严峻的胜利。在一系列充满动感的场景中，让死亡走入不同社会阶层的人们的日常生活，从教皇、贵族、医生再到农民，体现面对死亡众生平等的观念。在这里提及的是作品集中由小霍尔班描画的“共同墓地”和“骑士”。

且是一五八三年里昂的初版珍品，太令人惊讶了！”

这本书像是预言了四十年后的今天，在黑死馆所发生的阴森的死亡之舞，清晰地体现了戴克斯比的最终意志。褐色小牛皮装帧的封面内侧，是小霍尔班献给珍妮·迪·兹洁尔夫人的一篇文章，后面一页是吕措比格尔一五三〇年在巴塞尔以小霍尔班绘制的底图为原本改制成木版画的制作证明。书中配有不少死神和尸骸的插画。忽然法水的视线被什么吸引了，那是左页上一个骷髅人将手上的长枪刺入一位骑士身体的图案，右侧无数的骸骨正吹奏着长管喇叭和角笛，敲打圆鼓，一派陶醉在胜利之中欢呼狂舞的景象。

旁边有几行英文，从墨水的色泽可以判断，这是戴克斯比的字迹：

Quean locked in Kains.Jew yawning in knot.Knell karagoz! Jainists underlie below inferno.

——（译文）轻佻的少女被包围在该隐之辈中，犹太人在难题之中遭到嘲笑。凶钟唤醒玩偶（karagoz，土耳其的傀儡玩偶），与耆那（佛教的姊妹宗教）教徒共同躺在地狱底层。（以上为判读文字所得的意译）

接着是另外一段文章，从文意看来，应该是在嘲讽《创世纪》。

——（译文）耶和华为阴阳人，先是自我交配诞下双胞胎，先出生的是女性，取名为夏娃，后出生的是男性，取名亚当。亚当面向太阳时，肚脐上方追随太阳，在背后投下阴影，肚脐下方背朝太阳，在身体前方留下阴影。见到这种不可思议的情景，耶和华非常惊诧，产生了畏惧之心，因而承认亚当是自己的儿子。而夏娃则同常人无异，所以被当作奴婢。后来耶和华又同夏娃交配。夏娃怀孕后生下一个女儿，而后死亡。于是耶和华让这个女儿降临人界，成为人类之母。

法水只大致扫了一眼，困惑不解的检察官与熊城却反复看了好几分钟，最后还是感觉索然无味，把书丢到桌上。然而文章里充斥着的戴克斯比的诅咒意志却显而易见。

“原来如此，这明显是戴克斯比的告白，可是他为何会有如此恶毒的念头？”检察官的声音带着颤抖，他望向法水，“所谓的轻佻少女应该就是德蕾丝吧。那么从‘包围在该隐之辈中’这句话，可以明白它是指德蕾丝、算哲与戴克斯比之间的三角恋爱关系。戴克斯比在这座宅邸之中设计了难题，然后自己便在错综复杂的纠结之中发出嘲笑。”

检察官神经质地交握双手，看着天花板说：“那么，接下来就该是‘凶钟唤醒玩偶’了。法水，戴克斯比这个神秘莫测的男人，早已预知这座宅邸里的东方人会一个接着一个坠入地狱。其实，早在四十年前，引发这桩事件的原因就已产生，这个男人在那时已经把事件中的每一个角色安排妥当。”

这样的记述，已经明确证实了恐怖的诅咒是由戴克斯比的意志所引发，仅凭小霍尔班的《死亡之舞》这一点就足以说明。更恐怖的是，戴克斯比执拗地使用了几段暗号。如果加以揣测的话，他很可能在某个地方还有一个惊人的计划，所以用极端深奥的暗号将其会带来的厄运伪装起来，然后自己隐藏在一旁观赏着人们苦恼的模样并发出嘲笑。这种暗号的深度可能和事件的发展成正比。

但是，法水却从那些文章中，找出了戴克斯比漠视文法规则和未使用冠词的漏洞。有关创世纪的第二段文章与之前的文字之间，虽然明显有某种关联，但是这种关联究竟有何意味，却如雾里看花，毫无头绪。

然后，法水等人一起下楼前往客厅，该是请押钟博士开启遗嘱的时候了。

客厅里，押钟博士与旗太郎相对而坐，见到三人出现后立刻站起来迎接。

医学博士押钟童吉一副绅士模样，年纪应该已过了五十，稀疏半白的头发倒是梳理得整整齐齐，蛋形轮廓的脸上五官非常端正，给人一种典型的人道主义者的感觉，极富包容力但缺乏梦想。

博士向法水殷勤地点头致意，一再地向法水表示谢意，感谢他从死亡边缘救回了自己的妻子。然而，当所有人都落座之后，博士的语气随即变得冷淡，开口问道："法水先生，请问这里究竟发生了什么？似乎这里的每个人都被还原成了元素，不是吗？凶手究竟是谁？听内人说她并没有看见那个幻影。"

"是的，这是一桩神秘事件，"法水把胳膊缩了回来，把一边的手肘放在桌上，"所以不管是采集指纹，还是剪断线，都是毫无意义的。重要的是，如果不能揭开底层深藏的内幕，就绝对无法解决这桩事件。就是说，调查专家只能转变为幻想家了。"

"抱歉，法水先生，对于这种哲学式的问答，我一向不太擅长。"博士略带警戒，他眨眨眼望着法水，"不过你刚才提到了线，哈哈，这应该与某种命令不无关系吧！法水先生，我希望法律能够发挥威力。"

很显然，他已经表明了不同意开启遗嘱的态度。

"那是自然！我并没有携带搜索令之类的文件。不过，若是某个人递交辞呈就可以解决这件事的话，破坏法律也不是什么难事。"熊城定定地看着博士，表达了他坚定的决心。

一股汹汹的杀气霎时在客厅内弥散开来。

法水平静地开口说道："没错，确实是一条线。问题就出在算哲博士被埋葬的那一晚。当晚你留宿在这座宅邸里吧？如果当时那条线没有断的话，今天的这些事件应该不会发生。而且，算哲的遗嘱也将成为他的精神遗物。”

押钟博士的面孔瞬间变得苍白。

旗太郎因为不知道线的真相，脸上带着不自然的笑容，自言自语道：“啊，我还以为你说的是箭弩的弓弦呢。”

博士冷冷地凝视着法水，直白地说：“我完全不知道你在说什么。不过，遗嘱的内容究竟是什么呢？”

“我认为它现在是一张白纸，”法水的眼神忽然变得犀利，说出意料之外的话，“说得再明白一些，遗嘱的内容在某一时期会变成白纸。”

“白痴，你知道你在说什么吗？”博士的神色由惊愕忽然转变为憎恶。他仔细打量着看起来不知羞耻、露骨地玩弄着计谋的对方，突然脑海里像是有灵光闪过，他静静放下香烟。

“那么，我就对当时制作遗嘱的情形详细加以说明，以消除你的妄想。应该是去年三月十二日那天，算哲先生突然找我，他表示自己当天偶然想起应该把遗嘱写下来。于是，我们俩一起来到书房，我坐在他对面的椅子上，看着算哲先生认真确认遗嘱草案。

“那是两张大概八开的信纸，他确认好内容之后，撒上一层金粉，并盖上旋转印章。你应该也有所耳闻，那人的所有行为皆遵从古法，他有着复古的嗜好。然后，他把两张遗嘱放在保险箱的抽屉内，当晚还派人严密监视房间内外——预定的宣布时间为第二天。可是到了第二天早晨，在全部家人的面前，也不知道是何缘故，他突然将其中一页撕毁，不仅撕成碎片，还焚烧成灰，倒入窗外的雨水中。看他行事如此慎重，害怕遗嘱的内容被人看到，大致可以猜测到遗嘱的内容绝对是相当具有争议的绝密。随后，他又将剩下的一页密封，放入保险箱之中，嘱咐我务必等到他死后一年才可开启。所以现在并不是打开保险箱的时机。

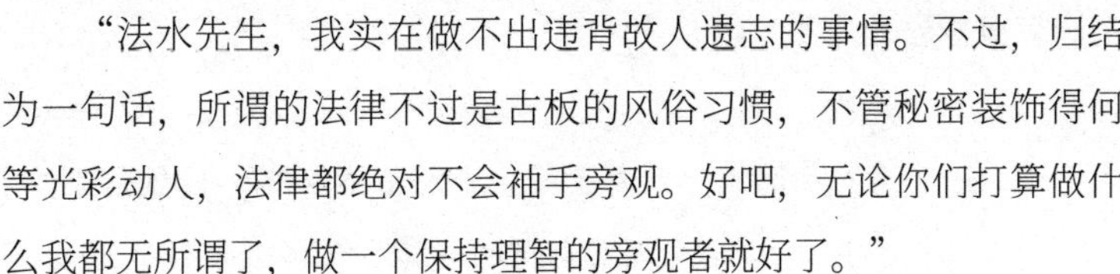

“法水先生，我实在做不出违背故人遗志的事情。不过，归结为一句话，所谓的法律不过是古板的风俗习惯，不管秘密装饰得何等光彩动人，法律都绝对不会袖手旁观。好吧，无论你们打算做什么我都无所谓了，做一个保持理智的旁观者就好了。”

博士傲然地发表了一番言论，但是，他脸上若隐若现的不安却在不断扩散。

“但是，你刚刚那句话我并不在意。好吧！制作遗嘱当晚，我严密监视算哲先生，未烧毁的那一页遗嘱，他还藏在保险箱里，密码表和钥匙都在这里了。”

他从口袋里掏出密码表与钥匙，大力甩在桌上，说道：“法水先生，保险箱的门应该不是靠机智和幽默就可以打开的，对吧？或者你打算使用熔铁剂？不过，既然从你口中说出那样奇怪的言论，理应有相当可靠的证据吧？”

法水朝天花板吐出几个烟圈，大声回应道：“真是奇妙啊！今天我似乎与绳子、丝线类的东西纠缠在一起了。其实，我认为当时剪断线这一点，就是造成遗嘱内容消失的原因。”

听闻法水这番话，博士仿佛全身触电般颤抖，虽然他不太明白法水的言外之意，却感觉有什么东西被法水压制住了。他苍白的面孔逐渐僵硬，沉默不语。过了一会儿，他脸上泛现出悲壮之色，下定决心似的站起身，说道：“好吧！为了解开你的误解，我今天也只能违背承诺，就在这里开启算哲先生的遗嘱。”

接下来的时间，直至两人带着遗嘱回来，任何人都没有发出声音，每个人的脑海里都有各种各样的想法。检察官与熊城当然期待事件能尽快解决，旗太郎则期盼遗嘱的开启能一举改变自己的不利处境。

不一会儿，两人再度出现在众人面前。法水手上拿着一个大大的信封。他在众人的期待中拆开信封，瞥了一眼信上的内容，一种沉痛的低落立刻浮上他的脸庞。啊！他的希望在这里又落空了。纸上只有很普通的几项内容：

一、遗产由旗太郎和葛蕾蒂·丹尼伯格等四人平均分配。

二、条件是永远遵从黑死馆的戒律。凡离开本馆、恋爱、结婚以及透露遗嘱内容者，即刻被剥夺继承权。其丧失的部分按照比例平分给其他人。

以上内容也会口头传达给相关人员。

旗太郎脸上也浮现出失望的神情，不过，年轻的他很快就释然地张开双手，脸上洋溢着喜悦，说道："就是这样，法水先生，我终于获得自由了。老实说，我一直想挖一个洞，朝里面大吼一通。不过转念一想，如果我真的做了那样的事，可怕的梅菲斯特是绝对不会放过我的。"

至此，押钟博士似乎赢了与法水的这场对决。然而，法水所宣称的遗嘱内容是白纸，其真正含义绝非如此。当然，他说的那句话在一定程度上压制了博士有内情的计划，不过，法水心中真正所想的或许只是另一半未知的启示图。

眼前这一幕最终以无趣的结果宣告结束，可是，应该为胜利感到骄傲的博士，却不可思议地有点神经质，声音莫名地畏怯："好了，我的任务终于完成了。不管谜团是否解开，结论也十分清楚了，重点是增加平均分配的比率。"

然后，法水他们离开了客厅，临走时法水不断向博士道歉，因为他给对方带来各种困扰。之后在法水经过楼梯上方的时候，不知是何缘故，独自走进了伸子的房间。

伸子的房间带有几分庞巴度的风格，桃红色木板装饰着金色葡萄藤的图案，书房里一派明亮，左边的通道通向的是狭长的走廊，右边是由桔梗色帷幔包围的卧室。

伸子对法水的到来似乎一点也不感到意外，平静地请他落座，说道：“我正想着，是该出去见你的时候了。你应该是来问我丹尼伯格夫人的事，对吧？”

“不，我认为问题并不在于尸体上的荣光或者伤痕。当然，氰化钾并没有合适的中合剂，就算你与丹尼伯格夫人都喝了柠檬水，也没有在此进行分析的必要。”法水为了安抚她，预先给出了提示。

“不过，我听说那天晚上，就是神意审判会当晚，你与丹尼伯格夫人曾发生过争执。”

“确实有过。但对这件事情有疑问的应该是我，因为我对她发怒的缘由完全不明白。当时的情形是这样的……”伸子毫不犹豫地回答，这次并没有试探对方的反应，“大概是晚饭过后一个小时，我正想把书柜里的凯瑟史贝西的《圣乌尔斯勒记》拿回图书室，身体却突然失去重心，脚下踉跄了几步，手中的书撞到了角落里的乾隆时代玻璃大花瓶，花瓶被撞倒。接下来发生的事情就有些奇怪了，花瓶落地虽然发出剧烈的声响，但我也不至于要受到这般严重的责备。可是，随即出现的丹尼伯格夫人迅速走过来……我到现在也不明白她为何如此震怒。”

“我想，夫人的责骂应该不是针对你吧！虽然她表现出怒骂、讥笑，还有叹息，但事实上应该只是释放出自己的感觉，并不是针对哪个人。这是某种变态的意识在一般情况下出现的异常分裂状态。”法水注视着伸子的脸，似乎在等待她的肯定回应。

“可是事实绝非像你说的那样……”伸子表情严肃，“丹尼伯格夫人当时的模样只能说是偏见和狂乱相结合的异类，况且，她原本就具有修女般严苛的个性。她用颤抖的声音冷酷地数落我，说我只是马具店的女儿，是不知好歹的贱民，还说我就是个保姆，跟寄生虫没什么不同……有谁能明白我内心的痛楚呢？尽管算哲先生生前对我照顾有加，我也十分感念，可无论如何我也不愿再这样待在这座宅邸了……”

渐渐地，凄楚的愤怒被少女般的悲哀所取代，两行热泪从她的脸颊滑落。她稍微平静下来，接着说：“因为她对我弄倒花瓶引发剧烈声响这一点只字不提，所以，我完全不能理解她的意思。你现在应该能理解我的感受了吧？”

“我完全同情你的立场。”法水安慰着她，不过他内心似乎还藏着对某件事的期待，“对了，你有没有看见丹尼伯格夫人打开这扇房门？当时她到底在什么地方？”

“这可不像是你会提出的问题啊！一副早期心理分析派侦探的老式派头。”

面对法水的质问伸子显得很惊讶，回答道：“不巧的是，那时房间里没人。当时呼叫铃坏了，于是我自己去仆人的房间找人来收拾花瓶，回来的时候发现丹尼伯格夫人已经在房间里了。”

“这么说来，也许她早就待在帷幔的后面，你没有发现而已。”

“不是，我觉得她是来卧室找我的。因为，我在帷幔的缝隙里看到她时，她的姿势是静止的，只是露出一点右肩。不一会儿，她把一旁的椅子拉过来坐下，仍然待在两道帷幔中间的位置。法水先生，我的陈述中没有任何算哲博士的黑死馆灵魂主义吧？在我看来，坦白才是最高明的计策。”

“谢谢你的坦白。我想从你这里知道的事情，基本就是这些了。不过，我还是得提醒你，尽管这桩事件的动机在于黑死馆的遗产，你最好还是谨慎一些，尽可能地保护好自己，尤其是与算哲先生的家人不要频繁接触。终有一天会查出事件的凶手，不过此时明哲保身才是最明智的做法。”

法水对伸子说完忠告后，走出了她的房间。他在走出房门之际，望了一眼房门右侧的木板，眼神顿时变得异样炽热。他从刚才进门时就已经注意到了，在距离房门大约三尺的位置有剥落的木头片，

上面似乎还挂着被钩到的深色衣服纤维。

各位读者应该还记得，丹尼伯格夫人的右肩某处有被钩破的痕迹。问题是，这个痕迹又引发了难以理解的疑问。因为如果按照正常的姿势进出房门，是不可能让右肩碰到木板的，除非，特意将身体横着移动三尺。

之后，黑暗静谧的走廊上，出现法水独自行走的身影。他中途停下脚步，推开窗户，深深呼吸着外面的空气。外面的风景深邃而静谧，夜空中洒下的月光淡淡地映在瞭望塔和城墙上，还有几乎覆盖这一切的阔叶树林，让眼前这一片景色显得海底般深沉。一阵夜风吹过，一切都如同波浪般起伏，朝南方散去。

过了一会儿，法水似乎灵光一闪，某种想法开始在他脑海中盘旋，但他依然站着没动，而且像是屏住了呼吸在凝神静听着什么。过了十几分钟，不知从什么地方传来脚步声，然后脚步声又逐渐远离。法水的身体终于又开始活动，他再一次前往伸子的房间，在里面停留了两三分钟后，重新来到走廊。这次，他走到另一侧雷维斯的房门前停住了。

他握住了房门把手，他明白自己的推测完全没错。因为在开门的那一瞬间，他跟这位忧郁的厌世主义者的目光相遇了——那洋溢着异样的热情、恍如野兽般粗暴的呼吸迎面而来。

·第七章·
法水最终误判?

一、沙勿略主教之手……

法水刻意轻声推开了房门，只见雷维斯正埋坐在壁炉旁的躺椅上，脸深深藏在双膝之间，双拳用力地抵住太阳穴。他银色的长发分梳成格劳曼式样，双眼布满鲜红的血丝，迸发出狂暴燃烧着的光芒。此时此刻，那个原本忧郁的厌世主义者，全身包裹着未曾出现过的激情，他不断拉扯着自己鬓角的头发，粗声吐着气，脸上的皱纹不住地颤动着。从那看起来如妖怪般的丑陋面容，便可知道他脑袋里绝不可能有所谓的冷静或者平和存在。并且可以断定的是，雷维斯绝对有某种狂妄的执拗心理，而正是这种执拗让这位中年绅士发出猛兽般的剧喘。

然而，当雷维斯看到法水出现时，眼中的懊恼几乎在一瞬间消失无踪，他静静地站起身。这个转变过于鲜明，以至于让人产生了刚才是另一位雷维斯的错觉，而且他所表现出来的态度也没有丝毫的意外或者嫌恶，甚至可以说有一层白雾般的淡漠笼罩着他。同时，在另一边看不到的面孔上，他的眼睛却狡黠地转动，但又不像是责怪法水的无礼行为。这种极端异样的个性，估计只有被称为怪物的人才有吧。

这个房间的装饰由雷纹图案的浮雕和回教风格装饰混合在一起，三条棱边并列在墙壁和天花板之间形成平行的折纹，一盏十三烛的复古水晶灯垂挂在格子状的天花板中央，散发出妖艳的黄色灯光，照在屋内的家具上。

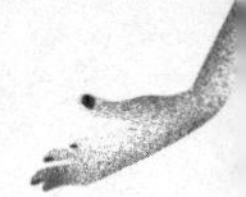

法水先为自己没打招呼就推门而入的行为，郑重地表示了歉意，然后坐在雷维斯对面的长椅上。

这时，雷维斯狡诈地轻咳了一下，开口说道："对了，刚才好像开启了遗嘱，所以，你是来告知我遗嘱内容的吧？哈哈！法水先生，你不认为那是很愚蠢的游戏吗……我可以告诉你，事实上，遗嘱一旦开启就意味着立即生效。就是说，不仅表示其期限已到，还必须立刻执行相关内容。"

"原来是这样。既然如此，别说是偏见，连错觉都不可能出现了。可是，雷维斯先生，在那封遗嘱之外，我也找到了动机的深渊。"

法水带着奇妙的讽刺微笑着，接着说："不过，关于这一点，我的确需要你的帮忙。坦白地讲，我听到了来自深渊底层的奇怪童谣。那绝不是我产生了幻听，而且童谣本身也完全不合逻辑，绝不是能简单断定的东西。还有就是，我在追查它的过程中，偶然发现了一项定数。所以，雷维斯先生，我希望由你来决定这个定数的值。"

"什么奇怪的童谣？"雷维斯好像吃了一惊，把视线从壁炉移到法水的脸上，"啊！我明白了，法水先生，你可以停止这无聊的演出了吗？像你这般勇猛无比、像极了凯克斯霍姆投弹兵的人，竟然唱起了田园牧歌。哈哈！你可真是绝无仅有的天才，还明目张胆地提出要求。"

雷维斯看透了法水的阴谋，激烈地讽刺对方，并反应迅速地加强了警戒。然而法水并不在意，神情反倒十分冷静。

"没错，刚才我的言语或许是有些戏剧化。你可能会觉得我学识浅薄，不过我至今也未曾读过《论李维》[1]。所以，如你所见，我非常坦诚，你当然也不需要怀疑我有任何陷阱或阴谋。现在我就把

[1] 十六世纪佛罗伦萨外交家马基亚维利所著，该书主要讲述了文艺复兴时政治家对意大利共和制的主张。

目前事件的情况详细向你说明，包括你尚未知道的那一部分，然后你再做决断，如何？”

法水的手肘往膝盖处移动，上身前倾，双眼凝视着对方说：“我认为，这桩事件的动机，目前有三种趋向。”

“什么，动机有三种？不对，法水先生，应该只有一种。难道你忘了，遗产的分配唯独漏掉了一人，就是津多子！”

“我指的并不是这件事，请你先听听我的说明。”法水制止了对方继续说下去，接着提起了戴克斯比，再从黄道十二宫的解读，讲到小霍尔班的《死亡之舞》，对其所记录的诅咒意志进行了一番解析。

他接着说：“由此说来，问题的重点其实就是算哲四十多年前出国游历时所发生的秘事。算哲、戴克斯比和德蕾丝这三人之间，存在着某种混乱的三角关系，这一点毫无疑问。而且，戴克斯比很可能是因为他的犹太人身份在这场三角恋中最终失败。后来，戴克斯比偶然获得了设计并建造黑死馆的机会。雷维斯先生，如果戴克斯比对之前的事情耿耿于怀，那么他出于报复的目的，究竟会怎么做呢？他那极为强烈的恶毒念头，最先让人联想起来的无非就是过去那三桩离奇的死亡事件，每一桩事件发生的动机皆不明确，这一点让我察觉出不一样的暗示。另外，黑死馆建成后才过了五年，算哲就大幅度进行内部改造，这可能也是因为害怕戴克斯比会通过黑死馆进行报复而采取的对策吧。不过，最让人震惊的是，戴克斯比在四十年前记述玩偶的文字中预言了今日之事。这让我不得不认为，戴克斯比的怨念仍旧残存于这座黑死馆某处，而且其存在的方式绝对超越了人类智慧所能想象的范围。更明确的表述就是，当年戴克斯比在仰光跳海自杀这件事是否属实，还有他本人是否真的死亡，还值得认真考虑。”

“戴克斯比，嗯……如果这个人真的还活在世上，那么今年已

经八十岁了。但法水先生，你所说的童谣就是指这个吗？”雷维斯的态度依然带着嘲讽。

法水不以为然，他淡然地接着说：“戴克斯比荒诞无稽的妄想，也许同我杞人忧天的想法只是偶然重合，可是一旦掺入了算哲先生的问题，我想不会再有人认为这是我想太多了。动机之一显然是算哲对遗产分配所采取的处置方式。旗太郎、津多子等五人也牵扯其中，尽管缘由各不相同。还有一点十分可疑，就是遗嘱上所写的制裁条款，在谁看来都是几乎不可能实行的事。

“雷维斯先生，如果说，恋爱属于心灵意识的范畴，那么我们又该如何证实它的存在呢？所以我认为其中具有算哲那令人费解的意志。就是说，开启遗嘱或许会导致新的疑惑。但即使这样也无所谓，这种疑惑并不是独立存在的，而是有迹可循的。此外还存在一种内在动因，与前面所述的两点相通。雷维斯先生，我必须坦白地问你，你们这四位外国人士的出生地和身世与公开登记的资料不一致，对吧？比如克利瓦夫夫人，资料上显示她是高加索地主的第四个女儿，实际上她却是犹太人，对吗？”

“你连这个也知道？”雷维斯的双眼不禁睁大，但是脸上的惊愕很快便平复下来，“不，欧莉卡小姐的情况或许只是特例。”

“但也正是因为出现了不幸的巧合，才不得不追究到底，揭开事实的真相。更何况，还存在着一张死亡启示图，不仅与事实一一对应，还暗示了这一家族的特异体质。如果结合你们四人自年幼时就被带至日本的事实进行分析，算哲非同寻常的意图就变得再明显不过了。”

法水停顿了一下，深吸一口气之后又接着说：“雷维斯先生，有一件事连我都怀疑自己是不是过于疯狂了。我之前妄想算哲仍然活着，而目前我几乎有了十足的把握。”

“啊，你在说什么？”雷维斯似乎在这一瞬间丧失了全身的知觉，此消息给他造成的强大冲击力令他的眼皮都僵住了，开始如哑巴般嘴里咕哝着模糊的话语。他不停地反复诘问法水，待他终于理解法水话语的意思之后，他的全身如发热患者般颤抖，脸上充满了恐惧与苦恼。

过了一会儿，雷维斯终于开口：“啊，果然是这样吗？‘动者恒动。’”他发出低吼，又喃喃自语，然后像是想起了什么，眼睛里迸射出熠熠的光辉。

“太不可思议了！如此惊人的巧合！啊，算哲先生还活着的话……那么，他一定是在那天晚上从地下墓室上来了……法水先生，这莫非对应了那句尚未出现的‘地精啊，勤奋干活吧’？也就是五芒星咒文的第四句，对吧？尽管我们的眼睛可能看不见，但是那张纸早在水精之前就出现了，也就是在这桩悲剧刚开始演出序幕之时。”雷维斯的脸上浮现出绝望之色，分不清是笑还是哭。

法水对雷维斯这有趣的说法只是点点头，但他的声调却提高了：“对了，雷维斯先生，我还发现一个跟遗嘱密切相关的动机，那就是算哲留下的某个禁止事项——恋爱心理。”

“什么，恋爱……”雷维斯微微颤抖，眼中满是愤恨瞪着对方，“如果在平常，你会说‘恋爱的欲求’，对吧？”

法水冷笑着回答：“不错……如果照你所说用了‘恋爱的欲求’，那它就具有更多刑法的意义了。但是就目前而言，我必须以此为前提，来论述算哲的生死与地精之间的关系。当然，其中必然存在强大的魔法效果。可是，雷维斯先生，在我看来结果仍然是比例的问题，但你好像把这个巧合理解成了无限记号，以‘万古恶灵栖身的泪之谷’的情况来看待这桩事件。而我却正好相反，我感觉仁慈的守护神格蕾琴[1]已将手伸向浮士德博士。因为要成为恶鬼祭品的人，只剩下那

[1] 格蕾琴（Gretchen）：《浮士德》中与浮士德相恋的少女。

几个了。所以，具备相当感知力与洞察力的凶手，自然也能感觉到继续行凶的危险性。不仅如此，对他而言，继续累积尸体数量的理由也已经消失。也就是说，狙击克利瓦夫夫人是凶手行动的最后阶段，他搜集尸体的嗜好应该已经结束。雷维斯先生，我就给你展示一下我所采集的心理标本吧。

“法律心理学家汉斯·里赫尔等人提出了‘动机的观察具有影射性’，而在我的眼里，动机是具有推测性的，并且始终不懈地寻求所有跟事件相关的心理现象。因此我才能做出判断，凶手的最终目的就是丹尼伯格夫人，所以他才会将克利瓦夫夫人与易介的事件意图引至令人误会动机的遗产方面，或者企图让人误以为只是一种虐待性的行凶。显而易见，出现伸子那样的状况只能证明凶手阴险至极，那是恶鬼才能策划出的特有的干扰计划。”

法水掏出一根香烟，恶魔般的回响却无法掩饰地从他的声音中漫溢出来，他接着说出了更为惊人的结论：“所以，这就是今天你把彩虹送给伸子时的心理，也是之前你与丹尼伯格夫人的秘密恋爱关系。”

啊，雷维斯与丹尼伯格夫人……这可能是连神灵也无法知道的事吧！就在这一瞬间，雷维斯的脸色变得如死人般苍白，喉咙激烈地痉挛，已经难以发出声音，颈部的韧带如同绳子般扭曲在一起，整个人仿佛一座雕像，凝视着虚空。

这真是异常持久的沉默，耳边清晰地响着窗户外喷泉发出的声音，飞起的水沫在星空下闪烁着淡白色光芒。事实上，雷维斯从一开始就对法水抱有绝对的戒心，但是之后法水这一番出乎意料的话最终突破了他的防御。胜败已定。

雷维斯虚弱无力地抬起头，绝望逐渐笼罩在他的脸上，他开口说道：“法水先生，我原本就不是充满幻想的动物，可是，你游戏性的冲动未免太多了。彩虹之事，我承认是我做的，可我绝对不是凶手。而且，你所说的我与丹尼伯格夫人之间的关系纯属诽谤，实在令我震惊。”

“你放心好了，这事若放在两个小时以前可能会很麻烦，不过就目前而言，禁令的效力已消失，任何人都不可能妨碍你的继承权。现在，重点在于那道彩虹与窗户的问题……”

雷维斯疲惫的神态中又流露出了哀愁，他说：“当时，我看到窗边出现伸子的身影，以为她待在武器室，所以才做出送她彩虹的举动。只是，天空里的彩虹是抛物线，而水滴所产生的彩虹却是双曲线的。除非彩虹呈现出椭圆形，否则伸子便不会投入我的怀抱。”

“可是，这里却存在一个奇妙的巧合，那支吊着克利瓦夫夫人的鬼箭继续前行，最终射中的位置在那扇房门上，你所送出的彩虹也是从同一处进入百叶窗的窗栏。雷维斯先生，你知道吗，所谓因果报应并不只存在于复仇之神决定的人类命运之中。”法水毫不放松，步步进逼。

雷维斯蜷起身体，发出轻微的叹息声，随即又转变态度进行反驳：“哈哈哈！法水先生，请停止你那无聊的想象。换成是我，一定会说那支三叉箭（Bohr）来自后院的菜园，因为眼下正是盛产芜菁的时节。有这么一首民谣，你可能也知道吧？箭翎是芜菁，箭杆是芦苇。”

“是，这桩事件也是一样的。芜菁好比犯罪现象，芦苇就是动机。雷维斯先生，同时具有这两者特性的人，只有你。”

法水的语气比之前更强硬了，仿佛有熊熊烈火包围了全身，他继续陈述自己的观点：“当然，丹尼伯格夫人已经遇害身亡，伸子也不可能说出什么。但事件最初的夜晚，也就是伸子打破花瓶的时候，你应该待在那个房间里吧？”

雷维斯的脸上露出惊愕的表情，他那只握着椅子扶手的手开始颤抖，回答道：“那么，你的意思是，因为我向伸子求爱的举动被葛蕾蒂小姐发现，所以才下手杀了她？真是愚蠢！我会那样没有分寸吗？那只是你的妄想罢了，你总是擅长扭曲幻想并且偏离正轨。”

“不过，雷维斯先生，你曾多次遇到过这种情况，那么经验应该告诉你解题的方式才对。那就是‘蔷薇的确存在，周围的鸟啼声消失’，这是雷瑙《秋之心》中的一节。”

法水的语气又变得平淡，他开始冷静地叙述他的实证法。

“你可能已经注意到，我常常利用诗词作为反映事件相关者的心像的镜子，同时留下多数标记，并对符合或者对应的符号做出象征性的解释，以此了解对方内心深处所隐藏的东西。比如雷瑙的诗，我运用它来完成一种读心术，因为莱赫德等一些新派法律心理学家们曾提倡，应该将心理学术语‘联想分析’应用于预审推事的讯问当中。原因就在于其中包含了闵斯特伯格的心理实验。首先，将写有骚动（Tumult）字样的纸片作为提示给受试者看，之后在受试者的耳边低声说出铁路（Railroad）这个词，然后对受试者进行提问，结果受试者回答纸片上的词是隧道。由此可知，一旦受到外在力量的作用，我们的联想一定会产生错觉。

“不过，我又加上自己独到的解释，就是把公式 Tumult + Railroad = Tunnel 进行逆向运用。先用 1 作为对方的心像，试图用 2 和 3 来描述其中的未知数。于是我才先说出‘蔷薇的确存在，周围的鸟啼声消失’，之后以此观察你的反应和说出的每句话。果不其然，你不仅窥视我的脸色，并且做出了‘你是说燃烧蔷薇乳香吗’的回答。你这句话顿时强烈冲击了我的神经，因为，不管是天主教还是犹太教都只使用两种乳香——勃斯维利亚和杜利维拉，混种的乳香是不容许使用在宗教仪式上的，这也就泄露出了潜藏在你内心深处的某样东西——蔷薇乳香影响了你。所以从这句话里，我很明白你叙述了某个事实。于是，为了知道那究竟是什么，我不得不趁刚才伸子不在之时，再次偷偷进入她的房间。”

法水点上一根香烟，深深吸上一口，继续说：“雷维斯先生，她房间的书房两侧都是书柜，伸子说的那本让她脚步踉跄打坏花瓶的《圣乌尔斯勒记》放在入口旁边书柜的上层，只是该书的重量并不足以让她失去重心，反而是旁边那本汉斯·夏恩斯堡的《预言的熏烟》（Weissagend rauch）足够厚重。注意到这件事之后，我对正中目标的偶然性不禁感到有些恐怖。《预言的熏烟》中的Weissagend rauch+Rosen（蔷薇）=Rosen Weihrauch（乳香），不正好与闵斯特伯格的实验解题公式，即 Tumult ＋ Railroad ＝ Tunnel 适用同样的原理吗？也就是说，在提到《预言的熏烟》这个书名时，你脑海中浮现的某种观念不自觉被蔷薇所诱导，于是意识表层浮现出了‘蔷薇乳香’这四个字。我的联想分析已经完成，同时也明白了那个书名始终盘旋在你脑海的缘由。还有，在该房间里仔细观察的时候，我也终于弄明白了伸子撞倒花瓶的真相，当然，其中包含了你的面孔。”（见下图）

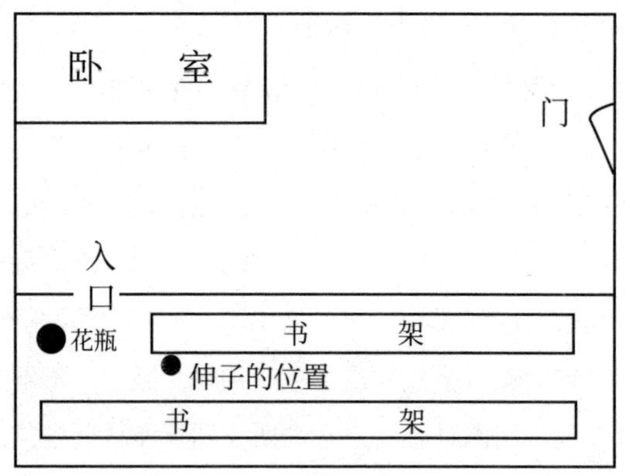

法水在叙述完他所设定的剧情后，终于将问题转移到伸子身上，对她进行了一番独特的生理解析。

“在我知道《预言的熏烟》的存在后，伸子之前的说辞的真实性自然就出现问题了。她说自己脚步踉跄，用《圣乌尔斯勒记》撞倒了花瓶，可是，花瓶的位置是在入口右边的角落里，考虑到当时

伸子所处的方位和花瓶的位置，这种状况实在难以发生。

“首先，如果伸子不是左撇子，那么要用右手将《圣乌尔斯勒记》从头顶撞向花瓶是绝对不可能实现的。于是，我想到一个术语‘肘点反射’，也就是在上臂举高时，锁骨和脊椎之间会有一团肌肉隆起，其顶点恰好是上臂神经的某一处。如果用力打击这一点，其侧边的上臂以下部分会产生剧烈的反射运动，并且在一瞬间麻痹。

“从现场的状况看来，也具有‘肘点反射’发生的适宜条件，因为必须双手举高才够得到那两本书摆放的位置。雷维斯先生，我在查证伸子的说辞时，脑海中忽然浮现出当时发生在该房间的实际状况。也就是说，伸子伸出右手去拿书架上层的《圣乌尔斯勒记》时，前面房间某处忽然传来一些声响。当时她手里抓着书，身体下意识向后转，眼睛正好望向背后书架的玻璃门，那时她看到了某个人正从卧室里出来，震惊之下手碰到旁边的《预言的熏烟》。那本一千多页的木板封面的厚重书籍掉落下来，正好砸在她右肩上，于是引起身体强烈的反射运动，右手拿着的《圣乌尔斯勒记》才会飞过头顶，击中她左侧的花瓶。

“雷维斯先生，这样一来，我借由《预言的熏烟》便进行了一项心灵的验证。也就是说，给当时潜入卧房之人上加一个虚数。当年黎曼就是通过虚数证明了‘空间特质并非只是单纯的扩大三重的大小’的理论。我还是直接说吧！当时从卧房出来的人，就是你。你在听到响声后走到伸子的身旁，将掉落的《预言的熏烟》放回书架原位，之后走出房间，但是却被丹尼伯格夫人发现。她在算哲死后便与你有了秘密关系，丹尼伯格夫人因此而发怒。但是由于遗产继承的严格禁令，她也不敢公开。”

在法水叙述期间，雷维斯只是安静地听着，他双手握拳放于膝上。等对方说完，他脸上冷静的神情也丝毫未变，只是淡淡地说道：“没错，这是足够的动机。可是，这并不具备完全的刑法意义，所以我希望你能说清楚犯罪的事实。法水先生，对于我的面孔出现在关键的环节，你要如何证明呢？那本《预言的熏烟》可能是我永生难忘的记忆，送出彩虹这件事也可以让伸子知晓我的心意。但是只凭这些，就断定我和梅菲斯特签订了某种契约……不，你这种炫耀的卖弄只会让我想大吐一场。”

“这是当然。雷维斯先生，你知道吗？在一片混沌之中带给我光芒的正是你的诗作。事实上，这桩事件的结局已经出现，就在那道彩虹中浮现的浮士德博士的总忏悔之中。我还是直说吧，彩虹之中那七种颜色并不是诗句，更不是想象，而是残暴无比的刀刃的光芒。雷维斯先生，你是借由彩虹的蒙蒙雾气对克利瓦夫夫人进行狙击的吧。”法水的表情突然变得狰狞，说出的话语也显得疯狂无比。

就在那一瞬间，雷维斯全身僵硬得如同化石一般。法水最后那句话或许是连他自己都意想不到的。于是在那一刹那，他必定被迷惑、震惊所环绕，一切理性都消失无踪。

法水眼睁睁地望着对方茫然的样子，他仿佛在玩弄着手上鲜活的诱饵，有些残忍地悠然开口：“实际上，那道彩虹代表讽刺和嘲弄的怪物。你应该知道东哥特国王迪奥多里克在那座拉温纳城制造的悲剧吧？（注）”

“嗯，最初虽然没有射中目标，可迪奥多里克还有相当于第二支箭的短剑。而我既不是苦行僧，也并非殉教徒，你这套净罪轮回思想的说辞，还是去对浮士德说吧。”雷维斯的声音颤抖不已，满脸都是憎恶之色，因为，在拉温纳城里发生的悲剧中，存在着与克利瓦夫夫人事件极为类似的场景。

（注）公元四九三年三月，西罗马摄政王奥多亚塞在战争中败给东哥特国王迪奥多里克，被围困在拉温纳城堡，最后不得已求和。在合约签署时，迪奥多里克命令家臣用海德克鲁格

的弓箭狙击奥多亚塞，不料却因为弦松而未能达到目的，最终不得已改用剑刺杀。

“但是，仅凭彩虹的提醒是远远不够的。”法水步步紧逼，眼中迸射出迫人的光芒，“你模仿奥多亚塞事件中的做法，这一点的确不简单。你应该也知道迪奥多里克所使用的弓弦乃是用橐黄木的纤维编制而成，曾是海德克鲁格王（北日耳曼联邦中日耳曼族族长）的战利品。橐黄木的植物纤维本身具有随温度伸缩的特性，所以从寒冷的德国北部来到暖和的意大利中部，哪怕是北方蛮族所使用的恐怖的杀人工具也可能发生立即丧失性能的现象。在见到那把火箭弩的弓弦时，我忽然产生一种奇特的预感，意识到很可能发生了橐黄木般的纤维伸缩，只不过这次是人为原因造成的。”

“雷维斯先生，当时火箭弩挂于墙上，箭矢搭在上面，弓形的部分朝上，高度大概跟我们的胸口齐平。需要引起注意的是支撑箭弩的三根平头钉的位置，其中两根用来钩住弓弦，另外一根在发射柄的正下方的位置，用以支撑箭弩。要完成让它在该位置自动射出的步骤，必须使其与墙壁隔开大约二十度。也就是说，需要用技巧制造角度，才能实现不经由人手拉弓与放箭。那么这时就得用上曾经令津多子陷入昏迷的水合氯醛。”（见下图）

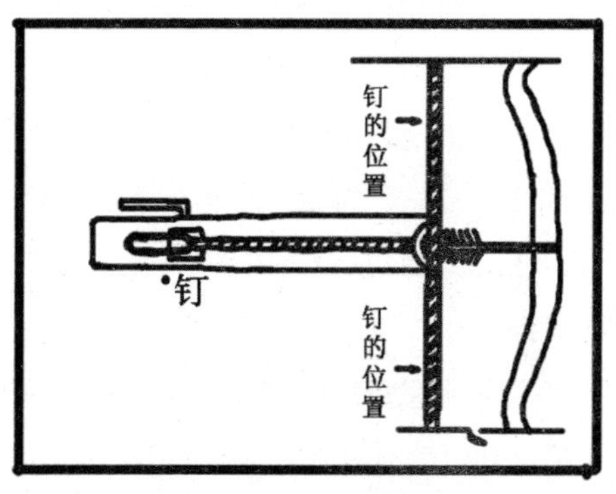

法水的双腿更换了一下交叠姿势，抽出一根香烟后接着说道：“你知道醚和水合氯醛水溶液都具有低温性吗？也就是说，与之接触的物体的温度都会被它们带走。在这个案例中，在扭缠成弦的三条槖蓑木纤维绳的其中一根涂抹上水合氯醛，然后在喷泉送来的湿气的作用下，极易溶解的麻醉剂很快变成寒冷的水滴，使涂抹了水合氯醛的那条纤维绳逐渐收缩，其产生的力量如射手拉紧弓弦一般。这样一来，另两条没有涂抹水合氯醛的纤维绳便会渐渐与之脱离，箭弩变松往下移动。于是，上方的纤维绳产生了较强的反作用力，脱离钉子，箭弩上方的角度逐渐变大，同时弓身的发射柄部分也随之放倒，发射柄被钉子卡住，箭就循着张开的角度射出去。而在射出的反作用力下，箭弩掉落在地上，收缩的弓弦自然也在麻醉剂完全蒸发以后恢复原状。雷维斯先生，只是这项诡计实施的目的，是巩固你的不在场证明，并非是夺取克利瓦夫夫人的性命。”

雷维斯全身冒汗，双眼如野兽般充满血丝，似乎随时准备趁隙反驳，但终究还是被法水缜密的逻辑压得毫无还击之力。他面带绝望之色，恶狠狠地站起身，用拳头猛然捶胸，开始大声咆哮：“法水先生，你才是这桩事件的恶灵！我告诉你，在你大放厥词之前，还请先阅读一遍《玛丽安悲歌》。你知道吗？这里有一个拥有追求永恒女性的梦想之人，可是，对方的精神之美却击溃了他所有的野心、挣扎以及年轻气盛，他的一切都如溃堤般消失无踪。而你却一再只是强调愧疚、惩罚。不仅如此，你所带领的一众猎人今天还会在此展露各种野蛮残酷的本性，把你们瞄准的猎物团团围住，使其无法动弹……”

“那么在你看来，这就是狩猎，对吗？雷维斯先生，你有没有听过这样一首诗？在山和云的栈道之中，雾中的骡马四处寻找道路，洞窟内龙族常年盘踞……”

法水说着，脸上露出恶意的微笑，此时门外隐约传来夜风摩擦衣物的声响，之后听到歌声渐渐消失在走廊的尽头。

狩猎队伍野营之时，
云层笼罩，薄雾遮盖着山谷，
夜晚和暮色顷刻降临。

那无疑是赛雷那夫人的声音！

随着歌声入耳，雷维斯如心神丧失般瘫倒在长椅上，头朝后仰着，气急败坏地大力喘息着说：“你是如何用一个人的牺牲为条件，让她明白此事的？我已经无法再解释什么了，请你立即解除对我的护卫。如果要以我的血开始审判，最终你会听到来自舌根的结果。”

雷维斯表现出异常的决心，坚决拒绝护卫，打算解除一切防备，以赤裸的姿态面对浮士德博士。

法水做出讽刺的回应后，走出他的房间。

丹尼伯格夫人的房间，已经成为他们平常商量事情和问讯的地方。检察官和熊城已经吃完了晚餐。桌上放着依据后院鞋印造的两个石膏模型，还有一双套鞋。那是在后方楼梯下面的壁橱内发现的雷维斯之物。

这时，押钟博士已经离开了。法水在吃过晚饭后，喝着巴贝勒红酒，开始讲述他与雷维斯的对决经过。

听完法水的说明，熊城点点头，脸上却露出强烈的责怪之色，抱怨道：“真是受不了你的理智主义！你为什么要对处置雷维斯犹豫不决呢？你仔细想一想，目前为止，好几个人的动机与犯罪现象都不符合，还没有哪一个人被证明兼具这两者。既然序曲已经完结，还是尽快把帷幕拉上吧。也许，你还惯常地陶醉在某种意义下的歌唱抗衡之中，但是请记住，做出结论才是必要的前提。”

“别开玩笑了！为什么会认为雷维斯是凶手呢？”法水发出一阵爆笑，身体摆出小丑般的造型。

啊！作为世纪宠儿的法水，难道对那桩告白的悲剧，已经做好了转变动机的可笑准备吗？

检察官与熊城一时间都有被嘲弄的感觉。纵然法水的思维一向条理井然，他们也知道不能立即完全听信他所说的话。

法水接下来立刻暴露出他诡辩主义的本性，说明雷维斯所提的要求会带来不可思议的后果。

“雷维斯同丹尼伯格夫人之间的关系绝对属实。而且，那具火箭弩是用槖荑木纤维编制的弓弦，这将成为我在本世纪史前植物学上最伟大的发现。熊城，作为最后的海牛物种，白令海牛直到一七五三年才在白令岛附近被人类屠杀，而这种寒带植物却早在这之前就灭绝了。所以，编制那箭弩弓弦的材料只是普通的大麻纤维而已。那般钝重的墙柱，其实只用一支锥子就可以破坏掉。换句话说，我正尝试以雷维斯为新的坐标，对这桩事件展开最后的突破行动。”

“你疯了吧？竟然打算用雷维斯作为活饵引诱浮士德博士？”连一向冷静的检察官也被法水的话所震惊，整个人几乎跳起来。

法水见状，只是浮现出一丝残忍的微笑，说道：“支仓，你不愧是道德世界的守护神。坦白讲，关于雷维斯，最令我害怕的并不是浮士德博士的魔爪，而是他自己的自杀心理。雷维斯在最后曾说了这么一句话：‘如果要以我的血开始审判，最终你会听到来自舌根的结果。’从他个人所表现出的性格演员的形象来看，很容易联想到一出悲哀的时代剧，这将是最精彩的重头戏。只是，虽然剧中充满了悲戚，却绝不豪壮。其实他所说的那句话是莎士比亚诗剧《鲁克丽丝受辱记》里的台词，罗马美人鲁克丽丝因为受到塔昆纽斯的侮辱，在决心自杀时说出这句话。”

法水的语气中虽然不乏担心，他却仍然坚决地扬起眉说道：“支仓，那场对决中包含了一个对于凶手来说无法逃避的危机。实际上，我针对的是浮士德博士，并非雷维斯。因为，五芒星咒文还未显现

的最后一项，我已经知道了，也就是地精纸牌的所在之处。”

“什么，你说地精的纸牌？”检察官和熊城都大吃一惊。

然而，法水眉宇之间出现的神情，说是赌博又未免过于肯定，他那恐怖的神经作用究竟要怎样突破幽鬼的城堡，我们不得而知。就在这焦灼的气氛中，法水喝下已凉透的红茶，开始详细叙述。那是令人震惊的心理分析！

“我借鉴了格尔顿的假设，试着分析雷维斯的心像。在那位心理学家有名的《探究人类的能力与发展》一书中曾经提及，想象力特别丰富的人，会出现语言与数字上的共鸣现象。也就是说，与之有关的图像会清晰地浮现在脑海之中。比如数字，与之对应就会出现时钟的数字盘。就在刚才我与雷维斯的谈话中，这种类似的强烈表现就出现在他身上。

“支仓，雷维斯就向伸子求爱一事，说出了如此哀伤的话语：‘天空里的彩虹是抛物线，而水滴所产生的彩虹却是双曲线的。除非彩虹呈现出椭圆形，否则伸子便不会投入我的怀抱。’在这期间，我注意到雷维斯的眼睛做了一些细微的运动，当他说到几何学类型的用语时，眼睛会呈现出某种在虚空中描绘图形的举动。于是，从他那默剧性的心理表现之中，我发现了一项几乎令人窒息的特征。抛物线》、双曲线《、椭圆形◎三者结合在一起会呈现出‘KO’的形态，也就是地精（Kobold）的前面两个字母。因此我立即有意识地给予他暗示，期望引导他说出在去掉KO后，余下的四个字母bold的发音。结果，雷维斯将三叉箭说成‘Bohr’，同时为了讽刺我，把那支箭说成是从后面菜园射出来的，还专门加上芜青（rube）这个词，不让文字有序排列。所以，支仓，我偶然间发现了雷维斯意识表层浮动的奇异怪物。啊，虽然我不是史特林格，却认同他‘心像就是一个群体，具有自由移动的特性’这句至理名言。因为，从雷维斯的一句话中，我发现了暗藏于他内心深处的某种观念的鲜明分裂。

“要知道，支仓，在最初浮现 KO 和数字之后，雷维斯把三叉箭说成‘Bohr’，很明显他的意识里出现了地精。接下来他虽然使用了‘芜菁’一词，却又潜藏了更为重要的意义。这表示他脑海里存在一个秘密，那是受到地精的诱导后必然会联想到的。我又试着将三叉箭（Bohr）和芜菁（rube）进行排列组合，结果发现了格子桌（Boldrube）……啊！我快要疯了，因为那张桌子正好就在伸子的房间里。”

地精的纸牌——到目前为止，事件终于归结到了这一点上。如果，法水刚才的推断就是真相的话，那么，那位开朗的少女就是浮士德博士无疑。接着，他们一行人前往伸子的房间，此时此刻这条走廊显得何等幽长。

当他们经过古代时钟室时，法水突然停下了脚步，或许是想到了什么，他把调查伸子房间的任务交给便衣刑警，然后命人立刻把押钟津多子找来。

“又开什么玩笑？如果是怀疑锁住津多子的数字盘上藏有暗号的话，还情有可原。但如果只是为了问讯那个女人，不必非得在这个时候吧！”熊城心里有些不满。

“不，我是想要看那个自鸣琴时钟。老实说，有件事憋在我心里，我快要发狂了，一直无法释然。”法水语气坚决。

检察官与熊城都很意外。但是，法水那如同电波一般的奇妙神经一旦触动，就会绽放类推的花朵。乍看之下虽然毫无条理，但当内容一揭晓，便会成为强有力的连字符，或是在前方投射出全然未知的亮光。

津多子扶着墙壁走了进来。她在大正时代中期以表演梅特林克[1]

[1] 梅特林克（Mooris Polidore Marie Bernhard Maeterlinck，1862—1949）：比利时剧作家、诗人、散文家。他是象征派戏剧的代表作家，写了《青鸟》《盲人》等多部剧本。1911 年，获得诺贝尔文学奖。

的代表性悲剧而闻名，尽管已经四十一二岁，她那青瓷般的眼周和有瓷器般光彩的肌肤中，还保留着丰富的舞台情感。当然，同丈夫押钟博士的精神生活也为她的思想增加了深度。

然而，法水一见到这位典雅的妇人就脸色阴沉，他态度严苛地说：“虽然一见面就这么说显得我十分无礼，但如果借用这座宅邸里的人所说的话，我应该称呼你为傀儡操纵者才对。关于那具玩偶以及控制线……要知道，德蕾丝玩偶从整个事件一开始便已经存在，而且其罪恶之源以轮回永生的形式反复出现。所以，津多子夫人，我不必再询问你当时所看到的情况了，我们的谈话不应再涉及鬼神和命运论。”

听到法水这番完全出乎意料的言语，津多子优雅的身体急速变得僵硬，她硬生生地吞下一口唾液。

法水丝毫不放松，继续表达：“当然，主要原因是我已经知道你于当天傍晚六点左右给你先生押钟博士打电话的事。还有，后来你从房间里消失。”

“那么，你还想知道什么呢？我是在昏迷之后被锁进这间时钟室的，并且，田乡先生不是也说了嘛，他是在当晚八点二十分左右把这扇门的数字盘给锁上的。”津多子面带愠怒，抗拒似的反驳道。

法水离开铁栅门，目光凝视着对方，接下来说出的一番话让人觉得他未免过于疯狂：“不，我在意的是这扇门内所发生的情况，而并非门外之事。你了解中央那座带有自鸣琴的玩偶时钟……哦，你应该知道童子玩偶的右手就相当于沙勿略主教的遗物盒，每次报时都会敲响时钟吧？可是，那天晚上九点钟，沙勿略主教用右手敲下时钟的同时，门却被打开了，尽管旁边并没有人在场。”

二、光、色和声音 —— 消失于黑暗之时

啊！沙勿略主教之手！它与这扇有双重门锁的房门被打开之间到底有何关联？法水的神经透视功能在持续地运作着，他所构建的高塔难道就是这个吗？

检察官和熊城已经一脸麻木，都默不作声。就算法水有高超的推理能力，终究还是无法令旁人完全相信，因为这听起来是近乎疯狂的假设。

津多子听到这些话，好像感到一阵晕眩，差点倒下。她倚靠着铁栅门才勉强站稳身体。她的脸色如死人般惨白，不停地做着深呼吸，头低垂下来。

法水似乎心领神会地笑了一下，继续说："夫人，你的命运在那天晚上注定与绳索或线密不可分。虽然方法还是有些老套……总之，我们来试验一下我的想法吧！"

接着，法水从真斋那里借来了开启铁盒的钥匙，把遮挡在符号和数字盘前面的铁盒打开后，将数字盘向左、向右、再向左扭转，门被打开了。内侧立刻出现了一个罗盘式机械装置的背面，法水用绳子缠在数字盘表面的装饰的突起部分，使一端固定住。

"你的诡计之中，最重要的一部分就是利用了这种罗盘式机械的特性。如果逆向输入密码，操作三次就能将门闩拉开；如果再次反方向进行操作，则又能锁上门闩。换句话说，开启时的起点就相当于关闭时的终点，反之，关闭时的起点就等于开启时的终点。所

以要进行这种操作也是极为简单的，只要记住左右分别转动的数字，再加上一点可以逆向转动数字盘的力量即可。如此一来，便会产生这样的状况，那就是理应锁上的房门实际上是开启的。如果操作是从内部进行的，那么，是否存在铁盒的钥匙也就无关紧要了。至于用什么工具来记录数字，毫无疑问，自然就是自鸣琴。”

法水把绳子往玩偶时钟的方向拉动，把时钟上的对开小门打开，从连接报时装置的挂钩上拆下弹奏琴音的旋转筒，然后把绳子的一端系在圆筒上面无数突刺之中的一个上，向检察官说道：“支仓，现在你从外面转动数字盘，按照符号的顺序把门关上。”

检察官开始转动数字盘，自鸣琴的圆筒也随之开始转动，在方向由向右变为向左时，绳子在折回时钩住了其他的突刺，顺势巧妙地记录了这三次操作。完成后，法水把旋转筒又按照原状放回报时装置的挂钩上，时间是差二十秒八点整。接着，同机械装置相连接的旋转筒的发条开始运动，发出声响并往反方向旋转。此刻，所有人的眼里都现出骇然之色，因为，随着圆筒的旋转，数字盘也相应跟着反复地左转或右转，机械部分的发条开始发出悠长的声响。同时，塔上童子玩偶的右手往高处举起，做出敲钟的动作，接着从房门方向传来清晰的刻度声……啊！门再次开启了。

所有人都不由自主地呼出一口气。熊城走到法水身边，惊叹道：“你这个人总是出乎人意料啊！”

然而，法水连看也不看他一眼，盯着面如死灰的津多子说：“夫人，据我所知，押钟博士打给你的电话就是这个诡计出现的主要原因。但是，启发我的却是你被灌下了水合氯醛，同时凶手又采取了令人费解的保温措施。如果不是用毛毯像裹木乃伊般裹住你全身，恐怕你被冻死也就是几个小时之内的事。给你服下麻醉剂，却没有想要置你于死地，凶手究竟是什么意思呢？我对这种令人费解的矛盾无法解释。夫人，我来猜猜那天晚上你在打开这扇门之后到底去了哪里。那个放在药物室里的原本放氧化铅的瓶子里到底装了什么东西？让极易褪色的药物保持鲜艳的是什么……”

“可是……”津多子似乎已经从惊慌失措中完全恢复过来，她用冷静又沉重的语气讲述，“我到达药物室的时候，门已经是开启的状态，而且我注意到水合氯醛有被人动过的痕迹。也许没有必要说明，但是，氧化铅的瓶子里放了两克的镭。这是伯父以前告诉过我的，所以，我为了拯救押钟医院，才不得不做出重大的决定。我从大概一个月以前，就一直待在这座宅邸之中。这期间，不管承受多少侮辱，我始终忍耐着，终于等到适合动手的机会。然而，我在这个房间所做的一切，都不过是愚蠢的自卫而已。我只是希望在镭被人拿走的事暴露之时，可以虚构出一个盗贼。法水先生，你现在还可以把镭拿回来，因为押钟刚带走它。只是，我必须澄清一点，虽然我与此偷窃事件脱不了干系，但绝对与杀人事件无关。”

听完津多子的这番告白，法水沉吟了一会儿，要求她只能暂时待在宅邸内，不可擅自离开，之后便让她离开了时钟室。

熊城露出不服气的神情。法水沉着地说道：“虽然津多子这女人在关键的时间点上有许多巧合，不过我认为，除了丹尼伯格夫人这一起命案之外，她应该与其他事件没有关系。熊城，老实说，她所接的那通电话还存在一个难以解释的疑点，你赶紧叫人详细调查久我镇子的身份信息，以及押钟博士的来历。”

就在这个时候，便衣刑警带着法水之前推测的答案进来报告——伸子房间里格子桌下面的抽屉内，确实有地精纸牌。

他们返回这个房间时，伸子已经被带了过来。门一开，一阵呜咽声迎面传来。伸子正双手掩面趴在桌上抽泣，双肩不停地颤动。

熊城站在她身后，语气刻薄地说道：“你的名字才从生死簿上消失了四个小时而已。可是，这回不会有彩虹出现了，你也不能去跳舞了。”

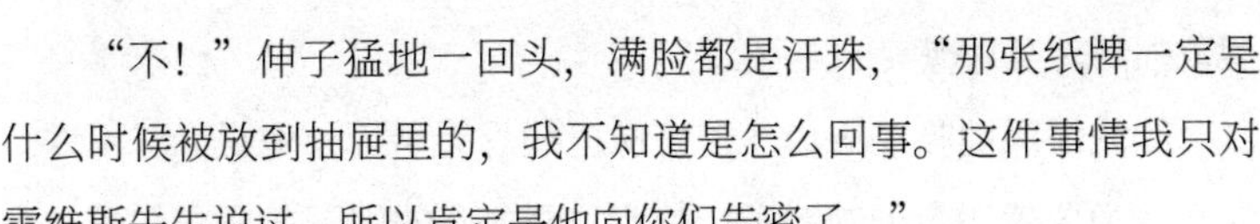

“不！”伸子猛地一回头，满脸都是汗珠，“那张纸牌一定是什么时候被放到抽屉里的，我不知道是怎么回事。这件事情我只对雷维斯先生说过，所以肯定是他向你们告密了。”

“不是。那位雷维斯先生，可是如今少有的具有骑士精神的人。”法水静静地开口，诧异地注视着伸子说，“伸子小姐，我认为你最好还是说实话。那张纸牌究竟是谁写的？”

“我……我不知道。”伸子求助般看着法水，汗珠在脸上愈积愈多，舌头也像打了结，无法说出正确的发音。

望着“凶手伸子”的窘迫之状，熊城不禁笑了。

不过，法水仍然保持极度的冷静，视线停留在伸子的额头，她太阳穴上如绳子般的血管不住地颤动着。法水伸出手指拭去对方额头的汗珠，眉毛突然向上挑起，出其不意地叫道：“快，快给她服用解毒剂！”

他朝着一脸莫名其妙的熊城大叫着，要他立即让刑警带伸子去接受治疗。

“你看她流汗的样子，估计是毛果芸香碱（Pilocarpine）中毒！”法水把交叉的双臂放了下来，他看着检察官，脸上渐渐浮现出恐怖之色。

“我们发现地精纸牌的事，那女人不可能这么快就知道，所以这毒药不会是因为她想自杀而服下的。那么，她应该是被人下毒，并且绝非想置她于死地，只是让她在面对我们时呈现出朦胧的状态，让她遭受第三次不幸。支仓，在不知道三段论法的前提时，便无法做出某件事存在非逻辑性质的断定。那么以伸子和毛果芸香碱这两项作为前提的话，凶手必须使用各种方法来探听我们谈话的内容，比如拆掉墙壁、穿透地板。你不觉得这是很恐怖的事吗？刚才我们在这个房间里的对话内容，已经被浮士德博士完全知晓！”

的确，这桩事件的凶手所具有的不可思议的能力，或许就是将假象强制转换为现实。

熊城深深地吸了一口气，好像已经忍无可忍，他说："不过，我倒认为要感谢今天的伸子。其实，刚才我的属下在搜查伸子的房间时，她正与那些和五芒星圆的杀人动机关系密切的人，一起在克利瓦夫的房间里喝茶。有旗太郎、雷维斯和赛雷那，还有坐在床上、头上绑着绷带的克利瓦夫。"

此时熊城的这番话应该触动了在场的所有人吧。因为到目前为止，凶手的范围已经被明确地限定，以前的种种混乱终于在此时达成一致。

接着，检察官提出建议："我认为要重视这唯一的机会，必须尽快查明凶手是如何取得毛果芸香碱的。如果津多子真的是凶手，药品理应是从押钟博士那里得来的；如果另有其人的话，药品的来源除了这座宅邸的药物室，应该也不会有其他地方。法水，尽管我不是霍布斯[1]，但我认为有必要再次调查药物室，或许可以对凶手的战斗状态有所了解。"

于是在检察官的提议下，众人再次对药物室展开调查。他们找到了装有毛果芸香碱的药瓶，然而却并未发现被人动过的痕迹。别说分量有所减少，药瓶表面还积着厚厚的一层灰，怎么看都像是未曾使用过。更何况，它的位置还在药品柜最里面。

法水有些失望，然而一个意外的发现让他激动地丢掉香烟，大叫道："支仓，你的签名过于耀眼，差点让我因为眼花而忽视了一些细节。毛果芸香碱不见得在这间药物室内，毛果芸香的叶子就含有这种成分。走，我们到温室去看看，也许可以获知最近进出温室的人有哪些……"

[1] 霍布斯（Thomas Hobbes，1588—1679）：英国政治家、哲学家。他在《利维坦》中提到，人类的自然状态即为战斗状态。

法水所说的温室在后院的菜园背面，两旁是动物小屋和鸟禽的笼舍。门一打开，迎面扑来一阵暖流，夹杂着各种成熟花朵的香气，形成一种不可言说的魅惑气味，令人窒息。入口处有两棵像是史前植物的羊齿蕨，大片的长叶垂覆到水泥地面上，前面是一丛热带植物，深绿色的树叶饱含特有的树液，叶冠沉重地重叠在一起，树叶背面有胭脂色或者藤紫色的斑点。继续走了一会儿，灯光下终于出现以前从未见过的类似长鬃蓼的树叶，那就是法水口中的毛果芸香。

调查结果确实如法水所言，毛果芸香的茎上有六处近期被摘过叶子的痕迹。法水眉头紧蹙，担忧地说："支仓，六减一等于五，而这个五具有毒杀的效果。刚才伸子所产生的出汗和口齿不清的状态，根本不需要六片叶子，只需要一片叶子就足够了。由此可以推断，目前凶手的手上至少还有五片叶子。从这些剩下的叶子，我似乎可以预见凶手的战斗状态。"

"真是个可怕的家伙！"熊城神经质地眨着眼睛，声音略微颤抖，"我从未想过会有如此阴险的毒物用法，那位冷酷无情的浮士德博士是如何想出这样残忍至极的手段的呢？"

这时检察官向旁边引导众人进来的园艺师傅问道："你知道最近有哪些人进出过这间温室吗？"

"没……没有啊，这一个月来都没人来过……"老人瞪大双眼，结结巴巴地回答。当然，检察官对这个答案一点也不满意。

法水冷冷地追问："我看你最好还是说实话吧。客厅里摆放的藤花与兰花的造型，应该是你的手艺吧？"

这句明显的质问效果立竿见影。听到法水说的这句话，园艺师傅立即就像被拉动的弓弦一般，不由自主地开口了。

"请理解我作为仆人的立场！"他用带着哀求的眼神看着法水，胆怯地从嘴里吐出两个人的名字，"最早是在发生那桩恐怖事件的当天下午，旗太郎先生很少见地来到这里。还有就是在昨天，赛雷那夫人也来过……她最喜欢这里养的卡特利亚兰。但是，你们所说的什么毛果芸香叶子，我完全没有注意过。”

不高的毛果芸香树枝上开出了两朵花。看来，原本嫌疑最小的旗太郎和赛雷那夫人也都可能穿上浮士德博士的黑色道袍，加入这血腥的行列之中。

就这样，在事件发生的第二天，又陆续出现许多极端诡异的谜团，各种混乱的事情纠结在一起，已达到极限。因为所有相关人员都摆脱不了嫌疑，案件解决之日变得更加遥遥无期，感觉法水他们像是被凶手轻易玩弄于股掌之间。

两天之后，就是黑死馆按照惯例每年举行一次公开演奏会的日子。检察官和熊城都期盼着法水连续两天的侦查能有所进展，于是在下午三点过后，他们三人再度集结在老旧的地方法院里面一起开会。

这天，法水看起来神清气爽，似乎已经得出了某种结论。他的脸庞带点酡红，舔了舔嘴唇后开口：“现在我要对全部事项分类，一一进行说明。首先，我来说下这个鞋印……”

桌上放置了两种鞋子的石膏模型，法水拿起它们，说道：“这个应该不需要详细说明，你们看，较小的这双鞋子是纯橡胶制作的园艺鞋，是易介经常用到的物品，脚印是从造园仓库走到发现照相干板碎片的地方。观察其行进的路线，会发现它的步幅与脚的大小不成正比。也就是说，相对而言，步幅很小，并且所有脚印都呈现闪电状的曲折。还有，鞋印本身也有着超乎人类想象的疑问。你们想，易介这种侏儒特有的鞋子，留下的脚印的宽度都不一样，而且相比较中央的部分，脚尖平均都稍微偏小一点。如果重点注意脚后跟，就可以发现这个部分留下的痕迹说明用力很大。

“再来看这一个套鞋模型，鞋印痕迹则是从主建筑物右侧的出入口开始，沿着中央凸出的窗户边缘以弓形的路线前行。与前者的

相同之处在于，都是到达发现照相干板碎片的地方后再返回。而且同鞋的形状相比较，步幅明显稍小，行进路线也相对整齐。可是，鞋印上又出现了疑问，那就是脚尖和脚跟两端都呈现出凹陷的状态，并且都有内翻的情况，越靠近中央印记越浅。当然，两种鞋底都夹带了照相干板的碎片，这两道鞋印行进的目的显而易见。另外，从时间上来看，那天晚上十一点半以后停止下雨，并且有一处痕迹是两种鞋印重叠，且套鞋踩在园艺鞋之上，以此可以推断，两人是一前一后抵达该处。

“不过，就算提出以上这些疑点，目前仍然无法得出什么确切的结论。实际上，作为现实主义代表的熊城大概已经注意到，如果从采证角度来解释这两个脚印，高大魁梧的雷维斯所穿的那双套鞋，其实适合比他更高更壮的巨人来穿，而穿着侏儒园艺鞋的人，则必须是比易介更为瘦小的小矮人或者豆左卫门。而这个结论显然漠视了人类身体比例的原则，或者说这种人是不可能存在于人世间的，这其中一定有为了隐藏自己的脚印所制造的诡计。所以，确定当夜在那个时刻前往后院的人到底是不是易介，是极为重要的事情。”

在奇异的气氛中，法水敏锐的解析神经也频繁发生震荡，把各种交错纵横的分析应用在鞋印的模型上：“不过，如果洞察真相，则会明白那不过是恶魔开的玩笑，不必感到惊讶。因为，穿着雷维斯套鞋的人其实是身材只有他一半大的矮小角色，而穿着斯威夫特（《格列佛游记》的作者）园艺鞋的人，虽然可能不如雷维斯那般高大魁梧，至少也有如常人一般的身躯。因此，我便推测正是易介穿着那双套鞋。熊城，如果我没有想错的话，那男人一定是在里面穿上拱廊盔甲的战靴之后，在外面勉强套上雷维斯的那双套鞋。”

“你真是洞若观火！在丹尼伯格夫人事件中，易介绝对是共犯，他的作用在于提供掺毒的柳橙，那是极为简单明了的动作。可是到目前为止，你那交错迂回的神经路线，导致你无法做出判断。”熊城的态度有些傲慢，同时也似乎在炫耀自己终于同法水的观点达成了一致。

可是，法水却立刻以嘲笑回应了他：“别闹了，你觉得浮士德博士会需要利用那种小恶魔吗？这绝对是恶鬼使用的诡异战术。首先，我们假设降矢木家族中存在一位残酷凶狠的人物，此人在黑死馆中是众人都憎恶忌讳的对象，并且杀害易介也是他所为。然而，以人们先入为主的观念，都不可避免地把重点集中在那天晚上易介照顾丹尼伯格夫人这一情况上。就算当晚易介是被该人物巧妙引诱至照相干板碎片的散落处，而且在翌日被杀害，易介被认为是共犯还是在所难免的事。这样一来，令人怀疑的犯人自然就是易介以及和他较为亲近的人。那么，主犯也就顺理成章被排除了嫌疑。

“另外，在园艺鞋这个问题上，克利瓦夫夫人的疑点最大。问题就出在她那高加索犹太人的脚上。熊城，你知道巴宾斯基痛点吗？那是出现在初期脊髓痨症患者身上的最常见症状。克利瓦夫夫人正是这种状况，脚跟上的痛点，只要稍稍加以重压，立即就会疼痛难忍，无法行走……”

可是，一想到武器室所发生的那幕惨剧，法水这番话只能被认为是无稽之谈。

惊讶的熊城双眼圆睁，正要开口，却被检察官抢先：“那也有可能是偶然发生的吧！除非我们的肝脏都不会出现问题。那双园艺鞋的重心确实在脚跟……法水，你还是把问题从童话故事移开，从其他方面展开吧。”

“那么，我就来详细说明一下。那位浮士德博士运用的是阿贝鲁斯所著的《犯罪现象学》中没有提到的新手法。你们想想，如果把那双园艺鞋倒着穿，会出现什么情况呢？”法水的脸上浮现出讽刺的微笑。

“当然，只有借助纯橡胶制成的长靴才有可能实施此行动，具

体的方法也不是只把脚趾塞进鞋跟的位置就行。也就是说，他并不是把脚趾全部放到后脚跟的部分，而是稍微提高一些，用脚趾发力来强行推动鞋跟部分前行。这样一来，自然会使脚跟下方的鞋皮对折，从而恰好形成支撑点。而且，作用在鞋跟的力量不会直接传递到脚趾上，有一部分会转移到下方，于是呈现出小脚穿大鞋的痕迹。不仅如此，如同松弛弹簧般不均衡的力量在伸缩，产生的力道也不尽相同，于是出现了每一个鞋印都有少许差异的现象。并且，因为右脚穿的是左鞋，左脚穿的是右鞋，实际前行的路线看起来就是回来的路线。同理，走回来的路线看起来就是前行的路线，情况完全逆转。

“证据就在照相干板碎片掉落之处的逆转时刻及跨越枯草皮时，究竟分别使用的是哪一只脚，以此就能明确计算其差数。那么，支仓，这样你应该就能理解克利瓦夫夫人必须运用这种诡计的理由。她不仅是为了留下伪装的脚印，还不得不保护好脚跟部位这一弱点，不让自己被人从脚印上发现蛛丝马迹。所以，我得出的结论是，她这次行动的秘密就在于照相干板的碎片。”

熊城取下嘴里的香烟，诧异地凝视法水，然后，轻呼出一口气说：“原来如此。这样看来，浮士德博士本尊应该就是武器室里的克利瓦夫夫人。但是证据呢？如果拿不出证明这一点的东西，请你停止这种无聊的游戏。”

听到熊城这番话，法水把扣押在这里的火箭弩拿起来，用弭（弓的末端）使劲敲击桌面，有白色粉末意外地从弓弦之中散出来。

两人顿时哑口无言。法水瞄了他们一眼，开始说明：“果不其然，凶手并没有欺骗我们。这是一种燃烧过的苎麻（ramie）粉末，也就是所谓的‘火精啊，猛烈燃烧吧’。将苎麻浸于含有钍和铈的溶液之中，就可以用作瓦斯灯外罩的发光材料。它的纤维虽然具有很强的韧性，却不稳定，尤其容易在热度的影响下发生变化。事实上，凶手正是利用这个性能，把用纤维编制的绳子连成圆弧形8，隐藏于弓弦之内。这就像小孩在无意之中使用了力学原理一样，让弦收缩后在一瞬间松弛，跟弓拉满弦后发射的效果一样。就是说，凶手事先准备了两条比弓弦稍短，并且长度不同的苎麻纤维，让弓弦收缩至同短的那条苎麻纤维一样的长度，这样从外观上看来，只要编制得足够牢固，是绝对不会让人起疑的。接下来，凶手从那扇窗户外招引过来某种东西。”

“可如果那是火精的话，那道彩虹……”检察官对法水的解释深感困惑。

“是的，谈到火精……以前勒布朗曾使用从水瓶透过阳光的技巧，他的手法在里登哈斯的《关于偶发性犯罪》中已经叙述过。而在这里，凶手是用窗户的玻璃泡代替了水瓶。内侧窗户的上方存在玻璃泡，阳光集中在此处，之后会在外侧窗框贴有锡纸的凹状杯形内集中。该处为最接近弓弦的焦点，自然会在石面的墙壁上产生热量。这样的话，就算弓弦长度没有发生变化，具有不稳定性的苎麻纤维还是会受到一定程度的破坏。

“凶手在此巧妙地使用了该技巧，就是说，他把两根不同长度的苎麻纤维编织成圆弧状，让其交叉点位于弓弦的最下端，也就是弭附近。这样一来，焦点最初的位置便会落在交叉点稍下方，稍短于弓弦的那一根苎麻纤维会先断裂，弓弦便会变得稍微松弛，钉子在反作用力之下脱离缝隙，箭弩也顺势离开墙壁并形成一定的角度。之后随着阳光发生移动，焦点也逐渐向上移，然后，另一根苎麻纤维将弓弦缩至相同长度后也会断裂。这时箭矢发射，弓弩因为反作用力而掉落地面，在与地面发生碰撞之际，握柄的位置有可能发生变化，不过箭矢原本就不是依靠握柄发射的，所以变质的苎麻纤维粉末也没有从弓弦之中散出来。啊！克利瓦夫夫人，这位高加索犹太人，确实是在效仿《格林家杀人事件》中埃达的智慧。不过，她最初的目标或许是射中椅背，但是却产生了自己被吊在半空的特技

效果。”

毫无疑问这是法水的专场。不过，其中还有一个疑点存在，检察官毫不客气地指出：“你的这段推理足够令人陶醉，而且事实也证明确实如此。但是仅是这样的话，也还是不足以追究克利瓦夫夫人刑法上的责任。现在最重要的问题是实现双重反射所需的窗户位置，也就是克利瓦夫夫人或伸子小姐，到底哪一位具有这份道德情感。”

“那么你认为，伸子在演奏过程中出现幽灵般的高八度音是因为什么呢？事实上，支仓，在伸子演奏的过程中，有人沿着铁梯爬上钟楼，再继续前往尖塔，并且中途在黄道十二宫华丽的圆窗上做了些手脚，堵住了大键琴的缝隙。”法水一脸严肃，说出的话却再次出人意料。

啊，黑死馆事件之中有着神秘疑点的高八度音之谜，今天终于能够解开了吗？

法水接着说道：“不过，他的方法也只能算是一种暗示般的观察。钟楼顶上有一个圆孔，上面是巨大的圆筒，左右两端是黄道十二宫华丽的圆窗。只要把圆筒的理论用到风琴的圆管上就行了。因为，如果将圆管的一端封闭，发出的声音就会提高一个音阶。不过，在这之前凶手应该在钟楼的回廊上出现过。他贴上风精的纸片，再悄悄关闭中间的那扇门。支仓，瑞利男爵有句话不知道你听没听过：‘世上存在着生物无法栖息的声音世界。’”

“什么？生物……无法栖息的声音世界？”检察官瞠目结舌。

“没错，那番景象可谓极其凄惨，我所指的就是共鸣钟特有的鸣音世界。”

法水的语调变得阴森，继续解释：“为何必须关上中间的那扇门？因为中间那扇门位于椭圆形的墙壁上，这就自然具备了音响学上的凹面镜功能。它与所谓的死点正好相反，具有将共鸣钟所发出的鸣音集中在一点的效应。换言之，这面墙壁把坐在键盘前面的伸子的耳朵作为焦点。我之所以对伸子陷入昏迷状态以及旋转椅产生怀疑，除了剧烈的鸣音之外，还因为伸子的内耳受到了冲击。我先前说的那些话就是这个意思。”

“不对吧！据那女人所说，她是向右侧倒下的。但是，当时她身体保持的姿态却有向左旋转的痕迹。”熊城说。

法水点上香烟，微微一笑，接着说：“可是，熊城，赫加尔（德国的犯罪精神病理学者，巴登国家医院的医学研究员）所写的病例集里有这样一个报告，方形空间之中往某一方向碰撞的歇斯底里症患者，却表示自己受到的碰撞是来自相反的方向。事实也是这样的状况，症状发作时，身体的感受会从相反的一侧出现。而且，此时还有另一个问题，在病症发作时，患者的听觉会偏向某一边的耳朵，对伸子来说是右耳。所以，房门被锁住的一瞬间所产生的剧烈鸣音，已经超越人体器官所能忍受的限度，她的意识几乎无法辨识那是声音。鸣音粗暴地袭来，进入内耳便形成如猛烈燃烧般的热冲击，从而引起人为性质的迷宫震荡症状，导致的结果便是全身失去平衡。根据赫姆霍兹的‘热和右耳会传向左边’的定律，全身立刻发生扭转。在随之旋转的椅子达到结构性极限时，她的身体便向左侧倒下。在搞清楚这一点之后，已经可以证明伸子的无辜，但无法因此找出凶手。虽然明白了伸子倒下的最终原因，然而凶手的脸依然深藏于共鸣钟室的疑问之中。而后，问题从室内转移至走廊和铁梯上。但是，既然凶手并非伸子，那么武器室里发生的一切就都指向克利瓦夫夫人——这也是必然的结果。”

当种种线索经过这样的综合分析汇集到一点后，检察官和熊城仿佛瞬间掉进了疑惑的旋涡中。熊城默默地抽着烟，竭力想让自己冷静下来，好一会儿他才用哀伤的口吻说道：“但是法水，无论是哪一种状况，克利瓦夫夫人的不在场证明都很难被推翻。除非发现

和梅森的《箭屋》里一样的密道，否则我始终觉得无法解决这起事件。”

“那么，熊城……”法水满意地点点头，一边从口袋里掏出写有戴克斯比奇特文字的纸片。

熊城与检察官两人脸上都浮现出胆怯的表情，似乎预感到会有某种异常的事件发生。法水继续冷静地说：“坦白讲，我原本认为戴克斯比的暗号已经揭示了‘在大楼梯后面’这句话所蕴含的告白和诅咒的意志。不过，又考虑到他对文法的故意漠视、不使用冠词这些特点，我不免联想到他或许另有所指。在一个暗号中又蕴含了新的暗号，我把它称为‘母子暗号’。熊城，这两段文字正好符合这种特征。多说无益，现在还是赶快来证实解读方法吧。

“这两段文字乍看起来丝毫不像暗号，但是你仔细看，若是列出第一段文字中每个词的前缀字母，就有暗号的感觉了。而解读的关键就在另一段类似创世纪内容的文字之中。但是，我最初的观察有误，总共有十四个字母——qlikjyikkkjubi，如果把字母分别两两结合，则变成了七个单字。我发现，有两个相同的ik部分，估计暗示的是e或s。不过，我认为一个单字应该不具有什么意义，因此放弃了这种组合的方法。

“接下来，我尝试把全句分为两到三个小节，于是解读成功。你看，中央是连续的三个k，对吧？如果把第二个和第三个k截断，自然可以分成两个小节。熊城，三个同样的字母连续排列是毫无意义的，而且以重复的字母开头的单词可以说十分少见。拆分后的结果……”

法水在戴克斯比的奇妙纸片上写下了编号。

耶和华为阴阳人①，先是自我交配诞下双胞胎②，先出生的是女性，取名为夏娃，后出生的是男性，取名亚当③。亚当面向太阳时，肚脐上方追随太阳，在背后投下阴影，肚脐下方

背朝太阳，在身体前方留下阴影④。见到这种不可思议的情景，耶和华非常惊诧，产生了畏惧之心，因而承认亚当是自己的儿子。而夏娃则同常人无异，所以被当作奴婢⑤。后来耶和华又同夏娃交配。夏娃怀孕后生下一个女儿，而后死亡⑥。于是耶和华让这个女儿降临人界，成为人类之母⑦。

“首先我把文章像这样分成七个小节，再尝试分别从各小节找出暗藏的解谜线索。我对第一节的解读是创造人类，意思是所有物种的起源。举例来说明的话，就是甲乙丙的甲，ABC的A。接下来第二节，这是我认为最重要的部分，文中记载的‘诞下双胞胎’，如果从字面上理解，应该是tt、ff或aa等形式。而此处的双胞胎具有表象的意义，代表了双胞胎在母体内的样子。大家应该都知道双胞胎在子宫内呈现的状态吧？其中肯定有一个胎儿是倒着的，两个胎儿头脚相对，跟扑克牌上画的人物一样。如果将字母p和d相对的话，不就像极了英文字母中的双胞胎吗？如果加上第一节的解读，那就是由p或d将英文字母a的位置取代。然而这样的话，也只是创造出了另一套暗号而已。同理，q和p也是一样的情形，所以，得到的答案就如同楔形文字或者波斯文字一般。”

法水呼出一口气，皱着眉头喝完剩下的红茶，继续说：“到了第三节，才能够区分d和p。起先生下的是女孩，后来生下的才是男孩，所以脑袋朝下的d指的是夏娃，那p自然就是亚当了。另外，把第五节的儿子和第七节的母亲分别理解为子音和元音，也就是说，d为元音开头的单词，而p则是子音开头的单词。后面的第四节和第六节的作用是修正这一部分。

“第四节的词语‘肚脐’可以解释为‘整体的中心’，就是说，用p字母代替第一个子音b，使bcdf相当于pqrs，那么替代n的b，就在开头的p和最后的n之间，而且不论从哪一边看，它都正好位

于正中间，这就代表了肚脐的意义。这样一来，按照第四小节前半部分的内容，肚脐上面的影子自然落在背后，从 b 到 n，也就是从 p 到 b，依然保持原来的状态，不会受到影响。但是，接下来后半部分却发生了变化。

“肚脐下方的影子与阳光照过来的方向相逆并投影到前方，这一句如果从字面解释，正暗示了影子，也就是字母的排列顺序应该正好相反。如果把前半部分的字母顺序这样进行变化，n 后面符合的是 p，b 后面符合的是 c。可是如果将其颠倒，最后的 z 对应的 n 就变成了 p，因此，相对于 pqrs 的 cdfg，就变成了 nmlk，从尾部倒转过来，符合顺序。产生的最后结果，便是子音的暗号排序如下：

bcdfghjklmn pqrstvwxyz

pqrstvwxyzb nmlkjhgfde

“接下来，第六节中的‘夏娃怀孕后生下一个女儿’则另有含意。因为‘夏娃’所暗示的是 d 之后的时代，即 abcd 之后的 e。再加上第七节的解释，e 相当于第一个元音 a，所以把 aeiou 改为 eioua，使之成为元音的暗号。这样的话，此暗号的全部内容就是 crestless stone。至此解读结束。”

“什么意思，crestless stone？”检察官不禁叫出声。

“是的，就是没有徽纹的石头。你在丹尼伯格夫人遇害的房间里，有没有注意到里面壁炉的样子？它便是由雕刻了徽纹的石头砌成的。”说着，法水把取出一半的香烟又放回烟盒内。一切仿佛在瞬间静止。

黑死馆事件的循环论终于被法水攻破，他的手在锁链的圆圈中紧紧抓住浮士德博士的心脏。落幕时刻总算到了！

此时正好是六点钟，不知何时窗外开始下起了蒙蒙细雨。这天晚上将要举行黑死馆一年一度的公开演奏会，根据惯例，估计有二十位音乐人士受邀参加。会场照旧设在礼拜堂，天花板上临时装上了大型的水晶吊灯，从上方发射出辉煌的光彩，曾经隐隐弥漫于昏暗灯光之中的赞美诗与风琴声带来的幽深奇异的气氛，早已消失得无影无踪。

礼拜堂那扇形的穹顶下依然是一派中世纪风貌。演奏者都头戴假发，身着醒目的朱红色服装。当法水一行人抵达这里时，第二首曲目已进入第二乐章，这是一首由克利瓦夫夫人作曲的降 B 调竖琴和弦乐三重奏。由伸子弹奏竖琴，她的技巧明显比克利瓦夫夫人、赛雷那夫人和旗太郎这三人略逊几分，这也算是唯一的瑕疵吧。但毫无疑问的是，由于音色简直如幻影般令人目眩神迷，只需看一眼就会被夺走全部心神。塔列朗式假发和史威根风格的宫廷乐师装扮，使这一幕简直就如同往日泰晤士河上乔治一世所举办的音乐盛宴——亨德尔的《水上音乐》首演之夜，让人宛如沉浸在燃烧的幻境，不禁在眩晕中生出追求宁静冥思的力量。

法水等人坐在礼拜堂的最后一排，陶醉在一片安宁的氛围之中，静静等待着演奏会结束。不仅是他们，所有人都认为在如此辉煌灿烂的水晶吊灯下，就算是浮士德博士本人应该也无隙可乘。没过多久，清亮的竖琴声仿佛梦中的泡沫一般消失无踪，接着是旗太郎的第一小提琴演奏的主旋律。就在这时，听众席突然出现一阵骚动，随后，舞台开始发生变化，意想不到的事情还是发生了。

水晶吊灯熄灭了，乐声、色彩和亮光瞬间全部没入黑暗。演奏台上发出了奇怪的呻吟，紧接着是弦乐器倒在地上的声响，然后琴弦同琴身发出碰撞、滚落阶梯的声音。总之，各种声响在一片黑暗中持续了一会儿，震动不已。等到四周完全静止，一切悄无声息，礼拜堂内部完全笼罩在无法言喻的森森鬼气和沉默之中。

呻吟声、倒地的声响……台上的四位演奏者中一定有人倒下。

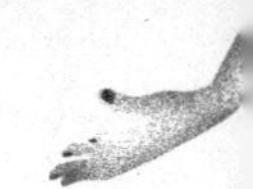

法水竭力抑制心中的悸动，凝神聆听，他听到了潺潺流水的轻微声响，从礼拜堂周围的某处传来。与此同时，演奏台一角的黑暗被划破，一根火柴燃起亮光从阶梯走向观众席。空气中一瞬间流动着令血液凝固的窒息感。当这道火柴的亮光如同妖怪一般在地板上试探摸索时，法水的眼睛却直直地盯着前方的演奏台。他发现……有个人影潜藏在黑暗里！

无论这次的牺牲者是谁，行凶之人必定是欧莉卡·克利瓦夫夫人。而且这个怪物也许正面带讽刺，冷笑着望向眼前的法水，同时仍然若无其事地继续演奏。她这次仍然可能利用矛盾的现象进行掩饰，第四次重复那惶恐与赞叹兼具的心情。可是，投弹距离逐渐接近，靠近对方的法水似乎已经能听见其心跳声，闻到对方宛如树皮一般中性的体味。

火光即将如弓弦低垂般熄灭，火柴棒已经离开手指。就在这时，一声尖叫在黑暗中响起。在法水还未意识到那是伸子的声音时，地板上的某一点立即吸引了他的视线。看！那是一种类似硫黄的东西发出的淡淡的光亮，其下端有几团火球飞快地蜷缩起来，刚一出现又立刻消失。法水在看到此情形的瞬间，脸上的表情立刻变得僵硬。眼前除了这一幕以外，靠背的座椅、头顶上交错的扇形穹顶……整个世界如狂风暴雨中的森林般摇晃不已，转眼间从脚边张开的裂缝坠入无底的深渊之中。

那一闪即逝的光亮，实际上是从歪斜的假发的缝隙中发出来的，随即掉落于白布之上。毋庸置疑，那正是武器室惨剧里的绷带。

啊！是欧莉卡·克利瓦夫夫人！法水再次遭受重大的溃败。究竟是谁倒在了地板上？正是那位……被他认定为凶手的克利瓦夫夫人。

·第八章·
降矢木家族瓦解

一、浮士德博士的拇指印

眼前这番疯狂的景象就这样再次让法水回到起点。在悲痛的瞬间过去后，法水很快恢复冷静。因为，又有东西慢慢靠近他的耳边，还是先前那种潺潺的流水声，曾让他一度以为是幻听。也许是因为这方柱般的空间的作用，加上受到窗玻璃震动的影响，此刻的音量较刚才明显倍增，像地面震动一般，轰隆隆的声响开始撼动这阴惨的死亡空间的空气。这应该可以说是再现了中世纪德国传说里“魔女集会”的情景吧！在隔着几道石墙和窗户的地方，似乎有瀑布飞落的响声，就在这座黑死馆的某处。先不管它是否同眼前的罪恶行径有直接关系，也不论它是否体现了浮士德博士所特有的修饰嗜好，眼前这一切实在令人无法置信，现实世界竟然会出现如此荒唐无稽的混乱。啊！那轰隆的瀑布声、那华丽又邪恶的梦境，难道不是无视世间规范的变态、疯狂的景象吗？

法水努力驱散那种狂乱的感觉，大喊道：“快开灯！”

至此，会场里的听众们才仿佛终于回过神来，纷纷起身，拥作一团冲向入口处。刚才熊城在室内转为黑暗的同时已经关闭了房门，此时在混乱慌张的情况下，竟一时无法找到灯的开关。

演奏会开始时，为了避免影响听众的注意力，已经完全熄灭楼梯下的灯，只有走廊的一盏壁灯还亮着，客厅与四周的房间都是漆黑一片。于是，在一片喧闹的吵嚷中，法水循着黑暗里弥漫的飞尘，默默陷入沉思。这时，检察官走了过来，告知他克利瓦夫夫人已经

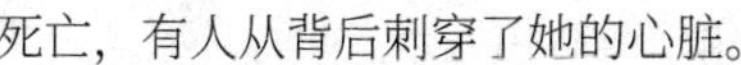
死亡，有人从背后刺穿了她的心脏。

在这期间法水的推理已经有了进展，神经像琴弦一样紧绷。他开始整理这桩惨剧从最初到目前为止的所有线索，试图在这纷乱的曲线中抽出一根断线。

首先，雷维斯这次并不在演奏者之列，也不在听众之中。其次，在房间内部灯光熄灭的同时，礼拜堂随即变成密闭空间，所以事件发生前后的室内状况完全没有变化。那么关灯者到底是谁呢？换句话说，最重要的一点就归结于灯光熄灭的前后发生了什么。法水好像看到了一线光明，因为他记得在水晶吊灯熄灭之前，津多子在门口出现过，她经过门边的开关，坐在礼拜堂第一排靠近该侧的位置。（见下图）

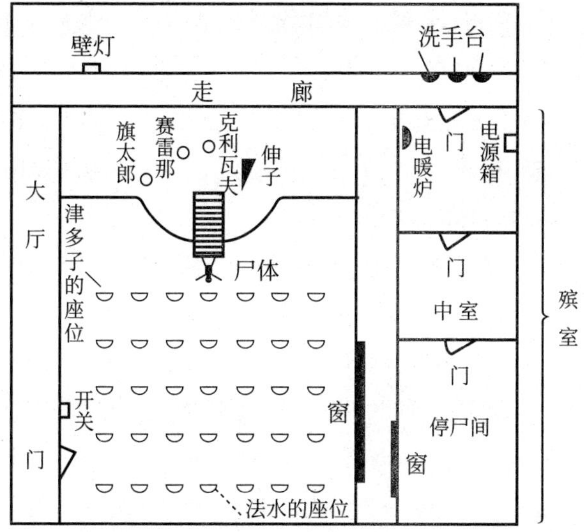

事实上，法水发现的最初的坐标，就是阿贝鲁斯在《犯罪现象学》一书中所列举的一种诡计——利用冰片引发附盖式开关短路。先把冰片的尖端插在连接把手的绝缘体上，扳动把手打开灯的同时，

便会轻微碰触到接触板，然后再用手肘碰撞把手，此时，冰片尖端受力折断，冰片同发热的接触板产生接触，融化所产生的水蒸气会在陶瓷板上形成水滴，发生短路现象。当然，融化而成的冰水也会在很短的时间里迅速消失不见。那么，如果津多子在经过电灯开关的时候使用这种手段，在她就座时灯才会熄灭，而且这种时间差足以让自己免受怀疑。

押钟津多子——这位大正时代中期的伟大演员，虽然并未出现在其他相关的人物链中，可是仅凭在事件发生当夜，她从里面将古代时钟室的铁门打开这一点，就似乎可以宣告她与丹尼伯格夫人事件绝不是毫无关联。从动机方面来分析的话，她是整个事件相关人员中最有动机的人，而她正好又坐在座位的最前排。在完成几项因子的排列后，有种莫名血腥的吼叫即将从法水的呼吸中爆发。他让仆人拿来烛台，走到电灯开关附近。意料之外的物品出现了——一个披肩绳环正好掉在开关正下方的地板上，这是只有津多子身穿的和服上才有的东西。

“夫人，先把这个披肩绳环还给你。不过，如果这是你的东西，那么你应该知道是谁关闭了这个开关才对。”被传唤过来的津多子出现后，法水立刻对她说道。

然而，对方无动于衷，只是冷笑着反唇相讥：“既然还给我，我当然要收下。法水先生，我总算知道了，的确存在‘善行善果，恶行恶报’。刚才我在黑暗里听到呻吟的那一瞬间，脑海里立刻闪现灯光开关的问题。我想如果不是用手扳动，那么盖子内一定设置了某种阴险的机关。如果真如我猜想的那样，凶手事后一定会回来把机关恢复原状。于是我当即决定离开座位来到这里，用自己的背挡在开关前面，等待你们过来。法水先生，如果我真是凯歇斯[1]的话，

[1] 凯歇斯：莎士比亚的戏剧作品《裘力斯·恺撒》讲述了古罗马的两个政党——裘力斯·恺撒所代表的君主制与勃鲁托斯代表的民主共和制之间的争斗。凯歇斯是勃鲁托斯的同党。

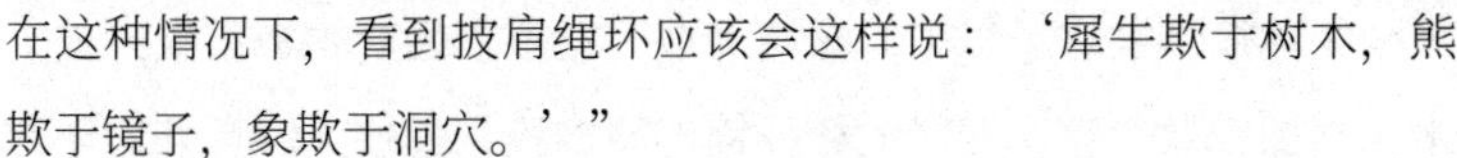

在这种情况下，看到披肩绳环应该会这样说：‘犀牛欺于树木，熊欺于镜子，象欺于洞穴。’”

于是法水仔细查看开关内部，然而结果却与预期相反，开关不但没有任何短路的痕迹，而且即使用手扳动把手，水晶吊灯依然在黑暗中保持着沉默。所以问题并不在礼拜堂内部。这反倒引发了新的混乱与困扰。

在询问灯光总开关的位置之前，法水不得不为自己草率的行为向津多子表示歉意。

津多子也收起刚才嘲讽的态度，直率地回答：“总开关所在的那个房间，和礼拜堂隔着一条走廊，位于另一端，那里以前是殡室[1]，不过现在已成了堆放杂物的房间。”

众人穿过大厅来到走廊，流水的轰隆声也越发清晰，到达目的地殡室前时，才发现流水正从一扇房门后倾泻而出，门上画着耶稣受难的圣巴特里克十字架。同时，他们感到自己的鞋子似乎被什么轻轻推动，鞋带孔里有冰冷的东西爬了进来。

“啊，水！”熊城忍不住大叫一声，往后退时踉跄了一下，一只手不得不撑在左边的洗手台上。如此一来，水流的来源也清楚了——房门对面有一个洗手台，那里的三个水龙头全都被打开，三股流出的水皆沿着倾斜的台面流出，再从门槛上被侵蚀的缺口流入殡室里面。

他们想打开殡室的房门，不料门从里面锁住，不论怎样往前推或撞击都纹丝不动。熊城用自己的身体去撞房门，却只听到木头发出被碾压的轻微声响，他的身体如同毽子一般被反弹回来。

他再次站稳，发狂似的吼道：“拿斧头来！管它是罗比亚还是左甚五郎雕刻的作品，我今天绝对要砍破这扇木头门。”

---

[1] 殡室：中世纪贵族城堡里，在进行涂油仪式之前放置尸体的地方。

斧头很快被拿了过来，熊城对准门把手上面的木板狠狠一击，木屑当即四散，整个旧式的杠杆锁连同木栓一起掉下。意外的一幕出现了，从楔形缝隙中冒出了温泉般的蒙蒙蒸汽。

这一瞬间，在场的所有人都呆愣住，哑然无声。不管这热气瀑布背后存在何等诡计，显然都已经不成问题了。如果把幻想勉强当作现实来看待，应该能明白浮士德博士残虐的快感。但眼前的奇观，确实会令人陶醉于灵魂深处极具妖冶的魅力。门被打开之后，出现在众人眼前的是一片白墙，溢着诡异的热气，几乎能令人眼球溃烂。

熊城把门边的电灯开关打开，一眼看见下方有一台电暖炉，他立刻拔掉电源插头。不一会儿，蒙蒙的水蒸气和高温渐渐消退，室内的全貌慢慢清晰。

面前这块区域是殡室的前室，在房间尽头的门后面是中室，是天主教戏称为“灵舞室”的地方。水滴落下来后沿着角落的排水孔流出。中室与前空的交界处有一扇无任何装饰的厚重石门，旁边的墙上挂着一把缀有旧式旗饰的大钥匙。然而石门却并未上锁，一声闷响之后门便开启了。尽管前室的高温几乎达到令眼球溃烂的程度，但不可思议的是，这片黑暗的深处却如洞穴般充满冰冷的空气。在门完全打开之后，尽管光线昏暗，法水还是感受到一股炫目的冲击。他目不转睛地凝视着前方的地板，身体僵硬，但这并不是晦暗沉郁的修道院特有的格局所导致的。

数十万条如同白色蚯蚓般弯曲交错的短细线覆盖了地板，也盖住了灰色地板上堆积的尘埃，散发出清亮的白光，像恶心的黏液一样。仔细一看，视野范围之内有庄严的徽纹图案在半空浮现，慢慢映入眼帘。那种光亮恰似在哥特夏克（率领第一次十字军东征的先遣部队的德国修士）面前出现过的圣叶理诺的幻影，无数的线条几乎布满整个地面。虽然这些线条只是蒸汽在堆积的尘埃上留下的细沟，但是令人难以想象的是，天花板和四周的墙壁都未呈现出这样的痕

迹。不仅如此，从侧面向地板望去，地面仿佛有月球山脉或者沙漠山丘的起伏，那绝对不是任何名匠能完成的雕刻，只能是自然力量的鬼斧神工。

这个房间环绕着石灰岩的石块，整个空间充满艰苦修道的严肃气息。石门的后面便是停尸间，门上刻着圣帕特里克著名的赞美诗[1]全文。地板上没有发现任何脚印，或许算哲的葬礼没有在这个旧式殡室里举行。我们知道之前没有人从前室进入，那么，从洗手台把水流引下阶梯的目的很容易推测，可是为何要开电暖炉，这一点却不容易猜测。而且，墙上电源箱的盖子也是打开的，总开关的拉柄朝下耷拉着。

检察官把拉柄往上推，接通了电流。他看着脚下的排水孔，说出自己的见解："打开洗手台的水龙头让水从阶梯流下，目的是消除留在地板尘埃上的脚印。那么，最根本的疑点就在于，关掉总开关，并在锁上房门后离开这里去刺杀克利瓦夫夫人，一人分饰两角。但是，我无论如何也不会相信雷维斯会出演这种小恶魔的角色。我想，答案绝对跟你发现的'没有徽纹的石头'有关。"

"没错，毫无疑问是这样的。"法水难得表示赞同，他忧郁地眨了下眼睛，"只是，我现在考虑的是雷维斯的心理问题。还有，这个房间钥匙的去向和不知所踪的雷维斯是否有什么联系……"

法水狠狠地抽了几口烟，望向熊城的方向说："反正，凶手应该不至于把钥匙随身带着，否则也太疯狂了。所以目前的首要任务是找到钥匙，再找到雷维斯。"

回到礼拜堂，众人都有种从噩梦中解放的感觉。这时，礼拜堂的水晶吊灯已经恢复了灿烂的光辉。听众们成堆聚集，而台上那三人却都无法离开原来的位置半步。因为，忐忑和哀愁已将他们逼至

---

[1] 针对异教徒的凶律，针对女人、工匠和特鲁伊德僧侣的咒文。

绝境，他们都如无措的野兽般颤抖着。

克利瓦夫夫人的尸体以丁字形姿态俯卧，倒在阶梯的正前方。她的双臂朝前伸着，左背上插着一根像是枪尖的杆状握柄。尸体的脸上倒是毫无恐惧之色，还泛着油光。可能因为死后有些浮肿，原来棱角分明的脸看起来倒是显得比平常柔和一些。虽然从她的脸上看不出任何表情，然而，从这表面看起来安详的模样，倒也能推测出因为突然的惊愕而产生的失心状态。尸体背部凝结的血污形成指向前方的手掌状，更恐怖的是，手掌指尖的朝向正是演奏台右方。

然而，在眼前这番景象中，有一点与杀人事件完全不相符，可以说最让人受到强烈冲击——从枪尖根部渗出来的脂肪散发着金色光芒，再加上宫廷乐师服饰的朱红色，令眼前的惨事呈现出一种极度的华丽！

法水仔细查看凶器，并没有发现任何指纹的痕迹，只是在握柄底部找到了铸刻的蒙特菲拉德家的徽纹。将它拔出后，发现这是一把尖端分为双叉的火焰形尖头枪。不过，凶手行凶时出现的天然恶作剧似乎想掩盖住最重要的部分，从演奏台到尸体倒下的位置之间，完全看不到任何血迹。当然这是由于凶手并未立刻拔出枪尖，鲜血没有在瞬间喷出，但这也影响了重现凶杀现场这个不可或缺的环节。也就是说，克利瓦夫夫人是在台上的哪个位置被刺，又是怎样从台上摔落的，这些情况他们无从知晓。

法水结束验尸后，通知现场的听众们可以离开了，自己则爬到演奏台上面。

这时，伸子才仿佛如梦初醒一般大声叫起来：“那位浮士德博士是觉得这样折磨我还不够吗？不仅把地精纸牌放入我的抽屉，今天竟然又让我加入这三位活祭品当中。”

她用双手用力摇晃着背后的竖琴架，继续说：“法水先生，你一定想知道克利瓦夫夫人被刺杀是在演奏台的哪个位置，是从哪里

摔落下来的，可是，我真的一无所知！当时，我一直抓着竖琴架。旗太郎先生、赛雷那夫人，你们知道些什么吗？”

“不，如果我是奎第安[1]，也许能知道点什么。”赛雷那夫人声音颤抖，但也听得出来其中带有些许讽刺。

接着，旗太郎也面向法水说道：“事实确实如此。抱歉，法水先生，我们并不具有盲人或昆虫那样强烈的空间感，更何况大家都穿着一样的衣服。在伸子划亮火柴之前，我们都不知道到底是谁倒在地上……不，其实是什么也没听见，也没有感受到什么奇怪的气息。”

他似乎发现法水他们目前面临的不利状况，眼中泛出目中无人的狂妄，问道：“那么，法水先生，究竟是谁关掉了总开关呢？什么样的恶魔能够一人分饰两角，行动如此迅速呢？”

“恶魔？不，在黑死馆祭坛之下的人生早已具备恶魔的特点。”

法水阴沉地直视面前这位早熟的少年，接着他的话说下去：“坦白说，旗太郎先生，我一向蔑视旧式的调查方法，也就是那些对人类不可靠的感觉与记忆深信不疑的方法，我把它称为‘圣骨’。然而今天的事件，以殡室的圣帕特里克为守护神，我不得不与德鲁伊教的神秘僧侣对抗。你知道吗？在史实里，那位爱尔兰的伟大僧侣在举行了类似迪希尔法（注）的仪式之后，把德鲁伊教神秘僧侣驱逐了，让阿尔马这片土地圣化。”

（注）威尔斯的德鲁伊恶魔教的一种宗教仪式，即在祭坛进行的以太阳的运行方式由左向右绕的习俗。

“迪希尔法？你为何……”赛雷那夫人的声音有些怯懦，却还

[1] 奎第安：德鲁伊教的神秘僧侣，据说精通暗视和隐形。

是忍不住反问，“聪明的圣帕特里克使用那种由左向右的绕行方法，并不是为了方便传教。”

“没错，那只是今天的事件所显示的表象而已。问题在于，如果咒术的表象转移到其他地方，则意味着诅咒者自身的灭亡。”一抹恶意的微笑浮现在法水的脸上，他的言语也带有淡淡的恐吓味道。

所谓“显示的表象”究竟是什么？这句话犹如挥之不去的迷雾，让在场的所有人身体僵硬、血液凝结。过了一会儿，赛雷那夫人的眼睛反常地眨了几下，她望向法水，接着又恨恨地瞪了一眼伸子，最后视线落在台下某一个地方，不再移动。

那里——就是法水所说的，由左向右“显示的表象”，即出现在克利瓦夫夫人背上的难以形容的不祥签名。不知何故，那手掌状的血污，手指竟然指向演奏台的右方，顺着看过去正是伸子的座位。不仅如此，也可能是心理作用使然，这块血污看起来也像竖琴的形状。

一时间，所有人都真切地感受到无法用言语形容的恐怖，视线不由自主被吸引。伸子将自己的脸藏在竖琴后面，肩膀颤动不已，发出剧烈的喘息声。

法水没有再进行讯问。等那三人离开礼拜堂后，熊城用热切的目光望着法水，浮士德博士这魔法般的雕刻痕迹让他为之陶醉，不停地感叹着：“嘿！这女人作为受害者也是个厉害的角色，这种设置竟然如此复杂。”

检察官也情不自禁地感叹道：“那么，你是说这巧合可以解释成‘请看这位’，对吗？”

“不是，我认为应该是‘那种自然原貌，化作流动之体’。”法水突然说出的结论令检察官震惊不已。

“当然，如此一来，那三个人便完全成为我布袋戏中的人偶了。很快，你们就能看到那三条深海之鱼如何在我面前说出肺腑之言。”

接下来，法水向两人详细说明他计划演出的心理剧究竟有多么完美："我用迪希尔法作譬喻，其真正原因在于旗太郎和他的小提琴。你有没有注意到，旗太郎虽然是左撇子，但他演奏小提琴的时候，却是左手握小提琴，右手持弓。可以把这理解为迪希尔法由左向右的真相。支仓，实际上，这个恒数绝不是偶然出现的意外。"

这时，克利瓦夫夫人的尸体被运出礼拜堂，接着一位便衣刑警进来，看来全面搜索整座宅邸的行动已经结束。然而，刑警带来的报告仍然令人惊愕。首先，殡室的钥匙依旧毫无踪迹；其次，雷维斯在第一首曲目结束暂时休息时，便仿佛消失一般不知所踪。还有，命案发生时，真斋卧病在床，镇子在图书室里写作，都未曾离开过房间。

听完刑警的报告，法水脸上似乎浮动着强烈的暗影，他不安地在室内来回踱步，接着又忽然停住，呆立几秒后陷入沉思。过了一会儿，一种异样的光芒在他的眼中出现，他用力地跺了一下地板，欢快地大声说道："没错，雷维斯的失踪带给我曙光。现在我们的难点在于如何解开他那恐怖的幽默。熊城，我敢断定，那把钥匙就在殡室里！走廊那扇门是被人从里面锁住的，而雷维斯就消失在里面的停尸间。"

"什么？这是什么疯话？"熊城震惊地盯着法水。确实，如刚才所见，殡室中室的地板上并没有任何类似脚印的痕迹，走廊一旁停尸间的窗户也是从内侧牢牢锁住的。可是现在，法水竟然给了雷维斯一条会飞的魔毯。

"如果这么说，那他为何要在前室制造那种热气瀑布，又为何要在中室的地板上制造出美丽的幻想世界，难道仅仅是为了掩盖上面的脚印吗？"熊城激动地反问，还用手敲打了一下演奏台的边缘。

法水开始对极端奇幻的徽纹图案进行突破，终于跨越了雷维斯的陷阱。

"熊城，吸烟的人会经常吐出烟圈，你可能也知道，那其实就是一种气体的有节奏运动。在两端温度与压力有差异的情况下也会出现这种现象，比如中央膨大的电灯灯罩和锁孔。还有一点需要注意，中室四周建造墙壁的石头的材质，是巴西里卡风格修道院建筑经常使用的石灰岩，在漫长岁月的作用下会发生风化。因此可以推定，堆积的尘埃中混杂了石灰成分，并且可以在水中溶解。雷维斯先在前室制造出热气瀑布，产生雾蒙蒙的气流，前后两室之间的温度和压力会逐渐出现差异，形成理想的状态。于是，前室的气流经由锁孔挤出后，会以圆圈状向中室的天花板上升。”

“原来是这样，那就是圆圈状气流和石灰成分的关系？”检察官点点头表示理解，身体却一直在微微颤抖。

“是的，支仓。蒸汽一直上升，在触碰到天花板的积尘时，会最先渗入石灰质内，因此天花板内部最先出现空洞，最终因无法支撑而坠落。意思就是，坠落的物质会覆盖在地板的脚印上。而且，魔法圈状气流在吸收大量石灰成分之后碎裂，便形成那绚烂而又神秘的图案。类似的现象在史实中也出现过，比如艾尔波根的鱼形文字奇迹[1]……”

“这些还是以后再听你细说吧！”检察官急忙打断伪史学家法水准备的长篇大论，他带着疑惑凝视着对方，“从现象来分析的确可以这样说明，而且最里面的停尸间或许也存在没有徽纹的石头。可就算这样能解释一人分饰两角的事情，雷维斯为何必须要躲藏起来？这一点我无法理解。难道是那男人对自己的手段过于陶醉，以至于丧失了本性？”

“支仓，你难道忘了津多子的智慧？就算我们现在不去开启停尸间的门，那个男人也可以算好我们离开的时间，然后从旁边走廊

[1] 1327 年，在还未被发现的卡尔斯巴德温泉十英里外的艾尔波根镇附近，出现了一个奇迹，一所废弃教堂的地板上出现了希腊语，以及被视作基督教表象的鱼形文字。但是，据说那很可能是矿脉的间歇喷气所形成的。

的窗户爬出来，再躲进三角钢琴内吞下安眠药。走吧！这回一定要打破小佛小平[1]的门板。”

于是，法水凯歌高奏，领着一行人很快来到中室，站在刻有圣帕特里克赞美诗的停尸间门前。他们三人似乎看到了牢笼里的雷维斯，正残忍地期待着充分戏弄对方的快感。但是，他们认定从内部反锁、必须借用破城槌之类的武器才能打开的那扇门，却在熊城的轻推之下缓缓打开了。

房门内部是密闭空间所特有的潮湿和黑暗，涌出一股尘埃的污浊气味，几乎刺痛喉咙。在手电筒圆形光晕的照射下，数道新鲜的鞋印果然出现在众人的视野里。一瞬间，他们的眼前都仿佛出现了幻影，以为自己看到了雷维斯的明亮眼眸，听到了他如野兽般粗野的喘息。

脚印在到达里面的垂帘后，延伸至最里面的停棺室，然后便消失了。然而，出现在他们眼前的景象再次令他们倒抽一口冷气，照在垂帘和地板上各个角落的光线中，除了棺台的四个脚架，没有任何人影，预想的没有徽纹的石头也没有出现。那么……雷维斯是从这个房间消失了吗？

熊城大力地拉开垂帘。突然他的额头被人踹了一脚，整个人跌倒在地。垂帘上面的铁棒在他头顶上叮当作响，某个硬物快速朝检察官胸口飞去，他下意识地伸手接住，发现那是只鞋子。紧接着，法水的视线望向头顶上的某处——那里有一只光着的脚，以及另一只趿拉着鞋子的脚，仿佛钟摆般来回地晃动。

法水那似乎带着脑浆气味的推理终于还是被颠覆。虽然找到了雷维斯，却已经是用皮带自缢在垂帘铁棒上的尸体。悲剧落幕了……

---

[1] 小佛小平：江户时代的剧作家鹤屋南北所著的《东海道四谷怪谈》中的人物，被人杀害后绑在门板上丢进了河里。

或许，黑死馆杀人事件将以此作为最后一幕宣告完结。面对这样的结果，法水不仅不满意，而且没有料到竟然这么不可思议，他深感狼狈。

便衣刑警解下悬挂的尸体，熊城用手电筒照向死者的面孔，说道："这样的话，浮士德博士的事件终于结束了吧。虽然结局并不值得喝彩，不过，这位匈牙利骑士竟然是凶手！恐怕任何人都想不到。"

从先前调查过的棺台的情况来看，上面留下了鞋印，可以推测雷维斯是站在棺台边缘，双手挂上皮带，将自己的脖子套在皮带上，然后蹬开双脚。他身上仍是那套宫廷乐师的衣服，犹如海兽一般的尸体胸口有一些污浊的呕吐物。推测死亡时间大概是一个小时之前，基本与克利瓦夫夫人被杀害的时刻相符。皮带从领巾外勒住脖子，留下鲜明的痕迹。而且，无论怎么看，现场的情景都显示他是自杀身亡。

不仅如此，尸体面部表情也足以证明这一点。雷维斯黑紫色的脸上，眉头内侧呈 V 字形，下眼皮低垂，嘴角两边也是下垂的。这些都是死亡的特征，表现出绝望和苦恼。当检察官用手指拉开他脖子上围着的领巾，仔细端详后脑的发际时，眼中露出奇异的神色。

"我认为，之前对雷维斯绯闻的苛责和批判可能有些过度了。法水，这个怎么看都是胡桃形的残酷印记，和钩索的形状完全不同。"

他用手指着那个像胡桃壳的结节痕迹，继续说："勒痕是朝上的，所以如果存在一两个这种痕迹或许只是偶然现象。然而，在古老的爱德华·霍夫曼的《法医学教科书》中记载过类似的案例。受害者蹲下来捡拾地板上的文件时，被凶手从背后用自己所戴的单眼眼镜的挂绳勒住杀害。如此一来，造成的勒痕自然是朝向斜上方，凶手只需要将绳索对准之前的勒痕，再把尸体拉到高处即可。而雷维斯的脖子上只出现了一个痕迹，反而表明了真相。"

检察官从心理角度分析雷维斯的自杀，点明问题所在："法水，

假设雷维斯先关掉总开关，随后潜入秘道之中刺杀克利瓦夫夫人，那么，这位喜欢炫技的魔法博士，为何不对这最后的部分进行一番装饰呢？对这样一个喜爱戏剧性效果的罪犯来说，这个结局也未免太平淡无奇了吧？”

雷维斯的自杀心理，检察官实在无法理解，陷入深深的迷惘之中。他有些疯狂，望向法水说：“法水，这桩自杀事件的奇特之处，你又该如何解释呢？就算你把十八首禁欲主义的赞美诗歌或者叔本华[1]找出来，恐怕也无能为力吧。眼前这位凶手的战斗状态完全将我们压制住，而且这个结局过于唐突，甚至可以说是无情地突然停止。我无论如何也不能相信，那个男人的想象力就只够演出一场大规模的萨尔维尼剧[2]。是因为选择的时间不对？还是说只想夸张地死亡？不对，两者应该都不是。”

“或许就是那样的呢。”法水用手里的香烟轻敲烟盒。他这举动含有一些微妙的意义，似乎是在点头，对检察官的说法表示由衷的肯定。

“那么，我建议你读一读毕德里克的《表情与相貌学》。这种悲痛的表情只会在自杀者的脸上出现，它就是所谓的‘fall’。”

法水为了让上方的铁棒发出声响，开始用力晃动垂帘，接着对检察官说：“支仓，你瞧，铁棒发出的这个声响让结节看起来很可疑。原因就在于雷维斯的重量突然增加，才让铁棒逐渐变得弯曲。于是在反作用力下，悬挂在上面的身体会如陀螺般发生旋转，皮带自然随之不断缠扭，越扭越厉害。最终达到极限时，皮带会开始朝反方

[1] 叔本华（Arthur Schopenhauer，1788—1860）：德国哲学家，唯意志主义的开创者，非理性主义哲学家的代表人物。

[2] 萨尔维尼剧：萨尔维尼是意大利著名悲剧演员，以演奥赛罗一角著称。他主张每次演出演员都要感受角色的感情。此处的萨尔维尼剧指表情和演技都十分夸张的戏剧表演类型。

向旋转，相当于自动解开缠扭状态，并再次逆向缠紧。这样的旋转会反复十几次，所以很自然地会在缠扭的终点形成结节，雷维斯的脖子会受到极强的压迫。”

尽管已经对这些现象进行了完整的解释，法水依然觉得不值得高兴。他的表情始终很严肃，一直闷头抽烟，似乎沉溺于深思之中。别名为奥托卡尔·雷维斯的浮士德博士，他的人生已经化为云烟消失无影。可是，那是为什么呢？

接下来便是勘验尸体。首先在雷维斯的衣服口袋里找到了前室的钥匙，接着把勒烂的领巾从他脖子上解下时，出乎意料地发现了某种吸引他们目光的东西。他们三人终于从逻辑上弄明白了雷维斯的死因——在其咽喉软骨的下方、气管两侧，有两个明显的拇指印，并且该部分的颈椎明显已经脱臼。毫无疑问，雷维斯是先被人勒杀致死，再被吊至垂帘的铁棒上的。

真相水落石出，局面再次发生逆转。勒痕上，右拇指的指印尤其明显，指尖部分的肌肉有很浅的凹痕，似乎因为肿瘤开过刀。不过，虽然关于雷维斯自杀心理的疑惑已经不复存在，却又因为钥匙的发现而疑窦丛生。

面对这种情况，只有将否定与肯定的线索都摆在一起整理，把那些实在难以克服的障碍试着加以证明。

凶手很有可能先将雷维斯引诱到前室，将其勒杀，然后将尸体扛到停尸间。但开启前室的钥匙在受害者的衣服口袋里，凶手是如何把那扇门关闭的呢？还有，停尸间里只有雷维斯一个人的脚印，而且他面部的表情也是自杀者所特有的，看不出一丝恐惧或者惊愕，这究竟是什么原因呢？朝一侧走廊开着的窗户上层部分装的是透明玻璃，上面也覆盖了厚厚的一层灰尘。实在想不出凶手有什么办法能从这里逃出去。所以，只能把一切的解答都归结到没有徽纹的石头上。

检察官用力揪起尸体的头发，让死者的脸朝着法水，以责怪的口吻说起他往日对雷维斯极其冷酷的态度：“法水，事情演变成目前这种局面，从道德上来说，你也必须负责任。的确，从当时的心理分析结果，你获知了地精纸牌的所在之处，同时你用你的透视能力，挖掘出这个男人同丹尼伯格夫人暗藏的不寻常的恋爱关系。然而，雷维斯却被你的诡辩所逼迫，他为了证明自己的无辜才拒绝接受警察的保护。”

法水对此毫无反驳之力，所有的希望都离他远去。失败、灰心、失落……甚至还有永世的暗沉重影盘踞在他心灵深处。冥冥之中，似乎有幽灵正喋喋不休地对他诉说着：“你，是你让浮士德博士杀死了雷维斯……”

但是，熊城此时却雀跃不已，因为那两个压住雷维斯气管的鲜明拇指印，是他最大的收获。他立刻命人去把所有降矢木家族成员的指印搜集起来。

就在这时，便衣刑警把一个仆人领了进来，是古贺座十郎，他曾为易介事件提供证词。而这次也是他在休息时间目睹了雷维斯令人费解的举动。

“你最后一次见到雷维斯是什么时候？”法水立即切入重点。

“大概是八点十分。”最初他侧着头，可能是想避免看到尸体吧。然而他一开口，叙述的内容却十分简明扼要。

“第一首曲目结束后便是休息时间，我看见雷维斯先生走出礼拜堂。当时我正从客厅穿过，沿着走廊往这个房间的方向走，而雷维斯先生正好走在我后面。但当我从这个房间走过，转向去往更衣室的方向，在转角处不经意地回头时，却正好看见他站在这扇房门面前，眼睛盯着我，似乎是在等我离开。”

照他所说，雷维斯是自己走进这个房间的，这一点应该没有疑问。

法水接着问道：“另外那三人当时在哪儿呢？”

“他们……好像分别回各自的房间了。我记得在下一首曲目开始前五分钟，那三人再次出现了，只有伸子小姐稍微迟了一些。”

熊城插嘴道：“这么说，后来你就没有从这条走廊经过了？”

“是的。因为第二首曲目很快就开始了，而且这条走廊没有铺地毯，走过时会发出脚步声，所以在演奏过程中我们都要改走外面的走廊。”这些就是座十郎的陈述。雷维斯让人不解的行动依然是个谜。

之后，座十郎好像突然想起了什么，说道：“哦！对了，有一位自称是警视厅外事科科员的人在大厅等着你们。”

于是，众人都离开殡室往客厅走去，一位外事科科员正与熊城的属下在这里等待。他们带来一些资料，其中一份是黑死馆建筑师戴克斯比的死亡调查报告。这项调查由警视厅委托仰光的警方进行。对方也很重视，仔细翻查了古老的文献资料。回电中关于戴克斯比跳海自杀的始末记载得十分详尽：一八八八年六月十七日凌晨五点，波斯女皇号的甲板上有一位乘客跳海。该乘客的头部很可能被轮船推进器绞断，只剩下躯体部分在海上漂流三小时后，在距离仰光两英里的海滩被发现。根据海滩上发现的衣物、名片以及其他相关用品，可以确定该乘客就是戴克斯比。

熊城的属下带来的是久我镇子身世的报告，她的父亲是医学博士八木泽节斋，镇子是家中长女，与当时有名的酵素研究专家久我锭二郎结婚，后来其丈夫在大正二年六月逝世。

对镇子的身世进行详细调查，主要是因为法水曾从她的心像中，发现她知晓算哲心脏异位的事情。而且，算哲也曾把防止早期埋葬的装置告诉过她。由此可见两人的关系早已超越主仆。然而当法水看到“八木泽”这个姓氏时，呼吸突然发生了变化，他的脸上露出迷惘的神情，手里抓着这份报告，然后一语不发地快步走进了图书室。

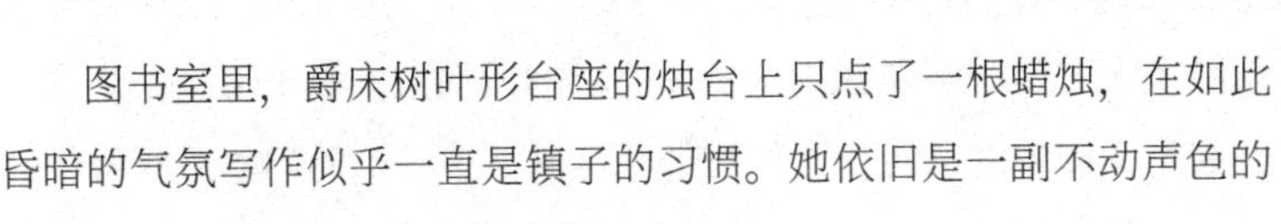

图书室里，爵床树叶形台座的烛台上只点了一根蜡烛，在如此昏暗的气氛写作似乎一直是镇子的习惯。她依旧是一副不动声色的沉着模样，抬头凝视着走进来的法水。

这种凝视不但遏制了法水问话的冲动，还让检察官和熊城产生一种恐惧感。

过了一会儿，她才以威吓的语气开口："我明白，你们是为了那件事才来这里的吧？以前每个晚上我都会陪在丹尼伯格夫人身边，那件惨案发生之后，我几乎没有离开过这个房间。法水先生，我始终认为，总有一天你会留意到悖论的效果。"

在这期间，法水的眼眸越来越亮，似乎要穿透对方的意识。他侧过身体，一抹微笑转瞬即逝。

"这绝不是什么愉快的话题。我想，这是我最后一次来找你了，八木泽女士……"听到这个称呼时，镇子全身出现了难以名状的晃动。

法水继续说道："明治二十一年，令尊八木泽医学博士，提出了关于颅骨鳞部与颞窝畸形者的犯罪本质遗传论，当时算哲博士提出相反的理论。两人关于这个问题的争论持续了大概一年，令人疑惑的是，在争论达到顶峰时却忽然停止，仿佛两人达成某种共识。我尝试按照年代的顺序，排列黑死馆建成以来发生的各种事件，发现在这场无疾而终的争论停止的第二年，也就是明治二十三年，有四个婴儿漂洋过海来到了日本。八木泽女士，我想这期间所发生的事情，便是你来到黑死馆的缘由。"

"我把我知道的事情都告诉你吧。"镇子抬起头，面色沉郁。看来她心中的震动已完全平复，只是她的脸上却再一次浮现出恐怖又沉重的表情。

"家父和算哲先生的争论突然结束，确实是有原因的。那是因为争论终结于'培养人类'的极端遗传学实验。就是说，那四个人不过是用于遗传学实验的小白鼠而已。这一点你应该能明白吧！他们四个人的父亲都是纽约艾梅勒监狱的死刑犯，是来自犹太、意大利等不同国家的移民。他们被处死之后，把他们的尸体进行解剖，如果其颅骨患该种畸形，就通过渠道寻得受刑人的子女。最终便找到了这样的四人，他们的国籍都不相同……所以，《哈德佛福音传教士》杂志和大使馆公报的报道，都是算哲先生用金钱打点过的。”

“这么说来，让他们四人归化入籍，以至于引起遗产的纷争，只是因为算哲先生未能得出结论？”

“确实如此。因为算哲先生父亲的颅骨也是这种形状，因此他对自己的论点有种近乎疯狂的执拗。本来像他这样个性异常的人，就不可能在乎一般人的正常思维。他把全部的生命都用于专注和投入，遗产、爱情或者肉体之类的琐事，在他眼中实在太微小了，是他广袤无际的知识世界里的几粒尘埃。

“于是，家父同算哲先生做了一个约定，几年后检验成果，由我负责见证实验的成败。但算哲先生却谋划了一件很阴险的事情，这跟克利瓦夫夫人有关。在她到达日本后不久，算哲先生就获知解剖的结果有误——克利瓦夫夫人父亲的颅骨形状，并不具有他所认为的犯罪性质。

“这时，算哲先生心生一计，他在《古斯塔夫·阿道夫传》中选了四个姓氏，赋予带回来的四个孩子，给没有遗传特征的克利瓦夫夫人用暗杀之人的姓氏，而另外三个人则用被暗杀之人布勒埃狙击的那三名华伦斯坦军队战亡者的姓氏。

“在这个书库里找不到古斯塔夫王的正传，它被《黎塞留秘要宫闱史》所代替，我认为你或检察官先生不会对他们或他们家人的姓氏产生怀疑。所以，法水先生，我曾经跟你说过‘灵性’的意义，现在你应该能明白了吧？也就是说，从父亲到儿子，人类的种子必须经历彷徨探索的‘荒漠’，才具有意义。克利瓦夫夫人在今天死亡，算哲先生若隐若现的暗影也应该就此从她的心中消失。唉！今天这起事件可以算是所有犯罪行为中道德最消沉的一种。看来在乌黑发臭的沟渠水流之中，那五个人在竞争和追逐。”

于是，四位乐师神秘的身世终于被揭露，同时，潜藏在黑死馆之中的暗流，只剩下一两桩离奇的案件还未解决。

然后，众人又回到已经成为问讯室的丹尼伯格夫人的房间。旗太郎、赛雷那夫人，还有四五位乐坛相关人士正在这里等候。

赛雷那夫人一见到法水，往常温柔的态度消失无踪，用命令的语气说道：“我们都提供了清晰的证词，希望你能对伸子进行严厉的问讯。”

“你是说……纸谷伸子？”法水脸上的神情稍显惊讶，可嘴角浮现的会心微笑却无法隐藏，“这么说来，一直企图杀害你们的人是她？不，这中间存在的障碍是任何人都无法突破的。”

这时，旗太郎开口了，这位格外早熟的少年依然用那种老成温和的语气说道：“法水先生，你所谓的障碍，都是过去构筑在大家心理上的。津多子夫人所在的座位是最前面一排的旁边，这一点你是知道的吧？在场的几个人都可以突破这个障碍。”

“在水晶吊灯的灯光熄灭后，我立刻发现有人往竖琴的方向靠近。”说这话的是一个额际已秃、年约四十的男人——应该是评论家鹿常充。

他停顿了一下，环视一圈，似乎是在寻求大家的肯定，然后接着说：“当时，我还以为可能是因为空气流动产生的错觉。然而接下来我又听见了衣服摩擦发出的声音和低鸣声，所以才意识到应该不是错觉，确实有人在走动。之后，声音渐渐扩散，我以为它就要消失了的时候，从表演台上传来了意料之外的悲鸣声。”

“你的笔锋确实很犀利，”法水的微笑带有一些讽刺，他轻轻颔首，“但你知道赫胥黎说过的话吗？‘超出证据的范围做出的判断，不仅是谬误，更是犯罪。’哈哈！如果听得见缪斯的弦音，那为何在只听见鹤啼声的情况下，就宣告伊比库斯[1]的死亡？我倒是觉得喜欢音乐的海豚，其义务就是营救阿里昂[2]。”

“你说什么？喜欢音乐的海豚？”有一人激愤地大叫起来，那是在旗太郎左下方就座的一位叫大田原末雄的法国号表演者，“没错，阿里昂已经获救。我所在的位置，没有感受到鹿常所说的空气流动，但是因为我离这两位的位置很近，可以完全知晓他们的动静。法水先生，我也听到了奇异的低鸣声，并且那种声音在呻吟声响起的同时消失……但是，在我看来，只要旗太郎是左撇子，赛雷那夫人是右撇子，那声音绝对就是弓弦之间相互摩擦产生的。”

这时，赛雷那夫人脸上浮现出讽刺的绝望神色，她看向法水说道：“如此单纯地对比，反倒令你难以做出判断，对不对？真是讽刺啊！但是，如果你能运用自己习惯以外的神经做出判断，那么一定会从那个贱民身上找出克拉科夫（传说中浮士德博士修炼魔法之处）的回忆。”

一行人离去之后，熊城的脸色很难看，他责怪法水：“真是让人难以忍受！我原本以为坦率地接收信息符合你所坚持的崇高信条。但是……法水，我不得不提醒你，刚刚的证词能否让你回想起之前所说的武器室方程式？当时你说，二减一等于克利瓦夫，而现在，作为答案的克利瓦夫却被杀害了。”

“开什么玩笑！贱民的女儿怎么可能策划出这种宫廷阴谋剧？”法水反唇相讥，“的确，伸子那个女人扮演的角色确实颇为奇妙，

[1] 伊比库斯（Ibycus）：古希腊抒情诗人。传说他在树林里被强盗谋杀，唯一的目击者是天上飞过的一群鹤。凶手在纪念仪式上对同伙喊道：“看啊，伊比库斯的鹤！”这就暴露了他们的罪行。“伊比库斯的鹤”也成为谚语，专指罪行被超自然的神秘力量所揭发。

[2] 阿里昂（Arion）：古希腊音乐家。他在船上遇到谋财害命的水手，他请求死前唱最后一首歌，但唱完后水手们不为所动。他跳海自杀，却被喜爱音乐的海豚所救。

除了丹尼伯格夫人的命案和共鸣钟室发生的意外，她完全具有相当大的嫌疑。但是因为有那活祭的标本存在，浮士德博士才能保持愉快的心情。而且最重要的一点，伸子并没有犯罪的动机和冲动。就算是具有虐待倾向的犯罪者，也绝对会存在某种病态的心理动因，比如刚才那群喜欢音乐的海豚……”

法水还想说些什么，之前奉命调查拇指印的便衣刑警回来了，带来的报告表明调查依然毫无进展，没有发现相符的指印。

法水面露倦色，陷入沉思。忽然，他似乎想起了什么，叫人把摆放在客厅暖炉上的水壶都拿过来，共有二十几个，有些壶的主人已经故去或者离开。这些都是为与这座黑死馆息息相关的重要人物所制造的物件，目的是留下永恒的回忆。水壶表面都装饰了西班牙风格的美丽釉面，大概是因为出自外行人之手，形状保留了些许的古朴感。

法水将水壶排列在桌上，说道：“也许是我神经过于敏感，但是在这座聚集了如此多精神病理性人物的宅邸，如果轻易相信他们按下的指印，就会犯下严重的错误。因为，有时他们的发作症状从外在是无法判断的，有的僵硬，有的虚弱。而这些不同的反应往往会让我们做出严重的误判。不过，我认为在这些水壶的内侧，必然留有他们在平静状态下所按压的指印。熊城，请你谨慎一点，把这些水壶都打破吧。”

在一一对照壶上的姓名之后，水壶被挨个打破，最后只剩下了两个。克劳特·戴克斯比的水壶被打破了，但其指印同留在那个威尔斯犹太人身上的并不一样。接着是降矢木算哲的水壶……熊城用木槌轻轻敲击，水壶上出现了裂痕，然后裂成了两半。一瞬间，三个人都仿佛掉入了噩梦的深渊——在水壶边缘的下方出现了拇指印，它与雷维斯咽喉上的指印完全一致。

熊城与检察官在受到如此强烈的冲击之后，几乎丧失了说话的力气。过了一会儿，熊城才像是猛然清醒一般，慌忙地掸落烟灰，说道："法水，这样谜题就完全解开了，接下来不用再犹豫了，我们必须立刻挖开算哲的墓室。"

"不，我依旧坚持维护正统的行事准则。"法水的话充满异样的热情，"如果受到鬼神的迷惑，对算哲仍然活在人世的说法深信不疑，那你可以举行降灵法会。不过，我还是要找到那块没有徽纹的石头，再与杀人魔鬼展开搏斗。"

接下来他便开始仔细查看暖炉砌石上的徽纹，在暖炉右侧的砌石中发现了类似的东西。法水尝试推动那块砌石，神奇的事情发生了，那部分砌石竟然往下陷落，同时，同一层的砌石悄无声息地往后退开。不久，一个四方形的黑洞出现在地板中间。这是一条密道！

这样一条充满了戴克斯比冷酷诅咒意志的黑暗密道，穿过墙壁，沿着楼层的缝隙，究竟通往何处呢？共鸣钟室？礼拜堂？殡室？还是那些四通八达的岔路？

二、伸子呀！你胸口出现命运之星

脚下是一道窄小的阶梯，里面漆黑一片。阴湿的空气因为长期密闭弥漫着无法言喻的霉臭味，伴随着犹如尸温一般的暖空气缓缓流出。这实在是名副其实的鬼气。

法水三人立刻将手电筒打开，侧着身体小心翼翼地顺着阶梯往下走。一张约半张榻榻米大小的木板铺在下面。走到这里以后，眼睛已经渐渐适应当前的环境，先前因为光线不足而看不清的几道拖鞋印出现在面前。其中有一道明显是最近留下的，鞋印笔直延伸到阶梯上，并且可能因为行走得相当小心，竟没有留下一点特征。所以完全无法辨识这个脚印到底是从阶梯走下来，还是从里面的密道走出去。

这时，拿着手电筒扫视周围的熊城发出轻叫声。在他右手上方的石壁上挂了一个神情凄厉的木雕面具，那是恶鬼巴利[1]。其左眼凸出约五厘米长，按下左眼凸起的眼珠，右眼便会凸出来，同时，从上面照射下来的一束光圈会渐渐缩小，砌石移动到原来的位置。

法水在测量完拖鞋印和步幅之后，也走进前方的暗道。这种场景让人感觉仿佛回到了往日罗马皇帝图拉真的时代，总督普利尼乌斯带领两位女管家探寻卡里斯塔斯的地下圣廊。

密道的天花板上，多年堆积的灰尘犹如钟乳石般垂着，三人每

[1] 巴利：印度克尔斯纳古代书籍中出现的恶魔之名。

呼吸一次都会有微尘呛得喉咙发痒。即便没有灰尘，这里也几乎令人窒息，大概是没有新鲜空气的缘故。如果在这里点燃火把，可能也会立即熄灭吧。而且，时而听到异样的轰隆响声，那是宅邸内的声音传到这个空间所形成的，时而眼前似乎有岔路出现，时而又似乎能听到人的说话声。总之，惊得人心脏都快要从嘴里跳出来。他们仍然循着拖鞋印前进，地面像雪地一般柔软，堆积的灰尘随着脚步一一溃散，冰冷的感觉从脚底传到头顶。

密道之行大概持续了二十分钟。方向先是往右，再往左，时而上坡，时而下坡，极其蜿蜒曲折，几乎令人无法清晰地记忆路径。最后一个左转之后，三人进入一条死路，走到路的尽头，又出现一个恶鬼巴利的面具。

啊！这层石墙的外面，到底是黑死馆的哪里呢？

法水不由自主地咽了一口唾液，用手按下面具凸起的眼睛，右侧的门轻轻擦过熊城的肩膀，慢慢开启了。前方依然是漆黑一片，什么也看不见，一阵轻柔的风不知从何处吹来，让人觉得这里应该是个宽敞的空间。

法水把手电筒朝上方照射，然而手电筒的光晕只是空洞地在黑暗中划过，什么也没有照到。他又上前一步，照射头顶的正上方，此时光晕中出现三张丑陋苦楚的面孔。至此，法水终于明白了一切。那三张面孔，分别是圣保罗、殉教者圣依纳爵、科尔多瓦的老教父霍修斯。他开始数墙上的雕像柱，数到第三个柱子时，声音突然颤抖，不禁疯狂地大叫：“墓室，这里是算哲的墓室！我们终于到了！”

在法水发声的同一时刻，熊城也往前踏出一两步，用圆形光晕直射前方。果然，几具石棺出现了，这里确实是算哲的墓室。

三个人的呼吸都急促起来。雷维斯曾经对法水说过的关于“地精啊，努力干活吧”的解释，今天终于转化为现实，而且拖鞋印也是朝着中央相当庞大的算哲的棺台笔直前行。棺盖上是熟铁制作的守护神圣乔治，且位置略微抬高。此刻三人不约而同地认为，算哲的棺台没有脚架，应该为大理石材质，棺材内应该没有浮士德博士，而是一条通往地下的新密道。

但是，当棺盖抬高、圆形光晕照入时，三个人都不由自主地颤抖，向后退了一步。棺材内的确躺着一具骸骨，姿态十分诡异：理应平放的双腿弯曲并抬高，双手朝半空伸着，手指弯曲，像是想要抓住什么似的。在三人向后退开之时，尸骸一端的肋骨掉下了一两根，顿时犹如灰烬一般垮落。从左侧肋骨明显的创伤痕迹判断，这果真是算哲的尸骸。

“算哲果然死了。那么，究竟是谁留下的拇指印呢？”检察官回头看向熊城，自言自语。

这时，法水正贴近算哲尸骸的胸骨凝视着，一动也不动。他的眼眸闪过妖冶的光芒。这实在是太出乎意料了，他在算哲的胸骨上竟然发现了纵向雕刻的异样文字。

PATER！ HOMO SUM！

“父亲啊！我也是人子。”法水译出这句拉丁文。

其他几处异样陆续被法水找到：刻文边缘部分闪动着金色微粒的光辉，而且掉落的牙齿缝隙中还夹着类似小鸟骨头的东西。

法水轻轻沾起微粒，凝视了好一会儿后说道：“这大概是浮士德博士的礼节吧！不过，这些文字都是利用照相干板碎片雕刻出来的。还有，塞在牙齿中的骨头，绝对是为了妨碍预防早期埋葬装置启动而放的山雀尸骸。这难道不是相当恐怖的事吗？也就是说，算哲曾在棺材内复活，凶手却把山雀雏鸟放在装置中间，阻止了电铃发出声响。”

检察官与熊城在令人战栗的景象面前已经目瞪口呆，即使空气中良久回荡着法水的声音，两人依旧充耳未闻。

算哲尸骸呈现的样子，很明显说明他在棺材里痛苦地挣扎过。就结论而言，他就这样被活埋在墓室之中。算哲在棺材中复活，疯狂地拉动绳索发出求生暗号，但最终无人前来救他，以至于他只能绝望地抓着上方的棺材盖，最后惨烈地死去……这一切无不令凶手享受到残虐的快感！而且，山雀尸骸与“父亲啊！我也是人子”这句话，表现了凶手极其冷酷的意志，也难怪久我镇子会认为这是最颓废的道德形式。

黑死馆杀人事件是一段极其恐怖与残酷的血腥史，并且它在很久以前就开始了。凭眼前的骸骨就可以想象，它带来的恐怖悲剧有种强大的力量。

接着众人开始调查拖鞋印，脚印一直延伸到墓室阶梯尽头的后门门口，也就是延续到墓地的灵柩台前面。在经由密道来到这里之后，三人终于搞明白了事件的一部分疑点：凶手从丹尼伯格夫人房间的暗门进入密道，之后打开灵柩台的盖子，走到后院的地面。另外，可以看到几个被灰尘掩盖的脚印，因此可以确定这里一定有过异样的潜入者。

勘察结束后，三人匆忙地盖上棺材，仓皇逃离这鬼气弥漫的地方。回去的路中，法水把几项发现整理并串联起来。

一、有关“父亲啊！我也是人子”

这无论如何都已是不可否定的象征。因为算哲疯狂执着于自己的观点，不仅决意让四位外国人归化入籍，还留下了背离常规的遗嘱，并且画出死亡启示图，烧掉魔法典籍，甚至还用暗示犯罪手法的方式试图扰乱警方的调查。所以，要从中找出究竟是谁会受到绝对的冲击，目前还存在疑点。所谓“父亲啊！我也是人子”这句话到底意味着什么？是指旗太郎为夺取遗产

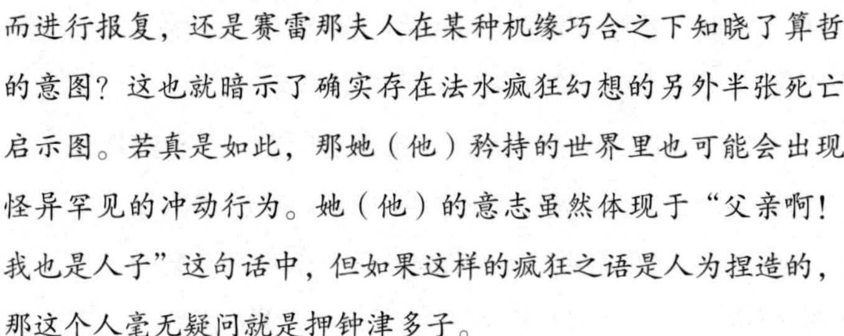

而进行报复，还是赛雷那夫人在某种机缘巧合之下知晓了算哲的意图？这也就暗示了确实存在法水疯狂幻想的另外半张死亡启示图。若真是如此，那她（他）矜持的世界里也可能会出现怪异罕见的冲动行为。她（他）的意志虽然体现于“父亲啊！我也是人子”这句话中，但如果这样的疯狂之语是人为捏造的，那这个人毫无疑问就是押钟津多子。

二、有关押钟津多子的犯罪现象

现在已经可以确定的是，神意审判会那晚在凸出的窗户旁出现的人影，从造园仓库步行去捡拾照相干板碎片的鞋印的主人，闯入药物室拿走东西的人，杀害算哲的人，以及在那个夜晚闯入丹尼伯格夫人房间的人，是同一个人。这样一来，丹尼伯格夫人事件也必须被一同纳入问题之中。这时便自然浮现一个人的名字——押钟津多子，她身上拥有不容忽视的疑点和相当强烈的动机。当然，除非有十分确切的证据，否则这些推论也只是凭空想象。

他们再次回到原来的房间，法水怅然地摸着下巴，语出惊人：“算哲的骸骨中其实包括了两种残暴的意志，一种表示他死于戴克斯比的诅咒，另一种则是他在复活之际又遭到浮士德博士的致命一击。这是双重杀人！”

“啊！双重杀人？”熊城惊讶地反问。

法水第三次翻转“在大楼梯后面”的解释，阐述最后的结论：“难道不是吗？熊城，著名的兰吉曾说过，暗号最终的重点在于音节的整理。于是我尝试在‘没有徽纹的石头’中整理音节，去掉 s 和 s、re 和 le、st 和 st，结果得到了 Cone（松球）。然而，松球形状的图案出现在床铺顶盖的装饰中，这具有恐怖的滑稽感。”

接着法水走进帷幔内部，把桌子放在床垫上，再依次放上椅子、衣柜。这时，检察官和熊城都倒吸了一口凉气，因为，松球形状的顶饰开了一个小口，有白色粉末从里面洒落。

法水开始解析令黑死馆的过去蒙上阴影的三桩离奇事件：“这便是黑暗中的神秘，也是黑死馆的幽灵。如果用修辞方法来阐述，那是中世纪时期异端用以炫耀的诡计。至于所用到的技巧，如果注意到过去三桩死亡事件都是发生在两人同床的时候，就可以得出推论。就是说，机关是以两个人的重量为启动条件的。当床上的重量达到这个标准时，松球顶饰就会自动开口，掉落这些粉末。这在过去的玛丽和安娜王朝时代也被使用过，只是里面放置的是春药，而这里，却把床铺变成了桃花心木材质的贞操带。这种粉末应该是番木鳖碱（注），取自一种罕见的有毒植物。它一旦与鼻腔黏膜发生接触，就会让人出现强烈的幻觉，从而引发这几桩离奇的杀人事件。最初是明治二十九年发生的传次郎事件，接着是明治三十五年发生的笔子事件，最后就是算哲抱着玩偶死亡的事件。换句话说，这里所说戴克斯比的诅咒，其实是《死亡之舞》中记载的‘与耆那教徒共同躺在地狱底层’。”

（注）后来法水表示自己很惊讶，因为番木鳖碱已经是传说之物，而且它只记载于巴蒂奇（十六世纪克尼格斯布吕克的药学家）的作品中。到了近代，只有一八九五年，在对栽培印度大麻的德属东非公司的费修传道医师的奖励中提及。医师在一份报告中指出，马钱子（矢毒的原生植物）寄生在印度大麻上，其果实受到当地土人的珍视，并被使用在咒术上。或许在黑死馆药物室里发现的空瓶，就是算哲放置戴克斯比所赠送的番木鳖碱的瓶子吧。

经过法水这番说明，昔日笼罩在黑死馆的暗影已经全部消失。

然而，检察官在亢奋之余仍然难掩失望之色，对法水说：“你说的这些都没错，不过目前对案件来说毫无帮助。有一点很重要，从房门到室内的过程中，地毯下由于水渍留下了玩偶的脚印，进入密道之后却变为人类的脚印。你要如何解释这个矛盾？”

“支仓，那只是一个增减的计算问题。对于存在玩偶这种说法，我从一开始就不相信，所以也没有必要提及。但是有一件事却是无法否定的，哪怕只是偶然的巧合。那就是将密道里的拖鞋印同玩偶的脚印相比较，会发现它们的步幅以及脚形的长度是相等的。熊城，这就变成了非常有趣的问题。”

法水把手放在暖炉的红色火苗前，接着说道：“我是用地毯下面水滴的扩散推算出玩偶的脚印的，并且上下两端最为明显。也就是说，把水滴量最多的部分作为基准。所以，我把它重新定义为增减的诡计。

“其实原理很简单，只要在拖鞋底下再垫上另外一双拖鞋，并且下面的拖鞋是鞋底朝上，这双拖鞋的左右脚与上面的拖鞋位置正好相反。门开之后，让它们先充分吸收水分，用脚跟踩在后面的鞋头上。这样的话，鞋头的中央部分会受到稍小一些的圆形的力量，其受力压出的水分会朝上呈现出括号形。接着再用脚尖踩住鞋头，该处留下的则是马蹄形的痕迹，并且靠近两端的水自然会比中央挤出的更多，呈现出朝下的括号形。所以，水渍脚印便是像这样将上下不同方向的弧状水印左右交替前进留下的。就是说，凶手事先量好大概为常人三倍大小的玩偶脚印，之后再将步幅按照这种脚印来行进，这样在两个括弧形中间自然就形成犹如玩偶脚印的形状。其结果便是，拖鞋的全长同蹒跚向前的玩偶步幅完全一致，但正面与背面却相反。”

于是，极端奇特且狡诈的技巧终于被揭穿，在玩偶的影子全部消失以后，凶手闯入这个房间的目的，无非就在尸光和割痕两者之间了。

此时已是晚上十一点三十分，然而，法水丝毫没有要离开的意思。

没过一会儿，检察官用叹息的口吻说道：“法水，照目前的情形看来，这桩事件好像都是以浮士德的咒文为基准连续展开的，火与火、水与水、风与风……然而，只有那照相干板的事让我无法理解，它究竟有何含义？”

“这样啊，那么在你看来，这桩悲剧还制造了不少困惑？”

法水的话带着些许讽刺，但他又突然跳起来大声叫道：“啊！照相干板！我好像明白割痕产生的原因了。”

他飞快地冲到门外，没过多久便神情兴奋地回来，手上捏着前一天开启的遗嘱。他将遗嘱上半部左右并列的徽纹，与割痕的照片重叠起来，拿到灯光下仔细查看。随即检察官与熊城两人也忍不住赞叹，因为他们看到这两者丝毫不差，重叠在一起。

法水喝了一口仆人送过来的红茶，开口说道：“真是太厉害了！这又是凶手展现出的惊人智慧！要知道，这张信笺早在一年之前就已经以这样的形式存在。可以肯定的是，照相干板在那之前就已经隐藏了事件背后疯狂的内容。你们回忆一下之前押钟博士的陈述，或者只凭这张信笺也可以明白，算哲在写完遗嘱后，撒下了古代军令状上使用的铜粉，而并非金粉。熊城，你肯定也知道，在黑暗之中，铜会在照相干板上显像，有自我发光的特质，对吗？啊！现在已经能够解读这桩恐怖悲剧的序幕了。

“那天晚上，算哲把撕碎的那张遗嘱放在下面的位置，同另一张遗嘱一起收进保险箱的抽屉里。当然，在那之前，凶手早已事先在黑暗的保险箱抽屉底部动了手脚，铺上照相干板。算哲在第二天早晨开启保险箱，当着列席众人的面取出那张遗嘱撕掉并烧毁，然而这张遗嘱的内容已经显像于干板之上，而且，在算哲把剩下的那张遗嘱再次放入保险箱之前，一定有人趁机拿走了照相干板。于是，

在如此短暂的时间里，浮士德博士与恶魔便产生了契约关系。虽然这只是我的直觉和预判，但被撕掉并烧毁的那张遗嘱，就是我一直念念不忘的死亡启示图的另一半，而接下来所发生的全部事件都围绕着它，在遐想的空间里卷起恐怖旋涡。”

“原来是这样，那照相干板具有无穷的神秘感。取出干板的人肯定就在当时列席的人之中，那么究竟是谁呢？”熊城的脸上充满深深的失望，双手无力地垂在身旁，“当然，时至今日，可能已经没有人会记得这件事了吧！那么，割痕与照相干板又有什么关系呢？”

“那是来自罗杰·培根[1]的聪明才智。”法水平静地开口，“在阿布里诺所著的《圣人奇迹集》中，有关于培根在吉尔福特教堂时，尸体后背呈现出精细十字架的记载。如果揭穿那只是培根用硫黄与铁粉把具有起火性质的铅[2]包裹起来而制造出的投掷弹，那么也就暴露了方术的实质。同时，这桩事件中奇妙割痕的成因自然也可以解释。

“熊城，你应该知道，在心脏停止跳动之前，皮肤和指甲是不会出现活体反应的。而且，休克死亡的话，身体的汗腺会急剧收缩。如果当时该部分的皮肤被闪光的火焰所接触，自然就会留下犹如手术刀切过一般的割痕。所以，在丹尼伯格夫人即将死亡之际，凶手就是在照相干板上运用了这些原理。凶手先从干板上割下那两个徽纹，利用酸性化合物在徽纹的轮廓上蚀刻出橄榄冠的图案，然后把它们重叠，将具有起火性质的铅放置在孔洞里，接着迅速将它贴近丹尼伯格夫人的太阳穴。铅发出闪光后燃烧，对太阳穴的皮肤造成

[1] 罗杰·培根（Roger Bacon，约 1214—1293）：英格兰修道士，名气很大的魔法炼金术师，更是优秀的科学家。传说他在十三世纪就发明了火药等东西，有“奇异博士”之称。
[2] 加热酒石酸后密闭，一旦与空气发生接触，便会发出红舌般的闪光，随即被引燃。

割痕。熊城，你也许会觉得这些很无聊吧？所谓的方术不过是些幼稚的化学现象，可是其中所包含的神秘精神却在短时间里制造了化学记号，而且借助了玩偶来实施。”

当玩偶犹如肥皂泡般消失时，我们有理由认为丹尼伯格夫人写下玩偶名字的纸片，是凶手刻意留下来的。那么，凶手如何获得那特殊的签名呢？另外，如果要继续追究照相干板的事，还必须要再往前追溯至神意审判会的细节，才能找到其出处。

之后，法水沉默不语，不知他又在琢磨些什么。已是深夜时分，他还是派人把伸子传唤过来。

“我猜你们找我过来是为了这件事吧。”坐下后，伸子态度温和地主动开口，“昨天，雷维斯先生突然向我求婚了，并且让我立刻答复他……”

她的声音逐渐变小，仿佛为这人生的无常而哀伤。而后，她从怀中拿出了某个东西。

看见那散发着璀璨光芒的东西时，三人当场呆住。那是两支王冠造型的发簪，一支镶着红宝石，另一支则镶着祖母绿，材质都是白金，应该有一百二三十克拉吧。宝石菱形的刻面在灯光下光彩熠熠。

伸子有气无力地发出一声叹息，沉重地开口：“偏黄的祖母绿代表了吉祥，红宝石自然代表了恶兆。雷维斯先生让我以此来表明对他求婚的答复，要我在演奏会上把答案插于发间。”

“那么，我来猜猜，”法水狡黠地眯起眼睛，他感到胸口莫名地开始剧烈起伏，“为了躲避雷维斯的追问，你曾经躲进树皮亭。”

“不是的，对雷维斯先生的死，我并没有道德上的责任。”伸子情绪激动，“事实上，我插上的是祖母绿发簪，决定同他一起从这座哈茨山[1]上走下来。”

---

[1] 哈茨山：传说里妖魔鬼怪们举行沃普尔吉斯飨宴的山。

她凝视着法水的脸，哀怨地继续说：“请你……请你告诉我他死亡的真相。如果他是死于自杀，那么我既已插上祖母绿发簪，就与我绝对没有……”

此时，法水脸上的沉郁一扫而光，取而代之的是苦恼之色。因为伸子方才的一番话，完全粉碎了一直萦绕于他心中的一个假设。

“不，准确来说是他杀……”法水语气沉痛，“不过，此时传唤你前来其实是为了别的事。我想请你回忆一下，去年算哲博士公布遗嘱的那天早晨，最先抵达的人究竟是谁。”

事情已经过去了将近一年，按理说，伸子做出摇头的反应也很正常。然而法水富有深意的一句话却似乎点醒了她，她的脸上随即出现异常的动摇之色。

“是那个……那个人。”伸子的表情变得愁闷且痛苦，似乎正在说还是不说之间剧烈挣扎。

良久，她似乎打定主意，毅然地望着法水说：“我现在无论如何也不能说出那个名字，稍后，我会把它写在纸条上。”

法水满意地点点头，对伸子的讯问告一段落。

熊城似乎对法水没有继续追究今天的事件而心有不满，因为伸子在此事件中身处所有不利证词的包围之中。然而，最终他还是以探究照相干板中所隐藏的秘密为最后的办法，要求再现当时神意审判会的情景。

在那之前，法水请便衣刑警从镇子那里，问清楚当时七个人分别所在的位置。据说丹尼伯格夫人单独坐在一侧，中央便是“荣光之手”，对面的位置从左至右依次是伸子、镇子、赛雷那夫人、克利瓦夫夫人、旗太郎，五人都间隔着一定的距离，围坐成半圆的形状，雷维斯则是半蹲坐的姿势，在处于半圆顶点的赛雷那夫人前面的位置，并且六个人都是背朝着房门。

来到神意审判会举行的房间，熊城拿出铁框内的“荣光之手”。

其手指在移动过程中的颤抖让人心惊胆战。怎么看都不觉得它曾经作为人体的一部分存在过。这样说来仿佛有点嘲笑的意味，它像是各种杂色和奇怪形状的混合物，又像是用在盆栽造型上的特殊形状的木条。而手指的皮肤则像一张有细碎龟裂纹路的羊皮纸，又类似日本古书的封面，总之想识别出肉体的痕迹困难重重。另外，插在指头上的每一根尸烛都有自己特定的方向和标记，外表的光泽略显暗淡，但是总体看起来与一般的白蜡烛并没有太大区别。从边缘开始逐一点火，尸烛立刻发出熟悉的响声，一种好似被稀释过的鲜血——赭红色的光线在房间内扩散开来，直至铺满每个角落。不一会儿，坐在之前丹尼伯格夫人位置上的法水感受到一些异常，他的眼睛逐渐被蒙上奇怪的阴影，那是一股夹杂着特殊气味的雾气，从底部往上升起，逐渐包裹住五根蜡烛。蜡烛的火光开始闪烁摇曳，房间内部的光线瞬间转为昏暗。同时，法水已经起身开始检查每一根蜡烛，结果在五根尸烛的底部有所发现：中央三根蜡烛的两侧，以及两端的两根蜡烛的内侧，分别都有一个微孔。这里面有什么奥秘呢？真是令人费解。

见此情形，熊城立即打开电灯开关，刚才那片缥缈的雾，瞬间变成法水病态般探究的异样之云。

不久，法水脸上浮现一抹微笑，他回头望向两人说：“从某种意义上来说，这些微孔其实是一种掩饰。因为各个芯孔是相通的，从其中通过的蒸气会沿着烛身往上冒。如此一来便形成一面自然的蒸气墙，并且正好在丹尼伯格夫人面前。中间的三束烛光发生闪动使光线变暗，显然，处在半圆阵中央的赛雷那夫人由于距离两端正常的烛火最远，从丹尼伯格夫人的位置完全看不见。还有，两端的蜡烛因为受来自两侧蒸气的扇动，火焰会朝侧面偏倒，那么光线也会更偏。因此，对于丹尼伯格夫人而言，位于半圆阵两端的那两人，也会因为光线的遮挡而无法被看见。就是说，旗太郎、伸子、赛雷

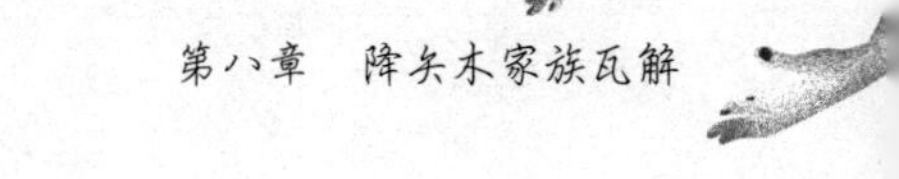

那夫人这三个人就算中途从这个房间离开，丹尼伯格夫人也不会察觉。

“而周围的其他人也容易陷入这种奇异的氛围之中，从而丧失对周围情况的辨别力，所以就算当时感觉不到有人离开也有情可原。这么一来，之前所说的，在丹尼伯格夫人倒下之时，伸子立刻去隔壁房间拿水这件事就有必要调查一下了。因为还有一种可能，她早在那之前就离开了这个房间，而且预见性地为之后发生的事准备好了水。不过，这也是我的推测，只是找出某种行为的可能性，并没有足够的证据。”

“那么，这些微孔无疑就是凶手动的手脚。”检察官收紧下巴，“我记得，当时丹尼伯格夫人在喊出‘算哲’这个名字后倒在地上。我觉得这应该不只是因为那个女人出现了幻觉吧。”

“完全正确，绝对不是单纯地出现幻觉那么简单。丹尼伯格夫人肯定属于里伯所谓的第二视力者，就是说具有可以借由错觉而产生幻觉的能力，这被圣德蕾莎称为‘乳香入神’。如果在隔着薰烟或蒸气的情况下，所看到的影像会更加鲜明、更加立体，而且这个影像有时会转化成奇怪的样子。换句话说，在当时的情况下，丹尼伯格夫人从两端的烛光中见到的内侧位置的那两个人——镇子和克利瓦夫夫人，她们的面孔也会因为凝视而呈现出复视般重叠的样貌，很有可能令丹尼伯格夫人产生错觉进而发生幻视。这一点曾被里伯认为是暗藏于人类精神中最伟大且神秘的力量，尤其是在中世纪，这种能力被视作最高贵的人性特征。丹尼伯格夫人一定跟从前的圣女贞德或者圣德蕾莎一样，都是具有歇斯底里性幻视能力的人。”

如此跳跃的逆向推理也只有法水最擅长，于是他推测在神意审判会当晚，出现在凸出的窗户旁并掉落照相干板的人，除了之前已经推定的津多子之外，还要再加上旗太郎等三人。此时的法水战斗状态绝佳，仿佛能够听见他那剧烈跳动的运动神经。或许，事件会在今夜宣告结束。

然后，法水三人沿着昏暗的走廊回到原来的房间，之前伸子答应的回复已经在房间里等待他们了。

在神意审判会的绳圈收紧之后，嫌疑深重的只剩下四个人，而此时伸子将掷出最后的王牌！

法水嘴唇发干，右手拿着信封，莫名地颤抖着。他心里一定在呐喊：伸子呀！命运之星就挂在你的胸前！

三、父亲啊！我也是人子

去年算哲公布遗嘱的时候，一定有人最早赶到，在算哲到达之前，从保险箱内取走用于显现那张撕毁的遗嘱内容的照相干板。答案即将揭晓，法水手里紧握着写有此人名字的信封，内心激动得想要呐喊。然而，当拆开信封，看到内容的那一瞬间，法水眼中期待的神采立刻消失了，一直紧绷的身体忽然松弛下来，手无力地松开，纸条悠悠地飘落在桌上。

检察官惊愕地拿起纸条，上面并没有人名，只写着一句话。

之前杜勒[1]身上有窃听筒[2]。

“原来如此……窃听筒？那么了解其可怕之处的大概只有伸子了。”

法水面带苦笑，不住地点头，接着说：“如果是浮士德博士那样的隐形窃听筒，那么我们的对话不论在任何地方都会被听得清清楚楚，如果稍不注意，伸子也可能会拥有与葛瑞卿相同的命运。我想，那恶魔的耳朵无论如何都会想出阴险的制裁方法。”

---

[1] 杜勒：歌德的《浮士德》中，葛瑞卿所唱的民谣之中的名字。浮士德送她戒指，导致她一步一步陷入悲惨的命运。

[2] 窃听筒：最早使用在西班牙的宗教裁判所，在乌发的《会议漫舞》中，梅特涅曾用来窃听惠灵顿的谈话。

“先暂且不谈这件事。我想询问你之前重现神意审判会的事情。”检察官脸上晃动着疑惑的暗影，“你说丹尼伯格夫人是所谓的第二视力者，还说凶手知道她的错觉会产生幻觉的效果。但是，这种精神层面形而上的东西，就算可以轻易做出预测，你的论点还是非常含混不清，更谈不上确切的证据。”

法水发出夸张而讽刺的叹息声，凝视着检察官的脸说：“我并非席尔修。我不是要将丹尼伯格夫人神秘英雄化，也不认为她像史威登堡或奥尔良的少女那般，具有慢性的幻觉偏执症。真实的情况是，因为她的某种官能过于发达，在偶然遇到某种刺激的情况下，视觉上会出现技巧性的抽象图案，就是将原本自然分散的各种物像合并为一种现实。支仓，弗洛伊德也曾拟定‘所谓幻觉乃是受到压抑的愿望的象征性描绘’。当然，丹尼伯格夫人的状况跟她对算哲禁令的恐惧不无关系，起因是她与雷维斯之间的恋情。所以，凶手很清楚引起她产生幻觉的条件。凶手一定是对此情况相当熟知之人，进而才能想到以尸烛来实施奇妙的诡计，借此诱导她产生轻微的自我催眠。不过支仓，这里所运用的潜意识状态却赐予我荣耀……”

法水说到这里突然停住了，独自进行思考。抽几根烟的功夫，他似乎终于捕捉到某种想法，紧急命人把旗太郎、赛雷那夫人和伸子传唤过来，再次聚集在礼拜堂。

空荡荡的礼拜堂内依然笼罩着寂寞沉郁的灰色气息，上方是无尽延伸的黑暗，还有看起来异常低垂的天花板。这里的光线只有来自圣坛上摇曳的幽微灯光，使整个空间看起来更为狭窄。这里似乎产生了一种阴暗的温暖，仿佛被母亲子宫内奇异的赭红色黑暗所包围。更为可怕的是，如果一直注视着不停闪烁的金色光圈，眼睛便会感到刺激的炽热。法水似乎对此投注了极为浓烈的热情与力量，成败在此一举，他想要给予浮士德博士撼动其地狱根基的严厉惩罚。

没过多久，六个人围坐在圆桌旁。这天晚上，旗太郎难得只穿了一件天鹅绒背心，跟精心打扮的状态完全不同。他的头一直低垂着，玩弄自己阴森苍白的双手。他身旁坐着伸子，与他形成强烈鲜明的对比。伸子的手小巧纤细，如同干杏一般，肤色健康，带着非常可爱的光泽。而赛雷那夫人，则保持着一贯的仿佛爱的盾牌上看到的典型贵夫人风范，只是在她加了撑架的裙子古典秀美的背后，依然隐藏着寂静主义者那种脉搏缓慢的安静。

一股危险的气息明显笼罩在现场的每个人身上。这不仅是因为法水竟然将津多子这个疑点颇多的女人排除在外，他的意图实在令人琢磨不透，还有就是这里的三个人心中都有着不为人知的谋划。这段沉默似乎是他们在试探彼此的心思。

不一会儿，赛雷那夫人在瞥了伸子一眼后，条件反射般开口了：“法水先生是否相信证词与调查警员的权威相关？况且，伸子小姐行动时发出的衣服摩擦声，确实有很多人都听到了。”

“不是的，当时我只是握住竖琴的前缘凝神不动。”伸子毫不犹豫地用克制的语气反驳，“如果他们说听到了琴弦的声音，我可以承认。可是……总之，你的譬喻跟事实完全不相符。”

这时，旗太郎用他那不符合年龄的老成态度冷笑着说：“我认为你那奇特的个性值得法水先生仔细体会一番。当时从竖琴那里传过来的气流，到底意味着什么？提起那高亢的乐音，我认为那绝不会是盛装的近卫胸甲骑兵从此经过，而是那身穿短衣、胸毛裸露、不停嗅着野鹿血迹的愚昧黑色猎人。我猜那人一定嗜食人肉！”

很明显，被他们两人步步逼迫的伸子已经处于不利地位。他们那残酷的宣告几乎要将她永远束缚住。

法水的目光里却闪动着炽热，说道：“不，那可能不是人肉，而是鱼肉。正因为那条不可捉摸的鱼的靠近，克利瓦夫夫人才会朝着完全背离你们想象的方向撤退。”

虽然这种夸张的态度同样充满戏剧性，然而这番话却立刻让伸子与他们两人的地位发生对调。

“是这样的，在水晶吊灯熄灭之前，伸子小姐正在用全弦滑奏，紧接着灯光熄灭的一瞬间，她会下意识做出踩住踏板的动作。所以，当时听到的异常声响，应该是她依次踩下踏板时所发出的声音，故而听起来跟空气流动的声音极为相似。也就是说，在尾韵还未消失时踩下踏板，竖琴会发出震动般的沉闷声响……所以，刚才那些都是你们带有恶意的指控，我不得不解释一遍这种再浅显不过的道理。”

法水刚刚潇洒的态度转而消失，语气又变得严肃：“那么这样一来，克利瓦夫夫人命案的形势就完全发生了逆转。因为，如果克利瓦夫夫人听到这个声音，会下意识地朝你们两人的方向后退。旗太郎先生，如果我想的没错，当时你的手中一定握有什么东西，取代了弦弓。我就直说了，当水晶吊灯再次亮起时，左撇子的你，为何右手握着弦弓，左手拿着小提琴呢？”

法水这番分量十足的话把旗太郎镇住了，他全身如化石般僵硬。这完全是他意象不到的状况。

法水戏谑地继续说：“旗太郎先生，你知道有一句波兰俗语叫‘提琴演奏者拉弦灭口’吗？其实，在龙勃罗梭曾经赞誉有加的莱卜麦尔的《庸才与天才的发达》中，以舒曼与肖邦为例，介绍他们的手指都出现了麻痹状况，而在修订版中则以小提琴家伊扎伊尔为之苦恼的事情为例子，这些事例谈到的都是等同于音乐家生命的骨间肌（手指的肌肉）。莱普麦尔因此提出了‘激烈的力量会造成肌肉发生痉挛’这样的论点。当然，从眼前的状况来看，那种结论未必正确。然而，既然你身为演奏家，那样的惯性作用肯定不能忽视。我想，很可能你是因为无法用左手的两根手指持弓，才会如此的吧？”

“你想表达的就只是这个吗——你所谓的降灵术就是这个吗？让桌脚发生震动，并产生刺耳的声响……”早熟的少年使劲挤出嘶哑的声音。他那令人憎恶的面孔微微颤抖，燃烧着阴险而又丑陋的

火焰。

然而，法水毫不松懈，继续发动语言攻击：“不，那才是确切的中和系统。还有一点，让丹尼伯格夫人在纸条上写下玩偶名字的人，就是你！”

法水语出惊人，仿佛往众人中间扔了一颗重磅炸弹，在座的人都立刻到达亢奋的顶峰。

“刚才我们重现了神意审判会的场景，搞清楚了丹尼伯格夫人是第二视力者这个隐藏的事实，她所具备的那种歇斯底里性幻视能力正是关键所在。那么，在她的症状发作时，已经麻痹的手可能自动具备了书写的能力[1]。这一点仅凭伸子房门旁边的钩裂痕迹，也可以推测出丹尼伯格夫人的手当时已经处于麻痹状态。不过，那种状况也容易引起更为怪异的矛盾，对左右手使用习惯不同的人（左撇子或右撇子）给予刺激时，写出的字有时却并不是要求的笔迹，只能说是相似的东西。那天晚上，伸子小姐撞倒了花瓶，丹尼伯格夫人随后进入房间，因受刺激产生了亢奋的状态，而且只在卧室帷幔之间略微露出了右肩。你认为时机正合适，便试着让她的手自动书写，没想到，夫人在那种状况下写出的字迹却不是你所要求的那种。”

法水拿过桌上的纸片写下了两个字，然后将每个字中间的三个字母特别标注出来。

Therese Serena

几乎所有人都同时从喉咙里发出了惊叹声，特别是赛雷那夫人，与其说她是因为愤怒，倒不如说是因为太意外。她茫然失措地盯着

[1] 在心理学家加尼的实验中，实验者握住发作者已经麻痹的手，在发作者未察觉的情况下用笔写下几个字后，实验者放开手，结果发作者会写出同样的字。这属于一种变态心理现象。

旗太郎。

旗太郎大汗淋漓，身体仿佛被皮鞭抽打般扭曲着，声音中却透着强烈的愤怒：“法水先生，你……哦不，阁下！这桩事件里的巨龙不就是你本人吗？雷维斯先生咽喉上留下的家父的指印，被称为巨龙的爪痕，那不就是你的分身吗！”

“巨龙？”法水一字一顿地念出来，“的确，从殡室的情形来看，那里确实有巨龙。但是，一人分饰两角的其中一个角色却是兰花的一种，即龙舌兰。”

他从怀里拿出雷维斯的领巾，从缝合处用力撕开，收缩成褐色的网状带子出现了，前面还附着两个多层编织的拇指状的椭圆形。法水把手指放在上面，继续说：“这样一看马上就能明白了。一旦吸收水分，龙舌兰的纤维就会缩短为全长的八分之一，这就是在殡室的前室制造出热气瀑布的缘由。凶手把龙舌兰纤维挂在电源总开关的把手上，利用纤维的收缩性能切断电流，等到开关柄朝下时，纤维便自行脱落，掉入水中并顺着排水孔流出去。接着，再利用同样是用龙舌兰纤维编织的领巾勒住雷维斯的咽喉，从而形成拇指的印痕，就这样把雷维斯的死亡从他杀变成了自杀。让我们在头脑中想象一下大致的经过，凶手在确定雷维斯进入最里面的停尸间后，开始制造热气瀑布。房间内的空气湿度渐渐变大，龙舌兰纤维开始发生收缩，接着雷维斯便因为脖颈被逐渐勒紧而呼吸困难。这时，凶手再创造出某种容易让人推定那男人不得不自杀的明显条件。所以，其实有两种意识决定了雷维斯的死亡：一种是看起来像是算哲留下的拇指印；另一种则是给他制造出悲痛的心理。”

说完这些，法水停顿了一会儿，眼神犀利地盯着旗太郎说：“当然，这条领巾上面不会映现出任何人的脸庞。但是总有一天，这起命案中的巨龙将无法再从锁链中抽出利爪。”

在这极为短暂的时间内，流汗不止的旗太郎仿佛已经流尽了胆

汁，甚至连怒叫的力气都消失殆尽，他茫然地看向虚空。终于，他的身体开始摇晃，接着像木棒一般直挺挺地倒下了，正面撞向桌子。

法水叫人把旗太郎带离房间。赛雷那夫人向众人行注目礼，紧随其后离开了。

现在只剩伸子一个人了，房间里一时弥漫着松弛而又慵懒的沉默，每个人似乎都在品味这个出乎意料的答案：啊！凶手竟然是那个格外早熟的少年！

不久，踱着方步的法水坐下来，将抱于胸前的双臂搁在桌上，面向伸子说出一番别有深意的话："对了，关于从黄到红，我想知道真相到底是什么。"

伸子的脸随即开始神经质地抽搐，似乎从法水的问话里感受到了侮辱和蔑视。她激动地说："你是在要求我做什么联想吗？从黄到红……那不就是橙黄色吗？橙黄色……啊！你指的是那颗柳橙吗？你总不会认为，我从喝柠檬水的吸管里吐出了肥皂泡吧？虽然我有用整排吸管喝水的习惯，但不会把吸管绑在弦上。"

伸子语气里嘲讽的意味愈发强烈："还有，那丹……丹麦国旗（Danebrog）降下一半的惨剧，那丹尼伯格夫人跟我完全无关！至于那氰化钾……"

"不，我没有这个意思。这些事我会向津多子夫人问明白的。"

法水的脸颊微微泛红，沉静地继续说："我所说的从黄到红，是指祖母绿与红宝石之间的关系。伸子小姐，你当时插在头上的应该是红宝石发簪吧？也就是说你拒绝了雷维斯。"

"不是的，绝不是这样的……"伸子直视着法水，加重语气强调，"我还记得在演奏会开始之前，旗太郎先生见到我头上的发簪，还问我为什么会戴着雷维斯的祖母绿宝石。"

伸子的话不仅对解开雷维斯自杀之谜毫无帮助，反而让法水在心头增添了几分自责与愧疚，以及沉重的负担。但是，无论如何，法水终于掀开这桩黑暗惨剧的神秘帷幔，成功地实施了难以完成的切割术。

此刻已是黎明时分，一个矮小的男人从大门警卫室走出来，胸前的纽扣上还挂着方形的小灯。不知从何处传来一两声斑鸫的婉转啼叫，城堡彼端很快便浮现让人不由地萌生美丽诗情的第一缕曙光。

法水和伸子并肩站在窗边，眺望这静谧祥和的清晨景色，一时间都有些恍惚。法水把手放在她的肩膀上，以富含无穷意味与怜爱的语气说："伸子小姐，暴风骤雨和难熬的时刻已经过去了，这座黑死馆也会恢复往日那绚烂明亮的拉丁诗歌与恋曲的世界。既然响尾蛇的毒牙都已被拔除，你就放心地去实现我们之间的约定吧。所有的不幸都已结束，崭新的美丽世界已经开启。我希望能借由凯尼尔的诗文来装点这桩神秘事件的落幕：'泛黄的秋天，夜晚的灯光之后，鲜艳的春花灿烂开放。'"

到了第二天下午，原本以为会接到伸子揭秘谜底的来信，然而，检察官和熊城却意外地得知了伸子的死讯。伸子被手枪狙击，当场死亡！

获知伸子死亡的消息，法水陷入深深的沮丧。他未曾想到竟会出现这种情况。他原以为能够掌握事件的确凿证据，如今却完全幻灭。他意识到自己或许永远也不能从法律意义上解决这桩事件。

三十分钟后，法水神情黯然地再次来到黑死馆。当他看到伸子的遗体时，心中满是懊恼与惭愧，被一种无法逃避的情绪重重包围。他从心底认为自己应该对她负起道德上的责任。毕竟这位葛瑞卿从事件一开始，就被浮士德博士玩弄于魔掌之间，而最终还是没能逃脱被人从生命的悬崖推落的命运。

当法水走进最后这起凶案的现场——伸子的房间时，却在里面发现了清晰的凶手所留下的最后意志：

Kobold sich muhen（地精啊，努力干活吧！）

它并没有写在之前那样的纸片上，而是……以伸子的身体写出来的。伸子的左手和左脚呈一条直线，右手和右脚则以く字的形状摆放，整个身体呈现出 Kobold 中 K 的形状。另外，她的脚在门的前方，距离门口约三尺，斜向右仰面躺着，脸上是悲痛的表情，但丝毫没有恐惧的意味。这一点同雷维斯和克利瓦夫夫人的尸体是一样的。还有，头部的弹孔从右边太阳穴穿透而出，地毯上的血渍已经黏腻。从她身上穿着外出服、双手戴着手套来推断，她应该是在想要出门拜访法水的时候遭受狙击。

另外，行凶者所用的手枪被弃置于房门外面的门把手下方，并且房门从外面锁住。这种场景还伴随着恐怖的证言，让人不禁觉得耳旁响起了浮士德博士的衣服摩擦声。

枪声是在两点左右响起的，当时黑死馆正深深笼罩在令人窒息的恐怖中，没有人想立即赶到现场。大概过了十分钟，在隔壁房间里颤抖不已的赛雷那夫人，听到了房门关闭并锁上的声音。由此可知，浮士德博士曾在暗中活动。虽然这个过程看起来十分简单，但法水除了当一个旁观者外，似乎也无可奈何。

此外，手枪上也没有发现任何指纹，当时家里其他人的行动轨迹也完全不清楚。只能推测，恶魔此举是为了实现对法水的承诺，所以才给这位在事件中不断遭受不幸的处女带来最后的悲剧命运。

作为事件最后一张王牌的纸谷伸子也已经死亡。随着恶鬼更加大胆妄为地行动，法水想要解决黑死馆事件的希望已经完全破灭。

从这天晚上到第二天中午，法水一直沉浸在自己独特的思考模式中，似乎打算把脑浆榨干。终于，他从伸子的死亡事件中找出了一个悖论。午饭后不久，检察官与熊城前来拜访，推开法水书房的门，一眼就看见法水的犀利目光。

法水的双手在空中狂乱地挥动，来回踱着步，不时发出疯狂的叫声："啊！怎么会存在这种童话般的建筑呢？凶手那异乎寻常的才智实在令人为之惊叹！"

他突然停下脚步，诡异的眼睛在空气里时而画半圆，时而仿佛波浪般上下起伏。他解释道："这样完美的结局……浮士德博士风光地落幕……如此出人意料的整体忏悔……支仓，如果把地精（Kobold）、水精（Undine）、火精（Salamander）的第一个字母拿出来，再加上这桩事件解决的象征，不就是 Kuss（亲吻）吗？啊！客厅的暖炉架上不就摆着罗丹的雕刻作品《吻》的复制品吗？走，我们这就去黑死馆，我要亲手拉下落幕的帷幔。"

三人到达黑死馆的时候，伸子的葬礼刚好开始。

这一天的风特别大，淡墨色的云层夹着雪低垂至树梢，一动也不动。在这荒凉氛围的烘托下，黑死馆里更显得人影稀疏，寂寥萧瑟。树影摇晃，枯枝飘荡，中间还夹杂着从礼拜堂传来的哀悼之音。

进入黑死馆后，法水独自一人走向客厅，当他从丹尼伯格夫人的房间出来，再次出现在两人面前时，脸上的神情表明他已经在客厅证实了自己的推论。

明知道此时此刻黑死馆中所有的相关人物，包括降矢木家人和押钟博士，全都聚集在礼拜堂内等待葬礼开始，法水却不知何故，竟然做出将葬礼延期举行的决定。接着，他说："没错，凶手确实在礼拜堂内，而且正处于绝对无法动弹的状态。但是我仍然有义务在此告知伸子凶手的名字，特别是当她的遗体还在地面上时。"

之后他便沉默了。过了好一会儿，他才带着复杂的神情说："支仓，巨人阵营终于被粉碎，这座黑死馆也将重现于阳光之下。我就按照事情发生的顺序来说明吧，从最初的丹尼伯格夫人事件开始。关于那晚丹尼伯格夫人为什么只拿柳橙这一点，到今天为止，我一直都忽略了最直接的原因，那就是由山道年（一种驱虫剂）造成的黄视症。那种物质引发的中毒症状，会让视野中的物体全部呈现为黄色，并且在轻微近视的影响下，水果盘里的梨和其他颜色的柳橙都变成与水果盘同样的颜色，于是丹尼伯格夫人眼中就只能看到泛着红色光晕的血橙。还有，山道年中毒会产生幻味和幻觉，于是她才会毫不怀疑地咽下掺毒的柳橙，尽管那是超过致死量的带有异臭的毒物。不过对凶手心理的分析和侧面的刺激，才令我想到这件事的发生绝非偶然。然而，奇妙之处在于，山道年也对凶手产生了影响，两种现象加起来，类似照相的负片与正片相符的情况。

“简单来说，主要就在于园艺鞋的鞋印！虽然在我解析之后，已经明白那是凶手伪造出来的鞋印，但有一个奇怪的现象，鞋印回来的轨迹毫无意义地跨过了枯草坪，但按理说，踩在草坪上走过去也是没有问题的。这个几乎被我忽略的细节，却正好是将凶手置于死地的关键点。于是，我终于把握住涅墨西斯的魔力。在这桩悲剧中，凶手用吉普赛人当作毒物的山道年自寻死路。支仓，你知道这是什么原因吗？那是因为凶手同丹尼伯格夫人一样，必须吞服山道年。

“一旦明白了这一点，自然也就能搞清楚凶手跨越枯草坪的意义。那是脑髓上的一种盲点，就是说自己身上并未出现黄视症状，却深信不疑症状已经发生。这种错误产生的原因在于，凶手在夜晚看到了泛着黄光的枯草坪，他误认为自己出现了黄视症才将水滩看成了黄色。另外，山道年的毒性对肾脏造成的影响，会由内向外呈现于皮肤的表面，所以才造成尸光现象。”

然后，法水走进帷幔，用刀把床铺下方的油漆刮掉，下方随即出现了另一层底漆，犹如沥青一般。将铅笔尾端的小挂环靠近，可以见到微弱的荧光。

“一直以来，对床铺附近的勘查没有像进行尸体检查那样精细，所以完全没有找到这个线索。这种类似沥青的物质，其实就是含有铀的沥青铀矿。我之前也说过，有四位圣教徒出现过尸光现象，都发生在波希米亚的领地之内。显然，那些不过是新旧教徒之间矛盾冲突的产物，是用以示威的诡计。但是，他们的地理位置如此接近，其原因也在于波希米亚的中央部分——厄尔士山脉是铀矿的主要所在地。简言之，这个所谓的千古之谜，不过是一场化学的游戏。

“支仓，‘食砒霜者’的意义，你应该有所了解吧！特别是中世纪的修道士，会把砒霜用作禁欲药。从某种角度上说，它与月桂春药[1]齐名。从罗丹的《吻》中我发现一个事实，丹尼伯格夫人也是‘食砒霜者’，她为了治疗自己神经系统的疾病，经常把微量砒霜当作药物服用。长此以往，她的身体组织逐渐被砒霜的无机成分所渗透。所以，一旦因山道年的影响而产生皮肤表面浮肿和出汗，在该处凝聚的砒霜自然就会受到沥青铀矿的铀辐射。”

“从现象来看，你的说明足够充分。而且，就算是表现得很朦胧的东西，也具有新奇的魅力。不过，我认为你的说明似乎刻意避开了最重要的部分。凶手到底是谁？”

检察官双手神经质地交握在一起，硬生生咽下一口唾液，接着说：“我想，伸子当时应该与丹尼伯格夫人一样，都喝了柠檬水。但是，那个女人早已被浮士德博士复原成最初的元素了。”

法水一动不动，仿佛只是一具毫无生命力的躯壳，像是一直承受的剧烈痛苦达到了极点，终于获得胜利。可能是因为到了接近完结的时刻，身心感受到无法抗拒的强烈疲劳吧。

不久，他激发出强烈的意志力，牙关紧咬，腭骨发出咔咔的声响，仿佛在一瞬间恢复了元气。

“是的，就是纸谷伸子！她就是克尼特林根的魔法使者。”

事实上，黑死馆的恶魔——浮士德博士，就是纸谷伸子。刹那间，听到这句话的检察官和熊城受到极大的冲击，似乎所有的法理

---

[1] 月桂春药：指在月桂油中加入极微量的氰酸，是一种会引起痉挛与幻觉的自慰剂。

和真情都在一瞬间幻灭。但是他俩稍稍冷静下来之后，又感觉到深深的无奈，如果就此向法水提出认真的反驳，自己都会觉得很荒谬。毕竟，能够否定法水的第一个事实就是，伸子是第五个活祭品，相关的他杀证据已经一清二楚地写在法水签署的验尸报告中。第二点，她并非降矢木家族的成员，也就是说她并无任何动机可言。更何况，她一直在法水的同情与庇护之下，要如何让人相信她就是凶手呢？！

如此，熊城才认为法水可能用脑过度，对此事件有种病态的倾向。他说：“这话让人听得快要昏厥了。如果你的状态还算正常，请你说出法律上的意义，哪怕只有一条也好。必须先把伸子的死亡改为自杀。”

“熊城，细微的重点就在房门上，门板会给你展现确凿的证据。”

法水似乎在嘲讽毫无反应的对方，他加重了语气继续说：“我先举个例子吧。你有没有想过这种情形，先把龙舌兰纤维绑在针上，将针轻轻刺在一侧的房门上，然后把针的另一端插入锁孔并注入水。纤维收缩后，两扇门的距离会越来越窄。射中太阳穴后，手枪从她的手中掉落，掉落的位置位于两扇门之间。几分钟后，房门被锁上，预先立在一旁的门闩滑落。在这之前，由于房门的位置发生移动，手枪被门推到走廊上。而后，龙舌兰纤维继续收缩，针被拉出来后掉入锁孔内。”

法水说到这儿停顿了一下，深深吸了一口气，然后将他所承受的黑暗秘密一并吐出：“熊城，在这起事件由他杀转为自杀的时候，伸子的告白出现了，那是任何光线也照不出来的告白。要触摸到它所蕴含的不可思议的感性，必须具备精灵般丰富的游戏精神，还有令人惊叹的智慧。因为，伸子在看似极端陈旧的手法中加入了崭新的生命……”

“告白？”检察官大脑似乎麻痹了，香烟从他嘴边掉落，他一脸茫然地凝视着法水。

“没错，就是火焰之舌，而且这种火焰是绝对无法用眼睛看到的。

它是按照浮士德博士最后的礼仪进行的一种秘密表达。支仓，头发、耳朵、嘴唇、耳朵、鼻子，这五个单字依次为 Hair、Ear、Lips、Ear、Nose，取各个单字的首字母，会组合成 Helen。伸子把这个秘密藏在由他杀变为自杀的转折之中。不过，最初用尸体摆出的 K 形，是伸子自发的歇斯底里症所带来的麻痹。

“就像格鲁与布洛在《人格的转换》中提到的，对于一些歇斯底里症患者而言，若用钢铁之类的物质触碰其身体，那么未被触碰的另一侧会引发麻痹的症状。就是说，高举左手紧靠着一侧的门边，右手持枪抵住右边脸颊，那么左半身就会发生僵硬症状。如果这样开枪并随之倒地，僵直的左半身便会呈现那种恐怖的 K 字形。当然，这并不是‘地精啊，努力干活吧’的象征。利用龙舌兰纤维把两扇门联结起来形成的半圆，无论怎么看都是 U 字形状。加上最后被房门推动的手枪，其路线则呈现 S 字形。啊！地精、水精、风精……如果再把最后的真相 Suicide（自杀）加上，整体就变成了 K（Kuss），也就是浮士德博士极其奇异的忏悔文。当然，在这之前，伸子就已经将某种东西藏在了《吻》的雕像中……”

这里描绘了两个不寻常的聪明大脑以生死作为赌注，互相对抗的宏伟景象。

检察官终于吐出一口憋得快要窒息的长气，说道：“这么说来，共鸣钟室和黄道十二宫华丽的圆窗那里，也用了龙舌兰的诡计？但是在旗太郎被指认为凶手之后，伸子其实已经平安地攀上了胜利的巅峰，可她现在却莫名其妙地选择了自杀……法水，这是个令人费解的问题……”

“支仓，问题就在于那个晚上我最后对她说起的凯尼尔的诗：‘泛黄的秋天，夜晚的灯光之后，鲜艳的春花灿烂开放。’就在那一瞬间，伸子意识到自己最终将会面临悲惨的结局。灯光从祖母绿的发簪中穿过，祖母绿看起来会变成红色。所以我的解释是，伸子约雷维斯在该房间会面，自己则插上那支祖母绿的发簪。透过灯光的发簪变成红色，这让雷维斯感到绝望。支仓，这句诗怎么样？‘雷维斯，这位匈牙利的恋爱诗人把秋天看成春天，离开这尘世。’”

法水深深地抽了一口香烟，不顾两人的叹息，继续说：“其实那句‘由黄变红’还另有含义，而且我刚才所说的黄视症也绝非偶然，那是因为我在其中知晓了凶手潜在的意识状态。换言之，就是可以把凶手由于凶行而受到的精神伤害重现出来，包括当时感受到表象、观念等感觉，以及情绪体验。

“当然，在重现神意审判会的过程中，我已经嗅出伸子身上所带有的强烈的嫌疑气息。我试图把一切的讥讽都转移到旗太郎身上，就是为了消除伸子的紧张与戒备之心。而且，丹尼伯格夫人自动书写出德蕾丝的名字，乃是伸子采用了技巧性手段。除了雷维斯的死亡事实和拇指印的真相以外，没有一件事情是真的。

“我突发奇想，把‘由黄变红’用作祖母绿与红宝石的关系的比喻，却没想到这句话在伸子的心中转化成迥然不同的形象。在莱因哈特的著作《抒情诗快乐与否的表现》中，记载了哈宾的诗《爱尔兰占星学》，其中有一句‘圣帕特里克说，狮子座在那一方，两只大熊和牡牛，还有巨蟹’，诵读者在读到巨蟹（Cancer）时，突然念成云河（Canalar）。这也就表明，该诵读者之前在脑海中描绘了星座的形状。这就是弗洛伊德所说的‘错误所表现的感觉痕迹’。另外，也可以理解为其联想不是以单字出现，而是以整体的形象出现，呈现在空间感觉上。

“以伸子的情况来看，从丹尼伯格夫人的命案开始，直至礼拜堂发生的悲惨事件为止，一共四桩命案，均在她的话语中体现。记得伸子在说过柳橙之事后，又接着说了用整排吸管喝柠檬水的话，这明显是以共鸣钟室的键盘作为印象的背景。接着她又把丹尼伯格夫人的名字错说成丹麦国旗（Danebrog），很显然展示出武器室的全貌。因为，伸子当时正在前院的树皮亭内，她目睹了雷维斯制造的彩虹气流进入窗户。树皮亭的内框里刻有各种诗文，其中一句便是费兹纳的‘当时雾气绚烂飘入（Dann，Nebel-loh-gucten）’。她那时把两者混淆，受到影响，说出了 Danebrog 这个相似的名词。那么这样的话，支仓，在伸子分成四句的话语中，只有共鸣钟室和武器室这两个地方的印象，以奇妙的方式掺在其中。所以……”

法水这时停顿了一下，为自己惊人的心理分析得出最后的结论：“分别在首尾的黄和红，就是来自这两者的感觉，也就是最开始的丹尼伯格夫人事件与最终的礼拜堂事件的场景。假设结尾的红指的是宫廷乐师醒目的朱红色衣服，那么，伸子为何会从最开始的丹尼伯格夫人事件中感受到黄色呢？”

检察官和熊城都仿佛陶醉般感动着。不过，没过多久，熊城先清醒过来，提出几个可疑之处：“但是，在黑暗的礼拜堂里听见的那两种声响，理应是确定凶手是旗太郎还是伸子的重要证据。”

“那不过是死点与焦点的问题，纯粹属于音学。从克利瓦夫夫人的位置看，伸子踩下踏板发出的声音为死点，而旗太郎的小提琴弦弓摩擦所产生的声响即使十分轻微，却也能听得清清楚楚，那便是焦点。所以当克利瓦夫夫人向伸子靠近时，被伸子从背后刺杀。支仓，我认为多说无益。不过，令人怜悯的还是那愚蠢的易介，他受到伸子的操控，穿上鞠靴再被套入盔甲之中。”

法水按照时间顺序说明了伸子的行动。至此，伸子服用水合氯醛这件事，毫无疑问是她设计的一场狡猾的表演。

然后，法水转移了话题，触及黑死馆杀人事件最核心的谜团，那就是大家都想知道的伸子的杀人动机。其证据是没有必要说明的实物，法水从口袋里取出的，正是从罗丹的雕像《吻》内找到的暗藏之物，两人的视线不禁被它吸引——啊，是照相干板！

将几块干板的碎片拼好后，所展示的全文如下：

一、丹伯砒霜的。

二、川那部、胸腺死亡的危。

（与特异体质有关的事项只此两条，之前的皆不清楚。）

三、我忍痛牺牲，将自己的女儿与男孩对调，成年后安排在身边当秘书，就是纸谷伸子。所以，旗太郎与血统毫无关系。

如此一来，混乱无比的黑死馆杀人事件终于降下最后的帷幕，原来，纸谷伸子其实是算哲的女儿。而算哲最终因窒息而亡，当然就是伸子弑父的结果，至于“父亲啊！我也是人子”这句话，则纯粹表达了复仇者极端强烈的意志。

但是，照相干板虽说可以称得上法水的梦想之花，也就是那张死亡启示图的另外一半，然而，目前只找到了一部分。它除了把丹尼伯格夫人和易介的特异体质阐明以外，其余的人到底有何异于常人之处，已经成为永远的秘密。至于那缺失的部分，不知道是在掉落时便已粉碎，还是被伸子丢弃了。

过了一会儿，检察官像是如梦初醒般说道：“原来是这样啊，在了解到自己是被当代家主牺牲的女儿时，伸子无可奈何，变成残酷的欲望之母。这种嗜血癔症产生的原因我已经完全理解，但是，她每次行凶，都会制造超越人类世界的怪异离奇的美感，法水，你能否从心理学方面给出解释？”

“简单来说，那不过是游戏的感情，一种生理上的洗濯。人类通常会堆积压抑的情感或干涸的情绪，所以会渴求进行生理上的洗濯。支仓，萨比里克斯[1]和迪茨的法乌斯蒂努主教等人沉溺于神秘主

[1] 萨比里克斯：十六世纪前叶流浪在德国境内的妖术师，被称作年轻的浮士德。

义也是这个原因。当人类的力量耗尽，丧失反攻的技巧，只有神秘主义能够缓和心中的激情。另外，从伸子创造各种畸狂、变态的手法中，可以窥见她是受到书库中波那提（被称为‘十三世纪意大利浮士德’的魔法师）的《点火术要论》或者瓦萨利的《祭祀师与谢肉祭装置》等书籍的影响。

“原本伸子应该是怀着恶作剧的心理窃取了照相干板，然而，在知道遗嘱的内容以后，她内心一定犹如照射了魔法的皎洁月光，产生了绝望、悲伤、宿命感，那些情绪聚集成十字状。最终击溃此前一直保持着的内心平衡，引爆了隐藏在自己内心的那种具有极端破坏性却又神圣的疯狂，造成了这起震惊世人的悲惨事件。但是，我仍然不认为伸子是悖德者，在我看来，她只是布朗宁所谓的‘命运之子’，而这连续的事件则是一首鲜活惨烈的人类之诗。”

法水抬起他那澄净的眼眸，望向检察官说：“支仓，至少我们应该为这个神圣家族的最后一人送行，陪她走完这人生的最后一程。”

就这样，身具美第奇家血统、妖妃比安卡·卡贝萝之后、神圣家族降矢木家的最后一人纸谷伸子，她的灵柩覆盖着佛罗伦萨的市徽旗，由四位身穿麻衣的修道士扛着，在温情的唱诗声和氤氲的烟熏气中，被缓缓送入后院的墓地。

——落幕。

· 小栗虫太郎年表

1901 年 3 月 14 日（明治三十四年）——

出生于东京神田旅笼町，本名小栗荣次郎。

1913 年（大正二年）——

就读于京华中学商业科，三年级起开始正规学习英语、法语，并爱上文学和电影。1918 年毕业后，在樋口电机商会上班，目的是学习做生意。

1922 年（大正十一年）——

从商会辞职后，从父亲那里继承遗产，创立四海堂印刷所，开始尝试创作推理小说。1926 年印刷所因经营不善而倒闭。

这四年完成短篇《某检察官的遗书》和《源内烧六术和尚》，长篇《红毛骆驼的秘密》和《魔童子》。

1927 年 10 月（昭和二年）——

用笔名织田清七在杂志《探侦趣味》上发表了一篇名为《某检察官的遗书》的推理小说，算是实质上的处女作。

1933 年（昭和八年）——

因机缘巧合，在甲贺三郎的推荐下，其小说《完全犯罪》在当时水谷准担任总编辑的杂志《新青年》上得以发表，引起侦探小说界瞩目。小栗也一举成名，成为一名有地位的推理小说家。

陆续发表《背后之光杀人事件》《圣阿雷基赛修道院的惨剧》等。

1934 年 4 月至 12 月（昭和九年）——

小栗开始在《新青年》杂志连载其长篇杰作《黑死馆杀人事件》。这本书也是日本推理小说史上的四大奇书之一。此小说同隔年梦野久作的《脑髓地狱》，被誉为日本战前两大难解的推理奇书。

陆续发表《梦殿杀人事件》《失乐园杀人事件》等。

1935 年（昭和十年）——

发表《绝景万国博览会》《铁面具的舌头》《红毛倾城》等。

5 月，出版长篇小说《白蚁》《黑死馆杀人事件》。

10 月，在《探侦文学》发表《小栗虫太郎号》。

1936 年（昭和十一年）——

发表《源内烧六术和尚》《皇后的影法师》等。

连载《二十世纪铁面具》和《青鹭鸶》。

出版长篇《魔童子》《红毛骆驼的秘密》等。

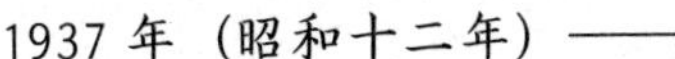

1937 年（昭和十二年）——

发表《尸体七十五步死亡》《跳上四方金字塔》《爆击鉴查写真七号》《地虫》等。

1 月，出版《新锐大众小说全集》。

1938 年（昭和十三年）——

发表《地中海》《极东》《成吉思汗的后宫》等。

出版《爆击鉴查写真七号》《地中海》。

1939 年（昭和十四年）——

发表系列海外秘境探险小说《人外魔镜》《巴奈马朋次郎记》《穿越红军巴蟆》等。

1940 年（昭和十五年）——

发表《地轴两万里》《第五类人猿》《火礁海》等。

出版《有尾人》。

1941 年（昭和十六年）——

发表《深海的囚虏》《南东贸易风》《美国铁面具》等。

出版《地轴两万里》《续航海底两万里》。

11 月，小栗以陆军报道员的身份前往马来西亚，一年之后回到日本。

1942 年（昭和十七年）——

陆续出版《探侦时代小说集》《女人果》等。

1943 年（昭和十八年）——

发表《海峡天地会》等。

1944 年（昭和十九年）——

连载冒险长篇小说《成层圈魔城》。

1946 年（昭和二十一年）——

着手准备创作一部号称“社会主义侦探小说”的新作《恶灵》，2 月 20 日因突发脑出血去世，享年 45 岁。